The Tiger Prince

운명보다 깊은사랑

THE TIGER PRINCE
by
Iris Johansen

The Tiger Prince

운명보다 깊은사랑

아이리스 요한슨 | 나채성 옮김

나 채 성

이화여자대학교 졸업. 역서로 『사로잡힌 신부』,
『사랑의 텍사스』, 『너무도 아름다운 사랑』, 『베르사유의 전설』,
『페가수스의 전설』, 『내 마음을 사로잡은 기사』,
『꿈결처럼 다가온 사랑』, 『내 품안의 이방인』, 『바이올렛』,
『내가 사랑한 악당』, 『당신 품에 안겨』, 『거부할 수 없는 유혹』,
『다이아몬드 슬리퍼』, 『꿈이 시작되는 곳』 외 다수

운명보다 깊은 사랑

초판 인쇄 / 2001년 2월 15일
초판 발행 / 2001년 2월 20일

지은이 / 아이리스 요한슨
옮긴이 / 나채성
펴낸이 / 한익수
펴낸곳 / 도서출판 큰나무

등록 / 1993년 11월 30일(제5-396호)
주소 / 120-837 서울시 서대문구 충정로 3가 3-95 2층
전화 / 02) 365-1845 · 1846   팩스 / 02) 365-1847
통신 / 천리안 큰나무북 e-mail / btreepub@chollian.net
홈페이지 / www.bigtreepub.co.kr

값 9,000원

ISBN 89-7891-110-2 03840

증오와 복수심으로 이글거리는…….
치명적인 아름다움으로 불타는 호랑이

아이리스 요한슨의 사랑론은 일반 작가들과는 약간 다른 듯하다.

운명적인 사랑…….

어떤 힘으로도 그 사랑을 막을 수가 없고, 아무리 저항한다 해도 속절없이 끌려들어가는 사랑.

하지만 그 사랑이 완성되기까지는 수많은 장애물이 존재한다.

아이리스 요한슨은 사랑이라는 단어를 남발하지 않는다. 사랑을 함부로 굴리지 않는다. 진실한 사랑을 쟁취하기 위해서 고난과 시련은 필수적인 과정이다. 그것을 이겨내지 못하면 진정한 사랑도 없다는 것일까?

사랑한다고 해서 세상이 다 아름다워지는 것도 아니다. 사랑은 사랑, 세상의 고통은 고통이다. 사랑을 해도 두려운 건 두렵고, 사랑을 한다 해도 슬픈 것은 슬퍼진다. 이 세상에 틀림없이 사랑이 존재하는 것처럼 고통과 후회, 슬픔과 미움도 다 함께 공존한다는 것을 알리고 싶은 것처럼.

또한 아이리스 요한슨은 욕망, 집착, 소유욕도 사랑의 한 형태로 본다. 한사코 사랑임을 거부하면서도 기필코 그 여자만을 추구하며 원하는 남자. 그 여자를 자신만의 여자로 독점해야 하기 때문에 그의 사랑은 남들보다 더 힘들고 치열하다.

치열한 삶, 치열한 사랑.

아이리스 요한슨의 작품에는 항상 그 치열함이 녹아들어 있다.

나 채 성

아이리스 요한슨
The Tiger Prince

프롤로그

1869년 11월 25일, 유타주 프러몬터리 포인트

"기다려요!"

맙소사, 그가 성큼성큼 플랫폼을 가로지르고 있었다.

제인 바너비는 낡은 얼룩무늬 치맛자락을 휘날리며 달리기 시작했다.

"제발 가지 말아요!"

패트릭 레일리는 잠시 멈칫했다가 다시 기차 쪽을 향하여 더 빠르게 움직여갔다.

그녀는 공포에 사로잡혀 필사적으로 달음박질쳤다. 기차가 이제 곧 떠나려는 듯 푹푹푹 김을 뿜어내고 있었다.

"기다려요!"

그는 똑바로 앞만 쳐다본 채 발걸음을 늦추지 않았다.

"빌어먹을, 내 말 안 들려요? 기차에 타지 말라구요!"

그가 우뚝 멈춰 서서 찌푸린 얼굴로 돌아보았다.

그녀가 드디어 그의 앞에 도착했다.

"저도 데려가 주세요."

"어제 분명히 안 된다고 했잖아."

"절 데려가셔야 해요."

"난 너하고 아무 관계도 아니야. 네 엄마에게 돌아가거라."

그녀가 한 걸음 더 가까이 다가섰다.

"엄마는 내가 어디로 가든 신경 쓰지 않아요. 아편밖에 모른다구요. 전 당신과 함께 갈 거예요."

그가 단호하게 고개를 저었다.

"어린애를 끌고 다닐 수는 없어."

"전 어린애가 아니에요. 벌써 열두 살인 걸요."

그건 거짓말이었다. 그녀는 이제 겨우 열한 살이 되었다. 하지만 그가 그런 걸 정확히 기억할 리는 없었다.

"제발 데려가 주세요. 전 당신 딸이라구요."

"얼마나 말해야 알아듣겠니? 난 네 아버지가 아니야."

"엄마가 당신일 거라고 했어요."

그녀는 야윈 얼굴 위로 흩어진 빨간 머리카락을 매만졌다.

"우린 머리색이 똑같아요. 그리고 엄마가 아편에 빠지기 전에는 당신하고 자주 만났잖아요."

"나랑 일하는 놈들 중에 반 이상이 네 엄마랑 잤어. 게다가 나 같은 빨간 머리는 수두룩하다구. 제기랄, 내가 아는 놈 중에도 그 집의 단골이 네 명은 된다. 그런데 왜 하필이면 나냐?"

그녀는 이 남자가 자신의 아버지이길 바랐다. 엄마한테 찾아올 때마다 술에 취한 상태이긴 했어도 다른 사내들처럼 여자들을 두들겨 팬 적도 없었고, 그나마 제인에게 가장 친절하게 대해 주었다.

"당신이 틀림없어요. 당신이 아니라는 확신도 없잖아요."

그의 턱이 완고하게 굳어졌다.

"내가 맞다고 확신할 수도 없잖냐. 그러니까 어서 돌아가. 난 아이 돌봐주는 방법도 몰라."

"절 돌보신다구요? 왜 그래야 하죠? 제 일은 제가 알아서 할 수 있어요."

그의 거친 얼굴에 순간적인 연민이 스쳤다.

"그래, 아편이나 빨아대는 엄마와 창녀 소굴에서 자랐으니 그럴 만도 하겠지."

그녀는 그 부드러움의 흔적을 놓치지 않았다.

"귀찮게 굴지 않을게요. 많이 먹지도 않을게요. 전 아주 부지런해요. 프렌치네 가게 사람들한테 물어보세요. 쓰레기도 치우고 부엌일도 했는 걸요. 청소도 잘 하구요, 심부름도 아주 잘 해요. 돈계산도 할 줄 알아요."

그녀가 그의 팔을 움켜잡았다.

"뭐든지 다 할게요. 데려가 주시기만 하면요."

"빌어먹을, 안 된다고……."

그는 잠시 말을 멈추고 그녀의 애절한 눈동자를 들여다보았다.

"난 철도 건설일밖에 모르는 놈이다. 솔즈베리에서 일을 맡아달라고 제안이 들어왔어. 나 같은 무식쟁이한테는 큰 기회지. 솔즈베리는 바다 건너 머나먼 영국이란다. 설마 그렇게 먼 곳까지 가고 싶진 않겠지?"

"아뇨, 가고 싶어요. 어디로 가든 난 괜찮아요. 제발 데려가 주세요. 절대 후회하지 않으시게 할게요."

"제발 좀 집어치워라."

그가 성마르게 잡힌 팔을 뿌리쳤다.

"난 창녀 딸이나 데리고 다닐 형편이 아니야. 프렌치네 가게로 돌아가."

그가 다시 기차 쪽으로 걷기 시작했다.

이런 거절이 놀랍지는 않았다. 지금껏 언제나 거절당하며 살아왔으니까.

철도일 하는 아빠를 따라 엄마와 같이 이동해 다니는 아이들과 자신이 다르다는 걸 그녀는 이미 오래 전부터 알고 있었다. 자신은 깨끗한 옷을 입고 토요일 밤마다 목욕을 하고, 일요일 아침에는 교회에 가는 그런 아이들과 같을 수 없다는 것을⋯⋯.

프렌치네의 헛간 한 귀퉁이, 밧줄에 매달아 놓은 지저분한 담요가 그녀의 잠자리였고, 늘상 엄마의 아편 냄새가 코를 찌르는 그곳이 그녀의 세상이었다. 또한 민첩하게 명령을 따르지 못할 때마다 프렌치의 우락부락한 손에 따귀를 얻어맞아야 하는 것이 그녀의 생활이었다.

거기서 도망칠 기회가 생겼는데 이제 와서 물러날 수는 없었다.

그녀는 두 주먹을 불끈 틀어쥐었다.

"난 무슨 수를 써서라도 당신을 따라갈 거예요."

그는 이제 기차 계단 위로 한 발을 올리고 있었다.

"어떻게 해서든 당신을 따라갈 거예요."

"이제 그만해 둬."

"소들베리까지 따라가서⋯⋯."

"솔즈베리야. 거기까지 따라오려면 바다를 헤엄쳐야 할걸."

"그렇게라도 할 거예요. 방법을 찾아낼 거라구요. 두고보세요, 내가⋯⋯."

그녀는 목이 메어 더 이상 말을 잇지 못했다.

"빌어먹을."

그는 기차 계단을 뚫어져라 노려보았다.

"넌 왜 그렇게 고집이 센 거냐?"

"절 데려가 주세요."

그녀는 무슨 말을 어떻게 해야 할지, 어떻게 그를 설득해야 할지 알 수 없었다.

"제발요, 여기 있으면 언젠가…… 엄마처럼 될까봐 겁이 나요. 그곳에서…… 엄마처럼 되고 싶지 않아요."

그는 어깨를 구부정하게 웅크린 채 꼼짝하지 않고 서 있었다.

"환장하겠군!"

그가 빙글 돌아 플랫폼으로 내려섰다. 그리고는 커다란 손으로 그녀의 허리를 감아 번쩍 기차 위로 올려주었다.

"제기랄, 왜 이렇게 가볍냐? 밥 한 끼도 못 먹은 거냐?"

이 사람이 포기한 걸까? 그녀는 감히 믿을 엄두가 나지 않았다.

"몸집은 작아도 전 아주 건강해요."

"그래야 할걸, 날 따라다니려면. 하지만 그렇다고 착각하진 말아라. 난 네 아버지가 아니야. 그냥 패트릭이라고 불러."

"패트릭."

그녀가 고분고분하게 중얼거렸다.

"그리고 네 밥벌이는 네가 알아서 해야 된다."

이제야 찾아든 안도감에 현기증이 일어날 지경이었다.

"그럴게요. 걱정 마세요, 절대 후회하지 않으실 거예요. 제가 할 수 있는 일이라면……."

"여기서 기다리거라, 널 태우려면 차장한테 허락받아야 돼. 빌어먹을, 나더러 표를 사라고 할 텐데. 이 철로를 만드느라 몇 년이나 일했는데 너 때문에 돈을 내야 하다니……."

"두 장 사셔야 돼요."

걸음을 옮기던 그가 불길한 표정으로 천천히 돌아섰다.

"두 장?"

그녀는 마음을 다잡으며, 으슥한 곳에서 기다리고 있던 청년에게 손짓했다.

"리 성도 같이 갈 거예요."

그 중국인 청년이 배낭 하나와 헝겊 가방을 들고 절룩이며 걸어왔다.

"제 친구예요."

"절름발이잖아."

"요리 솜씨가 아주 좋아요."

그녀가 재빨리 말을 이었다.

"전에 프렌치네 가게에서 스튜 드셔보셨죠? 이 오빠가 만들었던 거예요. 그리고 아주 똑똑해요. 나한테 글씨와 셈하는 법도 가르쳐 주고……."

"안 돼."

패트릭이 험악하게 고개 저었다.

"절름발이까지 데리고 다닐 순 없어. 돌아가라고 해라."

그의 마음이 변해서 그녀까지 돌려보내려 하면 어쩌지? 하지만 그녀는 리 셩을 남겨 두고 떠날 수 없었다.

"리 셩은 열일곱 살이에요, 거의 어른이죠. 여러 모로 도움이 될 거예요……."

패트릭의 표정은 여전히 누그러들지 않았다.

"아저씨한테 아무 피해가 없게 할게요. 제가 보살필게요."

패트릭이 어이없다는 듯 그녀를 바라보았다.

"제가 다 알아서 할게요. 표 한 장만 사주세요. 제발…… 부탁드려요."

"내가 돈 찍어내는 기계인 줄 아나?"

"저 혼자 떠날 수는 없어요. 프렌치가 그를 죽도록 괴롭힐 거라구요."

리 셩이 그들 옆으로 다가와서 두 사람의 얼굴을 번갈아 쳐다보았다.

"나도 갈 수 있는 거야?"

제인이 간절한 눈으로 패트릭을 바라보았다.

"정말 미치겠군."

패트릭이 홱 몸을 돌려 차장이 있는 쪽으로 걷기 시작했다.

"오마하까지만이야. 더 이상은 절대 안 돼."

제인의 입에서 안도의 한숨이 터져나왔다.

"됐어. 기차에 타, 리 성."

"오마하가 어디야?"

"나도 몰라. 일단 기차에 타서 계속 데려가 달라고 설득하면 돼. 잘될 거야. 그 아저씨 냉정한 사람이 아니거든."

리 성이 씁쓸하게 중얼거렸다.

"하지만 아일랜드인이잖아. 아일랜드인들은 나 같은 중국인을 싫어해."

"내가 방법을 찾아볼게."

객차의 문을 여는 순간 갑자기 발 밑이 우르르 진동했다. 그녀는 화들짝 놀라며 멈춰 섰다. 그것은 아주…… 이상한 느낌이었다. 건설 노동자들을 쫓아 이곳저곳을 떠돌아다녔지만, 기차를 타보는 것은 생전처음이었다.

리 성이 감탄스레 고개를 주억거렸다.

"대단한데. 사람들이 왜 철마라고 부르는지 알겠어."

"오히려 오빠가 말하던 드래곤 같아. 불을 뿜어내고 꼬리를 흔들어댄다는 드래곤 말이야."

그녀가 통로를 걸어가 자리잡고 나자, 리 성이 선반에 배낭을 올려놓고 그녀의 옆에 헝겊 가방을 내려놓았다.

"앞으로 우리 둘 다 익숙해져야 돼."

그녀는 무릎 위로 두 손을 모아쥐었다. 고약한 담배냄새와 갓 잘라낸 나무냄새, 석탄냄새가 공기중에 배어 있었다. 앞으로는 이 진동과 냄새, 이 시끄러운 소음에 적응해야만 하리라.

그 순간 헝겊 가방 안에서 애처로운 낑낑소리가 흘러나왔다.

제인이 흘깃 창 밖을 내다보았다. 아직 차장과 이야기중인 패트릭의 모습이 보였다. 가방을 열자마자 갈색 섞인 하얀 주둥이가 삐죽 튀어나왔다. 그녀가 강아지의 머리를 부드럽게 쓰다듬었다.

"지금은 안 돼, 샘. 조용히 해."

"이 녀석은 놔두고 올걸 그랬어."

그녀가 발딱 고개를 쳐들고, 리 성을 노려보았다.

"태어난 지 6주밖에 안 된 강아지를 프렌치네에 놔두라구? 그랬으면 제 어미하고 똑같이 굶어죽었을 거야."

리 성이 체념 섞인 미소를 지어보였다.

"그래, 불쌍한 애들을 거두는 게 너의 천성이지. 하지만 네 아버지가 싫어할 텐데."

그녀는 다시 가방을 여며서 리 성에게 건넸다.

"아직은…… 모르잖아. 이 녀석을 데리고 기차 선두에 가 있어. 내가 부르러 갈 때까지 거기서 기다려."

"그 남자가 우리 둘을 기차 밖으로 던져버릴 거야."

"아니, 그런 일은 내가 용납 안 해. 어떻게든 설득해 볼게."

"어떻게?"

"포기하지 않고 끝까지 매달리는 거야. 간절하게 바라는 일이라면 그 일이 이루어지도록 만들 수 있어. 다른 사람들이 다 지칠 때까지 물고 늘어지면 돼."

"그 사람이 오마하에 도착하기 전에 지치길 바래야겠구나."

리 성이 절룩절룩 통로를 걸어내려갔다.

패트릭이 차장과의 얘기를 끝내고 대단히 불쾌한 표정으로 되돌아오고 있었다.

아버지.

그를 그런 식으로 불러서는 안 된다. 그는 그녀를 딸로 인정하지 않았다. 하지만…… 어쩌면 그녀가 열심히 일하고 쓸모 있게 군다면 언젠가 그 단어를 사용할 수 있을지도 모른다.

날카로운 기적 소리와 함께 기차가 덜커덩 앞으로 움직이기 시작하자, 그녀는 있는 힘껏 좌석을 움켜잡았다. 패트릭이 욕설을 중얼거리며 몇 걸음 달려 기차 계단으로 훌쩍 뛰어올랐다. 차가운 대기 속에 증기를 뿜어내며, 그 까만 드래곤이 날림으로 지은 판잣집들과 낡은 천막들을 천천히 지나쳐갔다.

제인은 두려움과 맞서싸우며 창 밖으로 스치는 풍경들을 바라보았다. 그녀가 알아왔던 모든 것들이 눈앞에서 멀어지고 있었다.

"돌아가고 싶으냐?"

그녀는 아버지…… 아니, 패트릭의 희망 섞인 표정을 올려다보았다.

"다음 역에서 집으로 보내줄 수 있다."

"아뇨."

"마지막 기회야."

프러몬터리 포인트는 마치 존재하지도 않았던 것처럼 시야에서 사라졌고, 그와 동시에 그녀의 두려움도 저 멀리로 사라졌다.

"아뇨."

그녀가 비록 집이란 것이 어때야 하는지 알지 못한다 해도, 최소한 프렌치네 가게 같은 곳이 아니라는 것만은 확신할 수 있었다. 이곳저곳으로 이동해야 하는 아버지를 따라다니려면, 이 푹푹거리며 울어대는 드래곤이 지금부터 그녀의 집이 될 것이다. 이것에 대해 모든 것을 배우고 자신의 것으로 만드는 작업이 필요하리라.

그래, 아버지와 마찬가지로 그녀에게도 이 철로가 삶의 일부가 되어야 하리라.

그녀는 긴장하지 않은 척 딱딱한 좌석에 등을 기댔다.

"전 안 돌아가요. 아까는 조금 겁났지만, 이젠 아무렇지도 않아요."

패트릭이 짜증스레 그녀의 옆자리로 털썩 내려앉았다.

그녀는 눈을 감고 철로 위를 구르는 바퀴 소리에 귀를 기울였다. 조금씩 거인의 심장박동 같은 금속성과 씩씩거리는 증기 소리가 몸 속으로 흡수되는 듯했다. 어쩌면 이 드래곤은 전혀 두려운 존재가 아닐지도 모른다. 때가 되면 그녀를 친구로 맞아들여 모든 비밀을 얘기해줄지도 모를 일이다…….

아이리스 요한슨
The Tiger Prince

1

1876년 4월 3일, 아프리카의 크루거빌

루엘은 먹잇감에게 달려드는 아름다운 호랑이 같았다.

오른손에 단검을 움켜쥐고서 미소짓는 모습……. 그는 지금 벗은 상체를 구릿빛으로 반짝거리며, 커다란 칼을 든 혼혈 거인과 대결하는 중이었다.

이안은 술집의 자욱한 연기 너머로 두 남자를 바라보며 다소 충격적인 느낌을 감출 수 없었다. 루엘이 이렇게 치명적으로 보일 줄은 미처 예상치 못했다. 하지만 돌이켜보면, 어렸을 때부터 루엘은 길들여지지 않은 야수와 같았다. 지금도 여전히 길들여진 흔적은 보이질 않는다.

한때 마거릿이 추락한 천사의 아름다움이라고 표현했던 얼굴에는 세월의 흔적이 새겨졌지만, 사람의 시선을 잡아끄는 마력은 여전했다.

갑자기 혼혈 거인이 칼을 내리치자 루엘이 슬쩍 그 공격을 피해내며 낮게 웃음을 터트렸다.

"지겨워지기 시작하는걸, 바락. 잘 좀 해보라구."

미라가 이안의 팔을 움켜잡았다.

"서 있지만 말고 어떻게 좀 해 봐요. 바락이 그를 죽일 거라구요."

이 캠프의 창녀 중 하나인 이 여자는 분명 루엘에게 특별한 감정을 지닌 듯했다. 그건 그리 놀라운 일이 아니었다. 루엘의 잘생긴 얼굴과 태평스런 분위기는 사춘기로 접어들기 전부터 여자들을 끌어들였으니까. 하지만 그녀의 말이 사실로 입증될까봐 걱정스럽긴 했다.

바락이라는 사내는 울퉁불퉁한 근육에 2미터 10센티미터의 거인으로, 그에 비하면 177센티미터의 루엘은 어린애 같았다. 그렇다 해도 어릴 때부터 깡패녀석들을 상대하던 루엘의 실력도 만만치는 않으리라.

"두고보자구. 루엘은 이런 일에 끼어드는 거 싫어해."

혼혈 거인이 다시 한 번 돌진해오자, 루엘은 고양이처럼 날렵하게 칼날을 피했다.

"나아졌어. 하지만 이 정도로는 안 돼. 너무 서툴러."

바락이 성난 고함을 외치며 다시 덤벼들었다.

하지만 이번에도 루엘은 잽싸게 피했다.

다음 순간, 바락의 옆구리에 빨간 핏물이 배어나왔다.

"칼 다루는 솜씨가 형편없군. 내가 한 수 가르쳐 주지."

그는 코브라와 맞붙은 몽구스처럼 재빠르게 거인의 주위를 돌아나갔다.

"하지만 금방 죽을 놈한테 시간낭비할 필요가 있을까."

그제서야 이안은 이 싸움이 시퍼렇게 멍든 눈두덩과 긁힌 상처만으로 끝나는 어린애들의 싸움과는 다르다는 것을 알아차렸다. 그가 곁에 서 있는 여자에게 시선을 돌렸다.

"경관을 부르는 게 낫겠어."

여자가 당혹스레 그를 쳐다보았다.

"경관이라뇨?"

"합법적인 중재자 말이야."

"여긴 그런 거 없어요. 당신이 말려야 해요. 바락은 루엘을 죽여서 소유권을 빼앗으려는 속셈이라구요."

이안은 욕설을 중얼거리며 술집 안을 둘러보았다. 이 지저분한 소굴에 있는 놈들에게 도움받을 가능성은 희박해 보였다. 모두들 흥미롭게, 아니 어쩌면 잔인하게 둘의 대결을 지켜보고 있었다.

아무런 준비가 갖춰져 있지 않다 해도, 이안밖에 나설 사람이 없을 듯했다. 루엘이 살인을 저지르는 일을 두고 볼 수는 없었다.

바락이 다시 덤벼들었고 루엘이 살짝 피해나갔다. 이번에는 바락의 팔뚝에 긴 핏물이 번져났다.

"이젠 정말 지루해졌어."

루엘이 중얼거렸다.

이안은 루엘이 진짜로 살인을 저지르기 직전이라는 걸 알아차렸다. 무슨 방법이든 찾아야 했다…….

그 순간 바락의 칼날이 루엘의 뱃가죽에 살짝 스쳤다.

"잘 했어."

놀랍게도 루엘은 고개를 끄덕거렸다.

"상대의 자만심을 이용할 줄 알아야지. 보기보다 둔한 놈은 아니로군."

이안의 옆에 있던 여자가 대뜸 두 사내를 향해 달려나갔다.

"안 돼!"

이안이 테이블 위의 위스키 병을 움켜잡고 뒤쫓아갔다. 물론 손님들에게 양해를 구하는 절차도 잊지 않았다.

"미안하지만, 이게 필요해서 말이오."

미라가 거인의 뒤에 달라붙어 필사적으로 목을 조였다.

루엘이 당황스레 멈칫했다가 웃음을 터트렸다.

"물러서, 미라. 그놈은 나한테 맡겨."

바락이 성난 곰처럼 몸을 흔들어 여자를 바닥으로 떨어뜨렸다.

바락이 그녀에게 칼을 치켜올리자, 루엘이 앞으로 나서며 거인의 등에 칼을 들이댔다.

"그 여자 말고 내가 너의 상대라구. 이 얼간이 황소야."

바락이 다시 루엘 쪽으로 돌아섰을 때, 루엘의 푸른 눈동자가 야만적으로 번들거렸다.

"이제 넌 끝장이야……."

이안이 앞으로 나서며 조용히 입을 열었다.

"안 돼, 루엘."

루엘의 눈이 휘둥그래졌다.

"이안? 어떻게……."

그 틈을 이용해서 바락이 루엘의 어깨에 칼날을 내리그었다. 심장을 겨냥한 공격. 마지막 순간에 루엘이 몸을 틀지 않았더라면 어깨뿐만 아니라 가슴까지 베어졌을 것이다.

여자의 비명 소리와 루엘의 일그러진 얼굴을 알아차리는 순간, 이안은 무의식적으로 위스키 병을 들어 거인의 머리를 냅다 후려갈겼다. 유리병이 산산조각 나고 술이 사방으로 튀어나갔다. 거인이 신음하며 비틀거리다가 털썩 바닥으로 쓰러졌다.

이안은 쓰러지려는 루엘을 재빠르게 받쳐들었다.

"빌어먹을, 도대체 왜……."

"가만 있어. 널 집으로 데려가려고 왔어."

눈을 뜨자마자 루엘은 자신의 판잣집에 누워 있음을 알아차렸다. 늘상 보아왔던 깨진 천장 틈으로 별들이 보였다.

"깨어났냐?"

루엘의 시선이 옆에 앉은 사내에게로 옮겨졌다.

긴 매부리코, 커다란 입술, 움푹 패인 갈색 눈동자. 그 눈동자의 지적이고 쾌활한 분위기만 아니라면 못생겼다고 할 만한 얼굴. 이안의 얼굴이었다.

"괜찮아질 거야. 아직 열이 나긴 하지만 차츰 좋아지고 있어."

이안의 친근한 목소리가 갑작스레 묘한 아픔을 불러일으켰다. 루엘은 고향에 대한 향수일 리 없다고 강하게 부정했다. 분명 열 때문이다. 글렌클라렌을 떠나온 후의 처음 6주 말고는 감상적인 향수 따윈 다 잊어버리고 살지 않았던가.

"여기서 뭐하는 거야?"

"말했잖아, 널 집으로 데려가려고 왔어."

이안이 물그릇에 천을 적시며 대답했다.

"날 무덤으로 데려갈 뻔했다구. 내 싸움에 끼어들지 말라고 항상 충고했을 텐데."

"미안해. 네가 성질이 난 것 같아서 말야. 그 얼간이를 정말로 죽일 생각은 아니었겠지만."

"그렇게 생각해?"

이안은 물수건을 짜서 루엘의 이마에 올려주었다.

"살인은 큰 범죄야. 그런 무거운 짐이 없어야 살기가 더 편하지. 물 좀 마실래?"

루엘은 고개를 끄덕이고 나서 물을 따르는 이안의 모습을 지켜보았다. 삼십대 중반의 나이였지만 예전의 모습과 그리 달라진 것은 없었다. 루엘을 가볍게 들어올릴 수 있는 힘, 단정하게 깎은 머리, 은근하게 말하는 방식까지도.

"저기 냄비에 스튜가 있어. 미라가 두고 간 지 삼십 분밖에 안 됐으니까 아직 따뜻할 거야."

루엘은 물을 마시고 나서 고개를 흔들었다.

"그럼 나중에 먹어. 그 여자, 너한테 꽤나 정성이더군."

"이런 소굴에서는 믿을 수 있는 놈한테 들러붙어야 하는 거야."

"같이 잤겠지?"

루엘이 씨익 미소지었다.

"내가 그런 방면에 소질이 있긴 해. 하지만 여자 목숨까지 위험해질 경우에는 좀 다르지. 하여튼 회복될 때까지 그 여자가 날 돌봐줄 테니까 형은 여기 있을 필요 없어."

"정말 아무것도 안 먹을 거야? 기운을 차려야 여행할 수 있잖아. 음, 2주일 내로 출발하자."

"난 안 가."

"가야 돼. 여기서 뭘 하려는 거냐? 바락이 벌써 네 권리를 다 빼앗아 갔다던데."

"개자식."

"그래도 난 그놈이 나한테 복수하지 않고 너의 소유권만 훔쳐간 게 다행스럽다. 바락하고 또 한바탕 붙을 생각이냐?"

루엘이 잠시 생각에 잠겼다.

"아니."

"현명하군."

이안이 고개를 갸우뚱했다.

"하지만 너답지 않은 행동인데. '눈에는 눈, 이에는 이'가 너의 좌우명이었잖아."

"아, 그건 지금도 마찬가지야. 하지만 사소한 일인 경우에는 운명이 복수하게끔 내버려두는 것도 괜찮지."

"무슨 뜻이야?"

"여기 광산은 일 주일 전에 이미 다 바닥났어."

루엘이 만족스럽게 미소지었다.

"그 자식, 등이 휘어져라 일해 봐도 금 한 주머니 이상은 안 나올

걸.”

“그렇군. 그럼 이번 광산도 제이렌버그처럼 실패작이냐?”

“그건 어떻게 알았어?”

“거기서 6개월 작업하다가 이동했다는 것 정도만 알 뿐이야. 너 정말 지독히도 싸돌아다녔더구나. 오스트레일리아, 캘리포니아, 남아프리카……”

“아는 게 많은 모양이군.”

“별로. 널 찾으려고 사람 하나 썼는데 그 녀석이 신통치가 않더라구.”

그가 절레절레 고개 저으며 루엘의 이마에 다시 시원한 물수건을 올려주었다.

“이제 나이도 있는데 무지개 좇는 일은 이쯤에서 그만두는 게 어때?”

“난 무지개를 좇은 적 없어. 무지개 끝에 있는 금 항아리가 내 목표라구.”

“그래, 황금. 황금 광산을 찾아서 스코틀랜드 최고의 부자가 되는 게 너의 꿈이었지.”

“그렇게 될 거야.”

“열다섯 살 때부터 지금까지 헤매다녔어도 아직 못 찾았잖아.”

“그걸 어떻게 확신해?”

이안은 오두막 안의 초라한 가구들과 군데군데 구멍이 뚫려 있는 천장을 둘러보았다.

“네가 금광을 찾아내고도 이런 상태라면, 맥도널드 늙은이보다 더 구두쇠가 된 걸 거야.”

루엘의 얼굴에 미소가 번졌다.

“맞아, 그 매기 맥도널드는 어떻게 됐어? 둘이 결혼했어?”

“마거릿은 병든 아버지를 버려두지 않아. 아마 돌아가실 때까지 결혼하지 않을 거야."

"아직도? 맙소사, 그러다간 늙어 꼬부라질 때까지 결혼 못 하겠어."

"그게 신의 뜻이라면 어쩔 수 없는 일이지. 그건 그렇고 시니다가 뭐냐?"

루엘의 몸이 대뜸 굳어졌다.

"시니다?"

"열이 높았을 때 네가 그 말만 계속하더라."

"다른 건?"

"없어. 시니다…… 시니다, 그 말뿐이었어."

루엘이 긴장을 풀었다.

"별거 아니야. 그냥 내가 한 번 가봤던 곳이야."

"네가 가본 데는 수백 군데도 넘을 거다. 이젠 집으로 돌아가서 정착할 때가 되지 않았냐? 아버지가 돌아가셨어."

"알아. 형 편지 받았어."

"답장 안 보냈잖아."

"그럴 필요가 있나? 몇 년 전부터 아버지는 나한테 중요한 사람이 아니었어. 글렌클라렌도 마찬가지고."

"나는?"

"글렌클라렌은 형의 전부인걸."

"그건 맞아. 난 그 땅덩이의 호수, 돌, 이끼까지 다 사랑해."

"그럼 그곳으로 돌아가."

"너하고 같이 가야 돼."

이안이 바닥을 내려다보며 어색하게 말을 이었다.

"그 동안 널 사랑하지 않아서 데리러오지 않은 게 아니야. 아버지가 너한테 심하게 구셨다는 거 알아. 하지만…… 찾아오기가 힘들었어. 그게 언제나 후회스러워……."

"무슨 쓸데없는 죄책감이야?"

루엘이 고개를 흔들었다.

"난 형한테 그런 거 기대하지도 않았어."

"내가 나 자신한테 바란 거야."

한순간 루엘의 마음에 따뜻함이 밀려들었다. 애정? 그런 부드러운 감정 따위는 몇 년 전에 다 없어진 줄 알았는데…… 애정은 위험하다. 그런 질척한 감정에 빠지기보다는 표면 위에서 스쳐 다니는 것이 훨씬 안전하리라.

"형은 언제나 바보 같았지."

이안이 온화하게 미소지었다.

"그래. 하지만 어쨌든 난 널 글렌클라렌으로 데리고 갈 거야."

루엘은 짜증과 무기력함이 뒤섞인 시선으로 형을 바라보았다. 이안은 언제나 루엘에 대한 아버지의 부당한 대우에 죄책감을 가지고 있었다. 이제 그 일을 바로잡고 싶은 모양이었다. 일단 마음을 정하면 결코 포기하지 않는 이안의 완고함을 모르는 바가 아니었다.

"내가 왜 돌아가야 해? 거긴 내가 바라는 게 아무것도 없어."

그러나 루엘은 이안의 단호한 표정을 보면서, 처음으로 골치 아프겠다는 생각이 들었다.

빌어먹을, 앞으로 몇 달 동안 해야 할 일이 얼마나 많은데.

"형 혼자 돌아가."

"싫어."

"내 일을 방해하지 말라구. 난 몸이 나으면 카산포르로 갈 거야."

"시니다가 아니고?"

"시니다로 가는 중간 과정이라고 해두지."

이안이 눈살을 찌푸렸다.

"그런 지명은 들어본 적이 없는걸."

"인도에 있어. 마하라자 사빗사가 다스리는 곳이야."

"또 이교도 지방을 배회하려는 거야? 차라리 글렌클라렌으로 돌아가는 게 낫겠다."

"난 카산포르로 갈 거야."

이안은 한동안 동생을 응시하다가 체념 섞인 한숨을 내쉬었다.

"여행할 돈은 있냐?"

"이번 광산에서 꽤 짭짤하게 거둬들였어. 미라한테 한밑천을 떼어주고도 충분히 남아."

"다행이구나. 그럼 내 여행 경비도 네가 대라. 네가 이런 짓거리에 싫증이 날 때까지 널 따라다니는 수밖에."

"싫증이 안 난다면?"

"좀더 기다려야겠지."

"빌어먹을, 카산포르에서 아주 중요한 일을 해야 한다구. 형 때문에……."

이안은 의자에서 일어나 화로 쪽으로 움직여갔다.

"그 얘긴 나중에 듣자. 지금은 스튜나 한 그릇 먹어. 여행하려면 기운부터 차려야지."

1876년 5월 6일, 인도의 카산포르

"안녕하신가, 바너비 양. 이런 밤시간에 여자 혼자 돌아다니면 위험할 텐데."

낮고 부드러우면서도, 위협이 담긴 목소리였다. 제인이 기겁을 하며 휙 돌아보았다. 바로 몇 발짝 뒤에 아브다 왕자와 건설부지로 그녀를 찾아왔던 파찰이 따라붙어 있었다.

젠장, 미행당하는 걸 알아차리지 못하다니!

그녀는 본능적으로 어둠이 깔린 거리를 내달리기 시작했다.

하지만 너무 늦었다. 모퉁이를 돌아서기도 전에, 힘센 손아귀에 붙잡혀 돌아서야 했다.

그녀의 앞에 아브다가 서 있었다. 파찰이 그녀의 뒤로 돌아가 두 팔을 움켜잡고 꺾어올렸다. 그녀의 배낭이 땅으로 툭 떨어졌다.

"얘기 좀 하자는데 도망치는 건 예의가 아니지."

아브다가 랜턴을 바닥으로 내려놓으며 입을 열었다.

"아무래도 예의범절을 가르쳐 줘야 할 것 같구나, 파찰."

파찰이 그녀의 왼팔을 비틀었다. 제인은 비명을 지르지 않으려 입술을 깨물었다.

"며칠 전에 네가 비협조적으로 굴어서 말이야. 이렇게 따로 만나는 게 나을 것 같았지. 자, 카타우크는 어딨냐?"

"그게 누군데……."

그녀의 팔이 더 위쪽으로 비틀려 올라갔다.

"파찰의 성미를 건드리지 마. 너를 쫓아다니느라고 삼 일 동안 고생했거든. 카타우크는 어딨냐?"

"몰라요……."

파찰의 손이 더 우악스러워지자, 어깨에서 팔이 떨어져나가려 했다. 끔찍한 고통으로 인해 기절해 버릴 것 같았다.

안 돼! 이런 자들 때문에 평생에 처음으로 기절해 버린다는 건 있을 수 없는 일이다.

"더."

아브다의 지시에 따라 제인의 고통은 한참이나 더 지속되었다.

"왜 그렇게 고집스럽지? 결국에는 말하게 될 텐데. 넌 연약한 여자야. 오래 버티는 건 어리석은 짓이야."

몽롱한 고통 속에서도 제인은 울화가 치밀었다. 미행당하는 걸 눈치채지 못할 정도로 어리석긴 하지만, 절대로 약하진 않았다.

"카타우크가 너한테 뭐길래 이렇게 감싸고도는 거냐?"

파찰이 그녀의 팔뚝을 움켜쥔 채로 속삭였다.

"전하께 어서 말씀드려."

"난 그런 사람 몰라요."

"그 녀석이 꽤나 즐겁게 해줬나보군. 하지만 이젠 포기해야 할 거야. 전하께서 그놈을 돌려받고 싶어하시거든."

그 순간 아브다의 손이 그녀의 셔츠 위로 젖가슴을 감싸쥐었다.

"네가 그리 못생긴 건 아니니까 다른 사내를 찾을 수 있을 거다. 나라도 널 받아줄 수 있어."

아브다 왕자가 찬찬히 그녀의 얼굴을 뜯어보았다.

"그래, 봐줄 만하군. 광대뼈가 너무 튀어나오긴 했지만 입술은 꽤 귀여워. 어디 몸매도 한 번 볼까?"

그가 느슨한 셔츠의 단추를 풀어 젖가슴을 드러냈다.

"오호, 망측한 남자옷 속에 이런 보물이 숨겨져 있었다니……. 비쩍 말라보여서 기대도 안 했는데 말이야. 꽤나 풍만한걸."

그가 그녀의 젖가슴을 양손으로 감아쥐고 위로 들어보았다.

"이 손…… 치워요."

그녀가 잇사이로 내뱉었다.

파찰이 그녀의 어깨 너머로 고개를 내밀어 젖가슴을 살펴보았다.

"젖꼭지가 장미색인 것 같네요. 미라드는 커다란 포도알 같던데."

그녀가 빠져나가려 바둥거렸다.

"안 돼!"

파찰의 손아귀 힘이 다시 죄어들었다.

"영광스럽게도 전하께서 만져 주시는데 가만히 있어야지."

"지금까지 외국 여자하고는 자본 적이 없는데……. 이 정도면 꽤 오랫동안 즐거울 것 같군."

아브다가 미소지으며 그녀의 땋은 머리를 재빠르게 풀어냈다.

"물론 바지와 셔츠는 허락할 수 없지. 아주 여자다운 옷을 입혀줄 게."

그가 그녀의 등과 가슴 위로 풀어헤쳐진 머리카락을 쓰다듬었다.

"검붉은색이군. 땋았을 때는 갈색인 줄 알았는데."

그의 손이 다시 젖가슴으로 돌아갔다.

"너의 벌거벗은 몸을 내 침실에 묶어 놓아야겠어. 널 궁궐로 데려가서 순종하는 법을 가르쳐 준다 해도, 누구 하나 신경 쓸 사람이 없지."

그녀의 몸에 소름이 돋았다.

"당신 아버지가 허락하지 않을 걸요."

"그분은 나의 즐거움을 간섭하지 않으시지. 여자 하나쯤 중요할 게 없거든."

그 말이 맞기는 했다. 마하라자는 제 아들만큼이나 거만하고 이기적인 인간이었다.

"하지만 철로에 대해서는 다르죠. 내 도움이 없으면 그 철로는 완성되지 않을 거예요."

"네가 아비를 잘 돕는 것 같긴 하더군. 그래, 다시 생각해 볼 수도 있어. 네가 카타우크를 내주기만 하면."

"그런 사람 몰라요."

그가 파찰에게 고갯짓을 하자, 그녀는 다시 한 번 비명을 지르지 않으려 이를 악물어야 했다.

"나의 인내심을 더 이상 시험하지 말아라. 오늘밤에는 카타우크를 찾아내야겠어. 말해, 어서."

그녀는 고통과 공포를 무시하려 애쓰며 머리를 굴렸다. 더 이상 카타우크를 모른다고 해봤자 소용없을 것 같았다. 아브다는 원하는 대답을 들을 때까지 계속 고문할 것이다.

"좋아요. 알고 싶은 게 뭐죠?"

"이제야 정신을 차렸군. 카타우크를 안다고 인정하는 거냐?"

그녀가 고개를 끄덕였다.

왕자의 신호를 받은 후, 파찰이 그녀의 손을 풀어놓았다.

"지난 삼 일 간 넌 밤마다 방갈로에서 사라졌어. 카타우크를 만나러 간 거겠지?"

"네."

그가 땅에 떨어져 있는 배낭을 흘깃 쳐다보았다.

"식사를 가져다 준 건가?"

그녀가 다시 고개를 끄덕였다.

"그건 잘 했어. 카타우크가 굶어죽는 건 바라지 않으니까."

그의 손이 부드럽게 그녀의 목을 쓰다듬었다.

"이젠 그 녀석이 있는 곳을 말해 봐."

"강둑의 가게 중 하나에 숨어 있어요."

"어떤 가게?"

"줄무늬 차양이 있는 노란색 건물이에요."

"카산포르의 가게 중 절반이 그렇게 생겼어. 네가 직접 안내해."

"그럴 필요 없잖아요. 다 얘기했는데."

"하지만 그게 과연 사실일까? 널 보내 주기 전에 확인해 봐야지. 파찰, 랜턴 들어."

파찰이 랜턴을 집어들기 위해 아브다의 옆으로 움직여갔다.

제인은 표정을 들키지 않으려고 재빨리 눈을 내리깔았다. 그녀의 뒤에 아무도 없는 지금, 이보다 더 좋은 탈출 기회는 없으리라.

"다 말씀드렸으니까 이제……."

그녀가 아브다에게 달려들어 그의 입술을 냅다 들이받았다.

그가 비명을 지르며 손을 풀어놓는 사이, 그녀는 빙글 돌아 구불구불한 자갈길로 뛰쳐나갔다.

"잡아!"

그녀의 뒤로 쿵쿵거리는 발소리와 아브다의 험악한 욕지거리가 들려왔다.

왼쪽 모퉁이를 돌아서는 동안 그들의 발소리가 점점 가까워졌다.

'어디로 가야 하지?'

왼쪽.

오른쪽은 강으로 연결되어 있고 왼쪽에는 바자가 있다. 어둠이 내린 지 얼마 되지 않았으므로 아직 시장바닥이 북적거릴 것이다.

그녀는 다시 모퉁이를 돌아 사람들 틈으로 끼어들었다.

차양 달린 가게에 랜턴들이 매달려 있고, 양탄자를 실은 낙타 한 마리가 육중하게 무리들 속으로 움직이고 있었다.

시끄러웠다. 거지들의 구걸 소리, 저마다 외쳐대는 상인들의 소리.

가죽 상점, 낮은 의자에 앉아 은수저를 휘둘러대는 남자, 앵무새들이 꽥꽥거리는 새장 옆으로 정신없이 내달렸다. 흘깃 뒤를 돌아보았을 때 그녀의 가슴은 철렁 내려앉았다. 왕자의 행차를 알아차린 사람들이 길을 열어주고 있었다.

문득 바자의 서쪽 끄트머리에 냄비를 잔뜩 싣고 서 있는 코끼리 한 마리가 눈에 띄었다. 아브다는 코끼리를 지독하게 싫어했다. 그쪽으로 갈 수만 있다면 추적을 따돌릴 수 있을지도 모른다. 그녀는 채소 가게에 몰려 있는 사람들 속으로 숨어들어 그 옆가게에서 왼쪽으로 돌아 코끼리 곁을 지나쳤다. 그런 다음 생선 가게 뒤로 납작하게 웅크려 앉았다.

생선 비린내, 코끼리 똥과 쓰레기 냄새, 또 옆가게에서 풍겨나오는 지독한 향수 냄새가 섞여들어 숨이 막힐 지경이었다. 코를 부여잡고 간신히 숨을 참으면서 작은 공간 사이를 내다보았다. 사람들의 아랫부분밖에 보이지 않았다.

아브다와 파찰이 어떤 신발을 신고 있었지? 빌어먹을, 아브다와 파찰의 밉살스러운 얼굴밖에 떠오르지 않았다.

"우리가 왜 이런 불편한 장소에 있어야 하는 건지 말해 줄래?"

그녀가 화들짝 고개를 돌려 목소리가 들리는 어둠 속을 노려보았다. 몇 미터 떨어진 곳에 리 성이 한 쪽 발을 쭉 뻗은 채 앉아 있었다.

"여기서 뭐하는 거야?"

"네가 이 고약한 곳으로 뛰어드는 걸 보고 따라왔어."

"도시 입구에서 기다리라고 했잖아."

"거긴 너무 눈에 띄어서 말이야. 여기 사람들은 중국인을 싫어하잖아. 내 변발을 잘라내겠다고 덤벼들면⋯⋯."

"조용히 해."

그녀가 다시 거리 쪽으로 돌아앉았다.

"아브다한테 쫓기는 중이야."

"그가 직접?"

그녀는 작은 틈새로 사람들의 행렬을 살펴가며 고개를 끄덕였다.

"삼 일 전에 건설부지로 찾아왔던 남자하고 같이. 방갈로에서부터 날 미행했었나봐. 난 그것도 모르고⋯⋯. 음식이 든 배낭을 잃어버렸어."

리 성은 그녀의 헝클어진 머리와 풀어진 셔츠를 훑어보았다. 그의 입술이 험악하게 굳어졌다.

"피해가 그것 뿐이야?"

그녀가 익히 잘 아는 표정이었다. 조심하지 않으면 리 성의 보호본능이 발동해 버릴 터였다. 그녀는 씨익 미소지어 보였다.

"내가 아브다의 입을 호두처럼 쪼개놨어. 그 다음에 바람처럼 도망쳤지."

그녀는 재빠르게 셔츠 단추를 잠근 다음 바지 주머니에서 작은 조각칼 하나를 꺼내들었다.

"이거 카타우크한테 갖다줘. 어제 바자에서 산 건데, 어차피 그 사람은 먹을 것보다 이걸 더 좋아할 거야. 음식은 내일 갖다줄게."

리 성이 고개를 흔들었다.

"아브다가 널 의심한 이상 그런 짓은 너무 위험해. 지금부터는 내가 가서 가져올게."

"그럼 저녁 때마다 보급품 창고에 배낭 하나씩을 놓아둘게."

그녀가 다시 주머니에서 열쇠 하나를 끄집어냈다.

"이걸로 열어. 조심하고."

"너도."

리 성이 열쇠를 받아든 다음 어렵사리 일어나 그녀에게 절룩이며 다가왔다.

"돌아앉아 봐."

"왜?"

"머리 땋아줄게. 헝클어진 건 보기 안 좋아."

"여기서?"

"사람들 시선을 끌지 말아야 하잖아. 나처럼 그냥 까만 머리라면 문제될 것도 없겠지만, 네 머리는 너무 화려해서 금방 눈에 띈다구."

"화려하지 않아."

"그럼 볼품없다고 해두지. 머리는 원래 까만색이어야 하는 거야. 하늘님께서 중국인을 만드신 후에 피곤하셨던 모양이야. 그래도 어떻게 노란색과 빨간색을 구별 못 하시고 다 섞어놓으신 건지……."

그가 재빠른 손놀림으로 그녀의 머리채를 하나로 땋기 시작했다.

지난 몇 년 간 익숙해진 그 손길에 그녀의 심장박동이 점차 안정되고 두려움도 사라져갔다.

"어때? 그 사이에 또 열은 안 올랐어?"

"2주 동안 아무 문제 없었어. 걱정하지 마. 건강에 신경 쓰고 있으니까. 아픈 바람에 한 달 간이나 일을 못 했는걸."

"거의 죽을 뻔했잖아. 그래도 건강하다니 다행이야. 그건 그렇고 이 남자를 보호하는 건 현명한 짓이 아닌 것 같아."

"왜?"

"그 사람이 무기력해 보일지는 모르지만, 장애물이 나타나면 기관차처럼 깔아뭉갤 타입이라구."

그 말이 맞을지도 몰랐다. 하지만 그래도 카타우크를 아브다에게 넘겨줄 수는 없었다.

"그 사람, 친절하게도 내 부탁을 들어줬는걸."

"자기가 좋아서 한 일이야. 배고픈 사람이 먹을 걸 받아먹은 거나 마찬가지야."

"패트릭이 이 일을 알게 되면 많이 화낼 거야."

"알게 될 리 없어. 물어보지도 않을 텐데, 뭐. 이 빌어먹을 철로를 건설하느라 바빠 죽을 지경이야."

"술 마시고 여자 꼬시느라 바쁘다는 말이겠지. 철로 건설은 네가 맡을 테고."

그녀는 굳이 반박하지 않았다.

"카산포르를 떠나기만 하면 나아질 거야."

"넌 날이 갈수록 야위어가고 있어. 패트릭은 점점 게을러지고. 그런데도 그 자신은 그걸 몰라. 신경 쓰지 않는 건지도 모르지."

"신경은 쓰고 있어. 그냥 여기 날씨가 너무 더워서 그래."

"목이 말라서 그렇게 마셔댄다는 거야?"

사실 요즘의 패트릭은 오후부터 시작해서 한밤중에 고꾸라질 때까지 술을 퍼마셨다. 하지만 그건 모두 이 나라의 지독한 더위 때문이었다. 지난번 영국에서 당면했던 어려움들은 이곳의 숨막히는 열기와 형편없는 일꾼들, 수시로 파산시키겠다고 을러대며 불가능한 일들을 요구하는 마하라자의 존재에 비하면 아무것도 아닌 듯싶었다.

"그런 얘기하기 싫어."

그녀는 조심스레 거리를 살펴보고 나서 일어섰다.

"방갈로로 돌아가서 잠 좀 자야겠어. 내일부터는 다리 위에 철로를 놓아야 돼."

"내일도 패트릭은 코빼기 한 번 보이지 않겠지."

"상관없어. 내가 좋아서 하는 일인걸."

"고생은 네가 하고 공로는 패트릭이 가로채고."

"아저씨한텐 내가 필요해."

"그래서 더 이상 퍼줄 게 없을 때까지 퍼줄 셈이야?"

그녀가 반박하려 하자, 리 성이 한 손을 들어 침묵시켰다.

"내가 무슨 자격으로 불평할 수 있겠어? 나도 패트릭처럼 받기만 하는걸."

"말도 안 돼. 오빠 누구보다 더 열심히 일하잖아."

그녀가 살금살금 통로 쪽으로 움직여가기 시작했다.

"아브다가 방갈로에서 기다리고 있으면 어쩔 거야?"

그녀가 돌아보며 미소를 보냈다.

"내 걱정은 하지 마. 오빠 카타우크나 안전하게 보살펴 줘."

문득 그녀의 뇌리에 한 가지 생각이 스쳤다.

"오빠 혹시 자브리네 갔다오느라 바자에 있었던 거 아냐?"

리 성이 무덤덤한 표정으로 어깨를 으쓱였다.

"아브다가 오빠 얼굴을 안단 말이야. 여기서 눈에 띄면 오빠도 안전하지 않아."

"카타우크한테 데려다 주진 않을 테니까 걱정 마."

"그게 문제가 아니잖아. 오빠가……."

"네가 상관할 일 아니야."

그녀는 그가 마음의 문을 닫아거는 것 같아 화가 나기도 하고 답답했다. 어떻게 리 성의 안전에 신경 쓰지 않을 수 있단 말인가.

"조심하겠다고 약속할 수 있지?"

"알았어."

그 정도가 지금 리 성에게 받아낼 수 있는 최소한의 양보였다. 하지만 위험이 계속된다면, 자브리네에 드나드는 걸 막아야 하리라. 그녀는 양쪽 주변을 신중하게 살핀 다음, 재빠르게 바자를 통과해 나갔다.

2

1876년 5월 30일, 인도의 카산포르, 사빗사 궁궐

"이런 건 본 적이 없어. 이게 대체 뭐야?"

이안이 혐오스럽다는 듯 테이블 위의 조각상을 바라보았다.

피맛을 보는 듯 혀를 쭉 내밀고 네 개의 손 중에서 왼손 하나에 피 묻은 칼을 쥐고 다른 하나에는 사람 머리를 거머쥔 여자의 조각상이었다.

"탁월한 예술품이지."

루엘은 그 여인의 검에서 떨어지는 황금 핏방울을 살며시 만져보았다.

"휴우, 대단한걸. 어떤 장인이 만들었을까⋯⋯."

"이렇게 괴상망측한 걸 접견실에 놓아두다니 아브다 왕자가 아주 특이한 사람인 모양이다. 넌 뭐가 그렇게⋯⋯. 그래, 황금 때문이로군. 넌 황금 망토만 둘렀으면 악마라도 아름답다고 생각할 테지."

루엘이 씨익 웃어보였다.

"망토 정도로는 안 돼, 이 여자처럼 화려하게 차려입었으면 모를까."

"아브다 왕자에게 쓸데없는 말 말아라. 여기 사람들은 자기들 신에 대해서 꽤나 민감하다더구나. 난 악어밥이 되고 싶지 않아."

"형은 걱정 안 해도 돼. 미덕보다는 죄악이 더 맛 좋은 법이거든. 놈들은 형보다 날 잡아먹고 싶어할 거야."

"헛소리 좀 그만해."

"아직도 모르겠어? 난 죄악에 빠진 놈이라구. 나한테는 도덕관념 따윈 없어. 앞으로 개발시킬 마음도 없고."

루엘이 조각상을 더 자세히 살피기 위해 쪼그려 앉았다.

"그러니까 매기와 그 사랑스런 스코틀랜드로 돌아가. 형은 여기 있을 사람이 아니야."

"마거릿이라고 불러. 그리고 너도 마찬가지야. 이 이교도의 땅은 문명인이 살 곳이 못 돼."

"지난 12년 간 내가 살았던 곳보다는 훨씬 나은걸. 즈와니거 광산에서는 인간들이 바로 악어였어. 형은 너무 점잖아서 살아남지도 못했을 거야."

"넌 살아나왔잖아."

"그건 내가 악어들의 왕이 됐기 때문이지. 이빨도 잘 갈아뒀고 말이야."

"그러니까 더더욱 집으로 돌아가야 하는 거야. 이런 야만적인 나라는 너한테 전혀 이롭지 않아."

루엘은 이안의 불행한 표정을 알아차렸다. 그는 글렌클라렌으로 돌아가고 싶으면서도 끈덕지게 이곳에 남아 동생을 도와주기 위해 애쓰고 있었다.

"형이 이 자리를 마련하느라 애쓴 거 알아. 그 노고를 생각해서라도 경박한 말은 참아볼게."

"왕자를 만나도 소용없을지 몰라. 피커링 대령이 그러는데, 아브다 왕자는 아버지와 사이가 안 좋다고 하더구나."

"노력해 준 것만으로도 고마워."

"고맙다고?"

이안이 놀란 표정을 지었다가 느릿하게 미소지었다.

"조심해라, 루엘. 고마움도 부드러운 감정 중 하나야. 미덕으로 가는 길 중간에 놓여 있지."

"하지만 그럴 위험은 전혀 없단 말이거든."

루엘의 시선이 조각상으로 되돌아갔다. 거기에는 왠지 그를 불편하게 만드는 무언가가 있었다. 그 조각상 자체가 아닌 그것이 가장 눈에 띄는 자리에 위치해 있다는 그 점이……. 그것은 이곳의 주인이 이 조각상을 대단히 중요시 여긴다는 뜻이기도 하다.

"이제부터는 내가 알아서 할 테니까, 형은 호텔로 돌아가 있어."

"내가 필요할지도 몰라."

"이런 일에는 형보다 내가 훨씬 경험이 많아."

"두고보자구."

이안은 지난 7년 간의 경험이 서로 다르다는 것을 알지 못하는 모양이다. 이안이 글렌클라렌에서 평화로운 인생을 살고 있을 때, 루엘은 소용돌이를 헤치며 살아오지 않았던가.

"그럼 마음대로 해. 조금 걱정됐을 뿐이야."

"걱정이라……. 그것도 한 단계 발전이로군."

루엘이 고개를 젖히며 웃어댔다.

"내 머리에 후광이 생길 때까지 날 몰아댈 참이야? 얼마나 말해야 알아듣겠어? 난 그런 놈이 아니라구……."

"안녕하시오, 신사분들. 나의 조각상에 감탄하는 중이신가 보군. 정말 아름다운 작품 아니오?"

이안과 루엘이 동시에 고개를 돌렸다. 무릎까지 내려오는 검푸른 재

킷과 하얀 바지, 하얀 터번 차림의 사내가, 날렵하고 우아한 동작으로
모자이크 바닥을 가로질러왔다.

"내가 아브다 사빗사요."

왕자는 주름 하나 없는 어린애 같은 얼굴이었지만 그의 커다란 검
은 눈동자는 묘하게 텅 비어 있는 듯했다.

이안이 가볍게 고개 숙였다.

"전하, 알현을 허락해 주셔서 감사합니다. 전 이안 맥클라렌, 글렌클
라렌 백작이며 이쪽은 저의 동생 루엘입니다."

"영국인이오?"

"스코틀랜드인입니다."

"어차피 마찬가지군."

"스코틀랜드 사람들에겐 그렇지 않지요."

루엘이 나지막이 중얼거렸다.

아브다의 시선이 쏠리자, 루엘은 갑작스런 긴장감을 느꼈다. 어린애
같은 얼굴임에도 불구하고 사람을 불편하게 만드는 시선이었다.

잠시 루엘을 살펴보고 나서, 왕자가 이안에게 시선을 돌렸다.

"형제처럼 보이진 않는군. 닮은 구석이 없소."

"배다른 형제라서 그럴 겁니다."

아브다는 조각상의 황금 단검에 닿아 있는 루엘의 손을 흘깃 쳐다
보았다.

"이방인이 여신을 만지는 건 신성모독이오."

루엘이 즉시 손을 떨어뜨렸다.

"죄송합니다. 황금을 보면 만지고 싶은 유혹을 좀처럼 참기가 힘든
지라……."

아브다의 시선이 가늘어졌다.

"황금을 좋아하오?"

"좋아하는 이상입니다."

"흐음, 그럼 나와 비슷한 면이 있군. 나도 그 부분에 애정을 갖고 있으니."

그가 아름답게 장식된 의자에 내려앉았다.

"나의 은혜를 바라는 일이 있다던데 어디 한 번 들어봅시다."

이안이 입을 열었다.

"전하의 아버님을 알현하고 싶습니다. 저희가 2주일 간 노력해 왔으나 지금껏 뜻을 이루지 못했습니다."

"그분은 요즘 '철로'라는 새로운 장난감 때문에 정신이 없으시오. 하지만 영국인들을 형제처럼 생각하는데 왜 만나주시지 않으실까? 영국 여왕이 이 카산포르를 강아지처럼 만들려는 줄도 모르고, 영국이라면 무조건 좋아하시는데."

"저희는 정치적인 상황과 관계 없이 한 가지 제안을 드리려 합니다. 부디 십 분만 시간을 마련해 주십시오."

"나로선 도와줄 수 없겠소."

아브다가 자리에서 일어났다.

루엘은 그 얼굴에 스치는 표정으로 아직 실망하긴 이르다는 것을 알아차렸다. 그들의 요청을 거절하는 게 아니라 단지 위협하려는 수법일 뿐이었다.

"도와줄 수 없으신 겁니까, 아니면 도와줄 마음이 없으신 겁니까?"

"무례하군."

"용서하십시오, 전하. 하지만 가진 게 없는 사람은 잃을 것도 없는 법이지요. 무엇이든 공짜로 바라지 말아야 한다는 것이 저의 철학입니다."

"그대가 나에게 무얼 줄 수 있다는 거요?"

"원하시는 게 뭡니까?"

"내가 그대에게 바랄 게 뭐가 있겠소?"

아브다는 경멸스레 미소지으며 화려한 방 안을 가리켜 보였다.

"주위를 둘러보시오. 나한테 필요한 게 있을 것 같소? 내 손가락에 낀 보석 하나만으로도 그대들의 글렌클라렌을 사고도 남을 것이오."

"그렇겠지요. 하지만 때때로 필요한 것과 바라는 것 사이에는 차이가 있을 수 있지요. 저희를 만나주신 이유가 무엇입니까, 전하?"

"피커링 대령의 청을 존중해 주기 위해서였소."

루엘이 고개를 흔들었다.

"그런 것 같지는 않군요. 영국에 대해 좋은 감정이 아니시잖습니까?"

"그러면 내가 왜 그대들을 만나주었다고 생각하오?"

"글쎄요?"

아브다의 입술에 흐릿한 미소가 나타났다.

"한 가지 바라는 게 있긴 하오."

"무엇입니까?"

"존 카타우크라는 금세공업자. 그자를 나에게 데려오시오."

그가 슬쩍 테이블 위의 조각상을 가리켰다.

루엘의 시선도 그리로 향했다.

"그자가 이 작품을 만들었습니까? 대단하군요."

"천재지. 내 아버지가 6년 전 터키에서 데려와 거둬 주셨소. 지금까지 이 궁궐의 아름다운 물건들을 많이 만들었지. 그런데 그 배은망덕한 놈은 우리의 호의를 저버리고 도망쳤소."

"도망쳤다구요? 이상하군요. 환대 받는 예술가가 무슨 이유로 도망을 쳤을까요?"

아브다는 슬쩍 시선을 돌렸다.

"내 영어가 능숙하지 못해서 실언했군. 작별인사 없이 떠났다는 뜻이었소."

아브다의 영어는 본토 사람만큼이나 탁월했다. 틀림없이 실언은 아니었으리라.

"아무 이유도 없이 말입니까?"

"위대한 예술가들은 가끔 몽상에 빠져들곤 하지. 하지만 난 기꺼이 그를 용서하고 다시 받아줄 생각이오."

"벌써 카산포르에서 떠났을지도 모르지 않습니까?"

이안이 입을 열었다.

"아직 여기에 있소. 최근에 그의 작품을 보았소."

"어디서요?"

"요즘 카산포르에서 건설되는 철로에 대해서 알고 있소?"

"모를 수가 없지요. 이 도시 전체가 그 일에 매달려 있는 것 같더군요."

"내 아버지는 새 장난감에 흥분한 어린아이 같으시다오. 건설 기술자인 패트릭 레일리를 데려다놓고 끊임없이 요구사항을 늘어놓으시지……. 하여튼 자신의 객차문을 황금으로 장식하라고, 그렇지 않으면 한푼도 주지 않겠노라고 위협했소."

"충분한 동기를 부여하셨군요."

루엘이 은근하게 빈정거렸다.

"그 문을 존 카타우크가 만들었소."

"확실합니까?"

"난 그자의 작품을 한눈에 알아차릴 수 있소."

"그럼 문제는 간단하군요. 레일리에게 그자의 행방을 물어보면 되지요."

"이미 물어봤소. 하지만 모른다고 하더군. 자기 조카가 그 일을 맡겼다고……. 그 여자한테 물어봤을 때는 그 세공업자가 평범한 장인이며 황금문을 만들자마자 캘커타로 떠났다는 대답뿐이었소."

"그 여자? 여자라구요?"

아브다의 목소리가 갑자기 험악해졌다.

"조카가 아니라 틀림없이 레일리의 정부일 거요. 이름은 제인 바너비, 버르장머리없는 대담한 계집이지. 자브리네 가게에서 아무하고나 몸을 섞는……."

"뇌물을 먹여보십시오."

"더러운 거짓말쟁이한테 뇌물까지 줄 이유는 없소. 그 여자에게 감시원을 하나 붙여놓았소. 하지만 지난 이 주일 간 카타우크를 만나지 않았다더군."

"정말로 그자가 캘커타로 떠났는지도 모르죠."

"그럴 리는 없소! 이 카산포르에서는 내 허락 없이 나뭇잎 하나 움직이지 못하오."

"그런데도 카타우크는 잘도 숨어서 황금문까지 만들었군요."

아브다의 얼굴이 벌겋게 달아올랐다.

"그대의 무례함은 더 이상 참기가 힘들군. 이 일은 없던 일로 치는 게 낫겠소."

이안이 재빠르게 입을 열었다.

"저희가 어떻게 하면 되겠습니까, 전하?"

"이미 말했잖소, 카타우크를 나에게 데려오시오."

"어디서부터 시작해야 할까요?"

"그 여자. 바너비라는 계집이 레일리뿐 아니라 카타우크와도 놀아나는 것 같소. 그렇지 않고서야 그런 모험까지 할 이유가 없지. 놀랄 일도 아니오. 레일리는 이미 기력이 떨어졌을 테고, 카타우크는 아직 한창 나이니까."

"그럼 그 보상으로 마하라자와의 접견을 주선해 주실 겁니까?"

"그렇소."

"저희가 바라는 일을 위해 힘도 써주시겠습니까?"

"그대들이 바라는 것을 우선 알아야지."

루엘이 고개를 흔들었다.

"지금은 말씀드릴 수 없습니다."

"아무것도 모른 채 약속을 하란 말이오? 뭐, 좋아. 상관없소. 카타우크만 데려온다면 그대들이 원하는 바를 들어주겠소."

협상을 매듭지으며, 아브다가 문 쪽으로 움직여가기 시작했다. 문득 그가 루엘을 흘깃 돌아보았다.

"그대의 얼굴은 그리스의 태양신을 연상시키는군. 카타우크가 돌아오면 그대의 황금 마스크를 만들도록 하고 싶소."

"전 내키지 않는군요."

"나는 꽤나 설득력이 강하다오. 하여튼 그 문제는 나중에 의논하기로 하지."

왕자의 뒤로 문이 닫혔다.

그 문의 조각문양을 응시하면서 루엘이 중얼거렸다.

"건방진 놈이긴 하지만 저자가 나에게 시니다를 줄 수 있을 것 같아."

"카타우크를 찾아볼 생각이냐?"

"물론."

루엘을 따라 문 쪽으로 걸음을 옮기면서 이안이 눈살을 찌푸렸다.

"카타우크가 궁궐을 떠난 데에는 분명 불가피한 이유가 있었을 거야."

"그렇겠지. 하지만 내가 그놈을 찾아내야 하는 이유보다는 못해."

"그건 집착이야."

"그럴지도 모르지."

"그를 찾아낸다 해도 넌 아브다에게 넘겨주지 못할 거다."

"너무 자신하지는 마."

"내 생각이 맞을걸. 그 여자를 미행할 거냐?"

"그래야겠지."

"하지만 이 주일 동안 카타우크한테 가지 않았다잖아."

"그러니까 욕구불만으로 행동을 개시하게 될 가능성도 있지."

"그 여자에 대해서 아직은 모르잖아."

"그래. 아브다가 꾸며낸 말인지도 모르지. 아무리 음탕한 여자라도 섹스 상대는 고르는 법이거든. 두고보면 알겠지."

이안이 어깨를 으쓱이며 조각상을 흘긋 돌아보았다.

"저런 괴물을 숭배하는 사내라면 충분히 거짓말을 하고도 남을 거야. 저게 대체 무슨 여신이냐?"

루엘이 씨익 미소지었다.

"칼리."

"그렇게 말하면 내가 어떻게 알아?"

"시바신의 부인이야."

그들은 터번을 두른 두 명의 하인들을 거쳐 궁궐 정면으로 빠져나갔다. 루엘이 젖은 열기를 맞으며 잠시 계단 위에서 아래쪽을 내려다보았다. 뱀처럼 구불구불하게 이어진 진흙탕 강물, 그 강가에서 아랫부분만 간신히 가린 채 구걸하는 말라깽이 거지들.

정말이지 고약한 도시였다. 뜨거운 열기에다 코를 찌르는 악취, 땅 위로 기어다니는 뱀들과 두 발로 걸어 다니는 뱀들을 비롯한 온갖 병균이 득실거리는 곳.

루엘은 백 개의 계단을 내려가기 시작하면서 다시 중얼거렸다.

"그것만은 아니야. 아브다가 숭배하는 그 여신은 파괴의 신이기도 해."

루엘은 바위에 등을 기대고서 모자챙으로 햇살을 가리며 계곡 아래쪽을 지켜보았다.

풍만하고 억센 여자이리라 예상했는데, 뜻밖에도 제인 바너비는 그의 예상을 뒤집어엎었다. 작은 체구에 어린아이 같은 얼굴, 헐렁한 바지와 셔츠 차림의 여자였다. 그 작은 여자가 밀짚모자를 눌러쓴 채, 철로를 돌아다니며 침목을 점검하고 게으른 노동자들을 재촉해댔다. 오늘은 씩씩하고 기운찬 움직임이었지만, 항상 그런 것은 아니었다. 일꾼들이 다 떠나고 나면, 말안장에 기대어 방갈로로 돌아갈 기력을 모아야 할 정도로 피곤에 지쳐버리곤 했다.

제인의 시선이 빈둥거리는 일꾼 하나에게 고정되었다. 그녀의 어깨와 턱선이 굳어지는 것을 지켜보며 루엘은 씨익 미소지었다. 화가 났거나 단호한 의지를 다질 때 나타나는 몸짓이라는 걸 그는 이제 익히 알아차렸다.

그녀가 성큼성큼 걸어 그 인도인 앞에 멈춰 섰다. 말소리는 들리지 않았지만, 사내의 일그러진 표정으로 보아 꽤나 불쾌한 내용인 듯했다. 하지만 험악한 표정에도 불구하고 그 사내는 섣부르게 반항하지는 못했다. 철로 옆에 서 있는 감독관 때문이 아니라, 제인 바너비의 부츠 속에 단검이 들어 있음을 알기 때문이리라.

"그만 포기하지 그래?"

이안이 언덕빼기를 기어올라 그의 옆으로 내려앉았다.

"4일 동안 지켜봤지만 노예처럼 일만 하고 있잖아. 아브다가 거짓말했던 거야. 저런 여자가 카타우크의 애인일 리는 없어. 그저 어린애 같아 보이는걸."

"겉모습만 봐서는 알 수 없지. 싱가포르에 있었을 때 메이레이라는 창녀가 있었는데 아기천사 같은 얼굴로도 데릴라처럼 화끈했다구."

그의 시선이 다시 여자 쪽으로 향했다.

"피커링 대령에게서는 뭘 좀 알아냈어?"

"별로. 레일리는 호인으로 소문나 있더군. 요크셔에서 일을 잘 해냈나봐. 도버와 솔즈베리 사이의 철로를 세운 다음에 이 일을 맡게 됐대."

"저 여자는?"

이안이 어깨를 으쓱였다.

"여자에 대해서는 잘 모르던걸."

"레일리하고의 관계는?"

"소문은 많지만…… 확실한 건 없어. 내 생각엔 레일리의 조카가 맞는 것 같아."

"그렇게 믿고 싶은 거겠지."

"넌 믿고 싶지 않은 모양이군. 왜지?"

그 순간 루엘은 그 말이 맞다는 걸 깨달았다. 그는 제인 바너비가 소문대로 난잡하고 방종한 창녀이기를 바랐다, 그녀를 안고 싶었다.

'욕망일 리는 없어.'

루엘은 짜증스레 생각했다. 이 비쩍 마른 부랑아한테 어떻게 욕망을 느낄 수 있겠는가? 연민도 아니었다. 아무리 지쳤을 때라도 그녀가 내보이는 의지와 인내심은 동정을 거부하고 있었다. 하지만 왠지, 그녀에게 마음이 움직였다.

그 즉시 그의 방어본능이 치솟아 올랐다. 이놈의 지긋지긋한 열기 때문에 머리까지 이상해진 모양이었다. 카타우크를 찾는 데 이용해야할 여자에게 마음이 움직인다는 건 있을 수도 없는 일이었다. 그가 이안을 바라보며 냉소적으로 미소지었다.

"난 인간의 천성을 믿지 않아. 우린 모두 인생이 만들어 준 그대로야. 제인 바너비의 인생도 나만큼이나 복잡했을걸."

"그래도……."

루엘의 시선을 마주보면서 이안이 어깨를 으쓱였다.

"벌써 몇 시간째 이러고 있었잖아. 내가 교대해줄까?"

"아니. 형은 한 시간도 안 돼서 일사병에 걸리고 말 거야."

이안이 미소지으며 자리를 털고 일어났다.

"네 말이 맞을지도 모르지. 그럼 밤에 방갈로 지키는 건 내가 할게."

"생각해 보자구."

"넌 정지해야 할 때는 모르는 모양이다. 시니다만큼이나 저 어린애 지켜보는 일에 집착하고 있어."

"저 여잔 어린애가 아니야."

자신의 날카로운 반응에 놀라워하며 루엘은 애써 태연스런 미소를 지어보였다.

"도와주고 싶으면 장교들 클럽에 가서 마하라자가 철로 말고 어떤 장난감을 좋아하는지 알아봐."

이안이 손수건을 꺼내 땀 밴 이마를 닦았다.

"그거야 오히려 반갑지. 지금은 클럽 하인들에게 부채질을 받으면서 차가운 술 한잔 마실 수 있다면 그보다 더한 천국이 없을 것 같다."

그가 몸을 돌려 말이 묶여진 곳으로 언덕을 내려갔다.

루엘의 시선이 다시 여자에게로 돌아갔다. 제인이 고개를 젖히고 물을 마시고 있었다. 그녀의 우아한 목선과 내리깔린 속눈썹을 볼 수 있었다.

그는 기대감에 휩싸여 다음 동작을 기다렸다. 물을 마신 다음에는 뺨과 목에 약간의 물을 축이고 젖은 손바닥으로 목덜미를 문지르리라.

루엘이 지켜보는 가운데 그녀가 뺨과 이마에 물을 묻힌 다음, 목덜미로 손을 움직였다. 그녀가 자신의 예상대로 행동했다는 것만으로 이다지 큰 만족감이 느껴지다니 어이없는 노릇이었다. 그런데도 그 만족감은 고집스럽게 떠나지 않았다.

이제 그녀는 새로 놓인 철로로 걸어가 그 사이사이의 거리를 확인하고 다른 철로로 이동해갔다.

그는 나지막이 웃으며 모자를 뒤로 젖혔다. 평생에 그 누구보다도 제인 바너비, 이 여자를 잘 아는 듯한 느낌이었다. 그녀의 모든 동작, 반응, 모든 생각까지 알 수 있을 듯했다.

그 생각이 주는 쾌감이란……. 갑자기 그의 웃음이 사그라들었다. 이것은 방금 사들인 종마의 걸음걸이를 살피는 사람, 혹은 애인의 관능을 처음으로 탐색하는 사람들의 감정과도 비슷했다.

소유하는 쾌감.

'말도 안 돼.'

그는 누군가를 소유하고픈 마음이 없었다. 시니다에서 기다리고 있을 그것만이 그의 정열이었다. 그냥 지루해서, 그 여자의 다음 행동을 예측해보았던 것뿐이다. 게다가 카타우크를 찾기 위해 그 미끼의 생각을 파악하는 것은 너무나 당연하지 않은가.

"작업속도가 너무 느려."

패트릭이 식탁 밑으로 다리를 쭉 뻗으며 위스키잔을 집어들었다.

"오늘 오후에 마하자라가 찾아왔었어. 우기가 닥치기 전에 끝내라더군."

"그렇게는 안 돼요."

제인은 접시 위의 음식들을 의욕 없이 내려다보았다. 너무 피곤해서 식욕이 나지 않았지만 먹어야만 했다. 영양분을 공급해 주어야 계속해서 기력을 유지할 수 있다.

"2주일밖에 안 남았잖아요. 우린 겨우 시코르 고지의 다리를 완성했을 뿐이에요."

"하루에 9킬로미터씩만 하면……."

"지금은 하루에 3킬로미터씩 끝내기도 벅차요."

"그럼 좀더 다그쳐봐."

제인의 손이 포크를 움켜잡았다.

"전 최선을 다하고 있어요. 하지만 일꾼들이 내 명령에 따르지 않는다구요. 여자 말이라고 신경도 쓰지 않아요."

"요크셔에서는 안 그랬잖아."

"아저씨가 옆에 있었기 때문이죠……. 여기서도 아저씨가 매일 나오시기만 하면 상황이 달라질 거예요."

그의 얼굴이 붉어졌다.

"빌어먹을 열기 때문에 머리가 아파서 말이야. 로빈슨이 감독하고 있잖아."

"그 사람은 감독만 할 뿐이죠. 아저씨가 한두 시간만이라도 나와주셔야 해요."

그가 잠시 망설이다가 따뜻하게 미소지었다.

"그래. 내일부터는 매일 나가보마. 넌 내일 하루 쉬는 게 어떠냐?"

"전 괜찮아요…… 식사 안 하세요?"

패트릭은 다시 술잔을 가득 채웠다.

"너무 더워서 먹을 수도 없다. 게다가 이건 음식이 아니라 쓰레기야. 리 성을 나린스로 보내지 말았어야 했어. 그 녀석이 있을 때는 그래도 먹을 만했는데."

그녀가 황급히 접시로 시선을 내렸다.

"그곳의 작업을 살펴봐야 하잖아요. 하청업자들이 속임수를 쓸지도 모르고."

"그건 그렇고, 아까 마하라자하고 왕자의 친구가 같이 왔더구나."

접시들을 챙기던 그녀의 몸이 굳어졌다.

"파찰이요?"

"괜찮은 녀석 같아. 너한테 안부 전해달라고 하더라."

"다른 말은 없었어요?"

"없어. 어휴, 더워서 못 살겠다. 베란다로 나가서 마셔야겠어."

파찰.

그가 왔다는 것은 곧 아브다 왕자의 경고 메시지였다. 지난 2주일간 꼼짝도 안 했으니 안달이 난 거겠지. 그녀는 부엌으로 접시들을 가져가며 생각에 잠겼다. 아브다 왕자가 더 이상 기다리지 않겠다는 뜻일까? 자브리에게 오늘밤 찾아가보아야 하리라. 카타우크를 빼낼 방법을 찾아야 한다.

하지만 오늘밤은 정말이지 쓰러지기 일보 직전이었다. 팔다리에 피로가 내려앉았다. 아브다건 카타우크건 생각지 않고 그냥 침대로 들어가고 싶었다.

침실을 향해 무거운 발길을 옮기고 있을 때, 패트릭이 그녀를 불러 세웠다.

"제인, 내일 쉬라고 했던 말은 진심이었다. 네가 다시 쓰러지기라도 하면 큰일이야. 너 없이 내가 무얼 할 수 있겠냐? 건강에도 신경 써."

그 한마디로 패트릭에 대한 그녀의 원망은 다 사라져 버렸다. 그가 그녀를 걱정하고 또 필요로 하고 있었다. 프렌치네 가게에서 그녀를 구출해 준 것만으로도 감사할 일이 아니던가.

"알았어요."

그녀는 조금쯤 기운차게 침실로 향했다. 하루의 땀과 먼지를 대충 닦아내고 나니 기분이 좋아졌다. 목욕까지 한 후에는 진짜로 기운이 나는 듯했다. 자브리에게 가는 일을 미루면 안 되리라. 아브다가 다시 행동을 취하기 전에 이 일을 처리해야 했다.

"여기가 어디야?"

이안이 거리 맞은편의 2층 건물을 바라보며 물었다.

"자브리가 운영하는 창녀집. 정숙한 여자가 출입할 만한 곳은 아니 지."

루엘의 시선은 방금 제인 바너비가 들어갔던 그 문에서 떨어지지 않았다.

"네가 어떻게 알아?"

"지난주에 두 번 와봤거든."

"나한테 말 안 했잖아."

"창녀한테 찾아가는 것까지 일일이 말할 필요는 없어."

"카타우크에 대해서 알아내려고 온 건 아니었겠지, 아마?"

"창녀집에 질문하러 드나드는 남자는 별로 없을걸."

이안이 못마땅한 표정으로 흘깃 그 건물을 쳐다보았다.

"그래도 제인 바너비는 그런 일 때문에 온 게 아닐 거야. 카타우크가 여기 숨어 있을지도 몰라."

"그럴 것 같진 않아."

"어째서?"

"아브다가 이미 여길 알고 있다면 벌써 뒤져보았을 거 아냐? 카타우크가 여기 있을 리는 없어. 저 여자는 그러니까 남자가 그리워서 이리로 온 거야. 장교들 부인도 가끔 그런다더군. 가면으로 얼굴을 가리고 어두운 방 안에서 한바탕 즐기는 거지."

어두운 방 안에서 벌거벗은 채 누워 있을 제인 바너비의 모습을 그려보았다. 만족감과 함께 분노와 실망이 복잡하게 뒤섞였다. 자신의 섹스상대가 될 수도 있겠다는 만족감, 왠지 소유욕과도 비슷한 분노, 그리고 실망감은…….

집어치우자, 어울리지 않는 감상 따위……. 그가 성마르게 앞으로 걸어나갔다.

"어디 가는 거야?"

"그 여자한테 봉사 좀 해주려고. 이젠 개인적으로 만나볼 때가 됐어."

"나도 같이 가."

"나 때문에 정절까지 희생하시겠다고? 그만 둬. 매기가 용서하지 않을 거야."

"마거릿이라니까. 그리고 난 육욕을 탐닉하지 않아."

루엘이 궁금한 듯 형을 바라보았다.

"마거릿과 약혼한 후로 쭉 그런 식이었어?"

"당연하지."

"맙소사, 형은 수도승이 될 팔자였나봐."

그가 피식 웃었다.

"수도승은 불결한 장소를 멀리해야 하는 법이지. 나 혼자 갔다 올 테니까 여기서 기다려."

제인을 보자마자 자브리의 눈살이 찌푸려졌다.

"왜 왔어? 네가 오면 항상 골치가 아파져."

"보상은 충분히 했을 텐데요."

자브리가 경대의 거울을 향해 돌아앉았다.

"그래. 왕자의 심기를 거슬리는 것도 싫진 않아. 어쨌든 난 손님 받을 준비를 해야 되니까 거기 앉아서 기다려."

제인이 등받이 없는 긴 의자에 자리잡았다.

"여길 수색한 다음에 아브다가 다시 찾아왔었나요?"

"아니. 내가 잘 설명해 뒀거든. 네가 가끔씩 손님 받으러 여기 나온다고 했어. 남몰래 즐길 방법이 그것밖에 없다고. 어때, 나 영리하지?"

"아주 영리하네요……. 우리 얘기 좀 해요."

"리 성 때문에 그래? 무슨 불만 있대?"

"아뇨, 그 반대로 너무 자주 드나드는 것 같아서요."

"내가 너무 잘 해줘서 그렇겠지."

"리 성에게 너무 자주 오지 말라고 하세요. 아브다의 눈에 띄면 위험해요."

"알았어. 그래도 수고비는 똑같이 내야 해."

그녀가 조심스레 눈꺼풀 위로 까만 선을 그려나갔다.

"그런 건 걱정 말구요, 오빠 마음 상하지 않게 핑계나 잘 생각해 봐요."

"리 성은 자기가 아주 근사한 애인인 줄 알아. 내 솜씨가 워낙에 좋아서 그런 건데. 얘기 다 끝난 거야?"

제인이 고개를 흔들었다.

"카타우크 건이 남았어요."

자브리의 미소가 담박에 사그라들었다.

"그 일은 너무 위험해. 아브다 왕자가 계속 여길 감시할 거란 말이야. 다른 방법을 찾아봐. 난 전하의 분노를 사고 싶지 않아."

자브리가 주홍색 루즈를 발라나갔다.

"하지만……."

"방해해서 죄송합니다만……."

제인을 방으로 안내해 주었던 소녀가 문 앞에 나타났다.

"손님이 오셨어요, 자브리."

"난 지금 바쁘니까 다른 애한테 들여보내."

"그 남자분이 오면 알려달라고 하셨잖아요."

자브리의 시선이 재빠르게 소녀를 향했다.

"그 스코틀랜드인이야?"

"네. 그런데 오늘은 백인 여자를 보내달라고……."

자브리가 미소지으며 그 방과 연결된 문으로 고갯짓했다.

"날 만나면 금세 마음이 변할걸. 이 옆방으로 모셔. 내가 곧 갈 테니까."

그녀가 제인을 돌아보았다.

"넌 이제 가봐. 손님 받아야 돼."

"나도 손님이에요. 그 사람더러 기다리라고 해요."

자브리는 긴 검은 머리를 빗어내리기 시작했다.

"하지만 기다리게 하고 싶지 않아. 그 남자…… 아주 특별하거든. 날 지배할 만큼 경험 많고 능숙한 서양인은 처음이야."

"당신의 반은 영국인의 피가 흐르고 있잖아요."

"흥, 여기 오는 영국인들은 동의하지 않을걸. 날 벌레처럼 경멸해. 인도인들도 날 잡종이라고 업신여기기는 마찬가지고. 그래도 일단 내 품에 안기기만 하면 내가 그들의 지배자가 되지……. 상관없어, 이제 난 갑부가 돼서 그들 따윈 필요 없어질 테니까."

자브리가 일어나서 노란 가운을 정리하며 조롱하듯이 제인을 바라보았다.

"너도 그리 편한 인생은 아니야, 그렇지? 서 있기 힘들 정도로 고단한 생활이잖아. 어리석은 짓 그만하고 여기 와서 쉽게 돈 벌어보는 게 어때?"

제인이 고개를 흔들었다.

"부자가 될 수 있어. 넌 젊고 매력이 없는 것도 아니야. 가끔은 영국인들이 자기네들하고 비슷한 여자를 찾거든. 해보지 않을래?"

"싫어요."

자브리가 어깨를 으쓱였다.

"기다려 줄 테니까 마음이 바뀌면 얘기해. 보호해 줄 사람이 없는 혼자뿐인 여자에게는 길이 하나밖에 없어."

"싫다고 했잖아요! 난 혼자가 아니에요. 혼자가 되더라도 다른 사람의 도움 따윈 필요 없어요. 절대 창녀는 되지 않을 거예요."

자브리가 오만하게 고개를 치켜들었다.

"너도 다른 인간들과 똑같구나. 창녀보다 네가 더 우월하다는 거겠지?"

제인은 깊이 숨을 들이쉬며 마음을 진정시켰다. 자브리의 한마디에 이렇게 격한 반응을 보여버리다니…….

"그런 게 아니에요. 내 엄마도 몸을 파는 여자였어요. 여기보다 훨씬 열악한 곳에서. 당신은 스스로 선택한 거였겠지만……."

"두려워하는구나. 왜지?"

"그런 인생은 자유를 앗아가요, 사람을 노예로 만들어요."

"모든 건 생각하기 나름이야. 여자가 솜씨를 부릴 수만 있으면 노예가 되는 건 바로 남자들이지."

자브리가 문을 향해 돌아섰다.

"이젠 가봐."

"카타우크는요?"

제인의 단호한 표정을 보며 자브리가 미소지었다.

"넌 포기라는 걸 몰라, 그렇지? 우리가 여러 가지로 안 맞긴 하지만 공통점도 있어."

"최소한 카타우크에게 은신처를 제공해 줄 수는 있죠?"

"위험하지 않은 범위 내에서라면 생각해 볼…….."

문이 활짝 열리며 아까의 그 소녀가 방 안으로 뛰어들었다.

"파찰이 왔어요! 바너비 양을 만나겠다고…….."

"뭐야?"

자브리가 험악하게 제인을 노려보았다.

"이런 멍청이!"

제인이 벌떡 일어났다.

"나를 따라온 게 아니에요. 미행하는 사람은 없었다구요."

"그래도 그놈이 여기 와 있잖아. 지금."

파찰의 사악한 얼굴이 떠오르자 공포감으로 몸이 떨렸다.

"들키지 않고 빠져나가려면 어떻게 해야 하죠?"

"너무 늦었어."

자브리가 그녀의 손목을 움켜잡고 옆방 문 쪽으로 끌고 갔다.

"그놈이 죄다 뒤지려 들 거야. 이 방만은 내가 못 건드리게 할게."

"어떻게요?"

"전에 왔을 때도 나한테 재미보고 갔어. 그 방법밖에 더 있어?"

그녀가 문을 열고 제인을 밀어넣은 다음 자물쇠를 잠갔다.

아이리스 요한슨
The Tiger Prince

3

어두운 불빛 속에서도 루엘은 제인의 적갈색 머리채를 알아차릴 수 있었다.

배 근육이 오그라들며 그 즉시 사타구니가 단단해졌다.

'진정해, 여기 온 목적을 생각해야지.'

그러나 지금 이 순간 침착이나 이성 따위는 아무 소용이 없었다.

그녀가 왔다. 이제 곧 전보다 더 이 여자를 알게 되리라. 이제 곧 처음으로 그녀를 만져볼 수 있으리라.

제인의 뒤로 자물쇠 잠기는 소리가 들렸다. 다른 하나의 문까지 마저 잠겼다.

꼼짝없이 갇혀버렸다. 새장 속에 갇힌 새처럼 무기력한 느낌……

두려움이 목까지 치밀어올랐다.

하나의 램프만이 켜져 있는 방 안에 어둠이 내려앉았고, 향냄새가 묵직하게 콧속으로 스며들었다.

"드디어 왔군. 이리 와, 얼굴 좀 보자."

남자 하나가 벌거벗은 채 한 손을 머리에 기대고 옆으로 누워 있었다. 백인 여자를 보내달라고 했던 그 남자라는 걸 알아차렸다.

"자브리가 조금 있다 올 거예요. 지금 바빠서⋯⋯."

"그래서 널 보낸 거 아닌가?"

그가 손가락을 구부려 가까이 오도록 신호했다.

"불안해 할 거 없어. 어차피 오늘밤에는 영국 여자를 안아보고 싶었거든."

"난 영국인도 아니고 불안하지도 않아요. 지금 상황을 이해 못 하시는군요."

"이리 오라고 했을 텐데."

그녀가 머뭇머뭇 침대 옆으로 다가섰다.

"조금만 기다리시면⋯⋯."

맙소사, 이 남자는 그녀가 본 중에서 가장 아름다운 인간이었다. 온통 황금색이었다. 구릿빛 피부, 황갈색 머리, 그 머리카락이 완벽에 가까운 얼굴을 드러내며 뒤로 묶여 있었다. 그런데 그의 눈은 초록이나 노랑이 아닌 푸른색이었다, 깊고 깊은 푸른색⋯⋯.

그가 한쪽 눈썹을 들어올렸다.

"얼마나 기다려야 하지? 난 기다릴 만한 상황이 아닌데."

그가 자신의 아랫부분을 가리켰다.

그 손가락을 따라 시선을 옮기던 그녀는 놀란 숨을 들이켰다. 거대하게 부풀어 있는 그것을 보았다. 재빨리 그의 얼굴로 시선을 돌렸다.

"자브리가 금방 올 거예요."

"날 이렇게 만든 건 자브리가 아니야. 네가 걸어들어온 순간부터 널 갖고 싶었어."

그녀는 믿을 수 없다는 표정을 지었다.

"나도 놀라워. 이럴 줄 몰랐거든. 그런 옷차림으로는 그리 매력적이지도 않은데."

그가 그녀의 손목을 그러쥐었다.

"옷 벗어."

그의 손에 닿은 살갗이 이상하게도 뜨겁고 얼얼했다.

"싫어요."

"남자가 벗겨주는 걸 더 좋아하나?"

그가 그녀를 침대 위로 앉히며 얼굴을 훑어보았다. 비누와 향료향,
그리고 더 깊이 있는 다른 향기가 그에게서 풍겨나왔다.

"안 될 거 없지. 남자애를 여자로 바꿔가는 것도 재미있을 거야."

그가 그녀의 셔츠 단추를 풀기 시작했다.

그녀가 본능적으로 뿌리치려 하자, 그는 그녀의 두 손을 한 손으로
움켜잡았다.

"가만 있어, 괜찮아……. 널 보고 싶어서 그래."

셔츠 위로 오똑 솟아 있는 젖꼭지를 내려다보며 그가 미소지었다.

"아, 예쁘군."

그의 손바닥이 천천히 젖가슴을 어루만졌다.

제인은 몸 속으로 치닫는 열기와 다리 사이의 이상한 통증을 느꼈
다. 왜 반항하지 않는 거야? 마음만 먹으면 이 손을 뿌리칠 수도 있는
데…….

파찰.

그녀는 필사적으로 납득할 만한 그 이유 하나에 매달렸다. 소란을
일으키면 파찰이 들이닥칠 테니까……. 아니면 이 향냄새 때문에 어
지럽고 기운이 빠지는 건지도 모른다.

"이…… 이러지 말아요."

"여기 온 이유가 이거잖아."

그가 두 개의 단추를 더 풀러냈다.

그녀는 꿀꺽 침을 삼켰다.

"상황을 이해 못 하시는군요."

"아니, 난 이런 상황을 잘 이해해. 자브리한테 물어봐."

그가 또 하나의 단추를 풀었다.

"그만해요!"

"옷 벗기 싫다는 거야? 그럼 마음대로 해."

그의 손이 단추에서 떨어져 나갔다. 그 대신 그녀의 손으로 옮겨가 손바닥을 매만졌다.

"굳은살이 박혔군. 정원에서 꽃을 가꾸던 손은 아니야."

그녀가 손을 빼내려 하자 그는 다시 감아쥐었다.

"기분 나빠하지 마. 마음에 든다는 뜻이었어. 나도 굳은살이 박혔는 걸."

그가 자신의 손바닥을 그녀의 손에 대고 비볐다.

"느껴지지? 나도 다리힘이 풀려버릴 때까지 힘들게 일해봤어. 노력하고 또 노력해도 안 되는 게 어떤 느낌인지도 알아. 매일매일 투쟁해야 하는 건 쉬운 일이 아니야, 그렇지?"

그의 목소리가 비단끈처럼 그녀의 마음을 얽어맸다.

"그러니까 기회가 생겼을 때 그 보상을 받아들여야 하는 거야."

"그런 거 필요 없어요……."

"쉬이……."

그의 입술이 그녀의 젖가슴 위로 기울어졌다.

그의 따뜻한 숨결이 느껴졌다. 허벅지 사이의 통증이 고통에 가깝게 치달아갔다. 약에 취한 것처럼 정신이 혼미해졌다.

그의 혀가 얇은 옷감을 통해 젖꼭지를 살짝 건드렸다.

그녀의 몸이 부르르 떨렸다.

"괜찮아. 날 느껴봐. 날 원해 봐."

그 순간 그녀는 알아차렸다, 자신이 정말로 이 남자를 원한다는 것을.

욕망을 느끼는 건 남자뿐인 줄 알았는데, 엄마방에서 들었던 신음소리가 다 가짜인 줄 알았는데, 이제 자신이 낯선 남자의 입술을 느끼며 그와 똑같은 신음을 터트리려 하고 있었다. 어쩌면 엄마를 노예로 만들었던 건 아편이 아니라 이런 쾌감이었는지도 모른다.

안 돼! 그런 식으로 붙잡히진 않을 거야. 창녀도 노예도 되기 싫어.

"놔줘요!"

그녀가 벌떡 일어나며 떨리는 손으로 셔츠 단추를 잠갔다.

"건드리지 말아요. 난 몸 파는 여자가 아니에요."

그는 그녀를 막으려고도, 자신의 몸을 가리려고도 하지 않았다. 그저 우아한 고양이처럼 그녀를 지켜볼 뿐이었다.

"당신하고 자고 싶은 마음 없어요."

그의 시선이 두드러지게 솟아 있는 그녀의 젖꼭지로 향했다.

"아닌 것 같은데."

"그냥 좀…… 두려워서 정신이 없었던 거예요."

"두렵다고? 내가?"

"아뇨."

그녀가 문으로 종종걸음치다가 우뚝 멈춰 섰다. 자브리가 열어줄 때까지 이곳을 나갈 수 없었다.

그는 이제 침대 밑으로 발을 내리며 일어나 앉았다.

그녀의 몸이 대뜸 굳어졌다.

"가까이 오지 말아요. 난 칼을 갖고 있어요."

그는 침대에서 움직이지 않았다.

"억지로 할 생각은 없어. 네가 망설여진다면 좀더 기다려야겠지. 좀 앉지 그래?"

그녀의 시선이 그의 아랫부분으로 날아갔다.

"그래, 아직 그대로야. 하지만 참을 수 있어."

그가 그녀의 일그러진 얼굴을 살펴보았다.

"왜 도망치지 않지?"

"자브리가 문을 잠갔어요."

"재미있군. 더 자극적인 상황을 만들어 주려는 건가?"

"아뇨, 내가 만나고 싶어하지 않는 사람이 여기 있거든요."

"누구?"

그녀는 대답하지 않았다.

"상관없어."

그가 자리에서 일어나 테이블로 다가갔다. 그의 모습을 보지 않으려 애써보아도 소용없었다. 맙소사, 이 남자는 정글의 맹수처럼 아름다웠다. 불빛 속에서 반짝거리는 갈색 머리, 미끈하게 뻗어내린 등과 탱탱한 엉덩이, 탄탄한 어깨…… 순간 그녀는 그의 왼쪽 어깨에 붕대가 감긴 것을 알아차렸다.

그가 테이블 위의 술병을 집어들고 한 잔 따랐다.

"마실래?"

"싫어요."

그가 술잔을 입술로 들어올렸다.

"네가 두려워하는 인물이 누구야? 애인인가?"

대답은 없었다.

"그럼 누굴까? 남편? 그래, 늙은 남편이 힘을 쓰지 못해서 여기까지 찾아와야 했는지도 모르지. 그런데 그 남편이 뒤쫓아와서……."

"헛소리 말아요. 남편 따윈 없어요. 그런 사람이 있었으면 난 절대 배신하지 않을 거예요. 한 번 한 약속은 지켜야 돼요."

"그럼 애인인가 보군."

그가 와인을 홀짝이며 침대로 되돌아가서 편안하게 머리맡에 등을 기댔다.

"말해 봐. 애인 이름이 뭐야? 어차피 한동안 갇혀 있어야 할 것 같은데, 최대한 기분 좋게 시간을 보내자구."

그가 맞은편 의자 쪽으로 손짓했다.

"앉아. 내 이름은 루엘 맥클라렌이야."

"루엘. 이상한 이름이네요."

"스코틀랜드에서는 흔한 이름이지. 네 이름은 뭐야?"

그녀가 조심스레 의자에 내려앉았다.

"제인."

"제인 뭐?"

그녀는 대꾸하지 않았다.

"그래, 이런 상황에서 성까지 묻는 게 어색할 수도 있겠지. 하지만 난 너에 대해서 좀더 알고 싶거든……."

그가 눈살을 찌푸리며 생각에 잠겼다가 이내 탁 손가락을 퉁겼다.

"제인 바너비. 패트릭 레일리. 철로 사업."

그녀의 눈이 휘둥그래지자, 그가 낄낄대며 웃었다.

"너의 억양은 영국인도 아니고 스코트인도 아니야. 카산포르에 미국인이 많은 건 아니지. 레일리와 그 '조카'에 대한 소문도 무성하고 말이야. 레일리 때문에 숨은 거야?"

"아니에요."

"그럼 왜……."

"당신은 왜 카산포르에 왔나요, 맥클라렌 씨?"

"아하, 방어공격이라……."

그가 와인을 한 모금 들이켰다.

"난 마하라자를 만나려고 노력중이야. 아직은 별 소득이 없지만."

"왜 그를 만나고 싶어하나요?"

"내가 원하는 걸 그자가 갖고 있거든. 네가 중재 좀 해줄래? 철로 작업현장에 자주 찾아간다던데."

"거기 올 때마다 기분 나빠하는 걸요. 난 아무 힘도 없어요."

"실망이군. 그럼 다른 데서 도움을 찾는 수밖에."

그가 한쪽 다리를 들어 발바닥으로 매트리스를 문지르기 시작했다.

그녀는 그의 아랫부분을 쳐다보지 않으려고 어깨에 시선을 고정시켰다.

"그 어깨는 어쩌다 다쳤어요?"

"잠깐 방심했다가 당했어. 다시는 그런 일 없을 거야."

갑자기 그가 술잔을 내려놓고 벌떡 일어났다.

"좀이 쑤셔서 안 되겠어. 여기서 나가자."

"자브리가 올 때까지 기다려야 해요."

"난 기다리는 거 싫어해. 갇히는 것도 싫고."

그가 의자에 걸쳐두었던 옷가지를 집어들고 재빠르게 입어나갔다.

"성난 애인한테 들볶이는 건 더더욱 싫어. 그런 일이 생기기 전에 떠나는 게 낫지."

"어떻게 나가려구요? 문이 다 잠겼는데……."

"창문이 있잖아."

"여긴 2층이에요."

"그 정도는 극복할 수 있어."

"난 쓸데없이 다리 부러지고 싶지 않아요."

"그보다는 의지력이 더 강할 줄 알았는데."

"절름거리면서 철로 일을 할 수는 없잖아요."

그가 부츠까지 다 신고 나서 창 쪽으로 움직여갔다.

"걱정 마, 내가 다치지 않게 해줄 테니까. 이 방이 건물 뒤쪽이니까 이 밑은 골목일 거야."

창턱에 앉아 바깥쪽으로 다리를 뻗으면서 그가 코를 찡그렸다.

"틀림없이 골목이군. 세상 어디나 쓰레기 냄새는 똑같단 말이야."

그녀가 창으로 다가가서 살짝 내다보았다. 좁은 골목이 으스스해 보였다. 게다가 바닥까지 너무 많이 떨어져 있었다.

"미쳤어요? 어떻게 여길……."

그녀의 말이 이어지기도 전에 그가 펄쩍 뛰어내렸다. 무릎으로 착지하면서 한 바퀴 몸을 굴린 다음에 말짱하게 일어나 창문 밑으로 다가왔다.

"뛰어내려."

그녀의 입이 떡 벌어졌다.

"지금 뭐한 거예요?"

"그런 건 생각하지 말고 뛰어내리라구. 내가 잡아줄게."

그녀가 불안한 표정으로 계속 망설이자 그가 성마르게 재촉했다.

"어렸을 때 서커스단에서 이런 일 배운 적 있어."

그래도 여전히 망설여졌다. 하지만 그냥 앉아서 자브리가 오기를, 아니면 파찰에게 들키기를 기다리고 싶진 않았다. 굳게 마음을 다지면서, 방금 보았던 대로 창턱에 앉아 다리를 걸쳤다.

그가 두 팔을 활짝 벌렸다.

"됐어. 이젠 내려와."

시간이 갈수록 저 밑의 땅바닥이 점점 멀어지는 것 같았다.

"뭐하는 거야? 뛰어내리기만 하면 돼."

그녀는 깊이 심호흡한 다음 질끈 눈을 감고 몸을 날렸다.

허공에 떠 있는 시간이 끝도 없이 이어졌다.

"잡았다."

루엘의 손이 그녀에게 닿았다. 다음 순간 그가 휘청거리다가 바닥으로 푹 고꾸라졌다.

"빌어먹을, 더럽게 아프네."

그녀는 간신히 숨을 고르고 나서 무릎을 꿇고 일어났다.

"서커스단에서 배웠다고 했잖아요."

그가 험악하게 인상을 찌푸리며 힘겹게 일어나 앉았다.

"잘 배웠다고 말한 적은 없어. 6개월만에 때려치웠어."

그녀가 이글이글 그를 노려보았다.

"멍청이. 내 목이 부러질 뻔했다구요!"

"안 부러졌잖아. 나야말로 이 아랫부분에 무슨 피해가 생겼을지 모른다구."

"어떻게 그런 말을……."

그녀는 말을 멈추고 허탈하게 웃기 시작했다. 쓰레기와 똥무더기 한복판서 무릎 꿇고 앉아 뭐하는 짓이란 말인가. 마음속의 무게가 한결 가벼워지는 느낌이었다. 알게 모르게 이 남자에게 많이 겁을 내고 있었던 모양이었다. 루엘 맥클라렌처럼 눈부시고 불가사의한 인물을 좀처럼 만나본 적이 없었으니까. 하지만 이제야 그가 조금쯤 사람 같아 보였다.

그가 고개를 갸우뚱하며 미소지었다.

"네가 웃는 모습은 처음 봐."

"그거야 놀랄 일도 아니죠. 우린 알게 된 지 삼십 분도 안 됐는 걸요."

그가 그녀를 일으켜 세워주고, 모퉁이를 향해 걸어가기 시작했다.

"너의 애인이 나타나기 전에 빠져나가야지. 너 때문에 더 멍들고 싶은 마음 없어."

세상에, 어떻게 파찰에 대해서 잊고 있었을까? 하지만 정말로 그 위험을 잊어버렸었다. 행복한 어린애처럼…… 이상하게 안전한 느낌이었다.

그녀가 걸음을 재촉하여 루엘의 바로 뒤에서 모퉁이를 돌아나갔다.

"애인한테 도망치는 거 아니라고 했잖아요……. 조심해요!"

어둠 속에서 칼날이 튀어나와 루엘의 등을 공격했다.

생각할 겨를이 없었다. 본능적으로 그녀는 루엘과 그 단검 사이로 뛰어들었다.

팔뚝에 날카로운 고통이 전해졌다. 비틀거리는 사이 암살자의 흐릿한 형체가 눈에 들어왔다. 키가 크고 말랐다. 하얀 터번을 쓰고…….

파찰, 파찰이 틀림없어.

몽롱한 가운데 루엘이 그 남자의 칼 든 손목을 움켜잡고 다른 손으로 목 조르는 것을 알아차렸다.

어두웠다. 더 이상 루엘의 얼굴이 보이지 않았다.

그녀는 벽에 기대어 스르르 주저앉았다. 이러면 안 돼, 루엘을 도와줘야 해. 상대가 칼까지 들고 있는데…….

어느새 그녀의 눈앞에 루엘의 험악한 얼굴이 나타났다.

"당신…… 다쳤어요?"

그녀가 힘없이 물었다.

"내가? 칼에 맞은 사람은 너잖아."

"난 파찰이……. 그 사람 어디…….."

몇 미터 떨어진 곳에 그들을 공격했던 사내가 뻗어 있었다. 비명을 지르는 것처럼 입을 벌린 채 똑바로 하늘을 노려보고 있었다. 전에 본 적이 없는 남자였다.

"파찰이 아니군요. 죽었어요?"

"그래. 이젠 조용히 해. 어서 여길 빠져나가야 돼."

그녀의 팔에서 뜨뜻하고 축축한 무언가가 흐르고 있었다.

"피가 나요."

"알아. 하지만 제기랄…….."

"루엘, 여자한테 무슨 짓을 한 거야?"

다른 남자 하나가 으슥한 곳에서 빠져나와 그녀를 내려다보았다.

에이브러햄 링컨이야, 그녀가 멍하니 생각했다. 그렇지만 이 사람은 신문에서 본 것과 달리 수염이 없었다. 게다가 링컨이 이렇게 커다란 체격이었을까?

"난 아무 짓도 안 했어. 이 여자가 나 대신 칼을 맞은 거야."

"미라 같은 여자가 또 있군. 여자들은 왜 그렇게 너만 보면 희생하고 싶어할까?"

"사람이 피 흘려 죽어가는데 그렇게 낄낄대고만 있을 거야?"

그 남자의 얼굴에서 즉시 즐거운 기색이 사라졌다.

"많이 다쳤어? 내가 좀 살펴볼 테니까 앉혀봐."

"이 여자 누구한테 쫓기는 중이래. 시간이 없어. 손수건으로 묶어서 일단 지혈시켜."

"알았어. 조금 아플 거요, 아가씨."

조금 아픈 정도가 아니었다. 상처 위로 손수건이 묶이자 기절할 정도로 아팠다.

눈을 떴을 때, 그녀의 침대 옆에 에이브러햄 링컨이 앉아 있었다.

'아참, 링컨이 아니지.'

아까도 착각했었다.

그가 미소지었다.

"피가 많이 나긴 했지만 괜찮아질 거요, 아가씨. 난 이안 맥클라렌이오, 글렌클라렌의 백작. 루엘의 형이라오."

그녀는 자신의 팔뚝을 내려다보았다. 옷소매가 잘려져 나가고 그 위에 말끔한 붕대가 감겨 있었다. 천천히 방 안을 둘러보았다.

"여기가……."

"나얄라 호텔이오. 루엘의 방이지. 당신이 기절하는 바람에 이리 데려올 수밖에 없었소."

"난 기절 같은 거 안 해요."

그녀가 놀라며 반박했다.

"아, 그냥 깊이 잠들었다고 해야겠군."

"루엘은 어디 있어요?"

"피범벅이 됐길래 옷 좀 갈아입으라고 내 방으로 쫓아보냈소."

마치 말썽꾸러기 어린애에 대해 말하는 듯한 어조였다. 자브리의 집에서 만났던 그 남자는 누구의 명령에도 따르지 않을 사람 같던데.

"몇 시나 됐어요?"

"새벽 한 시쯤. 아까 말한 대로 당신이 깜빡 졸았거든."

그녀가 힘겹게 일어나 앉았다.

"방갈로로 돌아가야 해요."

"오늘밤은 여기 있어. 난 이안하고 같이 잘 테니까."

루엘이 갈색 바지와 갈색 부츠, 하얀 셔츠 차림으로 방 안에 들어섰다.

"레일리한테는 내가 연락해둘게."

"안 돼요! 그냥……. 괜한 걱정 끼치고 싶지 않아요."

"네가 갔던 곳을 알리고 싶지 않은 거겠지."

그가 부드럽게 물었다.

"파찰이 누구지, 제인?"

"… 아브다 왕자의 부하예요. 하지만 마하라자와 연결되진 않을 테니까 걱정 말아요. 아브다는 이 일이 아버지에게 알려지는 걸 원치 않아요."

"무슨 일?"

그녀는 더 이상의 설명 없이 이불을 걷어냈다.

"방갈로로 돌아가야겠어요. 새벽에 일어나야 해요."

"하루이틀쯤 쉬어야 돼. 빠져나간 피가 보충되려면 시간이 걸려."

"하루이틀쯤요? 2주일 내로 우기가 닥칠 거예요. 지금은 한 시간도 쉴 틈이 없어요."

"레일리가 알아서 할 거야. 그 사람이 책임자잖아."

그녀는 묵묵히 침대에서 일어났다.

어지럽다. 방 안이 빙글빙글 돌았다.

"빌어먹을, 뭐하는 짓이야?"

루엘이 달려와 그녀의 몸을 붙잡아 주었다.

"누우라구."

"이젠 괜찮아요. 걱정해 줘서 고맙긴 하지만요."

"걱정이라구?"

루엘이 버럭 소리쳤다.

"내가 왜 나 대신 칼 앞으로 뛰어든 바보 같은 여자를 걱정하겠나?"

"그 칼은 당신을 공격한 게 아니었어요."

그녀가 고개를 흔들었다.

"알 수가 없군요. 당신은 이 일과 아무 관련도 없는데."

"관련이 된 모양이야. 게다가 난 너한테 진 빚을 갚아야 돼."

"나한테 빚진 거 없어요."

갑자기 그의 얼굴에 화사한 미소가 떠올랐다.

"중국인들은 생명을 구해 준 사람이 그를 책임져야 한다고 믿더군. 넌 이제 날 버릴 수 없어."

그는 환상의 세계로 향하는 열차의 기적소리처럼 아름답고 유혹적이었다.

"리 셩이 그런 거 다 헛소리라고 했어요."

"리 셩이 누구야?"

"내가 아는 오빠예요."

"난 내 식대로 해석하는 게 더 좋아."

그가 다시 한 번 눈부신 미소를 지어보였다.

"어때? 내 말대로 할 거지?"

그 순간 그녀는 이 남자가 무슨 짓을 하고 있는지 알아차렸다. 자신의 매력을 이용해서 상대방을 요리하려는 것이다. 게다가 그 방법을 잘 알고 있다. 얼마나 많은 여자들이 이 미소에 녹아났을까.

"싫어요."

그의 얼굴에 스치는 놀라움이 아주 만족스러웠다. 하지만 더 이상 말다툼할 기력이 없었다. 그녀는 문으로 걸음을 옮겨갔다.

"안 돼."

그가 다시금 험악해진 얼굴로 앞길을 가로막았다.

"침대로 돌아가."

그녀가 꼼짝도 하지 않자, 그가 짜증스럽게 입을 열었다.

"빌어먹을, 알았어. 너의 그 잘난 철로에 돌려보내줄게. 하지만 몇 시간 쉰다고 문제될 건 없어. 조금 자고 새벽에 같이 떠나자."

"같이요?"

"그 작업에 카산포르 사람들이 죄다 동원된 것 같던데 나라고 안 될 게 뭐야? 오늘밤 그런 일이 있었으니 널 보호할 사람도 있어야겠고."

"그럴 필요 없어요. 내 일은 내가 알아서 해요."

"적어도 네가 과로로 쓰러지지 않도록 지켜봐 줄 순 있어."

'날 지켜본다구?'

그 말은 왠지 황홀하게 들렸다. 그러나 그녀는 곧이어 그 생각을 물리쳤다.

"당신은 그런 일을 할 타입이 아니에요."

그녀의 시선이 화려하게 장식된 실내를 둘러보았다.

"며칠쯤은 상관없어. 마하라자와 만나기 위해 돈을 아끼지 않는 것뿐이야. 난 어떤 상황에서도 쓸모 있는 놈이야. 고된 일도 마다하지 않지."

루엘이 다시 재촉했다.

"가서 누워. 새벽에 출발하자구."

그녀는 얌전하게 침대로 가서 누웠다. 이 남자와 싸워봤자 쓸데없이 기운만 빠질 뿐이다.

"새 셔츠가 있어야겠어요. 붕대를 감은 게 눈에 띄면 안 돼요."

"하나 갖다 줄게."

"당신 것 말고 이분 게 낫겠어요."

그녀가 이안 쪽으로 고갯짓했다.

"덩치가 더 크시니까. 난 헐렁한 옷이 좋거든요."

이안이 느긋하게 미소지었다.

"기꺼이 내드리지요."

그녀가 눈을 감았다.

"정말 레일리한테 알리지 않아도 되겠어?"

"그럴 필요 없어요. 이제 그만 나가주세요."

이안이 키득대며 웃었다.

"내 방으로 가서 술이나 한 잔 하자구. 여기 날씨는 너무 축축해. 아, 글렌클라렌이 그립다, 그리워."

"그 말은 하루도 빼먹질 않는군."

"너에게 계속해서 일깨워 줘야 할 것 같아서."

두 남자가 방에서 빠져나가는 소리를 들으며, 그녀는 참으로 대조적인 남자들이라고 생각했다.

격하고 화려한 루엘, 굳건하고 평범한 이안. 하지만 그런 차이에도 불구하고 두 사람 사이에는 강한 유대감이 존재하는 듯했다.

더 이상 생각지 말자. 어차피 그 두 남자는 그녀의 인생과 아무런 관련이 없다. 그녀는 이제 잠을 청하고 기력을 되찾아야만 했다.

"그 여자, 마음에 들어."

이안이 위스키잔을 건네주며 입을 열었다.

"형하고 똑같이 고집스러운 게 마음에 드는 거겠지."

"너한테 싫다고 말하는 여자도 있으니 얼마나 다행이냐. 널 위해서도 바람직한 일이야."

이안이 자신의 술잔을 집어들고 창가로 향했다.

"그 여자를 건드리면 마하라자가 좋아하지 않을 것 같아."

"그렇겠지."

"아까 말이야, 한참 그 집 안에 있었잖아. 너 혹시……."

이안이 머뭇거렸다.

"그 여자랑 한바탕 뒹굴었냐고 묻는 거야?"

"그래."

"그런 일 없었어……. 아직은."

"아직도 그 여자가 카타우크의 애인이라고 생각해?"

루엘은 재빨리 시선을 내리깔았다.

"내 생각이 왜 바뀌겠어? 그 녀석 때문에 위험을 자청한 여잔데."

"죽은 그놈 말이야, 그녀를 목표로 공격했던 걸까?"

"그럴 가능성이 많아. 내가 같이 나타난 걸 보고 먼저 죽여야겠다고 결정한 거겠지."

이안이 심난한 듯 눈살을 찌푸렸다.

"오늘밤에 그 여자는 목숨을 잃을 뻔했어. 상황이 변하고 있어. 그녀를 이용해서 카타우크를 찾는 건 포기했으면 좋겠다."

루엘은 대답하지 않았다.

"그렇게 하자, 루엘."

"변한 건 없어. 내가 좀더 정보를 얻어낼 위치에 들어섰을 뿐이야."

그가 냉소적으로 미소지었다.

"그렇게 소름 끼쳐 하는 얼굴 하지 마. 내가 어떤 놈인지 알잖아."

"루엘, 그 여자는 네 생명을 구했어. 그녀의 신뢰를 배신하지 마."

"그 여자는 날 믿지 않아. 아마 누구도 안 믿을걸. 카타우크만 예외겠지."

"그게 거슬리냐?"

"빌어먹을, 무슨 헛소리야!"

루엘이 술잔을 쾅 내려놓고 일어났다.

"형의 그 잔소리만 아니면 거슬릴 거 하나도 없어. 정말이지 지긋지긋해."

그가 성큼성큼 문으로 걸어갔다.

"어디 가는 거야?"

"바람 좀 쐬러. 여긴 숨이 막혀."

그가 이안을 매섭게 노려보았다.

"난 형이나 글렌클라렌, 그 빌어먹을 여자한테 전혀 관심 없어. 내가 바라는 건 시니다뿐이야."

그의 뒤로 문이 쾅 소리나게 닫혔다.

이안은 스르르 미소지으며 술잔을 들어올렸다.

루엘은 바락과 칼을 쥐고 싸울 때조차도 이 정도로 격해지지 않았었다. 하지만 결코 나쁜 신호는 아니었다. 때때로 하나의 불꽃이 정화 작용을 할 수도 있으니까. 이안으로서는 동생이 어서 시니다에 대한 헛된 망상을 포기하고 집으로 돌아가기를 바랄 뿐이었다.

집…… 비록 루엘의 앞에서는 끊임없이 글렌클라렌을 입에 올렸지만, 혼자 있을 때 그 자신은 되도록 생각하지 않으려 애썼다. 그곳에 가고 싶은 열망으로 가슴이 아파오기 때문이었다. 대신 그는 마거릿을 떠올렸다. 그녀를 생각하는 것은 마음이 아프지 않았다. 얼마나 오랫동안 그녀를 기다려 왔던가. 조금 전의 씁쓸함은 모두 사라지고, 이제 달콤한 상념과 기대감만이 남았다. 침착하고 씩씩한 마거릿, 겨울철의 화로처럼 따뜻한 가슴을 지닌 마거릿……

"죽었어요."

자브리가 시체에서 시선을 들어올렸다.

"목 주위가 멍든 걸로 봐서 목이 졸려 죽은 모양이에요."

파찰이 무표정하게 자기 하인의 멍한 눈을 바라보았다.

"이 녀석이 죽은 건 상관없어. 목표를 성공시켰느냐가 문제지."

"칼하고 바닥에 피가 묻어 있어요. 그 스코트인이 상처입기만 하면 되는 건가요?"

"그래. 전하께서는 그 계집과 놈이 더 가까워지길 바라셔. 일의 진척이 너무 느리거든."

자브리는 소름이 끼치는 걸 간신히 억눌렀다. 놀랄 일도 아니지 않은가. 처음 보았을 때부터 어떻게 다루느냐에 따라 파찰이 위험도 이득도 될 수도 있다는 것을 알아차렸다.

그녀는 랜턴을 집어들고 아치형 문으로 걸어가기 시작했다.

"계획대로 된 거라면 전하께서 기뻐하시겠군요. 그 여자애가 나타났을 때 난 바로 연락을 보냈어요. 전하께서 상을 주실까요?"

"충분한 보상이 있을 거야. 그 계집이 카타우크에 대해서는 말하지 않던가?"

"자기 친구 리 셩에 대해서만 걱정하더군요."

거짓말을 할 때는 약간의 진실을 포함시키는 편이 효과적이라는 걸 잘 알고 있었다. 아브다에게 모든 걸 다 얘기하는 것은 현명하지 않다.

"여기에 너무 자주 들르는 것 같다구요. 그러다가 나린스에서 할 일을 제대로 못 해내면 레일리가 화낼 거라고 했어요."

파찰의 입술이 비틀렸다.

"어떻게 그런 잡종 중국놈을 참아줄 수 있는 거지?"

잡종. 파찰은 자신의 계급 이외의 모든 인간을 다 천박하고 불결하게 생각했다. 그리고 그녀는 그 모욕을 참아내야 했다.

"돈을 벌어야 하잖아요. 저에게 오는 남자들이 모두 전하와 나리처럼 즐거움을 주는 것은 아니랍니다. 저의 기술에는 만족스러우셨나요?"

"괜찮았어. 전하께서도 흡족해 하시더군. 카타우크를 찾으면 너의 황금 마스크를 만들겠다고 하실지도 몰라."

"영광이네요."

"네가 전하의 첩이 될 수만 있으면 더 영광스럽겠지. 커다란 보석과 금붙이들을 산더미처럼 내려주실 거야."

그녀의 마음에 희망이 솟아났다.

"전하께서 그런 말씀도 하셨어요?"

"아니, 하지만 내가 잘 말씀드려 볼 수도 있어. 네가 날 즐겁게 해주면."

그것은 이미 예상했던 답변이었다. 그녀가 사근사근하게 미소지었다.

"제 방으로 들어가시지요. 지난번의 경험이 시작에 불과했다는 걸 보여드릴게요."

그가 고개를 흔들었다.

"여기서."

그녀는 휘둥그래진 눈으로 골목의 쓰레기와 죽은 남자의 시체를 둘러보았다.

"여긴 냄새가 고약한 데다 나리의 하인도……."

"그러니까 더 자극적이지. 벽에 손 올리고 돌아서."

"제 방에서 하는 게 더 편안하실 거예요. 매끄러운 비단의 감촉이……."

"편한 걸 바라는 게 아니야."

그가 죽은 하인의 머리맡에 랜턴을 내려놓았다.

"저놈이 지켜보는 곳에서 널 갖고 싶어."

그의 눈동자가 거칠게 번들거렸다.

"나에게 즐거움을 주기 싫다는 거냐?"

그녀는 침을 꿀꺽 삼키고 돌아서서 거친 벽돌 위에 손바닥을 기대고 엉덩이를 내밀었다.

상관없어. 이보다 더 뒤틀린 행위도 경험하지 않았던가.

그녀의 치마가 위로 걷히고, 다음 순간 그녀의 몸 속으로 남자의 물건이 들어왔다. 그가 신음하며 야만적인 짐승처럼 거칠게 요동치기 시작했다.

상관이 있었다. 이 남자는 지금 그녀를 발정난 암캐보다도 못하게 취급하고 있었다. 쓰레기 냄새에 뱃속이 뒤틀리고, 바로 옆에서 그들을 노려보고 있는 시체도 끔찍했다.

하지만 그녀는 불결한 잡종이 아니었다. 아브다가 그녀에게 권력과 부를 나누어주는 그날, 모든 자들에게 그것을 똑똑히 보여주리라.

다음날 아침 루엘과 같이 호텔을 나서던 제인은 우뚝 멈춰 섰다. 그녀의 말 베델리아가 밤색 종마 옆에 나란히 묶여 있었다.

"베델리아를 언제 데려왔어요?"

"어젯밤에 잠이 안 와서 내가 갔다왔어. 그런데 마구간에 있던 그놈은 아무짝에도 쓸모가 없겠더군. 아무한테나 꼬리를 치더라구."

"처음엔 경비견으로 키워보려고 했는데 별로 똑똑하지가 않았어요. 패트릭이 방갈로에 들이는 걸 싫어해서 마구간에 놔뒀던 거예요. 그런데 내 말이 이건 줄은 어떻게 알았어요?"

루엘의 얼굴에 교묘한 표정이 스쳤다.

"별로 어렵지 않았어. 두 마리밖에 없는데 그 중 한 마리는 상태가 좋아보이지 않더라구. 제대로 골라왔다니 다행이야."

그가 그녀의 말 옆으로 다가갔다.

"올라타. 내가 도와줄게."

그녀는 잠시 머뭇거리다가 그의 손을 밟고 말 등으로 올랐다. 이렇게 숙녀 대접을 받아 보기는 처음이었다. 이상한 느낌이긴 해도……. 기분 좋았다.

그도 자신의 말에 올라탔다.

"출발하자구."

"어젯밤에는 왜 잠을 못 잤어요?"

"자극적인 저녁이었잖아."

그가 냉소적으로 미소지었다.

"넌 푹 잤겠지?"

"물론이죠. 이젠 기운이 나요. 당신, 나하고 같이 갈 필요 없어요."

"그 애긴 다 끝났을 텐데."

"어젯밤에는 당신이 내 말을 들어주지 않았잖아요."

"오늘 아침에도 들을 생각 없어. 작업장까지 얼마나 되지?"

"8킬로미터쯤. 다리가 완성될 때까지 카산포르 외곽부터 철로 작업을 시작해야 했거든요."

"다리라니?"

"자추강 지류 때문에 골짜기가 두 곳 있어요. 그래서 그 위로 다리를 만들어야 했어요."

"그건 다 만들었어?"

"시코르 고지 다리의 철로는 완성됐어요. 하지만 랑푸르 고지에 닿기까지 아직 11킬로미터 정도 더 일해야 돼요."

그 후로 그들은 마을 밖에 나설 때까지 조용히 말을 달렸다.

제인이 불쑥 말문을 열었다.

"형님이 백작이라면서 왜 서커스단 일까지 했어요?"

그의 표정이 냉담하게 굳어졌다.

"난 이안이 아니니까."

"그럼 그것 말고 또 무슨 일들을 해 봤어요?"

그가 흘깃 그녀를 쳐다보았다.

"런던에서 하수구 청소한 것까지 다 말해야 하나?"

그녀가 인상을 찡그렸다.

"그럴 필요 없어요."

"넌 왜 철로 작업에 매달리지? 그게 여자가 할 일이 아니라고 생각하는 사람들도 있어."

그녀가 대뜸 반격을 가했다.

"왜요? 내가 체격이 작아서요? 근육이 튀어나오지 않아서요? 그 일에는 신체적인 힘보다 더한 게 필요해요. 꼼꼼하게 계산해야 하고, 산을 뚫어야 할 때와 돌아나가야 할 때를 잘 판단해야 하죠. 난 남자하고 똑같이 잘 할 수 있어요. 아니, 더 잘 할 수 있어요."

"진정해. 너하고 싸우려는 게 아니야……. 그런 건 다 어떻게 배운 거지?"

"솔즈베리에서 일할 때 배웠어요. 가르쳐 준 사람은 없었어도 내가 혼자 배웠어요."

"솔즈베리에 가기 전에는 어디서 살았어?"

"유타."

그녀가 재빨리 주제를 바꿨다.

"저 앞이 골짜기예요. 여기서부터는 침목 위로 걸어가야 돼요."

"네가 쓰러지지 않고 걸을 수만 있다면 말이지. 지금 네 얼굴은 몹시 창백해."

"난 안 쓰러져요. 내키지 않으면 당신은 돌아가세요."

그녀가 나무에 말을 묶어 놓는 동안 그의 시선이 그녀를 쫓아다녔다.

"그래, 쓰러지진 않겠군."

그의 목소리에 묘한 느낌이 서려 있었다. 하지만 흘깃 쳐다보았을 때, 그의 얼굴에는 평상시의 조롱만이 담겨 있을 뿐이었다.

"말해 봐, 패트릭이 이런 너의 수고를 제대로 평가해 주던가?"

"물론이죠."

"그래도 너의 개를 방갈로에 들일 만큼은 아니로군."

"패트릭은 제 역할을 다하지 못하는 짐승을 싫어해요. 대부분의 사람들이 그렇잖아요. 당신은 동물을 길러본 적이 없겠죠?"

"한 번 있었어."

그녀가 놀란 눈으로 쳐다보았다.

"개요?"

"여우."

"특이한 애완동물이네요. 이름이 뭐였어요?"

"그런 거 안 붙여줬어."

"왜요?"

"그 녀석은 내 친구였어. 어차피 나한테는 그 녀석밖에 없었으니까 헷갈릴 일도 없고."

그녀는 골짜기 위의 철로를 걸어가기 시작했다.

"여기서부터는 날 보호해 줄 사람이 많으니까 당신은 안 따라와도 돼요."

"날 떼어내려는 노력은 이만 포기하시지. 아브다 말고 다른 위험도 있잖아. 네가 다리 밑으로 떨어지기라도 하면 어쩌겠어?"

그는 자신의 말을 나무에 묶어 놓은 다음 철로 밑의 실개천을 내려다보았다.

"빠져 죽진 않겠군. 그래도 떨어지면 다칠 거야. 게다가 이왕 온 김에 새로운 기술이나 배워가는 게 낫잖아?"

"이 일에는 기술 같은 거 필요 없어요. 힘만 있으면 돼요."

그녀가 시큰둥하게 한마디했다.

"힘이라면 또 내가 안 빠지지. 어때, 나 한 번 써 볼래?"

"다친 어깨는 어쩌구요?"

"내 말이 바로 그 말이야. 거의 다 나았는데도 이안이 붕대를 못 풀게 하거든."

그녀가 그의 눈을 똑바로 쳐다보았다.

"왜 이 일을 하려는 거예요?"

"널 보호해 주겠다는 말이 안 믿어지나? 난 대개의 경우 아주 솔직한 놈이지. 너한테 진 빚을 갚으려는 거야, 제인."

"하지만 그 이유 하나만은 아니겠죠?"

한순간 그의 얼굴에서 장난기가 사라졌다.

"그래, 그 이유만은 아니야. 하지만 다른 이유를 너한테 말해 줄 마음은 없어. 넌 그냥 이대로 날 받아들이면 돼."

그가 단호하게 그녀의 눈을 바라보았다.

그는 이곳에 어울리는 사람이 아니었다. 게다가 그녀는 다른 곳에 신경 쓸 여유가 없었다. 하지만 이상하게도 그에게 안 된다는 말을 하기가 망설여졌다. 지난 몇 시간 동안 이 남자로 인해 세상에 빛과 색채가 생겨난 듯했다. 조금 더 그를 머물게 해도 괜찮지 않을까?

"뙤약볕 아래서 하루 정도 일하고 나면 금세 포기하고 싶어질 걸요."

그가 씨익 웃었다.

"아닐걸. 난 말이야, 더 재미있는 일이 생길 때까지는 하던 일을 포기하지 않아."

4

정말로 그는 포기하지 않았다.

자꾸만 저 남자에게 시선이 쏠리는 이유가 뭘까? 어깨의 상처가 걱정돼서 그러는 거라고 제인은 스스로에게 중얼거렸다. 하지만 그 상처는 별 장애물이 아닌 듯했다. 망치를 들어올릴 때마다 그의 등과 배근육이 매끄럽게 꿈틀거렸다. 망치를 내리칠 때마다 그 밑의 징들이 쑥쑥 박혀들어갔다. 하루가 끝나가는데도 그는 열 시간 전에 일을 시작했을 때와 마찬가지로 힘있게 망치를 휘두르고 있었다.

"이젠 그만해요."

그녀가 그에게 걸어갔다.

"다른 사람들은 5분 전에 다 떠났다구요."

그는 징을 마저 박고 나서 망치를 옆으로 던졌다.

"하지만 난 입장이 다르잖아. 내 능력을 입증해 보여야지. 어때, 내일 다시 와도 되겠나?"

그는 망치를 받아든 지 5분 만에 셔츠를 벗어 던졌다. 그의 황금빛

상체가 땀과 먼지로 뒤덮인 채 숨가쁘게 들썩이고 있었다. 손을 뻗어 그 근육들이 정말로 보이는 것처럼 단단한지 확인해보고 싶었다. 그녀가 재빨리 주먹을 움켜쥐며 한 걸음 물러났다.

그가 선로 옆에 놓아두었던 셔츠를 걸쳐입었다.

"오늘 저녁 식사에 날 초대해 봐."

"왜요?"

"너의 패트릭 레일리를 만나보고 싶거든. 너하고 같이 있는 모습을 보고 싶어."

그녀는 더 질문하고 싶었지만, 그의 닫혀진 표정이 소용없으리라는 것을 알려주었다.

"당신하고 별 공통점이 없을 텐데요."

"어쨌든 날 초대해 봐."

그녀는 머뭇거리다가 형식적으로 중얼거렸다.

"오늘 우리하고 저녁 식사 같이 하실래요?"

"기꺼이. 우선 호텔에 가서 이 땀 좀 씻어내고 8시에 너희 방갈로로 갈게."

그가 은근슬쩍 그녀의 얼굴을 쳐다보았다.

"걱정 마. 너의 레일리한테 나쁜 짓 안 할 테니까."

그 순간 골목에 뻗어 있던 시체가 떠올랐다. 루엘 맥클라렌이 그녀나 패트릭에게 위협적으로 굴진 않는다 해도, 필요한 경우라면 지극히 위험해질 수도 있는 인물이었다.

"그놈은 죽을 만했어."

그가 그녀의 생각을 정확하게 알아차렸다는 것이 놀라우면서도 소름끼쳤다.

"난 받은 만큼 되돌려주는 놈이야."

"그럼 난 걱정할 필요 없겠군요."

그녀가 애써 미소지었다.

"내 상처만 나으면 당신은 원래 직업으로 돌아가겠죠. 아참, 당신 직업이 뭐예요?"

"지금은 투자자라고나 할까."

그녀의 믿기지 않는다는 표정을 보면서 그가 웃어젖혔다.

"내가 그런 사업할 놈으로는 안 보이나? 하지만 돈만 있으면 왕도 될 수 있는 법이야. 난 오래 전에 그 진리를 터득했어."

"왕이 되고 싶은가요?"

그의 눈가에 주름이 잡혔다.

"글쎄, 가능성이 있는 한 왕자로 만족할 수 있을지도 모르지. 모두들 그런 걸 바라지 않나? 남의 발 밑에서 뭉개지는 것보다는 위에 올라서는 편이 나아."

그녀가 고개를 가로저었다.

"그런 생활은 불편할 것 같아요."

"노예처럼 철로 일에 매달리는 게 더 좋다는 거야?"

"항상 이런 건 아니에요. 여기 일이 좀더 힘들 뿐이죠."

"그 정도의 가치가 있나?"

"그럼요."

"왜?"

"뭐라고 설명해야 할지……. 기차는…… 자유예요. 기차에 올라타면 어디로든 갈 수 있어요. 나쁜 일들은 다 뒤에 남겨놓을 수 있죠."

"그게 전보다 더 나쁜 곳으로 향하는 기차라면 어쩌지?"

"그럼 중간에 아무 데서나 내리면 돼요. 자신의 선택이죠."

"그건 도망이야."

그의 시선이 가느다랗게 그녀의 얼굴을 응시했다.

"무얼 피해 도망다니는 거지, 제인?"

"난 이미 도망쳐 나왔어요. 다시는 돌아가지 않아요."

"그때 패트릭이 도와줬나?"

그녀가 미소지었다.

"그래요, 패트릭이 도와줬어요."

"한 잔 더 하겠소, 맥클라렌?"

패트릭이 물었다.

"이만 사양해야겠군요."

패트릭은 남은 위스키를 자신의 잔에 몽땅 따라부었다.

"한 병에 왜 이렇게 조금 들었어? 아무래도 인도놈들이 속여먹는 것 같아. 제인, 부엌에 가서 술 한 병 더 가져와라."

"그게 마지막 병이에요."

제인의 대답을 듣자마자 패트릭의 얼굴이 한껏 찌푸려졌다.

"술라가 어디다 빼돌리는 거 아냐? 리 성이 있을 때는 이렇지 않았다구. 그 녀석을 빨리 좀 데려와라, 제인."

제인이 재빨리 음식 접시로 시선을 내렸다.

"나린스에서 할 일이 있다는 거 아시잖아요."

"전에 얘기했던 리 성 말인가?"

루엘의 눈동자에 언뜻 분노가 떠올랐다. 저녁 내내 패트릭을 관찰하는 것도 모자라서 이젠 그녀 차례까지 된 모양이었다.

"맞아요, 우리 일을 같이 하고 있어요."

패트릭이 의자를 밀고 일어나 베란다로 이어진 문을 향해 비틀비틀 걸어나갔다.

"베란다에 술병 하나를 놔뒀던 것 같은데. 금방 돌아오겠소, 맥클라렌."

제인이 불쾌하게 루엘을 노려보았다.

"이만 떠나시는 게 어때요?"

"내가 기분 나빠할 만한 일을 한 건가?"

"저녁 내내 우리 둘을 관찰하고 있었잖아요."

그가 살짝 미소지었다.

"난 널 지켜보는 게 좋아. 너에 대해서 다 아는 것 같았는데, 계속해서 새로운 면들이 눈에 띄거든."

"당신은 날 몰라요. 패트릭을 판단할 권리도 없구요."

"그래도 내가 오늘 저녁에는 꽤나 싹싹하게 굴었어. 레일리도 아마 그렇게 생각할걸. 저 술 취한 머리로 생각할 수가 있다면 말이지. 네가 집에 돌아올 때쯤이면 항상 저렇게 취해 있나?"

"더위 때문이에요."

"과연 그럴까?"

그가 자리에서 일어나 예의바르게 고개를 숙여보였다.

"내가 있는 걸 달가워하지 않는 것 같으니 이만 떠나야겠군. 설마 부엌데기 노릇까지 하는 건 아니겠지?"

그녀는 테이블 밑으로 주먹을 불끈 틀어쥐었다.

"안녕히 가세요."

불현듯 그의 얼굴에서 조롱기가 사라졌다.

"제발 잠이라도 푹 자. 시체처럼 창백하잖아……. 내일 보자구."

"내일 또 올 거예요?"

"물론이지. 새로운 일을 알아가는 건 항상 재미있거든."

"오늘 저녁에도 새로운 걸 알아내셨나요?"

그녀가 조심스레 물었다.

그는 문으로 걸어가면서 흘깃 뒤돌아보았다.

"네가 빌어먹게 충성스럽다는 걸 알았어. 저 술고래 대신 죽도록 일할 생각이라는 것도."

"패트릭은 술고래가 아니에요."

"그래, 더위 때문이라고 했지. 여긴 날씨 탓하는 놈들이 많더군. 더위서 갈증이 나고, 비가 와서 기운도 없고, 모래바람 때문에 머리가 아프고. 하지만 패트릭 레일리에 대해서 알고 싶은 건 다 알았으니까 더 이상 관심 없어."

"알아내고 싶었던 게 뭐죠?"

그는 그녀의 성난 눈동자를 지그시 바라보았다.

"너희 둘 사이의 관계. 그는 너하고 같은 침대를 쓰지 않아."

"어때? 뭘 좀 알아낸 거야?"

호텔방으로 들어서는 루엘을 보며 이안이 입을 열었다.

루엘은 코트와 셔츠를 벗으며 세면대로 걸어갔다.

"패트릭 레일리는 카타우크에 대해서 몰라. 술 마시는 거 말고는 아무 생각이 없어."

얼굴을 닦아낸 다음 그가 흘깃 돌아보았다.

"리 성이라는 자가 이 일에 관련된 것 같아. 내일 나린스에 가서 그자가 있는지 알아봐 줘. 그 여자는 리 성이 나린스에 있다고 했지만, 거짓말인 것 같아. 그녀는 거짓말에 능숙치가 않아."

"그건 그 여자가 정직하다는 뜻이로군."

"잠 좀 자게 이만 나가줄래?"

"내일 또 일하러 갈 거야?"

"잘 자."

"쫓겨나는 기분인걸."

이안이 느긋하게 문으로 향했다.

"도와줄 일이 있으면 언제든 말하라구."

"그럼 그 '불쌍한 어린애' 속이는 거 도와줄래?"

루엘이 놀리듯이 물었다.

"넌 그녀를 속이지 않을 거야. 양심 있는 놈인걸. 벌써 그 여자한테 부드러워졌잖아."

"또 무슨 헛소리야……."

하지만 그의 말이 끝나기도 전에 이안의 뒤로 문이 닫혔다.

5분 후, 루엘은 램프를 끄고 침대에 누워 어둠을 응시했다.

'내가 제인 바너비에게 부드러워졌다고? 빌어먹을, 절대 그런 게 아니야.'

그녀에게 갚을 빚이 있다고 해서, 그 여자를 이용할 생각까지 포기한 것은 아니었다. 기필코 카타우크를 찾아낼 것이다. 그놈을 찾아서 아브다에게 넘겨주든지 아니면 죽여버리든지…….

죽인다고? 이런 생각이 대체 어디서 튀어나왔을까. 그는 존 카타우크를 알지 못했다, 그러니 그를 죽일 만한 이유도 전혀 없었다.

하지만 제인 바너비가 생명을 내걸 정도로 그 자식에게 신경 쓰고 있었다.

그놈이 그녀의 애인일 가능성도 있었다.

그 생각이 주는 격한 분노는 가히 충격적이었다.

욕망. 평범한 욕망이 아니라 소유하고픈 욕망과 집착.

몸으로 반응하기 전부터 그 여자에게 느꼈던 호기심과 감탄이…….
그렇게 방심했던 것이 실수였다. 그리고 이젠 그것들이 괴상하게 뒤틀린 고통이 되었다.

감정을 배제하고 냉정하게 생각해야 했다. 여자 하나 때문에 시니다를 향한 목표가 어긋나서는 안 돼. 그래, 두 가지를 따로 분리해서 둘 다 손에 넣는 방법을 찾으리라.

자브리네에서 그녀의 몸은 분명 그에게 반응을 보였다. 루엘 맥클라렌이 카타우크보다 더 근사한 섹스상대라는 걸 알려줄 수만 있다면…….

그는 주먹을 불끈 틀어쥐었다. 빌어먹을, 대체 왜 이러는 거야? 이제까지 어떤 여자에게도 질투를 느껴본 적이 없었다. 기분 좋게 즐기고 나서 잊어버리면 그만이었는데……. 그런데 지금 자신이 안아보지 못한 여자의 몸에 다른 남자가 달라붙어 있는 상상만으로도 화가 나 견딜 수 없었다.

어쩌면 정말로 그 개자식을 죽여버릴지도 몰랐다.

"마하라자의 전용객차가 꽤 볼 만하다더군. 그것 좀 보여줄래?"
제인을 말 등으로 올려주며 루엘이 입을 열었다.
"지금요? 피곤하지 않아요?"
하루 종일 망치를 휘둘러댔으면서도 아직 힘이 남아 있단 말인가?
"피곤하다고 생각하면 더 피곤해져. 생각하지 않으면 그냥 사라지
고. 새로 지은 역사가 방갈로로 가는 중간쯤이지, 아마?"
"맞아요. 거기에 마하라자의 전용객차와 손님용 객차가 있어요."
"마하라자의 객차에 황금문이 달렸다면서?"
"그 얘긴 어디서 들었어요?"
"카산포르에서 그 얘길 못 들은 놈은 아마 귀머거리뿐일걸. 황금으
로 만든 문이 어디 흔한가?"
"그렇겠군요."
그녀가 잠시 머뭇거렸다.
"내일 기관차가 운송돼 올 텐데, 기다렸다가 한꺼번에 보는 게 어때
요?"
"기관차에는 관심 없어. 황금 보일러가 달렸다면 모를까."
그녀가 웃음을 터트렸다.
"반짝거리는 게 많긴 해도 황금은 아니에요……. 하긴 내일은 마하
라자와 손님들이 많을 테니까……."
"그럼 더더욱 오늘 봐야겠군. 느긋하게 감상을 해야지. 난 금으로
된 건 뭐든 좋아하거든."
그녀의 미소가 사그라들었다.
"그런 사람이 또 한 명 있긴 하죠……. 좋아요, 가자구요."
역사에 도착했을 때, 뉘엿뉘엿 어둠이 깔린 가운데 두 개의 화려한
객차가 마지막 남은 미약한 햇살을 받아 반짝이고 있었다.

"그 유명한 황금문이 어딨지?"

그녀가 두 번째 객차 쪽을 가리키자, 루엘은 말을 묶어놓고 나서 서둘러 걸음을 옮겼다.

금속 계단을 올라 문 옆에 매달린 랜턴을 들어올리면서 그의 시선은 한참 동안 황금문에 고정되었다. 아름드리 두 개의 나무가 문의 양쪽면에 새겨졌고, 늘어진 가지마다 열대의 꽃들이 정교하게 조각되었다. 화려하게 피어난 꽃들 사이로 동물들이 한가로이 뛰어놀고, 사리를 입은 여자 하나가 거울을 들여다보고 있었다.

"굉장하군."

"천국을 형상화한 거예요. 청동으로 만들어서 그 위에 금을 입혔죠. 하지만 그것만으로도 끔찍하게 많은 돈이 들었어요."

"대단한 솜씨야. 누가 만들었지?"

"당신은 모르는 사람이에요. 이제 다 봤어요?"

"아니."

갑자기 그가 왼쪽 나무줄기에 시선을 고정시켰다.

"이건 뭐지? 맙소사, 뱀이로군."

그 뱀만은 눈에 띄지 않길 바랐는데.

"천국에 뱀도 있어야 하는 거 아닌가요?"

그는 웃음을 터트릴 것처럼 입술을 비틀었다.

"그래도 이렇게 생긴 뱀은 처음 봤어. 절묘해."

그가 마침내 그녀에게로 시선을 돌렸다.

"안에 들어가봐도 되나?"

"그럼요."

그녀가 재빨리 열쇠다발을 꺼내들다가 그 안에 있는 것들을 기억하는 순간 멈칫했다.

"사실 별로 특별한 건 없어요. 이제 그만 가죠."

"나한테 보여주기 싫은 그게 뭘까?"

그가 그녀의 얼굴을 살펴보았다.

"피곤하고 배가 고파서 그래요. 당신이 보고 싶었던 건 문이었잖아요. 이젠 다 봤으니까 가자구요."

"그게 뭐지?"

그가 여전히 궁금한 듯 다그쳤다.

"빌어먹을, 그럼 마음대로 봐요. 상관없어요."

그녀가 문의 자물쇠를 풀어 활짝 열어젖혔다.

그가 랜턴을 들고 객차 안을 둘러보았다. 진홍색 벨벳이 덮인 의자, 반짝반짝 윤이 나는 테이블, 창턱까지 늘어진 커튼들. 문득 벽에 걸린 여덟 개의 그림이 눈에 띄었다. 그의 입에서 낮은 휘파람소리가 터져나왔다.

그녀가 재빨리 입을 열었다.

"마하라자가 궁궐에서 가져다놓은 거예요."

"하렘이로군. 카마수트라……."

"카마……. 그게 뭐예요?"

그는 한 걸음 더 다가서서 눈앞의 그림을 살펴보았다.

"여든여덟 가지 체위를 그린 성의 경전이지. 자브리가 몇 가지 보여줬어. 잘 그렸는걸. 여자 엉덩이가 복숭아처럼 매끄럽고 통통해보여. 이런 자세로 하면 기분 끝내주겠어……."

그녀는 그 그림이 아니라 그를 바라보고 있었다. 손으로 만져보지 않았어도 그의 열기를 느낄 수 있었다. 그의 체취가 콧속을 가득 채우는 듯했다. 그리고 지금의 이 은밀한 분위기에 다리가 후들거렸다.

"이제 그만 가요."

그가 흘깃 그녀를 쳐다보았다.

"자브리네를 드나드는 여자가 이 정도로 민망해 하는 거야?"

"그런 게 아니라 그냥……. 말도 안 되는 그림이라서 그래요. 남자들이 저렇게 부드러울 리 없으니까."

"그럼 남자들이 어떻지?"

"거칠죠."

그가 낄낄 웃어댔다.

"항상 그런 건 아니야. 경험이 부족한 모양이군."

"12년 동안 창녀집에서 살아온 내가요? 그런 일이라면……."

그녀가 홱 몸을 돌려 문으로 성큼성큼 걸어갔다.

"더 이상 얘기하고 싶지 않아요."

"창녀집?"

그의 이상한 목소리가 그녀의 발길을 멈춰 세웠다. 조금 전의 얼굴 가득한 웃음기는 흔적도 없이 사라져 버렸다.

"레일리를 만난 게 거기서였나?"

"그래요."

"내가 사람을 잘못 봤군. 그놈이 어린애를 좋아하는 취향인지 몰랐어."

"난 이제 가야겠어요."

"그래, 늦으면 안 되겠지."

그 부드러운 어조 이면에 지독한 포악함이 깃들어 있었다.

"너의 패트릭이 아주 쓸쓸해 하고 있을 테니까."

"입 닥쳐요!"

그녀가 주먹을 틀어쥐며 소리쳤다.

"패트릭은 사람을 조롱하거나 상처입히지 않아요. 당신처럼 잔인하지도 않아요."

그녀가 빙글 돌아 문을 열어젖혔다.

"제인!"

그가 어느새 그녀의 팔뚝을 움켜쥐었다.

"빌어먹을, 이 손 치워요!"

그의 손이 즉시 떨어져나갔다.

"손대지 않을게. 이제 얘기 좀 해도 될까?"

그녀가 말없이 그를 노려보았다.

"그래, 너한테 상처주려 했다는 거 인정해. 공격이 가해졌을 때 반격하는 게 본능이잖아."

"난 공격한 적 없어요."

"난 사과하려고 노력하는 거야."

그가 인상을 찌푸렸다.

"제대로 못하는 것 같긴 하지만. 남한테 사과해 본 적이 언젠지 기억도 안 나. 하여튼 살아남기 위해서 어쩔 수 없는 경우도 있다는 거 알아. 널 비난할 자격은 없었어. 용서해 줄래?"

그녀의 분노가 거짓말처럼 스르르 빠져나갔다.

"당신 참 이상한 사람이에요."

"그건 분명해."

그가 한 걸음 뒤로 물러났다.

"가봐. 지금 같은 기분으로는 너하고 함께 못 가겠어. 내일 보자구."

"아직도 포기할 마음 없어요?"

그가 그녀의 옆을 지나쳐 먼저 플랫폼으로 내려섰다.

"그러기엔 너무 늦었어. 끝을 봐야지."

"무슨 끝이요?"

"전에는 확실했는데, 이젠 그것도 확실치가 않아."

그가 말에 올라타자마자 박차를 가해 달려나갔다.

"리 성은 나린스에 없어. 두 달 전에 제인 바너비하고 같이 나타난 후로는 온 적 없대."

이안이 입을 열었다.

"그렇다면 그녀가 왜 거짓말을 했는지, 지금 그자가 어디에 있는지 궁금해지는군."

루엘이 중얼거렸다.

"난 네가 들어오자마자 위스키를 세 잔이나 들이킨 이유가 궁금해."

"목이 말라서."

그가 의자에서 벌떡 일어났다.

"게다가 이건 스카치 위스키잖아. 형이 사랑하는 그 멋지고 황홀한 스코틀랜드에서 만든 거. 말해 봐, 최근에 매기한테 소식 있었어?"

"아니."

루엘이 다시 술을 들이켰다.

"여전히 착실한 딸 노릇이나 하고 있겠지. 그 늙은이는 매기를 자기 옆에 붙들어놓고 노예처럼 부리기 위해 꾀병 부리는 거야."

"마거릿을 가난한 놈에게 내주기 싫은 거지."

"그 늙은이를 벼랑 끝에서 밀어버리고 싶은 적 없었어?"

"있었어."

"그런데?"

"그런 짓은 범죄잖아. 우리가 기다리는 수밖에."

"내가 대신 해줄까?"

이안의 눈이 휘둥그래졌다.

"뭐라구?"

"내가 대신 죽여줄까?"

그는 지금 누구라도 죽일 수 있는 기분이었다.

이안이 불편하게 어깨를 들썩였다.

"쓸데없는 얘기 그만하자."

루엘이 다시 술을 들이켰다.

"마음 바뀌면 얘기해."

"너 오늘밤 왜 이러냐?"

"내가 어떤데?"

"거칠어."

"그게 야수의 성질이지."

이안이 고개를 흔들었다.

"너무 날카로워져 있어. 이유가 뭐야?"

독한 술로 제인의 말이 불러일으킨 질투심과 분노와 동정을 둔화시키고 싶었다.

죄다 목 졸라 죽이고 싶었다. 누구를? 패트릭? 카타우크? 그녀의 어린 시절을 악몽으로 만든 사내들? 이런 빌어먹을. 그가 또 한 잔의 술을 따랐다.

"아까 황금문을 봤어."

"그래?"

"천국을 그려놨더군……. 뱀머리는 아브다의 얼굴이었고."

"정말이야?"

"교묘하긴 하지만 분명히 닮아 있었어."

이안이 감탄스레 웃어젖혔다.

"카타우크라는 놈, 마음에 드는걸. 유머감각이 있어."

루엘도 사악한 뱀머리를 보는 순간부터 생겨난 그런 감정을 억눌러보려 애쓰는 중이었다.

"마하라자가 그 특별한 유머감각을 받아들인 걸 보면 아들하고 그리 친하진 않은 모양이야."

"피커링 대령도 그렇게 말했잖아."

"내일 역사로 기관차가 들어온다더군. 마하라자도 온다고 하니까 소개받을 기회를 찾아봐."

"좋은 생각이야. 그럼 카타우크는 포기하는 거야?"

"아니, 하지만 가능성 있는 모든 길을 뚫어보는 게 현명하지."

"당신에게 가슴 벅찬 날이겠군요."

제인의 뒤에 이안 맥클라렌이 미소를 지으며 서 있었다.

"안녕하세요, 맥클라렌 경."

"이안이라고 불러주시오. 그나저나 여기 숨어서 뭐하는 거요? 플랫폼에서 마하라자의 칭찬을 들어야 할 사람이."

"기관차 운송을 감독해야 돼요. 당신은 여기 어쩐 일이세요?"

"마하라자와 인사를 좀 나눠보려 하는데 기회가 닿질 않는군요."

그가 미소지었다.

"여기서 이러지 말고, 우리 뷔페 테이블에 가서 주스라도 마십시다."

"싫어요!"

그녀가 잡아끄는 이안의 손길을 홱 뿌리치자, 이안이 당혹스레 그녀를 쳐다보았다.

"그게…… 전 저 사람들하고 어울리지 않아요. 다들 이상하게 쳐다볼 거라구요."

그의 시선이 그녀의 헐렁한 셔츠와 데님 바지를 살펴보았다.

"깨끗해 보이는걸."

"깨끗한 것만으로는 안 돼요. 그들은 날 별종으로 생각해요."

그녀가 발길을 돌렸다.

"전 할 일이 있어요. 즐거운 시간 보내세요, 맥클라렌 경."

"이안이라고 하시오."

그가 그녀의 옆으로 나란히 걸음을 옮겼다.

"오늘은 작업장에 안 나가는 거요?"

"거기 가면 벌써 날이 어두워질 거예요. 우선 창고에 가서 기관차와 같이 들어오기로 되어 있는 수하물을 확인해야 하거든요."

"그럼 내가 에스코트해 드리겠소."

"절 보호하실 필요는 없어요. 루엘이 날 보호하겠다는 건 다 핑계예요. 다른 목적이 있는 것 같아요."

이안이 진지한 표정으로 그녀를 바라보았다.

"루엘은 진심으로 당신을 지켜주고 싶어한다오. 자기 스스로 그걸 깨닫지 못한다 해도."

"당신 동생처럼 자신이 하는 일을 잘 아는 사람은 본 적이 없답니다."

그녀가 퉁명스레 대꾸했다.

"험난한 인생을 살아왔기 때문이라오. 그래서 가끔씩 자신을 제대로 보지 못하는 거요."

"당신은 그를 제대로 볼 수 있으신가요?"

"그렇소."

"그가 어떤 사람이죠?"

"거인이지. 자기 희생까지 감당할 수 있는 남자. 인생을 정복할 힘과 대담성을 갖춘 남자. 루엘은 영웅이오. 그런데 자기 운명을 받아들이려 하질 않소."

제인이 나지막이 웃음을 터트렸다.

"당신도 영웅이신가요?"

"아니, 난 평범하고 우둔한 인생일 뿐이라오. 마거릿이 날 바라봐주는 것만으로도 감사할 따름이지."

"마거릿이 누구예요?"

"마거릿 맥도널드. 내 약혼녀요."

"복받은 분이네요."

"복받은 건 바로 나라오."

그의 얼굴에 환한 미소가 떠올랐다.

"놀라운 여자지. 당신을 보면 마거릿이 생각나오. 닮은 구석이 있거든."

"그럴 리가요."

그녀가 놀란 표정을 지으며 고개 저었다.

"왜 그렇게 확신하오?"

"난 예쁜 옷차림에 보드라운 손을 지닌 여자가 아니에요. 다른 여자들과 달라요."

"마거릿은 당신이 생각하는 그런 여자가 아니라오. 그리고 인간은 누구나 다 다르게 만들어졌소. 자신의 모습을 부끄러워하지 말아야 하오."

"부끄러워하진 않아요. 오히려 자랑스러운 걸요. 다른 여자들이나 많은 남자들도 하지 못하는 일을 난 해내고 있는 걸요. 난 원하지 않는 장소에 억지로 날 끼워맞추지 않을 뿐이에요."

그들은 어느새 창고 앞까지 도착해 있었다. 그녀가 열쇠 다발을 꺼내들었다.

"데려다 주셔서 감사해요."

"오히려 내가 감사해야겠소. 그들의 '똑같음'보다 당신의 '다름'이 훨씬 마음에 들었다오."

그의 진심어린 어조에 그녀는 마음이 따뜻해졌다. 이 남자는 언제나 숨겨진 의도를 찾아야하는 루엘과 다른 듯했다.

"특이한 취향이시군요."

그녀가 자물쇠를 풀어나갔다.

"항상 여길 잠가두는 거요?"

"네."

"그럴 필요가 있을까? 감히 마하라자의 물건을 훔치려는 사람은 없을 텐데."

그녀는 서둘러 시선을 피했다.

"습관이 돼서 그래요."

그녀는 애매한 미소를 지어보이며 창고 안으로 종종걸음쳐 들어갔다.

"네 말대로, 그녀는 거짓말을 잘 못하더구나."

이안이 느릿하게 말문을 열었다.

루엘은 세면대에서 돌아서며 홀깃 그를 쳐다보았다.

"오늘 무슨 일 있었어?"

"글쎄…… 그 여자 많이 외로운 것 같더라."

"사람은 누구나 외로운 거야."

"과거에 상처를 많이 받았던 모양이야."

"오늘 있었던 일, 얘기할 거야 말 거야?"

이안은 잠시 침묵하다가 머뭇머뭇 말했다.

"창고 말이야. 거길 항상 잠가두더군. 내가 잠가두는 이유를 물었을 때 불편해 했어."

그가 인상을 찡그렸다.

"너한테 말하고 싶지 않았어. 그녀를 배신하는 기분이야."

루엘이 생각에 잠겼다.

"주기적으로 사람들이 드나드는 곳이니, 카타우크를 그곳에 숨겨뒀을 리는 없는데…… 그래도 며칠 간은 그곳을 지켜봐야겠어."

"난 별로 내키지 않아, 루엘."

루엘이 씨익 웃었다.

"형의 영혼이 지옥으로 떨어질까봐 겁이 나는 거야?"

"그 여자한테 상처 주게 될까봐 그래."

루엘의 미소가 사그라들었다.

"우린 카타우크를 찾아내려는 것뿐이야."

"그게 그 여자한테 상처가 될걸."

루엘이 셔츠를 벗어젖혔다.

"나가. 잠 좀 자야겠어."

이안이 한숨을 내쉬며 일어났다.

"창고를 지켜보긴 할게. 하지만 내 생각이 틀렸으면 좋겠어. 너도 마찬가지겠지?"

"웃기지 마."

루엘은 닫혀진 문을 노려보며 욕설을 중얼거렸다. 어리석은 죄책감 따위에 빠져 카타우크를 찾는 일을 포기하지는 않을 것이다. 제인을 유혹하는 목표도 그만둘 생각이 없다.

빌어먹을, 어제 객차 안에서 이 욕망을 달래줬어야 했는데. 이런 상태로 더 이상 오래 견딜 수 없었다. 그 여자를 볼 때마다 사타구니가 미친 듯이 날뛰어댔다.

원하는 걸 차지하는 게 뭐 어때? 그는 이안과 같은 성인군자가 아니었다. 이 정도면 기다릴 만큼 충분히 기다렸다.

"철로는 어디 있어요?"

그날 밤 패트릭이 방갈로에 들어서자마자 제인은 그를 다그쳤다.

"기관차와 같이 들어오기로 돼 있었잖아요?"

"우선 은행에서 대출을 받아야 돼. 사흘이면 해결될 거야."

그가 벌컥벌컥 술을 들이켰다.

"은행 사람들은 더 이상 우릴 믿어주지 않는다구요."

"그건 내가 알아서 해. 저녁이나 먹자."

"일주일 내로 철로가 필요하단 말이에요."

"내가 알아서 한다고 했잖니."

그녀는 홱 몸을 돌려 부엌으로 향했다. 정말이지 때로는 계속해 나갈 자신이 없었다. 끊임없이 다그쳐야 하는 패트릭, 돈 한푼 안 주겠다는 말을 위협삼아 끊임없이 요구해대는 마하라자.

계약서와는 상관없이 마하라자가 돈을 안 주겠다고 버티면 그들은 곧바로 파산이었다. 게다가 이젠 루엘 맥클라렌까지. 그 빌어먹을 그림 앞에서 묘하게 쳐다보던 그의 시선이 자꾸만 그녀의 머리 속을 복잡하게 만들었다.

다음날 그녀는 루엘의 태도가 미묘하게 달라졌음을 알아차렸다. 그녀를 거의 쳐다보지도 않고 관능적인 눈길을 보내오지도 않았지만, 어딘가 달랐다…….

하루 일을 끝내고 말이 묶여진 곳으로 걸어오면서 그가 처음으로 입을 열었다.

"내가 네 옆에서 왜 이렇게 열심히 일하는지 알아?"

"전에 물어봤어도 대답을 듣지 못했었죠."

"한 가지 이유를 말해 줄게. 객차 그림에서 봤던 그 체위를 너하고 해볼 생각이야."

그녀의 시선이 화들짝 그의 얼굴로 날아갔다. 완전히 무표정한 얼굴, 너무나 태연스런 어조였다.

"뭐라구요?"

"지난 며칠 간 그 생각이 뇌리에서 떠나지 않았어. 너의 엉덩이도 복숭아 같겠지. 내가 뒤에서 너의 가슴을 감싸쥐고 천천히 네 몸 속으로 들어가는 거야. 그 다음에 난 더 힘껏 네 안으로 들어갈 거야. 네가 신음하면서 꿈틀거릴 때까지……."

"그런 얘기 듣고 싶지 않아요. 여자가 필요하면 자브리한테나 가 보세요."

"여자가 필요한 게 아니야. 널 갖고 싶어."

"다른 여자가 당신이 바라는 그걸 채워줄 거예요."

"전에는 아무 여자나 상관없었어. 그런데 이제 마음이 변했어."

"그럼 그 마음을 다시 바꾸면 되겠군요. 난…… 싫어요."

"네가 좋아하게끔 만들 수 있어. 우린 아주 잘 맞을 거야. 어쩌면 너무 잘 맞을지도 모르지. 날 조절할 수 없을까봐 두려운 건가?"

"난 아무것도 두렵지 않아요. 당신에 대해서 생각할 시간도 없구요."

그녀는 경멸스런 어조로 말하려 애썼다.

"때로는 생각 없이 반응하는 경우도 있지."

"나에 대해서 모든 걸 다 안다고 생각하나요? 그건 당신의 자만일 뿐이에요.”

“다 아는 건 아니야. 널 관찰하면 할수록 점점 혼란스러워지더군. 그래서 이 일을 하기로 결정했어.”

“자브리한테 가세요.”

그녀는 필사적으로 말고삐를 움켜쥐었다.

“더 이상 일하러 오지 마세요. 처음부터 받아들이지 말았어야 했어요.”

“그런데 왜 받아들였지?”

당신의 옆에 있으면 황홀했으니까……. 마치 마법사의 수정구슬에 나타나는 장면들을 숨죽이고 바라보는 것처럼. 그런 시간을 이제 끝내야 한다는 것이 묘하게 가슴아팠다. 하지만 그런 것쯤은 극복할 수 있으리라.

“난 당신하고 그럴 생각 없어요.”

“우리 서로 즐기게 될 거야. 거칠게 하지 않을게.”

“싫어요.”

“제기랄, 난 네가 자랐던 그 소굴의 남자들하고 달라. 어두운 방에서 네 몸만 이용했다가 내던지는 사내가 아니야. 나하고 같이 있는 순간순간 넌 내가 루엘 맥클라렌이라는 걸 분명하게 깨달을 거야.”

침대에 벌거벗고 누워 있던 루엘의 모습이 떠올랐다. 하얀 이불 위에 아름답게 펼쳐졌던 황금빛의 나신.

그녀의 얼굴이 뜨거워졌다.

“이런 얘기하고 싶지 않아요.”

“그럼 얘기하지 않겠어.”

그가 똑바로 앞을 쳐다보며 험악하게 내뱉었다.

“하지만 난 계속 그 생각을 할 거고 너도 마찬가지일 거야. 내가 얼마나 지독하게 널 원하는지 알게 될 거야. 난 징을 박을 때마다 네 생각을 할 거야. 망치를 휘두를 때마다 네 몸 속에 들어가는 상상에 빠

져 있을 거야. 너의 몸 속에 들어가는 것처럼 온 힘을 다해서 징을 내
리칠 거야. 그걸 기억하라구."

그가 말 등으로 훌쩍 올라타서 떠나갔다.

나무 속으로 징이 박혀들어갔다.

제인의 몸으로 한줄기 떨림이 관통해갔다.

전에도 수없이 봤던 풍경이잖아. 신경 쓸 거 없어.

하지만 그녀는 그 모습을 분명하게 의식하고 있었다. 젖가슴이 부풀
어오르고 젖꼭지가 아플 정도로 민감해졌다.

루엘이 다시 망치를 휘둘렀다. 그의 팔뚝이 황금빛으로 번들거렸다.

징이 깊이 박혀들어갔다.

그녀의 뱃가죽이 바짝 오그라들었다.

망치가 징의 머리를 계속 내리쳤다.

왜 이러는 걸까? 그녀의 몸이 불타고 있었다, 혈관 속의 피가 격렬
하게 용솟음쳤다.

뙤약볕 때문일 거야. 그녀는 루엘에게서 시선을 떼어내고 물이 있는
곳으로 서둘러 걸어갔다. 시원한 물로 얼굴과 뺨을 축이고 목덜미를
문질렀다. 기분이 훨씬 나아졌다. 그래, 태양의 열기 때문이었어. 루엘
때문이 아니라……

그가 일손을 멈추고 그녀의 목덜미를 뚫어져라 응시하고 있었다. 갑
자기 목에서 셔츠 안으로 흘러내려가는 물방울이 또렷하게 느껴졌다.

뜨거운 육체에 닿는 차가운 액체.

그녀를 지켜보는 뜨거운 눈동자.

그 물방울이 젖꼭지에 닿으며 하늘색 셔츠에 흔적을 남겼다.

루엘의 혀가 아랫입술을 핥았다.

그녀의 몸이 바르르 떨려났다.

그가 미소지으며 슬쩍 자신의 아랫부분을 쳐다보았다.

팽팽하게 부풀어 있었다.

그가 다시 망치를 들어올렸고, 징은 나무 속으로 깊이깊이 박혀들어
갔다.

"어제 왜 혼자 간 거지? 그렇게 도망쳐 버리면 내가 어떻게 보호해
줄 수 있겠나?"

"도망친 거 아니에요."

그녀는 그를 쳐다보지도 않은 채 재빠르게 움직여갔다.

그의 시선을 느끼는 것만으로도 그녀의 젖가슴은 제멋대로 반응을
보이고 있었다. 빌어먹을.

"이제 그만 포기해. 날 받아들이면 훨씬 편해질 거야."

"닥쳐요."

"너도 즐거울 거야. 게다가 난 미쳐버리기 일보 직전이야."

그녀는 뛰다시피 걸음을 재촉하여 말에 올라탔다.

"쉬운 일을 왜 이렇게 어렵게 만드는 거야?"

그는 서두르지 않고 천천히 그녀 쪽으로 다가오고 있었다.

햇살에 닿아 반짝이는 황갈색 머리카락, 느긋하고 우아한 움직임.
하루 종일 그랬던 것처럼 그에게서 시선을 떼어낼 수 없었다.

"싫다고 했잖아요."

그녀는 간신히 시선을 돌린 다음 필사적으로 말을 내몰았다.

"리 성이 창고에 다녀갔어."

루엘은 멈칫하며 이안을 돌아보았다.

"확실해?"

"열쇠를 갖고 있었어. 저녁 무렵에 제인이 배낭 하나를 갖다놓고 나
오더군. 두 시간쯤 지난 후, 절름거리는 중국인이 그 배낭을 챙겨갔어.
내가 그 뒤를 쫓아가긴 했는데 바자에서 놓쳤어."

"일부러?"

"신의 뜻이었겠지……. 창고를 계속 지켜봐야 할까?"

루엘이 머뭇거렸다.

"아니. 알아야 할 건 다 알았으니까 좀 기다려."

"너답지 않군. 넌 성질이 급한 편이잖아."

빌어먹을, 루엘은 지금 급한 정도가 아니었다. 미칠 지경이었다, 카타우크와는 아무 상관없이……. 폭발하려는 화산과도 같은 기분이었다.

5

이틀 후, 아침 일찍부터 비가 내리기 시작했다.

하늘에 구멍이 뚫린 것처럼 폭우가 쏟아졌다. 이 지긋지긋한 나라의 다른 것들과 마찬가지로 비 역시 가히 살인적이었다.

처음 몇 시간 동안 그녀는 루엘에게 신경 쓸 겨를이 없어진 것을 반가워했다.

정오가 되자 빗물이 철로 양쪽에 가득 괴어 일꾼들이 이리저리 미끄러졌다. 3시에는 눈앞의 징조차 보이지 않을 정도였으며, 4시에는 더 이상 작업을 계속한다는 것이 불가능해졌다.

제인이 드디어 작업 중지를 명령하자, 루엘은 방수포 덮인 도구상자로 망치를 집어던졌다.

"이 똥통에서 익사하는 줄 알았어."

"누가 당신더러 일해 달라고 했어요? 싫으면 그만둬요."

갑자기 그가 씨익 미소지었다.

"그렇게 쉽게 쫓아내진 못할걸. 난 말이야, 적응력이 아주 뛰어나."

이 악마 같은 인간은 불지옥에서도 아마 적응할 수 있을 거야.

맙소사, 또 시작이었다. 그가 묘하게 쳐다보는 것만으로도 그녀의 몸은 준비를 갖춰가기 시작했다.

그녀는 성큼성큼 다리 위로 걸어갔다. 골짜기 밑의 강물은 이제 실개천이 아니라 급류의 흙탕물로 바뀌었다. 하지만 다리 기둥은 여전히 견고하게 철로를 받쳐주었다. 그래, 철로에 대해서 생각하자. 루엘에 대해서나, 이 허벅지 사이의 이상한 통증 따위 잊어버리고 피곤함과 힘든 상황만을 생각하자.

"우기가 끝날 때까지 기다리는 게 어때?"

루엘이 물어왔다.

그녀는 보리수나무의 늘어진 가지 밑으로 들어갔다.

"마하라자한테는 아무것도 안 통해요. 끝까지 해보는 수밖에 없어요."

이 남자가 왜 또 이렇게 쳐다보는 걸까? 그녀는 떨리는 손으로 베델리아의 안장을 올렸다.

"마하라자가 특이한 인간인 건 분명해 보여. 어서 빨리 만나보고 싶군."

"날 통해서는 아니겠죠. 그 목적으로 여기서 일하는 거라면 그만 포기하세요."

"내가 여기 오는 이유는 그게 아니야."

"도대체 왜……."

그녀는 흘깃 그를 쳐다보았다가 질끈 눈을 감아버렸다.

"싫어요."

하지만 비에 맞아 적나라하게 드러나는 그의 탄탄한 근육과 강렬한 시선이 여전히 눈앞에 아른거렸다.

그의 목소리가 부드럽게 속삭였다.

"이젠 때가 됐어, 제인. 너도 이걸 원하잖아. 더 이상 저항하지 말고 원하는 걸 가져. 날 받아들이라구."

그녀는 무기력한 얼간이가 아니었다. 이 남자에게 대항하여 싸울 힘이 있었다……. 스스로 원하기만 한다면.

스스로 원한다면? 그녀는 처음으로 그 사실에 의문이 일기 시작했다. 그리고 갑작스런 안도감이 찾아들었다. 그래, 더 이상 저항하는 것도 진력이 났다. 안 될 이유가 무엇인가? 한 번만 허락하면 다른 사내들과 마찬가지로 이 남자도 자신의 욕망만을 채운 다음에 떨어져나갈 텐데.

그가 그녀의 셔츠 단추를 풀어내고 있었다.

그녀의 눈이 번쩍 뜨였다.

"가만 있어. 널 보고 싶을 뿐이야."

그가 셔츠를 벌려 그녀의 젖가슴을 응시했다.

"아, 그래."

그의 숨결이 젖꼭지 위로 깃털처럼 내려앉았다. 그가 천천히 관능적으로 그것을 빨아들였다.

그의 손이 그녀의 허리춤 밑으로 미끄러져 들어가 은밀한 곳 주위를 조심스레 어루만졌다. 그녀의 무릎이 휘청거렸다. 그의 손가락이 한 부분을 찾아 애무하기 시작하자 그녀의 목이 뒤로 휘어지며 원초적인 신음이 새어나왔다.

그가 고개를 들었다.

'아름다워.'

몽롱한 가운데 그의 석류처럼 발개진 두 뺨과 보석처럼 반짝거리는 푸른 눈동자를 보며 그녀는 생각했다.

"여기선 안 돼."

그가 재빨리 그녀를 말 등에 올려주고 자신도 서둘러 올라탔다.

"다른 곳으로 가자. 마음 변하면 안 돼."

그녀는 변할 마음이라도 있는지 확신할 수 없었다. 그저 열에 들뜬 짐승처럼 몽롱하고 멍할 뿐이었다.

그가 베넬리아의 궁둥이를 철썩 내리쳤다.

"조금만 참아."

무얼 참으라는 거지? 그가 일으켜놓은 조류에 무기력하게 표류할 뿐인데.

그의 손이 그녀의 허벅지 사이를 뒤덮었다. 그리고는 그곳을 천천히 움켜쥐었다가 풀어놓고 또다시 움켜쥐었다.

"당장 널 갖고 싶어. 난 진흙탕이라도 상관없어. 너의 옷을 다 벗기고, 너의 엉덩이가 요동칠 때까지 날 원하게 만들고……."

그가 손을 떼어내며 거칠게 욕설을 중얼거렸다.

"가자. 더 이상은 못 기다려."

빗줄기가 줄기차게 퍼붓고 있는데도 차갑게 느껴지지 않았다. 다시는 이 몸의 열기가 식을 것 같지 않았다.

"역사로 가자. 거기가 제일 가까워."

그가 말에 박차를 가했다.

역사의 플랫폼에 도착했을 때쯤, 그녀는 열병에 걸린 사람처럼 부들거리고 있었다.

"빨리."

그가 그녀를 내려주며 성급하게 재촉했다.

"열쇠 어딨어?"

마하라자의 객차 열쇠.

그녀가 축축한 바지주머니를 더듬거리는 동안 그는 플랫폼을 가로질러 마하라자의 객차로 그녀를 끌어가고 있었다. 그가 열쇠로 문을 열고 안으로 들어서자마자 문을 쾅 닫았다.

창틈으로 회색의 뿌연 빛이 스며들고 있을 뿐, 바깥 세상은 주룩주룩 흐르는 빗줄기로 차단되었다.

"빨리해."

루엘이 자신의 셔츠를 벗어 던졌다.

"제기랄, 거칠게 굴지 않겠다고 했지만…… 노력해볼게……."

그가 돌아섰다.

"왜 안 벗고 있어?"

그녀는 움직일 수가 없었다. 열기에 휩싸인 채 그저 그를 바라만 볼 뿐이었다. 그의 욕망과 정열을 느낄 수 있었다. 흐릿한 어둠 속의 촛불처럼 그가 불타고 있었다.

"마음 변했다는 말은 하지 마. 난……."

그가 그녀의 셔츠를 벗기며 달래듯이 중얼거렸다. 그리고는 그녀의 어깨에 따뜻한 입술을 부볐다.

그녀의 몸이 바들바들 떨렸다.

"미치겠어. 오래 참을 자신이……."

갑자기 그가 자신의 손을 내려다보며 웃어댔다.

"내 손 좀 봐. 떨리고 있어. 나머지는 네가 벗어야겠어."

그의 연약한 고백이 그녀를 무아지경에서 벗어나게 했다. 그녀가 떨리는 손으로 허리띠를 풀어냈다. 그녀의 몸은 무기력하게 녹아내리는 밀랍 같았다. 객차 지붕 위로 내리치는 빗줄기처럼 심장이 격하게 쿵쾅거렸다. 다시 그의 손길이 닿기를 원했다. 어서 이 옷들을 벗어 던져 장애물을 제거해야 했다.

그가 긴 의자에 앉아 그녀의 여성 주위에 감싸인 솜털을 응시했다.

"이리 와."

그녀는 천천히 그의 앞에 다가섰다.

그가 그녀의 허벅지 사이를 감아쥐었다.

쾌감. 욕망. 굶주림……

"날 원하지?"

그의 손가락이 그곳에서 미치도록 황홀하게 움직여다녔다.

"네."

"지금 당장?"

"그래요."

그가 그녀를 자신의 무릎 위로 내려앉혔다.

"그럼 날 가져."

다음 순간, 그 단단하고 따뜻한 것의 침입을 느끼며 그녀가 거친 숨을 들이켰다.

"긴장하지 마. 아프게 하지 않을게."

그가 눈살을 찌푸렸다.

"너무 빡빡해."

그의 엉덩이가 힘차게 앞으로 돌진했다.

엄청난 고통, 그녀는 비명을 지르지 않으려 아랫입술을 꽉 깨물었다.

그가 번쩍 고개를 쳐들었다.

"설마!"

그의 몸은 이미 그녀의 몸 속 깊숙이 들어가, 그녀의 일부가 되어 있었다.

"그만둘 수가 없다구, 제기랄. 너무 늦었어."

"알아요."

그녀는 힘겹게 침을 삼켰다. 서서히 고통이 사그라들었다.

"알긴 뭘 안다는 거야? 맙소사……."

그가 떨리는 숨을 토해내고는 살짝 물러났다가 부드럽게 안으로 밀고 들어갔다.

다정하고 능숙했다.

"괜찮아?"

"네."

"그럼 다음 단계로 가자구."

그가 잠시 숨을 참았다가 날카로운 칼날처럼 단번에 돌진해 들어왔다.

그녀가 놀란 숨을 들이키며 그의 얼굴을 바라보았다.

그의 눈동자 초점이 흐려지고, 입술도 관능적으로 벌어졌다. 그 순간 그의 움직임이 폭발하며 격렬하게 그의 엉덩이가 들썩거렸다.

그녀는 그의 어깨를 꽉 움켜잡았다. 이런 게 무슨 느낌일까? 그녀의 몸과 반응은 그에게 사슬처럼 얽매였다. 그의 모든 움직임에 굴복하고 그의 모든 명령을 받아들이며 쾌락의 포로가 되어…….

쾌감이 점점 더 드높아지며 절정으로 치달아갔다. 그리고…… 누군가의 헐떡이는 비명 소리가 들렸다. 누구의 목소리일까? 그녀는 무아지경 속에서 아무것도 확신할 수 없었다.

그의 몸이 단단해지고 그의 얼굴에 견딜 수 없는 쾌감이 드러났다. 다음 순간 그가 부들거리며 그녀의 몸 위로 풀썩 쓰러졌다.

'위험해…….'

나른하게 지친 뇌리에 그 단어가 떠올랐다. 루엘에게 저항했어야 했다. 굴복하지 말았어야 했다. 이 남자는 너무나 강했다.

루엘이 그녀를 떼어놓고 객차의 끝 쪽으로 움직여갔다.

"어디 가는 거예요?"

그녀가 멍하니 물었다. 골짜기의 급류를 헤쳐나온 것처럼 기진맥진한 느낌이었다.

"불 좀 피우려고."

그가 항아리 모양의 스토브 옆에 무릎을 꿇고 석탄에 불을 붙인 다음, 다시 그녀에게 걸어왔다.

"어때? 아픈가?"

"조금요."

그녀가 일어나 앉아 관자놀이에 흩어진 머리카락을 쓸어넘겼다.

"기대했던 것보다…… 괜찮았어요."

"너도 내가 기대했던 것 이상이었어."

그가 모포를 집어들어 그녀의 몸에 감싸주었다.

"그게 마음에 안 들어."

그의 어조가 험악했다.

"당신 화났군요."

그가 양탄자 위에 털썩 내려앉았다.

"이렇게 복잡해지는 건 싫어. 넌 처녀가 아니었어야 했다구, 제기랄. 책임지고 싶지 않아."

그 한마디가 그녀를 현실로 되돌려 놓았다. 그녀가 머뭇머뭇 중얼거렸다.

"날 책임질 필요는 없어요. 내가 선택한 일이에요."

"웃기지 마. 내가 널 유혹했어. 널 갖고 싶어서 내가 끌고 온 거라구."

그녀의 몸에서 열기가 빠져나갔다. 이젠 너무나 추워서 담요를 더 끌어당겨야 했다.

"그렇긴 하죠……. 하지만 다 끝난 일이에요. 이젠……. 방갈로로 돌아갈래요."

그가 쓸쓸하게 웃었다.

"패트릭한테? 난 그놈이 어린애를 좋아하는 줄 알고 심장을 도려낼 작정이었어."

"우린 그런 관계가 아니에요."

"이젠 알았어. 대체 왜 날 받아들인 거야?"

"한 번 경험하면…… 싫증날 테니까요. 남자들은 다 그렇잖아요."

"과연 그럴까?"

그를 흘깃 보면서 그녀가 숨을 삼켰다.

"난 아직도 널 원해. 너한테 빠져나온 즉시 다시 갖고 싶어서 미칠 지경이야. 왜 사실을 말하지 않았지? 도대체 패트릭 레일리하고는 무슨 관계야?"

"그 사람은 내 아버지예요."

그의 놀라는 표정을 보며 그녀가 다시 말을 이었다.

"증거는 없어요. 엄마의 단골 손님 중 하나였을 뿐이죠. 하지만 난 분명하다고 생각해요."

"그자는 인정하지 않는다는 건가?"

"패트릭도 누구처럼 책임지는 걸 싫어해요."

"빌어먹을."

"하지만 걱정 말아요. 당신한테 그런 걸 기대하진 않으니까."

"나한테도 일말의 양심은 있어. 너한테 받은 게 있으니 보상을 해야지. 바라는 게 뭐야?"

"그럴 필요 없어요. 난 어차피 결혼할 때까지 처녀로 있어야 하는 양갓집 규수가 아닌 걸요. 결혼하지 않을 가능성도 많고. 그러니까 신경 쓰지 말아요."

그녀가 양탄자 바닥에 흐트러진 자신의 옷가지들을 바라보았다.

"내 옷 좀 집어주세요."

"우선 말려야 돼."

그가 옷가지를 들고 스토브 앞으로 펼쳐놓았다.

"그리고 이 얘길 끝낼 때까지는 안 보내줄 거야. 말해 봐, 바라는 게 뭐지?"

맙소사, 도대체 이 남자는 왜 포기하지 않을까? 그녀는 이 남자와 같이 있는 시간이 길어질수록 점점 묘하게 고통스러워졌다. 이 고통에서 도망치고 싶을 뿐이었다.

"나한테 빚진 거 없다고 했잖아요. 왜 내 말을 듣지 않는 거예요?"

"이런 죄책감 따윈 불편해서 그래. 이런 일이 자주 있는 게 아니거든. 물론 전에는 이렇게 특이한 상황에 처한 적도 없었지. 어떤 여자가 나 대신 칼에 맞고 이젠 순진함까지 망가졌잖아."

"난 순진하지 않아요."

"웃기지 마. 창녀집에서 자란 여자가 아직까지 처녀였으면서."

그녀는 몸을 굳히며 불쑥 대꾸했다.

"난 엄마처럼 되지 않을 거라구요."

혀를 깨물고 싶은 심정이었다.

"네 엄마가 창녀였나?"

"그래요. 이런 얘긴 그만해요."

"안 되겠는걸. 내가 미리 캐물었으면 이런 곤경에 빠지지도 않았을 거야. 엄마처럼 되는 게 왜 싫지?"

"그렇게 사는 건…… 악몽이에요. 엄마는 노예였어요. 난 누구에게 도 노예가 되지 않아요, 절대로."

"그렇게 창녀집을 혐오하면서 자브리네는 왜 드나들었어? 처음에 내가 상상했던 목적은 아니었을 테고."

그녀가 양탄자를 내려다보았다.

"볼일이 있었어요."

"카타우크 때문에?"

그녀의 머리가 들려올랐다.

"카타우크에 대해서 어떻게 알아요?"

"아브다."

그녀의 충격적인 표정을 쳐다보며 그가 거칠게 내뱉었다.

"그런 식으로 쳐다보지 마. 널 이용할 생각이었으면 이런 얘기하지 도 않았어. 이젠 내가 원하는 걸 다른 방법으로 찾아야겠다고 결정했 어."

"당신이 원하는 게 뭔데요?"

"마하라자한테 받아내고 싶은 게 있어. 카타우크를 데려다 주면 아 브다가 그 자리를 주선해 주기로 했었지."

"그래서 이런 짓을 한 거예요?"

그녀의 충격이 점차 분노로 바뀌어갔다.

"그래서 날 이리 데려온 거예요? 아브다가……."

"바보 같은 소리. 이 일은 아브다하고 전혀 관계 없어."

"자브리네서 만난 것도, 골목에서 그 남자를 죽인 것도 다 계획의 일부였나요?"

"실망시켜서 미안하지만, 난 이유 없이 사람을 죽이지 않아. 이상한 건……. 어디 가는 거야?"

"떠날 거예요."

그녀가 젖은 셔츠를 집어들었다.

"네가 상처입었다는 거 알아, 하지만 이성적으로 생각하라구."

그녀가 빙글 돌아섰다.

"난 당신이나 아브다 같은 인간 때문에 상처 따위 받지 않아요. 이제 다시는 당신을 믿을 만큼 어리석지도 않구요."

그녀가 바지를 끌어올리며 허리띠를 묶었다.

"넌 날 믿은 적 없어. 날 믿어서가 아니라 쾌락을 바라고 여기까지 따라왔던 거야. 뭐, 그건 괜찮아. 날 믿는 놈이 더 바보일 테니까. 자, 눈앞의 문제로 돌아가보자구. 아브다는 카타우크를 바라고, 넌 그를 내주기 싫어하고. 그를 카산포르 밖으로 피신시키고 싶겠지, 아마?"

그가 어깨를 으쓱였다.

"좋아. 내가 너의 카타우크를 빼내서 안전한 곳으로 데려다줄게. 그럼 우리의 빚은 다 청산되는 거야."

"뭐라구요?"

"분명히 들었잖아. 이런 바보 같은 말 되풀이하기 싫어."

그가 옷을 걸쳐 입기 시작했다.

"내가 당신을 믿을 것 같아요?"

"난 아브다의 졸개가 아니야. 증거가 필요한가? 리 성. 그자는 나린 스에 없어. 어젯밤에 창고에서 배낭 하나를 챙겨갖고 갔지. 그걸 아마 카타우크에게 갔다줬을 거야. 이안이 미행했었는데 바자에서 놓쳤어."

"당신 형도 아브다를 돕고 있나요?"

"이안은 날 돕는 거야……. 아주 마지못해서."

그가 부츠를 신었다.

"내가 이런 얘기를 왜 너한테 하겠나? 리 성이 다시 오길 기다렸다가 따라가기만 하면 카타우크를 찾을 수 있어. 난 이안보다 추적 솜씨가 좋거든."

"그렇겠죠. 사냥꾼의 본능을 지녔으니까."

그는 그녀의 빈정거림에 신경 쓰지 않았다.

"그 본능이 여러 번 내 생명을 구했어. 카타우크를 구해내는 데에도 도움이 될 거야."

"내가 당신 도움을 바라지 않는다면요?"

"어쨌든 난 이 빚을 청산한 다음에 내 갈 길을 갈 거야."

그가 인상을 찌푸리며 중얼거렸다.

"한 가지 마음에 안 드는 건, 내가 나 자신에게 거짓말을 했다는 점이야."

"당신 거짓말에 당한 사람은 나예요."

"아니, 너한테 다 말하지 않은 것뿐이지 거짓말한 적은 없어. 하지만 나 자신에게는 거짓말을 했어. 널 갖고 싶어서……. 평소에는 그렇게 어리석은 놈이 아닌데……. 자브리네 드나드는 이유를 깊이 생각하지 않았어. 분명히 여러 가지 신호가 있었는데, 내가 바라지 않는 것들을 다 무시해 버렸어."

"얘기 다 끝났나요?"

"거의. 아브다가 너와 나를 지켜보고 있을 거야. 내 도움을 받아들이면 카타우크를 빼낼 수 있어. 하지만 날 쫓아버리면 아브다는 내가 실패한 줄 알고 직접 움직이려 들 거야."

그가 씨익 미소지었다.

"어때? 이 일에 시간낼 수 있겠나?"

"날 배신할 수도 있는 사람을 믿을 수 있다면 말이죠."

"난 배신하지 않아. 날 똑바로 쳐다보라구, 그럼 내가 어떤 놈인지 알 수 있을 거야."

그녀를 철저하게 소유했다가 뒤돌아서서 이용한 거라고 말하는 이 남자를 어떻게 믿으란 말인가? 이 상처와 분노를 끌어안고서 어떻게 조리 있게 생각할 수 있단 말인가?

그녀는 씁쓸하게 웃었다.

"당신이 어떤 사람인지 정확히 알게 되긴 했어요."

그녀는 몸을 돌려 객차를 빠져나갔다.

"내일 철로가 도착할 거다."

저녁 식탁에서 패트릭이 자랑스럽게 미소지었다.

"다 잘 될 거라고 내가 말했잖니."

"창고로 운송하는 일은 아저씨가 감독하셔야 돼요. 전 작업장에서 빠져나갈 틈이 없어요. 오늘 2킬로미터도 못 끝냈다구요."

패트릭이 고개를 끄덕였다.

"비 때문이겠지. 아까 너 들어오는 모습 보니까 가슴이 아프더라."

그녀의 가슴도 아팠다, 루엘에게 들었던 말 때문에. 아니, 자존심이 상한 것뿐이라고 그녀는 재빨리 수정했다.

"이제부터는 내가 신경 쓸게. 너를 빗속으로 내몰 수야 없잖니. 또 병이라면 나면 큰일이지. 철로 운반만 끝나면 내가 작업장을 맡으마. 내일 모레부터는 푹 쉬거라."

그녀가 천천히 그에게 시선을 들어올렸다. 진심인 것처럼 말하긴 해도, 그런 약속이 깨어졌던 게 어디 한두 번이었던가.

"아흐레만 지나면 이 빌어먹을 나라와도 끝이다. 그 정도는 내가 책임질 수 있어."

이번에는 정말 믿어도 되는 걸까? 작업장에 나가지 않을 수만 있다면 카타우크를 위해 시간을 낼 수 있을 텐데.

"진심이세요?"

패트릭이 죄스러운 듯 그녀의 손을 토닥였다.

"진심이야. 나도 이제 무언가 쓸모 있는 일을 해야잖니. 가끔은 네가 왜 내 옆에 남아 있는지 알 수가 없단다."

'당신이 나의 아버지니까요.'

그녀는 그렇게 말하고 싶었다. 열심히 자신의 존재를 증명하면 언젠가 아버지라는 말을 허락할지도 모른다. 그렇지만 아직은 그런 말을 할 수 없었다.

"고마워요, 패트릭. 그럼 전 며칠 쉴게요."

그녀는 자신의 침실로 향했다. 이젠 여유가 생겼다. 어떻게 카타우크를 카산포르 밖으로 빼내야 할까? 루엘. 그녀는 즉시 그 생각을 밀어냈지만 다시금 꼼꼼히 따져보았다. 그는 카타우크를 빼내는 것뿐 아니라 안전한 은신처까지 마련해 주겠다고 약속했다. 그가 영리하다는 점에는 의심의 여지가 없었다. 아브다와 충분히 대결할 수 있으리라.

그렇지만 다시 루엘 맥클라렌과 엮이고 싶은 마음은 없었다. 그와의 관계를 끝내고 싶을 뿐이었다. 얼마나 어리석었단 말인가. 자신의 선택이었다고 주장하긴 했지만, 상처와 배신감을 떨쳐낼 수가 없었다. 그녀의 몸에는 그의 흔적이 남았고, 마음도 뻥 뚫려버린 상태다. 그를 다시 보아야 한다는 생각만으로도 두렵고 화가 났다.

두렵다고? 그자의 교활함을 알게 된 이상 두려워할 이유는 없었다. 그녀에게는 몸뿐만 아니라 머리도 있었다. 지금부터는 정신을 바짝 차리면 된다. 이제 결정해야 할 것은, 그가 그녀를 이용한 것처럼 그녀도 그를 이용할 수 있느냐는 것이다.

두 시간 후 루엘의 호텔방 앞에 제인이 서 있었다.

"뜻밖이군. 안으로 들어오겠나?"

"아뇨."

그녀가 차갑게 대꾸했다.

"패트릭이 내일 모레부터 작업장을 맡아주기로 했어요. 카타우크를 위해 며칠 시간을 낼 수 있을 것 같아요. 그러니까 아브다가 의심하지 않도록 내일 일하러 나오세요."

"내 도움을 받아들이겠다는 뜻인가?"

"마다할 이유가 있나요? 그런 제안을 자주 하는 게 아니라면서요."

"그건 맞아……. 걱정할 거 없어, 제인. 내가 여러 모로 이기적인 놈이긴 하지만, 두 가지만은 분명해. 받은 만큼 돌려준다는 거하고 약속을 지킨다는 거."

"걱정은 되지만 당신을 지켜보겠어요."

그녀가 몸을 돌려 계단 쪽으로 걸어나갔다.

"잠깐. 여기까지 어떻게 왔어?"

"걸어서요."

그녀의 모습이 층계참을 돌아 사라졌다.

그는 그녀가 사라진 곳을 뚫어져라 노려보았다. 지난 몇 주간 아브다나 파찰의 흔적이 보이지는 않았지만 언제 행동을 개시할지 누가 알겠는가? 빗줄기가 퍼붓는 어두운 거리, 어느 으슥한 곳에 그의 하수인 하나가 숨어 있다면……. 그런 놈들이 사람 하나쯤 죽이는 것은…….

그는 문을 쾅 닫고 복도를 달려나갔다.

'언제부터 백마 탄 기사가 돼버린 거냐?'

자신에게 욕설을 퍼부었다. 제인은 칼을 갖고 있다, 덤벼드는 놈을 너끈하게 해치울 수 있을 것이다. 그는 지금 지독히도 피곤했다, 오늘 하루중에서 처음으로 보송보송하게 말라 있었다. 다시 저 빗속으로 나가고 싶진 않았지만 그 빌어먹을 여자가 안전하게 방갈로에 도착하는 것을 보기 전까지는 편안히 잠들 수가 없으리라.

6

다음날도 비는 여전히 줄기차게 퍼부었다.

오후에 또다시 작업이 중지되었다.

제인은 작업 중지를 명령하고 나서 시코르 고지 맞은편을 향해 걸어나갔다.

"어디 가는 거야?"

루엘이 그녀의 옆으로 따라붙었다.

"랑푸르 고지의 다리가 괜찮은지 확인해야 돼요. 나 혼자 갈 테니까, 당신은 호텔로 돌아가세요."

"의심받지 않으려면 같이 행동해야 한다구……. 카타우크는 어디다 숨겨놨어?"

"계획이 세워지면, 그걸 들은 후에 만나게 해줄지 생각해 볼게요."

"당장 만나야겠어."

"안 되겠는데요."

"제인, 내 말 좀 들어봐……."

그가 그녀의 팔을 붙잡았다.

"건드리지 말아요!"

그녀가 성난 눈동자로 그를 노려보았다.

"왜 그래?"

그가 부드럽게 속삭였다.

"너도 좋아하잖아?"

"싫어해요."

"네가 날 싫어할 수는 있겠지만 내 손길을 싫어하진 않아. 자신에게 거짓말하지 말라구. 나도 그랬다가 된통 당했잖아."

맙소사, 그의 말이 사실일 수 있을까? 아니야, 그럴 리 없어. 그녀는 그의 팔을 뿌리치고 진흙탕 속으로 터벅터벅 걸어갔다.

"왜 카타우크를 만나겠다는 거죠?"

"개인적인 이유야. 이렇게 바보 같은 일 때문에 내 목표까지 포기할 순 없잖아…… 카타우크가 궁궐에서 오래 살았으니까 마하라자에 대해서 잘 알고 있을 거야."

"마하라자에 대해서 물어보려는 거예요?"

"그자에 대해서 모든 걸 알고 싶어."

"내가 왜 당신을 도와줘야 하죠? 당신이 목표를 이루든 말든 나하곤 상관없어요."

"내 계획이 잘 진행돼야 아브다와의 일을 포기한 것도 후회가 덜 될 거야. 네 입장에서는 나의 충성을 묶어놓는 게 낫지 않겠어?"

"생각해 보죠."

"내일이어야 돼."

"재촉하지 말아요."

"이미 시간을 너무 많이 낭비했어. 카타우크를 빼내고 나면 마하라자를 만날 가능성이 희박해져. 아브다가 어떻게 해서든 방해하려 들테니까. 그 전에 매각 영수증을 손에 넣어야 돼."

"영수증이라뇨?"

"마하라자의 소유 하나를 살 생각이야."

그녀가 어이없다는 듯 그를 쳐다보았다.

"겨우 그것 때문에 이런 일에 끼어든 거예요?"

"아주 특별한 거라구. 내일 카타우크를 만나서……."

굽이진 곳을 돌아나가자, 랑푸르 고지로 흘러가는 물소리가 그의 나머지 말들을 먹어삼켰다.

그곳은 시코르 고지보다 물살이 훨씬 더 빨랐다. 자추강의 지류가 깎아지른 강둑의 바위를 지나 총알처럼 쏟아지고 있었다.

"견고해 보이는걸."

루엘이 두 개의 다리 기둥을 응시하며 커다랗게 소리쳤다..

"걱정할 필요 없겠어."

"걱정한 게 아니라, 확인해 보고 싶었을 뿐이에요. 이틀 후부터 이 다리에 선로를 놓아야 해요."

"그 다음엔 어떻게 되는 거지?"

"나린스까지 이어가야죠."

"그럼 다 끝나나?"

"선로 위로 말을 달려서 상태를 확인하고, 그 다음엔 기차를 직접 운행해 봐야 해요. 그리고 마하라자에게 그 기차를 넘기고 나면, 마침내 우리 돈을 받을 수 있겠죠."

그녀가 험악하게 중얼거리고는 왔던 길로 되돌아가기 시작했다.

"내일 카타우크를 만나야 돼."

루엘이 다시 다그쳤다.

악마처럼 고집스러운 인간. 아마 원하는 대답을 들을 때까지 계속 그녀를 괴롭힐 것이다. 쓸데없이 기력을 낭비할 필요가 있을까? 그의 말대로, 그의 충성심을 이기적인 이유로 묶어놓는 것이 더 안전하리라.

"내일 아침 9시에 방갈로로 오세요."

"내가 잘못 생각하는 건가, 아니면 우리가 진짜로 빙글빙글 돌고 있는 건가?"
루엘이 물었다.
그녀는 머리 위로 늘어진 나뭇잎을 밀쳐내며 대꾸했다.
"당신 친구 파찰이 지켜보고 있을지도 모르잖아요. 우릴 따라오지 못하도록 해야죠."
"내가 다시 찾아오는 것도 방지하려는 걸 테고. 돌아갈 때도 똑같은 미로를 돌아가야 하나?"
"물론이에요."
그녀가 침착한 시선을 던졌다.
"난 당신을 믿을 정도로 어리석지 않아요. 당신의 야망에 카타우크를 희생시킬 마음도 없구요."
그가 낄낄거렸다.
"좋았어. 사실 어제는 너무 쉽게 대답이 나와서 좀 실망했거든."
그녀는 서둘러 그에게 시선을 떼어내고 낮은 덤불 속으로 걸어들어갔다.
"저 앞에 불당이 있어요. 이 근처에는 수백 년 동안 버려진 불당들이 아주 많아요."
"아브다에게 자세히 설명하지 못할 거라고 경고해 주는 거야? 내 수고를 덜어줘서 고맙군."
"이 일이 우스운가 보죠?"
그의 얼굴에서 즐거운 미소가 사라졌다.
"아니, 사실은 아주 진지하게 받아들이고 있어. 하지만 조금쯤 웃는다고 손해날 건 없잖아. 너도 나이가 들면 알게 될 거야."
"난 그렇게 어리지 않아요."

"그래도 나한테 안전해지려면 그런 식으로 보이는 게 나아."

"난 지금도 충분히 안전해요."

"아니. 내가 마음먹기에 따라 달라질 수 있을걸."

"여기서 뭐하는 건지 물어도 될까?"

리 성이 덤불을 헤치며 절룩절룩 걸어나왔다.

"게다가 그런 소란까지 일으키면서."

"이쪽은 루엘 맥클라렌이야. 카타우크 빼내는 일을 도와주기로 했
어."

그녀가 리 성에게 배낭을 건네준 다음 루엘을 돌아보았다.

"이쪽은 리 성이에요. 여기서부터 불당까지 안내해 줄 거예요. 그럼
나중에 봐요."

"넌 어디 가려고?"

"길을 되돌아가서 미행당하지 않았는지 확인해야죠."

그의 얼굴에 규명할 수 없는 감정이 스쳤다.

"너의 불신에 조치를 취해야겠군. 점점 짜증이 나기 시작해."

"믿지 말아야 할 사람이야?"

리 성이 제인에게 물었다.

"어느 정도는. 그를 카타우크에게 데려다 줘."

그녀가 몸을 돌려 다시 걸어나갔다.

"불당까지 얼마나 걸리지?"

리 성의 뒤를 따라 정글 속으로 나아가며 루엘이 물었다.

"멀지 않소."

"왜 하필 불당을 택했나?"

"카타우크가 원했소."

"왜?"

리 성이 흘깃 뒤돌아보았다.

"질문이 너무 많군."

"네가 제대로 대답하지 않기 때문이지."

"당연하잖소. 제인은 당신을 믿지 않아."

"그녀의 판단이 정확하다는 건가?"

"아니. 그녀는 사람을 너무 잘 믿어서 자주 상처를 받소."

"그럼 날 안 믿으니까 상처받을 일도 없겠군."

"이미 상처를 준 게 아니라면."

"그런 경우라면 어쩔 거지?"

"당신을 처벌할 거요. 우리 중국인들은 고통을 가하는 솜씨가 탁월하거든. 내가 절름발이라서 그렇게 못할 것 같소?"

"아니, 다시 그런 실수를 하진 않아. 시드니에 있을 때 술집에서 외다리 잭이라는 놈과 한판 붙었는데 하마터면 거세당할 뻔했지. 게다가 그놈은 그 빌어먹을 의족으로 내 머리를 갈기기까지 했어."

리 성의 표정은 변하지 않았다.

"그래서 어떻게 됐소?"

"어떻게 되긴 어떻게 돼? 정신 차리고 보니까 놈이 벌써 뉴질랜드행 배로 도망쳤던걸."

리 성이 그를 유심히 살펴보았다.

"거짓말. 날 추켜세우려는 거요?"

루엘이 웃음을 터트렸다.

"영리하군. 하지만 사실이야. 그 다음 얘길 덧붙이지 않았을 뿐이지."

"그 다음은 뭐요?"

"내가 뉴질랜드까지 쫓아가서 다시는 그 의족을 사용할 수 없게 만들어 줬어."

리 성이 피식 입술을 비틀며 더 이상의 말없이 걸음을 재촉했다.

정글에서 빠져나가자, 세월의 때가 묻어 허물어져 가는 불당 하나가 나타났다. 건물 주위와 깨진 계단의 중간쯤까지 무성한 잡초들이 뒤덮여 있고, 계단 위에는 부서진 부처상이 놓여 있었다.

"발 밑을 조심하시오. 이 근처에는 독사들이 많소."

"독사?"

루엘이 순간적으로 얼어붙었다.

리 성이 높다란 계단을 올라서며 소리쳤다.

"카타우크! 손님 오셨소."

"꺼지라고 해……. 아브다만 아니면."

불당 안에서 깊이 있는 목소리가 울려나왔다.

루엘이 놀라며 반문하여 소리쳤다.

"아브다를 만나고 싶다는 거요?"

"물론이지, 그놈을 만나는 게 내 소원이야……. 죽은 시체로."

리 성이 불당 안으로 들어서며 루엘을 소개시켰다.

"이쪽은 루엘 맥클라렌이오. 당신을 카산포르에서 빼내 주겠다는 군."

"그럼 귀한 손님이시네."

불당 한가운데 거대한 청동 화로가 이글거렸다. 가구라고는 벽 쪽에 위치한 두 개의 짚이불과 북쪽으로 향한 작업용 테이블뿐이었다.

존 카타우크가 능숙하게 진흙을 주무르며 테이블 앞에 서 있었다. 삼십대 후반쯤의 나이로 덩치가 꽤 크고, 헐렁한 바지와 길고 하얀 튜닉과 샌들 차림이었다. 어깨까지 늘어진 짙은 갈색 머리와 똑같은 색의 턱수염. 팔뚝과 어깨에 울퉁불퉁한 근육이 솟아올랐다. 푹 패인 갈색 눈동자와 쭉 뻗은 눈썹만 아니라면 그저 평범한 생김새였다.

"후대에 나의 위대한 작품을 남겨주려고 오셨나? 성인이시오 아니면……."

고개를 쳐들던 카타우크의 눈이 휘둥그래졌다.

"와, 멋들어진 얼굴이야. 이리 가까이 와서 좀 보여주시오."

루엘이 창가로 다가가자 카타우크가 이리저리 그의 얼굴을 뜯어보았다.

"굉장해. 거의 완벽한 좌우대칭이야."

"이젠 움직여도 되겠소? 이 비옷을 벗어서 말려야겠소."

카타우크는 마지못해 고개를 끄덕이면서도 루엘에게서 시선을 떼지 못했다.

"대단해…… 혹시 당신 남색을 즐기나?"

갑작스런 질문에 루엘의 표정이 멍해졌다.

"아니오. 당신이 그런 걸 바란다면 다른 곳에서 즐거움을 찾아야 할 거요."

"나 역시 아니오."

그가 인상을 찌푸렸다.

"이곳에 갇혀 지내면서 그랬더라면 얼마나 좋았을지 생각해 보긴 했지만……. 하여튼 당신이 마음에 들어."

"제인이 이자를 다 믿지 말라고 했소."

리 성이 한마디했다.

"물론 흥미로운 존재는 위험스러울 수도 있는 법이지. 그건 처음 봤을 때부터 알아차렸어. 앞으로 더 알게 될 테고. 나의 예술가적인 눈은 영혼까지 꿰뚫어볼 수가 있거든. 당신 두상을 만들어보고 싶소. 진흙과 나무밖에 사용할 수 없다는 게 한탄스럽군. 더 좋은 재료를 써야 하는데."

"나더러 당신 모델이 되란 말이오?"

카타우크가 힘차게 고개를 끄덕였다.

루엘의 시선이 테이블 위의 물건들을 훑어보았다.

"그리 한가한 것 같진 않은데. 저 원숭이는 아주 잘 만들었소."

"아하, 보는 눈도 있군 그래. 그럼 이것도 마음에 들 거요."

카타우크가 테이블 밑에서 다른 나무 흉상을 끄집어냈다.

제인, 평소의 질끈 동여맨 머리가 아니라 부드럽게 풀어내린 머리모양이었다. 화사하게 미소짓고 있었다. 루엘이 손을 뻗어 그 얼굴의 뺨을 살며시 만져보았다.

"제인이 모델을 서주다니 놀랍군."

"그런 게 아니오. 그녀는 너무 바빠서……. 내 기억으로 만든 거라오. 쉽지 않은 작업이었지. 강인하면서도 또 그보다 연약한 여자는 없거든."

루엘은 천천히 그 조각상의 입술선을 쓰다듬었다. 문득 카타우크의 시선이 자신의 얼굴에 고정된 것을 알아차리고는 재빨리 손을 떼어냈다.

"황금문에 새겨진 뱀도 꽤 괜찮았소."

카타우크가 낄낄 웃어댔다.

"조금 놀려주고 싶었어. 제인은 좋아하지 않았지만……. 뭐, 제인한테 피해가 갈까봐 약간 걱정되긴 했지. 하지만 마하라자는 그런 거 신경 안 쓰거든."

"아브다는 신경을 쓰던데."

"아브다와 아는 사이요?"

"만난 적이 있소."

카타우크의 미소가 사그라들었다.

"혐오스러운 인간이야. 자기는 예술작품을 사랑한다고 주장하지만 자기 목적대로 이용하려 들어. 당신은 그자를 어떻게 생각하시오?"

"별로 좋아하진 않소. 그자도 날 불쾌하게 여기는 것 같더군. 이유는 모르겠지만."

카타우크가 허벅지를 탁 내리치며 웃어댔다.

"정말 마음에 드는 친구야. 어때, 내 모델이 돼주겠소?"

"흐음, 가능성이 없는 건 아니오."

루엘은 비옷을 벗고 화로 옆의 돌바닥에 내려앉았다.

"우리가 한 가지 합의에 이를 수만 있다면."

"어떤 합의일까?"

"마하라자에 대해서는 어느 정도나 알고 있소?"

"처음 궁궐에 갔을 때 그의 조각을 만들었으니까, 아주 잘 알고 있다고 해야겠지."

"영혼까지 다 벗겨보았소?"

"쉬운 일이었지. 보이는 것 이상은 없었거든."

"난 마하라자에게 받아내고 싶은 게 있소."

"그 방법을 찾고 싶은 거로군."

"날 도와줄 수 있겠소?"

"아, 물론이지. 마하라자에게 무엇이든 얻어낼 수 있는 방법이 한 가지 있소."

"그게 뭐요?"

"우선 두상을 만든 다음에. 당신이 정보만 빼내고 달아나버리면 어쩌겠소?"

"당신 정보가 도움이 될지 안 될지 아직 모르잖소?"

"그거야 서로 믿어야지, 그렇지 않겠나?"

"내가 믿어야 한다는 뜻인 것 같군."

루엘은 잠시 그를 쳐다보다가 고개를 끄덕였다.

"3일이면 되겠소?"

"4일."

카타우크가 미소지었다.

"하루 종일 있을 셈치고 내일 아침 일찍 오시오."

그 순간 제인이 불당 안으로 들어섰다.

"3킬로미터까지 되돌아갔다 왔는데 파찰의 흔적은 없었어요."

"그럼 나에 대한 불신이 해소된 건가?"

루엘이 물었다.

"아뇨, 파찰이 미행하지 않았다는 뜻이에요……. 이번에는."

그녀는 모자와 비옷을 벗고 화로 옆으로 다가서면서 카타우크에게 시선을 돌렸다.

"이 사람이 당신에게 물어볼 게 있다더군요."

"얘기 다 끝냈어."

"벌써요?"

"나한테 뜻밖에도 협상할 게 있더군. 카타우크가 내 얼굴을 마음에 들어했어."

그녀는 루엘의 말을 즉시 이해했다.

"그럼 당신이 마하라자에게 사려는 게 뭔지 우리에게도 말해 주세요."

"그게 왜 중요하지?"

"중요하진 않아요. 하지만 당신은 우리에 대해서 모든 걸 알고 있는데 우린 당신에 대해서 아는 게 없잖아요. 당신만 너무 유리한 입장이죠."

그는 한동안 잠자코 있다가 불쑥 내뱉었다.

"마하라자에게 시니다라는 섬을 사고 싶어. 인도양에서 320킬로미터 정도 떨어져 있는 곳이야."

"왜 그 섬을 사려고 하나요?"

그가 다시 머뭇거렸다.

"황금."

카타우크가 입을 열었다.

"그 섬에 황금이 있었으면 아브다가 벌써 알아냈을 거요. 그자는 황금에 미쳐 있거든."

"분명히 그 섬에 황금의 산이 있소."

"그럼 왜 지금까지 찾아낸 사람이 없을까?"

"접근하기가 힘들어서였겠지. 북쪽은 산이고 삼면은 깎아지른 절벽

이거든. 그 가운데 160킬로미터 이상의 깊은 협곡이 자리잡고 있소."

"그걸 어떻게 알아요?"

제인이 물었다.

"이 정도면 충분히 말했을 텐데. 이제 네가 그 사실을 아브다에게 알리면 내 계획은 수포로 돌아가. 네가 유리한 입장이 된 거지."

카타우크가 다시 입을 열었다.

"엘도라도에 대해서 들어본 적 있소?"

"물론."

"그 황금은 깊고 깊은 호수 바닥에 있다고들 하지. 당신의 시니다도 그 정도로 찾기 힘들 거요. 그럼 헛수고만 하는 걸 텐데."

"시니다는 엘도라도가 아니오. 그 섬을 살 수만 있으면 내가 어떻게든 찾아낼 거요."

카타우크가 씨익 미소지었다.

"성공했으면 좋겠군. 세상의 금은 많을수록 좋거든."

"내가 당신의 작품 재료를 찾아주려 애쓰고 있으니 다른 대가 없이 정보를 알려줘도 되지 않겠소?"

"그건 안 되지. 아브다가 이 일을 알게 되면 당신 목을 자르려 덤벼들 텐데, 그럼 난 어떡해? 당신 목이 온전할 때 두상을 만들어 놔야지. 제인, 이 사람을 앞으로 4일간 이리 데려오라구."

"알았어요."

제인이 부르르 몸을 떨며 화로에 가까이 다가갔다.

"불이 꺼져가네. 장작을 더 지펴야겠어, 리 성."

"우선 네 머리 좀 말리고. 수건 가져올게."

리 성이 일어나서 짚이불 쪽으로 향했다.

"그럴 시간 없어. 작업장에 가봐야 돼."

리 성은 수건을 가져와서 그녀의 얼굴을 닦아준 다음 뒤로 돌아가 머리채를 문질렀다.

"패트릭이 제대로 하고 있는지 염탐하려고?"

"아니야. 그냥……."

그녀가 그를 향해 고개를 돌리려 했다.

"가만 있어. 그렇게 움직이면 어떻게 머릴 말리겠어?"

"그럴 필요 없다구. 어차피 밖에 나가면 금세 젖을 텐데."

"그래도 기분은 좀 나아질 거 아니야. 이렇게 해야 내 마음도 편해."

그들을 지켜보며 루엘은 묘한 고통에 사로잡혔다. 둘 사이의 애정과 신뢰가 확연하게 드러나 보였다.

'빌어먹을, 왜 이러는 거지? 그녀가 다른 놈에게 신뢰를 보이는 게 무슨 대수야?'

카타우크가 그의 옆으로 다가섰다.

"분명히 남색은 아니로군."

루엘은 또다시 그 조각가의 관찰하는 시선을 알아차리며 경계심을 끌어올렸다.

"부디 내 친구 제인에게 흑심 같은 건 품지 마시오."

"그런 마음이 있다면 어쩔 거요?"

"조심하라고 경고해야겠지. 내가 아주 아끼는 여자거든. 그녀가 망가지는 걸 두고볼 수는 없소."

루엘은 리 성과 제인을 흘깃 쳐다보고 나서 주제를 바꿨다.

"황금으로 작업하는 걸 왜 그렇게 좋아하오?"

"위대한 예술가에게 딱 어울리는 재료거든. 그래서 궁궐에 있었던 거요. 평범한 후원자들은 그 희귀한 재료를 제공하지 못하니까."

"그럼 왜 도망쳐 나온 거요?"

"내 작품을 위해서라면 수단 따위는 상관없다고 생각했지. 그런데 그렇지가 않더라구."

카타우크가 어깨를 으쓱였다.

"아브다는 내가 아주 싫어하는 일을 요구했소. 그걸 거절했더니 내 손을 잘라버리겠다고 위협하더군. 그런 희생을 치를 수는 없었어. 내가 떠나온 후로 나의 견습공 베나레스를 포섭한 모양이지만 나하고 그 녀석은 비교가 안 되지."

그가 목소리를 높여 제인에게 소리쳤다.

"이번에는 쌀 말고 다른 걸 좀 가져왔나? 그 동안 쌀만 먹었더니 뱃속에서 아우성이야."

"쇠고기와 콩을 가져왔어요. 그게 다 떨어질 때쯤이면 여길 떠날 수 있을 거예요."

"하지만 어디로 가겠어?"

카타우크가 인상을 찡그렸다.

"위대한 예술가한테는 후원자가 있어야 돼. 후원자들은 자기 보물을 자랑하고 싶어하고. 내 작품에 대한 소문이 들리면 아브다가 가만 안 있을 거야."

제인이 도전적으로 루엘을 바라보았다.

"안전한 은신처를 찾아내셨나요?"

"아직 생각중이야."

"우선은 여기서 빼낼 방법부터 생각해야죠."

"그건 결정했어. 마하라자에게 철로를 넘기기 전날 시험운행할 때. 카산포르 바깥 지점에 카타우크를 숨겨놨다가 기차에 태워. 나린스에 도착하기 전에 내려서 해안까지 이동하는 거야."

"아브다가 의심할 텐데요."

"그러니까 그 의심을 다른 데로 돌리는 게 우리 할 일이야. 그건 차차 생각하자구. 카타우크가 내 영혼을 벗겨내는 동안 생각할 시간이 아주 많을 테니까."

그가 일어나서 비옷을 집어들었다.

"이젠 카산포르로 돌아가자. 아브다한테 고자질하러 가지 못하게, 작업장에 들르는 건 나한테 맡겨."

"내가 갈 거예요……."

"나한테 맡겨."

그가 그녀의 비옷을 걸쳐준 다음 모자까지 씌워 세심하게 끈을 묶어주었다. 그 과정이 아까의 불편함을 가라앉히며 원초적인 만족감을 전해 주었다. 문득 리 성과 그녀를 지켜보면서 자신이 바랐던 게 바로 이것이라는 걸 깨달았다. 리 성 대신 자신이 이렇게 행동하고 싶었던 것이다. 그는 재빨리 몸을 돌려 발길을 옮겼다.

"카타우크를 숨겨놓을 장소도 물색해 봐야 돼."

"처음에 제인하고 어떻게 만났소?"

루엘이 의자에 얌전히 앉은 채로 물었다.

카타우크는 신중하게 나무 조각의 뺨을 다듬어가고 있었다.

"제인이 황금문 만들 사람을 찾아다닌다는 소문을 듣고 내가 그녀의 방갈로로 찾아갔소."

"대단한 모험이었겠군."

"거의 삼 주 동안 일을 못했더니 미치겠더군. 더 이상 견딜 수가 없었소. 황금으로 만드는 것만 아니었으면 참을 수 있었을지도 모르는데."

"아브다가 당신을 노리고 있다는 말도 했소?"

"했지. 처음엔 말할 생각이 아니었지만 만나자마자 그녀의 천성을 알아차렸거든. 그녀는 도움이 필요한 사람을 절대로 거절 못해. 보살펴 주고 싶어하지."

"당신 때문에 그녀가 위험해질 가능성은 생각지 않았소?"

"물론 신경이 쓰이긴 했어. 하지만 난 일을 해야 했소. 어떤 것도 그 정열을 막을 수는 없었지. 당신도 아마 시니다에 관한 일에는 그럴걸."

"맞았소."

루엘의 시선이 지난 며칠 간 그래왔던 것처럼 자연스럽게 제인에게로 이끌렸다.

어린애로 생각할 수만 있으면 좋으련만……. 하지만 그렇게 되지 않았다. 좀처럼 그 '여자'에게서 시선을 떼어낼 수가 없었다. 그녀를 만지고 싶었다.

그녀의 땋은 머리가 검붉은 색으로 반짝이고 있었다. 그 머리채를 늘어뜨려 그 속으로 손가락을 미끄러뜨리고 싶었다. 객차에서의 그날처럼 그녀의 벌거벗은 몸을 바라보고 싶었다. 뜨거운 열기가 치밀어올라 고통스러울 정도로 아랫부분이 단단해졌다.

그녀의 몸이 경직되었다. 그의 시선을 알아차린 것이다. 손에 든 카드만을 쳐다보고 있었지만, 분명히 알아차렸다. 그녀가 불안하게 관자놀이의 머리카락을 쓸어올리며 매끄러운 팔뚝을 드러냈다. 또다시 미칠 듯한 열기가 그의 몸을 고문해댔다. 혼자서만 이렇게 고통당하지는 않으리라.

'날 쳐다봐. 내 상태를, 너의 느낌을 인정해.'

그녀가 흘깃 그를 쳐다보다가 얼어붙었다.

'그래, 알아차렸군.'

하지만 그녀는 허둥지둥 고개를 돌려 다시 카드를 내려다보았다.

'빌어먹을, 왜 난 시선을 돌리지 못하는 거야?'

"이게 전신상이었으면 아랫부분에 무화과 잎을 잔뜩 장식해야 했겠어."

카타우크가 느릿하게 중얼거렸다.

"그런 수고가 필요 없어서 다행이군."

"제인을 내보낼 걸 그랬어. 욕망의 흔적이 아랫부분에만 나타나는 게 아니라구. 턱선이랑 입술이랑……."

"이 빌어먹을 작업이 언제쯤 끝나는 거요?"

"내일. 황금으로 만들었더라면 내 최고의 작품이 됐을 텐데……."

그가 휴 한숨을 내쉬었다.

"이제 당신에게 대답을 해줘야겠지⋯⋯. 장난감을 주면 돼. 마하라자에게 장난감을 줘."

루엘이 멍하니 그를 쳐다보았다.

"인도의 가장 부유한 왕에게 애들 장난감을 주라는 거요?"

"그자가 어린애니까. 지난 6년 간 내가 그의 괴팍함을 어떻게 견뎌왔다고 생각하나? 다른 데로 신경을 돌리지 못했다면 아마 미쳐버렸을 거요."

루엘의 의심스런 표정을 보며 그가 짜증스레 말을 이었다.

"내 말을 믿으라구. 마하라자의 정신수준은 완전히 어린애야. 이 나라의 카스트 제도 때문에 윗대가리들은 자기들끼리 번식해야 했소. 그래서 아마 마하라자와 아브다가 그렇게 뒤틀린 걸 거야."

"아브다는 어린애 같지 않던데."

"그렇긴 하지. 하지만 그놈보다 더 뒤틀린 놈도 없을 거요."

"장난감이라⋯⋯. 아주 간단하게 들리는군."

"간단치는 않소. 팜스 스트리트의 나미르를 찾아가시오. 카타우크에게 만들어준 것과 같은 장난감을 사겠다고 하시오. 코끼리가 포함돼 있는 걸로. 마하라자는 코끼리라면 사족을 못 쓰거든."

카타우크의 말이 사실일까? 과연 한낱 장난감으로 마하라자의 관심을 끌 수 있을까? 루엘은 그 동안 마하라자에 대해서 들어왔던 얘기들을 떠올려 보았다.

'철로라는 장난감 외에는 관심이 없다, 시도 때도 없이 불가능한 일들을 요구해댄다, 번쩍거리는 걸 좋아한다⋯⋯.'

분명히 카타우크의 말에 일리가 있었다.

이기적인 행동과 비합리적인 요구사항들이 다 어린애들의 특성 아니던가.

"마하라자가 장난감만 챙기고 날 잊어버리면 어쩌겠소?"

"난 열쇠만 쥐어준 것뿐이오. 문을 여는 건 당신이 알아서 해야지."

카타우크가 눈살을 찌푸렸다.

"인상 좀 펴라구. 벌써부터 계획을 세우느라 정신이 없군. 이마에 자꾸 손이 가잖소."

7

"장난감을 두 부분으로 나눠야겠어."

루엘이 이안에게 설명하기 시작했다.

"마하라자에게 갖다줄 부분 하나하고, 코끼리가 있는 다른 부분으로. 난 카타우크를 하루 더 위해 봉사해야 하니까 형이 나미르를 찾아가 봐. 첫 번째 부분은 아주 흥미롭게, 그러면서도 나머지 부분에 호기심이 생기도록 그렇게 해달라고 해."

"시간 여유는 어느 정도지?"

"삼 일. 철로를 넘겨받는 날하고 가까워선 안 돼. 관심이 분산될 테니까."

"마하라자한테 일부만 넘겨주면 화를 낼지도 모르잖아."

"그래도 날 악어밥으로 내주는 것보다 나머지 반쪽을 갖고 싶어할 걸. 게다가 그자는 영국인들을 좋아해."

이안이 고개를 끄덕였다.

"알았어. 내일 나미르를 찾아가볼게. 얼마나 지불할 생각이야?"

"달라는 대로 다 줘야지. 혹시 알아, 마하라자가 시니다를 헐값에 넘길지? 카타우크의 통찰력은 꽤나 정확하거든."

"카타우크를 좋아하는 거야?"

"날카로운 판단력을 지녔어."

"좋다는 거겠지?"

이안이 고집스레 물고 늘어졌다.

"빌어먹을, 왜 자꾸…… 그래, 괜찮은 놈이었어. 이젠 만족스러워?"

"아, 그래. 일이 잘 진행되는 것 같아서 다행이기도 하고."

"형이 그렇게 좋아할 줄은 몰랐군. 내가 시니다를 사게 되면 글렌클라렌으로 돌아가지 않는다는 뜻이라구."

이안이 부드럽게 미소지었다.

"요즘은 네가 시니다에게 거는 기대가 황금 때문만은 아니라는 생각이 들어. 내가 글렌클라렌을 사랑하듯이 너도 사랑할 만한 집과 터전이 필요한 걸 거야. 너의 소망대로 잘 됐으면 좋겠다, 루엘."

루엘은 가슴속에 무언가 북받치는 기분이었다. 어릴 때처럼 형의 어깨를 툭 치며 끌어안고 싶기도 했다. 젠장할, 카산포르에 온 후로 모든 것이 급격하게 변해가는 것 같았다.

아니면 자신이 변해가는 것일까?

그럴 리는 없다. 지금껏 살아오면서 터득한 교훈이 그리 쉽게 잊혀질 수 있겠는가. 제인과 이안에게 일말의 감정을 허락하긴 했어도, 일단 빚을 갚기만 하면 다 떨쳐버릴 수 있으리라.

"이제 4일만 있으면 철로를 결합시킬 거다."

패트릭이 입을 열었다.

"휴, 이 지긋지긋한 나라를 빨리 떠나야지. 지난주는 정말 죽을 맛이었어."

"내일은 저도 나가서 도울게요."

"넌 푹 쉬기나 해. 내가 알아서 할게."

그가 기지개를 펴며 자리에서 일어났다.

"이제 자야겠다. 피곤해 죽겠어."

작업장에 나가기 시작한 후로 패트릭의 주량은 많이 줄어들었다. 그에게 계속 일을 맡겨놓는 것이 나으리라.

"그럼 나린스까지 시험운행할 때 제가 해도 괜찮을까요?"

그녀가 애써 긴장하지 않은 척 물었다.

"안 될 거 없지. 난 다음날 마하라자를 상대해야 되잖니. 아마 백 가지쯤 불만을 늘어놓을 거야."

예상했던 답변이었지만 그래도 진심으로 다행스러웠다.

"리 셩을 데려와서 같이 운행해 볼게요."

"좋을 대로 해라. 그 녀석 돌아올 때가 됐지. 나린스에서 제대로 일이나 했는지 모르겠어."

패트릭이 침실 쪽으로 터벅터벅 걸어갔다.

"아참, 요새 우리의 친구 맥클라렌이 매일 작업장에 들리더구나. 이렇게 고약한 날씨를 참아내는 게 나 혼자만은 아니더라구."

루엘이? 카타우크의 불당에서 떠난 뒤에 매일 작업장에 들렀단 말인가? 순간적으로 감사의 마음이 생겨났다. 하지만 그녀는 서둘러 그런 마음을 밀어냈다. 감사할 필요는 없어. 그는 그녀를 위해 패트릭을 지켜보는 게 아니라, 카타우크의 일을 가능한 한 빨리 마무리짓고 싶을 뿐이야.

순간, 불당에서의 다그치며 요구하는 듯한 루엘의 시선이 떠올랐다.

"얼굴이 빨개졌구나. 또 병이 나려는 건가?"

패트릭이 흘깃 돌아보며 중얼거렸다.

"아니에요. 그냥 열이 좀 있나봐요."

그녀는 황급히 그 자리를 떠났다.

'이런 느낌 따위 극복해야 돼. 넌 짐승이 아니잖아.'

그녀는 필사적으로 자신에게 중얼거렸다.

하지만 자신의 몸은 열에 들뜬 짐승이라고밖에 할 수 없었다. 그와 함께 있는 공간에서 그를 느끼지 않는다는 것은 불가능했다. 그의 시선만으로도 그녀의 몸은 녹아내리는 듯했다.

무시해 버리자. 그럼 결국 이런 갈망도 없어질 것이다.

루엘은 커다란 상자 안에 조심스레 장난감을 집어넣고 진홍빛 벨벳으로 포장한 다음, 새하얀 비단 리본으로 정성껏 묶었다.

한 시간 후 궁궐의 수석 하인에게 두둑한 뇌물을 주고 또 마하라자에게 이 선물이 전달되면 더 주겠노라고 약속하여 들여보냈다.

그런 다음 호텔로 돌아와 결과가 나타나기를 기다렸다.

다음날 아침, 마하라자 두라이 사빗사를 알현하라는 연락이 도착했고, 한 시간 뒤 루엘은 접견실로 들어섰다. 화려한 붉은색 튜닉과 하얀 비단 바지 차림의 작고 통통한 사내가 장난감 받침대 옆에 무릎을 꿇고 앉아 있었다.

"그대가 루엘 맥클라렌인가?"

마하라자는 대답을 기다리지도 않고 불쾌한 표정으로 말을 이었다.

"난 대단히 화가 나 있소. 이게 어딘가 잘못됐어."

그가 응시하고 있는 받침대 위에는 나무와 덤불 꽃들, 그리고 짐승들까지 진짜처럼 절묘하게 꾸며진 정글이 자리잡았다. 그 가운데 황금빛 튜닉을 입고 보석관을 쓴 마하라자의 인형이 놓여 있었다. 나미르가 일 년에 걸쳐 만들어 놓은 것을 루엘의 요구사항에 맞춰 몇 가지 수정한 작품이었다.

"이상하다구."

마하라자가 기계장치를 누르자, 사자가 작은 마하라자 인형에게 달려들었고, 마하라자는 허공으로 솟아올라 울창한 나뭇잎들 사이로 사라졌다. 다른 장치를 잡아당기자 그 마하라자 인형은 코뿔소 앞으로 톡 떨어졌다. 코뿔소가 돌진해 들어가자 인형은 그 옆의 나무숲으로 자취를 감췄다. 여러 동물의 공격을 받고 계속 그 공격을 피해가면서 마하라자 인형은 높은 절벽 끝에 도달했다. 마지막 장치를 잡아당기자 마하라자 인형은 깊은 바다로 떨어지는 도중에 대롱대롱 매달리는 것으로 끝을 맺었다.

"이것 봐. 마하라자는 어떤 운명에 닥쳐도 승리해야 하는 법이라구. 이건 전혀 마음에 안 들어."

"장난감의 다른 부분이 없어서 그렇답니다."

마하라자가 재빨리 시선을 들어올렸다.

"다른 부분?"

루엘은 그 장난감의 눈에 띄지 않던 잘라진 부분을 가리켰다.

"나머지 반쪽이 여기 붙어 있었던 거지요. 마하라자는 절벽에서 떨어져도 살아남습니다. 호랑이 앞에 떨어졌다가 그 다음에는 다른 나무로 튀어올라 마침내 커다란 흰 코끼리 등으로 자리잡게 됩니다."

마하라자의 눈이 흥분으로 반짝거렸다.

"코끼리라고?"

"하얀 코끼리 같은 신령한 동물만이 마하라자를 태우기에 적당할 겁니다."

"나도 고문관들한테 그렇게 말했어. 하지만 놈들이 이리저리 핑계만 둘러대고 찾아내질 못하고 있다구."

그가 절벽에 매달린 인형을 바라보며 눈살을 찌푸렸다.

"다른 부분이 있어야겠어. 어찌 감히 나한테 반쪽만 선물했단 말인가?"

"가게에서 그걸 보자마자 폐하만이 지니셔야 할 물건이라고 생각했습니다. 그런데 불행히도 다른 한쪽을 어디다 두었는지 기억이 나질 않는군요."

마하라자의 눈이 가늘어졌다.

"나한테 뭔가 바라는 게 있는 거겠지? 받고 싶은 게 무엇이냐?"

"받으려는 게 아니라 사고 싶다고 해야겠지요. 폐하의 소유이신 시니다라는 섬을 사고 싶습니다. 4만 파운드를 낼 의향이 있습니다."

"시니다? 기억이 나질 않는데……."

마하라자는 성마르게 통통한 손을 흔들었다.

"기억나지 않는 걸 보면 그리 중요한 곳도 아닐 거야. 고문관들하고 가격에 대해 의논해 볼 테니 그 동안 이 장난감의 일부를 찾아보겠나?"

"열심히 찾아보겠습니다. 내일 다시 찾아뵐까요?"

"그래, 그래."

마하라자는 다시 장난감의 기계장치를 만지작거리며 홀린 듯이 쳐다보았다.

"내일 오너라."

궁궐밖으로 나서는 루엘은 환호를 지르며 뛰어오를 지경이었다. 전망이 아주 밝아보였다. 궁궐에 들어올 때까지만 해도 내리퍼붓던 빗줄기가 지금은 잠시 멎어 있었다. 그 사실도 길조 중의 길조인 것 같았다.

이대로 호텔에 들어가고 싶지 않았다. 이 부글부글 끓어오르는 희망을 이안이 아닌 제인과 함께 나누고 싶었다. 그는 인력거에 올라타며 레일리의 방갈로로 가자고 말했다.

코브라가 허둥지둥 뛰어 다니는 개를 노려보며 앞뒤로 몸체를 흔들어댔다.

'맙소사, 샘이 위험해.'

마구간으로 들어서던 제인은 그 광경을 목격했다. 그녀는 샘의 밥그릇을 조심스레 내려놓고 부츠 속의 단검을 빼내들었다.

그 뱀은 베넬리아의 축사 바로 앞에 또아리를 말고 있었다. 눈앞의 깽깽거리는 개에게 덤벼들지 않는다면 뒤쪽의 말을 공격할 것이다.

"가만히 좀 있어, 샘."

물론 그 멍청한 개는 그녀의 말을 들어주지 않았다. 개 짖는 소리가 점점 드높아지자 갑자기 뱀이 1미터쯤의 높이로 솟아올랐다. 3미터는 족히 될 듯한 코브라였다.

그녀는 단검을 내려다보다가 옆으로 던져버렸다. 단검을 들고 접근하다가는 찌르기도 전에 물려죽기 십상이었다. 무언가 다른 걸 찾아야 했다. 순간, 벽에 세워져 있는 갈퀴가 눈에 띄었다.

그 뱀의 머리가 그녀 쪽으로 홱 돌아왔다. 그녀의 심장이 미친 듯이 쿵쾅거렸다. 사정 거리에 있다는 것과 그 구슬 같은 눈동자를 바라보는 것만으로 충분히 위협적이고 공포스러웠다.

샘이 한쪽 옆으로 달려가자 코브라의 머리가 다시 그쪽으로 향했다.

그 틈을 이용해 제인이 갈퀴 손잡이를 움켜잡고 천천히 뱀의 뒤쪽으로 움직여가기 시작했다.

"뭐하는 거야?"

흘깃 시선을 돌리자 마구간 문 앞에 루엘이 서 있었다. 그의 얼굴이 땀에 젖은 채 창백했다.

"이리 나와."

"조용히 해요!"

그녀는 다시 코브라에게 시선을 돌렸다.

"당신은 꼼짝 말고 있어요. 잘못하면 이놈이 샘을 물어죽일 거예요."

"샘은 상관없어. 너나 어서 피하라구."

제인은 그의 말을 무시한 채 한 걸음 한 걸음 다가갔다. 3미터……
2미터…….

"좋아, 내가 그 미친 개를 데려올게. 넌 빨리 나가!"

루엘이 욕설을 내뱉으며 개를 향해 움직였다.

코브라가 그 동작을 알아차리며 더 높이 솟아올라 쉭쉭거렸다.

루엘의 동작이 얼어붙었다.

뱀은 샘과 루엘을 번갈아보며 한순간 제인의 존재를 잊어버렸다. 민첩하게 행동하면…….

그녀가 갈퀴를 쭉 뻗으며 앞으로 달려들었다. 뱀의 몸통을 푹 찍어 맞은편 벽 쪽으로 홱 집어던졌다. 길다란 뱀의 몸뚱이가 벽에 쾅 부딪힌 다음 바닥에 떨어져 꿈틀거렸다.

샘이 그 뱀을 쫓아 달려갔다.

"안 돼!"

그녀의 비명소리와 함께, 루엘이 그 개를 뒤쫓아 뱀의 옆에 도달하기 직전에 낚아챘다.

"꽉 잡으세요!"

제인이 루엘을 밀치며 갈퀴의 나무 손잡이로 있는 힘껏 뱀의 머리를 계속해서 내리쳤다.

뱀이 더 이상 꼼짝하지 않자, 그녀의 움직임이 멈췄다.

"죽은…… 것 같아요."

그녀가 루엘에게로 돌아섰다.

"진짜 커다란 놈이었어요, 이 근처에서 이런 놈은 처음……. 왜 이래요?"

루엘이 그녀의 어깨를 움켜잡고 격하게 흔들어댔다. 창백한 얼굴에 눈동자만이 이글거렸다.

"너 미쳤어? 돌았어?"

"이 손 놓지 않으면 당신도 찔러버릴 거예요."

"바보 같은……. 빌어먹을……."

그가 갑자기 손을 풀어내고 비틀거리며 문으로 향했다.

"어디 가는 거예요?"

"토하러."

그가 웅얼거리며 밖으로 뛰어나갔다.

그녀는 어리둥절하게 그 뒷모습을 쳐다보았다. 루엘의 반응은 전혀 예상밖이었다. 두려워하는 것쯤이야 이해할 수 있지만…… . 토하러 간다고? 그 뒤를 쫓아나가려다가 그녀는 불쑥 멈춰 섰다. 아마 약한 모습을 보이기 싫어할 거야. 더구나 그녀도 지금 온전한 상태가 아니었으므로 그의 고약한 성미를 받아줄 자신이 없었다.

몇 분 후, 마구간에서 빠져나온 루엘은 말구유의 물을 얼굴에 끼얹어대는 중이었다. 그의 얼굴은 아직까지 창백해 보였다.

"미안해. 난 뱀을 싫어하거든."

그녀가 어깨를 으쓱였다.

"난 전에도 여러 번 봤어요. 텐트에서 자라다 보면 이런 일이 흔하거든요."

그가 거칠게 다그쳤다.

"왜 내 말대로 안 했어? 하마터면…… ."

"그럼 샘이 죽었을 거예요."

"그놈의 개새끼를 구하려고 목숨까지 걸어?"

"샘은 내 개예요. 내 건 내가 보살펴 줘야 하는 거라구요."

"빌어먹을. 멍청한 개한테 딱 어울리는 주인이야. 겁도 없이 코브라한테 달려들다니…… ."

그가 주먹을 틀어쥐었다.

"난 겁나서 죽는 줄 알았어."

그의 입술이 한쪽으로 올라갔다.

"꼬리를 말고 도망치고 싶은 마음뿐이었어."

"그래도 도망치지 않았잖아요. 샘을 구해 주려고 했는 걸요."

"널 내보내려면 그 방법밖에 없었으니까. 네가 거기 있는 걸 봤을 때…… ."

그가 떨리는 숨을 토해냈다.

"제기랄, 기억하기도 싫어."

루엘의 약한 모습이 그녀의 호기심을 자극했다.

"왜 그렇게 뱀을 무서워해요?"

"누구나 한 가지쯤은 무서운 게 있는 거야."

그녀가 계속 자신을 쳐다보고 있자 그는 머뭇거리다가 어깨를 으쓱 들어올렸다.

"전에 한 번 물린 적이 있어."

그녀의 눈이 커다래졌다.

"코브라한테요?"

"아니, 살모사였어. 글렌클라렌에 있을 때 언덕에서 잠을 자곤 했는데, 내 친구 여우랑 같이 말이야. 가끔씩 외로웠거든…… 어느 날 밤에 왼쪽 다리가 따끔해서 깨어보니까 담요 밑에 살모사가 웅크리고 있더라구. 돌멩이로 그놈을 쳐죽였지."

그의 입술이 험악하게 비틀렸다.

"그때 내 친구 여우가 죽었어. 그 빌어먹을 뱀이 그를 먼저 죽이고 나한테 기어왔던 거야."

"세상에."

"난 셔츠를 찢어서 다리에 묶고 도움을 청하러 갔어. 그런데 하필이면 어머니가 마을에 나가고 없더군. 다음날 아침에 이안이 혼수상태의 날 찾아냈어."

"아침이 될 때까지 아무도 몰랐단 말이에요?"

그는 그녀의 질문을 무시해 버렸다.

"얘기는 이걸로 끝이야. 난 금세 다시 일어났어. 별거 아니었어."

'사랑하는 여우를 잃고 뱀에 대한 공포가 한평생 사라지지 않으리라는 것만 빼면…….'

그가 천천히 몸을 돌려 걸어나갔다.

"호텔로 돌아가야겠어. 나의 추억담 때문에 지루하게 만들어서 미안해.”

“지루하지 않았어요. 슬펐어요.”

“그래? 이유를 모르겠군.”

그가 손가락을 탁 튕겼다.

“맞아, 여우 때문이군. 그 녀석이 죽어서 가슴 아픈가?”

“아뇨.”

그날 밤 그의 가슴이 얼마나 아팠을까. 그의 가슴속 깊은 곳에서부터 피가 흘렀으리라.

“그럼 나 때문이야? 카타우크처럼 나도 너의 날개 안에 보듬어 주고 싶은 거야?”

그의 조롱소리를 듣고 나서야 그녀는 퍼뜩 제정신을 되찾았다. 이런 남자에게 몇 분 동안이나마 연민을 느꼈다니 얼마나 어리석단 말인가. 그녀가 서둘러 주제를 바꿨다.

“마하라자와 만난 일은 어떻게 됐어요?”

“잘 됐어.”

그의 얼굴에 환한 미소가 떠올랐다.

“아주 잘 됐어.”

“시니다를 받아낼 수 있을 것 같아요?”

“거의 확실해.”

그가 어슬렁어슬렁 길가에 대기시켜 놓은 인력거 쪽으로 걸어가기 시작했다. 문득 그녀의 뇌리에 한 가지 질문이 떠올랐다.

“루엘, 뱀한테 물린 게 몇 살 때였어요?”

“아마 아홉 살쯤이었을걸.”

그녀는 멀어지는 인력거를 지켜보았다.

‘가끔씩 외로웠거든.’

아홉 살. 그렇게 어린아이가 왜 혼자서, 그것도 한밤중에 언덕에 올라갔을까? 성으로 돌아간 후에는 왜 아침까지 도와준 사람이 없었을까? 그녀는 그 해답을 영원히 알지 못할 것이다. 루엘이 마음의 빗장을 닫아버렸으니까.

알고 싶지도 않아. 그녀는 서둘러 생각의 흐름을 가로막았다. 이제야 겨우 마음을 다잡았는데, 그가 그 사이로 비집고 들어와 버렸다. 더 화가 나는 것은 그가 그러려고 노력하지도 않았다는 점이었다. 그는 강함 대신 연약함을, 거짓 대신 솔직함을 보여주었다.

그 연약함이 그녀에게는 전보다 훨씬 더 위험스러웠다.

"가져왔나?"

다음날 오후 루엘이 접견실로 들어서자마자 마하라자가 다그쳐 물었다.

"아직은 찾질 못했습니다. 시니다 건 때문에 저의 정신이 자꾸 분산되더군요."

마하라자가 잔뜩 눈살을 찌푸렸다.

"왜 이런 장난을 벌이는 거야? 그대가 마음만 먹으면 지금이라도 찾을 수 있다는 거 안다구."

루엘은 그저 말없이 미소지었다.

"좋아, 팔지. 하지만 4만 파운드로는 안 돼. 고문관들이 10만은 더 받아야 된다고 했어."

"전 그 정도로 부자가 아닙니다. 5만 정도라면……."

"됐어. 그럼 장난감을 받은 후에……."

"저의 형과 피커링 대령이 밖에 와 있습니다. 지금 서류에 사인을 해주시면 한 시간 내로 찾아올 수 있을 것 같습니다."

"그래그래, 불러들여."

45분 후, 루엘은 계약서 사본 한 장을 주머니에 넣고 다른 한 장은 피커링 대령에게 맡겼다. 대령이 그 계약서를 은행에 제출하여 고문관들에게 돈을 넘겨주기로 했다.

"다 됐으니까 이젠 약속을 지키게."

마하라자가 성마르게 다그쳤다.

"당연히 그래야지요."

루엘이 손가락을 탁 퉁겼다.

"아, 이제야 기억이 나는군요. 다른 상자를 마차에 놓아두었었는데."

그가 이안에게 시선을 돌렸다.

"가서 좀 가져다줄래?"

"알았어."

이안이 피커링 대령과 같이 문으로 향했다.

"하인에게 전달할 테니까 넌 정문으로 나와."

그 두 사람이 떠나는 모습을 지켜본 후에 마하라자가 루엘을 바라보며 교활하게 미소지었다.

"날 이겼다고 생각하겠지? 하지만 이긴 사람은 바로 나야. 시니다는 아무런 쓸모도 없는 황무지라더군. 그대가 지불한 돈의 4분의 일만큼도 가치가 없지."

"그럼 제가 손해본 거로군요."

마하라자가 입술을 삐죽 내밀었다.

"왜 기분 나빠하지 않지?"

루엘은 껑충 뛰어오르며 소리치고 싶은 마음을 감추고 애써 실망스런 미소를 지어보였다.

"나중에 저의 어리석음을 깨닫게 되면 화가 날 것 같습니다."

마하라자의 표정이 환하게 밝아졌다.

"그래 틀림없이 그럴 거야. 어때, 나 영리하지?"

"대단하십니다."

루엘은 몸을 돌려 접견실에서 빠져나왔다.

"계획했던 것보다 더 많이 내줬구나."

루엘을 보자마자 이안이 입을 열었다.

"아직 삼천 파운드가 남았으니까 그걸로 시작하면 돼."

"널 도와줄 수 있으면 좋으련만…… 글렌클라렌이 너무 가난해서 미안하다."

"그런 거 필요 없어, 이안."

루엘은 지금 평생에 처음으로 평화로운 기분이었다. 시니다를 얻음으로 해서 그 동안의 고통스런 기억이 다 사라지고, 갑자기 더 경쾌하고 젊어진 듯했다.

"내 일은 내가 알아서 할게. 난 괜찮아."

이안은 그의 얼굴을 물끄러미 바라보다가 천천히 고개를 끄덕였다.

"그래, 널 믿어. 이제 난 집으로 돌아갈 때가 된 것 같다."

그가 목기침을 하고 나서 말을 이었다.

"하나의 돌로 두 마리 새를 맞추는 게 낫겠지? 내가 하인 하나를 데리고 나린스항에서 배를 타는 것으로 하자. 스코틀랜드로 가면 카타우크도 안전할 거야."

루엘은 형의 사려 깊은 얼굴을 바라보며 애정이 북받쳐올랐다. 이젠 오랫동안 쌓아놓았던 벽을 허물어도 되지 않을까? 더 이상 그 감정을 억누를 수 있을 것 같지도 않았다. 세상이 다 밝고 아름다워 보이는 지금, 그런 벽 따위는 필요치 않았다.

"고마워, 형."

"시니다라고? 확실해?"

아브다의 물음에 파찰이 자신 있게 고개를 끄덕였다.

"폐하께서 직접 말씀하셨어요. 바보 같은 스코트인에게 쓸모 없는 섬을 팔았다고 자랑하시던 걸요."

"맥클라렌은 바보가 아니야. 시니다에 어떤 가치가 있는 걸 거야. 카타우크를 잡아들인 다음에 한 번 살펴봐야겠어."

아브다가 어깨를 으쓱였다.

"이제 맥클라렌으로는 도움이 안 되겠군. 우리가 직접 움직여야겠어……. 제인 바너비를 이용해서. 일단 자브리네로 가서 중국놈이 다시 왔는지 알아봐."

"제가 그 계집을 이리로 끌고 오겠습니다."

"아직은 안 돼. 고집이 보통 아닌 계집이라 정보를 끄집어내려면 시간이 꽤 걸릴 거야."

그는 여신의 손에 들린 단검을 사랑스레 쓰다듬었다.

"철로가 거의 완성됐으니 이제 곧 그 계집도 카산포르를 떠나겠지. 그 전에 카타우크를 빼내고 싶어할 거야. 제인 바너비를 지켜보고 있다가 기회를 잡아서……."

"그때 카타우크를 잡으면 되겠군요."

"맞았어. 멍청한 베나레스 자식은 더 이상 참아줄 수가 없어. 카타우크하고 비교가 안 돼."

그가 씨익 미소지었다.

"그 계집도 우리가 차지할 수 있어. 이젠 건드려도 뭐랄 사람이 없거든."

"스코틀랜드?"

카타우크가 눈살을 찌푸렸다.

"거긴 추운 나라라던데. 예술가의 영혼은 따뜻함과 색채로 풍요로워지는 거야. 난 햇빛이 좋아."

"하지만 당신 손이 더 소중할 거요."

루엘이 대꾸했다.

"그렇긴 하지. 할 수 없군. 그럼 당신 형이 나의 후원자가 되는 건가?"

"이안은 그럴 여유가 없소."

"상관없어. 내가 직접 후원자를 찾으면 돼. 빅토리아 여왕이 황금을

아주 좋아한다더군. 여왕이 내 작품을 보기만 하면 그걸로 만사형통이
지."

그가 제인에게로 시선을 돌렸다.

"너하고 패트릭은 어디로 갈 거야?"

"아직 모르겠어요. 마하라자에게 돈을 받고 나서 결정해야죠."

그녀는 조심스레 리 셩을 돌아보았다.

"그 사이에 자브리한테 들르진 않을 거지?"

"갈 거야."

"너무 위험해."

"그 동안 나에게 잘 해준 여자야. 작별인사도 없이 떠날 수는 없어."

리 셩은 무표정하게 대꾸하고는 불당 밖으로 나가버렸다.

"리 셩은 우릴 배신하진 않을 거야, 제인."

카타우크가 나지막이 중얼거렸다.

"내가 그걸 걱정하는 줄 알아요? 리 셩이 걱정이라구요. 빌어먹을,
애초에 그 여자한테 돈을 주지 말았어야 했는데……."

그녀가 불당 입구 쪽으로 걸어가기 시작했다.

"이틀 후, 저녁 일곱 시에 나린스로 출발이에요. 그날 오후에 데리
러 올게요, 카타우크."

루엘이 그녀의 뒤로 따라나섰다.

"내가 데리러 오는 게 나아. 아브다가 더 이상 날 이용할 수 없다는
걸 알았을 테니까 당연히 널 주시하고 있을 거야."

"당신 혼자 여길 어떻게 와요? 길도 모르는데."

"올 수 있어. 이젠 길을 알았거든. 여기 미로는 런던의 하수구에 비
하면 아무것도 아니더라구."

그녀의 얼굴이 딱딱하게 굳었다.

"또 날 바보로 만들었군요."

"내가 어떻게 그럴 수 있겠나? 그러기엔 네가 너무 강하고 똑똑한

걸."

그녀는 그를 똑바로 쳐다보았다. 그의 표정에는 조롱기도 차가움도 없었다. 그녀를 바라보는 시선은 부드럽기까지 했다.

'바보같이, 무슨 착각을 하는 거야?'

"아부를 잘 하시네요."

"진심이야. 그리고 또 한 가지 말하고 싶은 게 있어."

그가 어색하게 시선을 피하며 불쑥 내뱉었다.

"… 미안해."

"뭐가요?"

그녀의 표정이 멍해졌다.

"들었잖아. 다시 들을 생각하지 마."

그는 그녀를 쳐다보지도 않고 성큼성큼 걸어나갔다.

"왜 사과하는 거죠? 왜 마음이 변했어요?"

"너까지? 왜 모두들 내가 변했다고 난리들이야? 난 그냥……."

"왜 변했죠?"

"… 행복이란 게 뭔지는 모르지만……. 그런 기분인 것 같아."

"시니다를 손에 넣었기 때문인가요?"

"그것 때문만은 아니야. 새로운 인생, 새로 시작할 기회……."

그가 씨익 웃어보였다.

"마지막 기차역에 내려서 이제부터 갈 곳을 아는 것처럼 말이야."

그것은 몇 년 전 그녀가 프렌치네를 떠나왔을 때와 비슷한 감정이리라.

"그 얘긴 그만하자구. 리 셩이 정말 자브리네에 가려는 걸까?"

그녀는 한탄스레 고개를 끄덕였다.

"이렇게 될 줄은 몰랐어요. 그를 행복하게 해주고 싶었던 건데……. 리 셩이 날 많이 도와줬으니까 나도 그를 도와주고 싶었던 건데……. 내가 끼어들지 말았어야 했던 거예요."

"리 성이 널 어떻게 도와줬지?"

"읽고 쓰는 법, 계산하는 법 모두 리 성이 가르쳐 줬어요. 그가 모르는 건 같이 배웠구요."

"오랫동안 알고 지냈나?"

"리 성이 열두 살 때 프렌치네로 들어왔어요. 내가 자랐던 곳이죠. 사고로 그의 아버지가 돌아가시고 리 성도 다리를 다친 후였어요."

"어떤 사고였어?"

"그의 아버지가 열차를 제동시키는 일을 하고 있었어요. 리 성과 같이 그 일을 하다가 두 개의 열차 사이에 끼어버렸대요."

그녀가 흘깃 그를 쳐다보았다.

"리 성에 대해서 왜 알고 싶어하죠?"

루엘은 태연스레 대답했다.

"그냥 궁금해서."

"오늘밤 아주 근사했어. 자기, 날이 갈수록 솜씨가 좋아지네."

자브리가 리 성의 어깨에 입을 맞추고는 망사 같은 가운을 걸치고 일어났다.

"와인 마실래?"

리 성이 침대에 일어나 앉으며 고개를 흔들었다.

"이제 가봐야 돼."

"좀더 있다 가. 손님이 오면 다른 애한테 보낼게."

그녀가 와인을 따르고 나서 그에게 화사한 미소를 보냈다.

리 성은 오늘밤의 그녀가 다른 어느 때보다 더 아름다워 보였다. 마지막 밤이라서 더 사랑스러워 보이는지도 몰랐다.

"그 동안 왜 이렇게 뜸했어? 나 안 보고 싶었어?"

그녀가 술잔을 들고 침대로 돌아와 그의 가슴을 어루만졌다.

"이러면 생각할 수가 없잖아. 할 말이 있어."

"생각 같은 거 하지 마."

그가 그녀의 손을 부여잡았다.

"나…… 작별인사하러 왔어."

그녀의 머리가 획 들려올랐다.

"카산포르를 떠날 거야? 언제?"

"금방."

"그건 대답이 아니잖아."

그녀가 조용히 그를 바라보았다.

"나도 데려가 줘."

"뭐라구?"

"자기하고 같이 갈래."

그녀가 술잔을 내려놓고 그의 가슴에 입술을 부볐다.

"내 몸만 즐기고 나중에 침 뱉는 인간들은 이제 지긋지긋해. 자긴 나한테 그러지 않았잖아."

그는 한줄기 희망이 샘솟는 걸 느끼며 부드럽게 그녀의 머리를 쓰다듬었다.

"나도 그런 고통이 뭔지 알아. 정말 나하고 같이 가고 싶어?"

"일 주일 내로 여기 일을 다 정리할게……."

그녀는 그의 표정을 알아차렸다.

"안 돼?"

"이틀밖에 시간이 없어."

"바쁘긴 하겠지만 그 안에 준비해볼게."

그녀가 망사 가운을 벗어내며 그의 몸 위로 내려앉았다.

"자기를 또 갖고 싶어졌어. 이따가 자세히 설명해 줄 거지?"

그녀의 손이 아랫부분을 살짝 감아쥐자 그의 눈이 스르르 감겼다. 이 여자를 사랑하는 걸까? 가끔은 정말로 그런 것 같았다. 자신의 몸은 그녀의 노예로 묶여 버린 지 오래고.

"그래, 이따가……."

'멍청이.'

퍼붓는 빗속에서 자브리네를 노려보며, 루엘은 자신에게 욕설을 퍼부었다. 왜 이따위 한심한 짓을 하고 있단 말인가?

순간, 리 성이 자브리네에서 걸어나왔다. 그가 거리를 가로질러 곧장 루엘이 서 있는 쪽으로 다가왔다.

"물에 빠진 생쥐꼴이군."

"떠내려가기 직전이었어."

루엘이 인상을 찌푸렸다.

"내가 있는 거 어떻게 알았어?"

"감시당하는 데 익숙해졌다고나 할까. 왜 날 따라온 거지?"

"산책하러 나온 건지도 모르지."

"그럴 만한 날씨는 아닌데. 내 질문에 대답해 주겠소?"

루엘이 어깨를 으쓱였다.

"너한테 별 일 없나 하고."

"별 일 없었소."

"자브리가 뭐 물어보지 않던가?"

리 성은 흘깃 건물 쪽을 돌아보았다.

"나하고 같이 가고 싶어했소."

루엘의 몸이 굳어졌다.

"놀랍군……. 그래서 우리 계획을 말해줬나?"

"말했어."

"그게 현명한 짓이었을까……."

"조용."

리 성이 루엘의 팔을 붙잡고 어둠 속으로 끌어들였다.

그의 시선을 따라가던 루엘은 소리 없이 휘파람부는 시늉을 했다.

자브리가 급하게 거리를 걸어가고 있었다.

리 성이 자브리의 뒤를 따르기 시작했다.

"어디 가는 거야?"

"그녀의 목적지를 확인해야겠소."

15분 후, 자브리의 목적지는 분명해졌다. 그녀의 모습이 사빗사 궁궐 안으로 사라졌다.

"아브다로군."

루엘이 중얼거렸다.

리 성은 뚫어져라 자브리가 사라진 문을 노려보았다.

"괜찮아. 우리 계획을 바꾸면 돼."

루엘이 조용히 안심시켰다.

리 성은 천천히 돌아서서 절룩절룩 걸음을 옮겼다.

"계획을 바꿀 필요는 없소. 자브리한테 보트를 타고 강을 탈 거라고 했으니까……. 이틀 후에 파찰과 아브다는 나린스 부두에서 우릴 기다릴 거요."

루엘의 시선이 가늘어졌다.

"그녀를 의심했었나?"

"난 바보가 아니오. 가끔씩 그녀가 날 거인처럼 느끼게 해준다 해도 내가 절름발이에 불과하다는 걸 잘 알아."

"처음부터 그 여자를 지켜볼 계획이었어?"

"확인해 봐야 했소. 알면서도 믿어지지 않는 일이 있거든."

그가 루엘을 돌아보았다.

"더 이상 불안해 할 필요 없소. 당신은 호텔로 돌아가시오."

"… 너도 호텔에 가서 술 한잔하는 게 어때?"

"난 술을 싫어하오. 술은 정신을 흐리게 하고, 현명한 사람을 어린 애로 만들어 놓지."

"한 잔 정도로 그렇게 되진 않아. 하여튼 마음 바뀌면 찾아오라구."

루엘이 피식 웃으며 돌아서서 호텔 쪽으로 걷기 시작했다.

"잠깐."

리 성이 그의 뒤로 천천히 따라붙었다.

"한 잔쯤은 괜찮을 것도 같소."

아이리스 요한슨
The Tiger Prince

8

방갈로의 문 두드리는 소리에 제인은 퍼뜩 잠에서 깨어났다. 이런 한밤중에 누가…….

그 소리가 더 크게 울려퍼졌다.

그녀는 하얀 면잠옷 위로 로브를 걸치고 문으로 달려갔다.

루엘과 리 성이 현관 앞에 서 있었다.

"이 시간에 웬일이에요?"

걱정스레 뒤를 돌아보았지만, 다행히도 패트릭이 깨어난 것 같지는 않았다.

"널 만나야겠다고 고래고래 소리치는 통에, 호텔에서 쫓겨나든지 리 성을 이리 데려오든지 해야 했어."

루엘이 투덜거렸다.

제인의 표정이 멍해졌다.

"리 성이 술에 취한 거예요?"

"딱 한 잔……."

리 셩의 눈이 스르르 감겼다.

"당신이 먹였군요?"

제인이 루엘에게 비난의 시선을 던졌다.

"그땐 좋은 생각인 것 같았다구. 여기 어디 재울 데 있나?"

"베란다로 데려가세요."

제인이 옆으로 비켜나자, 루엘은 리 셩을 베란다 소파에 털썩 내려놓았다.

"왜 리 셩이 당신 호텔에 있었던 거죠?"

"자브리네 집 밖에서 마주쳤어. 그래서 내가 술 한잔하자고 했어."

"자브리네!"

그녀의 시선이 화들짝 리 셩에게 향했다. 그는 평화롭게 웅크린 채 잠들어 있었다.

"당신이…… 그를 미행했었나요?"

"왜 따라갔느냐고는 묻지 마. 나도 대답하기 힘드니까. 하여튼 이제 더 이상 자브리한테 찾아가지 않을 거야. 그 여자 리 셩을 내보낸 후 곧장 사빗사 궁궐로 들어가더군. 그 후에 우리 친구한테는 술이 필요해진 거고."

"그 여자가 리 셩에게 상처입혔군요."

그녀가 눈물 젖은 눈으로 잠든 리 셩을 바라보았다.

"상처만 준 건 아니야. 가끔 거인처럼 느끼게 해줬다고 했어."

그녀가 힘겹게 침을 삼켰다.

"그를 보살펴 줘서 고마워요."

"네가 걱정하는 것 같아서. 그게 신경 쓰였어."

그녀가 당혹스레 그를 쳐다보았다.

"이상하네요."

"나도 그렇게 생각해."

그가 짜증스레 대꾸했다.

"그리고 오늘 오후부터 쭉 생각해 봤는데……. 빌어먹을, 이런 건 어떻게 말해야 되는 거야. 나 너하고 결혼하기로 결정했어."

그녀의 눈이 경악스레 커졌다.

"지금 뭐라고 했어요?"

"물론 당장은 아니야. 앞으로 몇 년 간은 뼈빠지게 일만 해야 되니까. 하지만 광산을 열어서 돈이 굴러들어오기 시작하면……."

그의 인상이 찌푸려졌다.

"그때가 언제일지는 신만이 아시겠지. 널 오래 기다리게 할지도 몰라."

그녀는 멍하니 고개를 흔들었다.

"무슨 소린지 하나도 모르겠어요."

"이안이 나한테 집이 필요하다고 했어……. 그 말이 맞는 것 같기도 해. 집에는 아내가 있어야 되잖아?"

"그래서 날 점찍은 거예요?"

"그것만은 아니고…… 너한테 마음이 있어."

"욕망이겠죠."

"다른 것도 있어."

"죄책감이군요."

"아니라니까."

그가 버럭 소리쳤다.

"왜 꼬치꼬치 캐묻는 거야? 널 보내고 싶지 않다구. 널 보살펴 주고 싶어……. 너한테도 나쁜 조건은 아니잖아. 네가 원하는 건 뭐든지 들어줄게, 내 침대에서 잠자고 나중에 아이 하나 낳아주는 것 말고는 다른 요구도 안 할 거야. 어때, 합리적이지 않아?"

그녀는 완전히 혼란에 빠져버렸다. 이런 일이 일어나리라고는 상상조차 못했었다. 루엘과 결혼이라니…….

"난 싫어요."

"왜?"

그녀가 대답하기도 전에 그가 다시 입을 열었다.

"우리 시작이 안 좋았다는 건 알아. 하지만 그런 것쯤은 바로잡을 수 있어. 우리가 서로 끌리는 건 분명하잖아."

"난 당신을 믿을 수 없어요."

"믿어보라구. 난 친구를 배신하지 않아. 때가 되면 너도 알게 될 거야."

"모르겠어요? 난 아내가 될 만한 타입이 아니에요. 당신도 내가 원하는 타입이 아니구요."

그의 얼굴에 묘한 감정이 스쳐갔다. 자신의 말에 상처받은 것일까. 루엘이 절대 상처받을 리 없다는 걸 알면서도 지금의 그는 왠지 연약해 보였다. 아니야, 잘못 생각한 거야. 저렇게 조롱하듯이 웃고 있잖아.

"하지만 내 몸의 일부는 아주 많이 원할 텐데. 내가 그걸 모를 것 같은가?"

그는 어느새 다시 관능적인 남자로 돌변해 있었다. 그녀의 몸이 떨릴 정도로. 그의 마력에서 헤어나기가 불가능할 정도로. 그가 느긋하게 몸을 돌려 문으로 향했다.

"네가 무얼 놓치고 있는 건지 되새겨줘야겠군. 내일 저녁에 식사나 같이 하자구."

"싫어요……."

그가 흘깃 시선을 돌려 그녀의 헐렁한 로브를 살펴보았다.

"잠옷 입은 모습은 처음 봐. 그걸 잠옷이라고 부를 수 있다면 말이지만. 언젠가 더 여자다운 옷을 입게 해줄게. 내일 보자."

그의 모습이 베란다에서 사라지고 잠시 후 현관문 닫히는 소리가 들렸다.

다음날 저녁 방갈로 문을 열자마자 그녀가 소리쳤다.

"오지 말라고 했잖아요. 가세요."

"아직 식사 준비가 안 된 거야?"

그는 태연스레 비옷을 벗어 문 옆에 내려놓았다. 새하얀 셔츠와 밤 갈색의 양복에 까만 크러뱃까지 묶은 정장 차림이었다. 그 예상외의 모습에 당황스러워하며 그녀는 한순간 자신의 초라한 차림새가 민망해졌다.

"가라구요."

"식사 준비가 안 됐으면 잠깐 들어가서 패트릭하고 얘기나 해야겠어. 베란다에 있나?"

"자러 들어갔어요."

"벌써? 오, 이런. 따님을 주십사 하고 청할 생각이었는데. 아참, 그렇게 말하면 안 되겠군. 딸로 인정도 안 하는 상태니까."

"지금 농담할 기분이 나요?"

"난 아주 진지하다구. 이제 막 미덕의 길로 들어서는 중이라 적당한 형식을 갖추려고 노력하는 거야. 아직 잠들진 않았겠지? 잠깐 들어가서……."

"안 돼요!"

그녀가 씩씩거리며 가로막았다.

"이런 말도 안 되는 일로 패트릭을 괴롭히지 말아요."

"알았어, 네가 나하고 대화를 나눠준다면."

"그럴 마음 전혀 없어요."

"그럼 하는 수 없이 패트릭과 얘기해야겠군. 틀림없이 이 결혼에 찬성해 줄 거야. 날 꽤나 좋아하거든."

그는 절대로 물러서지 않을 모양이었다.

그녀가 짜증스레 그를 노려보았다. 그의 미소짓는 얼굴에 무모함과 단호한 의지가 담겨 있었다.

"좋아요. 10분만이에요."

그제서야 루엘은 방갈로 안으로 들어설 수 있었다.

그녀가 베란다의 등나무 의자에 내려앉자 그도 그 옆에 자리잡았다.

"손 좀 내밀어봐."

"왜요?"

"잡고 싶어서 그래. 이안과 마거릿도 손 정도는 잡았을 거야. 이것도 구애하는 과정의 하나야."

그가 그녀의 손을 붙잡아 손가락을 엮었다.

"아니, 빼내지 마. 그냥 빗소리 들으면서 얘기만 할게."

그녀는 딱딱하게 굳은 채 꼼짝 않고 앉아 있었다.

"잡아먹지 않을 테니까 긴장 풀어. 사실 내가 얼마나 유순해질 수 있는지 보여줄 생각이야."

그에게 붙잡힌 손을 타고 열기가 번지기 시작했다. 그녀는 그 느낌을 무시하려 애쓰며 가장 안전한 대화 주제를 골랐다.

"시니다에 대해서는 어떻게 알게 됐어요?"

"아프리카로 향하는 배에 탔을 때 시니다에 잠깐 들른 적이 있었어. 그곳이 마음에 들더군……. 뭐랄까, 그 녀석이 날 부르는 느낌이었어."

"아름다웠나요?"

"그랬던 것 같아. 하지만 그것보다도 분명히 내 거라는 느낌이었어. 그래서 나 혼자 거기 내렸어."

그가 그녀의 손바닥을 뒤집어 나른하게 매만져갔다.

"내가 제일 좋아하는 것도 틀림없이 있을 것 같더라구."

"황금 말이군요."

"맞았어. 협곡을 기어내려가서 정글을 헤치고 산에 도착할 때까지 거의 삼 주일이나 걸렸어. 몇 번쯤은 회의가 들기도 했지. 하지만 거기 도착했을 때……."

그의 얼굴이 환하게 밝아졌다.

"광맥이 있었어. 어마어마한 광맥이……. 소문이 퍼지기 전에 시니다를 내 걸로 만들어야 했지. 난 완전 빈털터리로 항구에 돌아가 다음 배를 타고 제이렌버그 광산으로 떠났어. 그리고 시니다를 살 만한 자금이 모일 때까지 두 개의 금광을 거치면서 등골이 휘어지도록 일했어. 그게 삼 년 걸렸지.”

시니다를 위해서 그렇게 삼 년을…….

“이젠 돌아갈 수 있게 됐군요.”

“그래, 준비되는 대로 널 부를게…….”

그녀의 표정을 보고 그가 말을 멈췄다.

“널 꼭 데려갈 거야, 제인.”

그가 부드럽게 그녀의 관자놀이 머리카락을 매만졌다.

“이 머리가 어깨까지 흘러내리는 모습을 보고 싶어. 객차에서 풀어내고 싶었지만 너무 급해서 기다릴 수가 없었어.”

그녀의 뺨이 새빨개졌다.

“지금 한 번 해볼까……. 패트릭도 잠들었으니 우릴 방해할 사람 없잖아. 문 닫고…….”

“안 돼요.”

맙소사, 그녀의 젖가슴이 제멋대로 반응을 보이고 있었다. 이 남자는 그녀의 모든 반응을 끌어낼 수 있는 능력을 지녔다.

“마하라자의 그 그림 기억나? 쾌락을 느끼는 방법은 여러 가지가 있어. 너한테 그걸 모두 가르쳐 주고 싶어.”

그의 손가락이 느릿하게 그녀의 손바닥을 부비고 있었다. 객차에서의 그날처럼 그녀의 몸이 부들거리기 시작했다. 그 그림 속의 여자처럼 무릎을 꿇고 그가 원하는 대로 무슨 짓이든 하고 싶었다. 콧속으로 스며드는 흐릿한 비누향과 손바닥에서 움직이는 그의 손가락, 지붕 위로 부딪히는 빗소리……. 객차에서의 그날처럼…….

“이번엔 달라.”

그녀의 마음을 읽은 것처럼 그가 중얼거렸다.

"널 유혹하려는 게 아니야. 우리에게 서로가 필요하다는 걸 보여주고 싶을 뿐이야."

다음 순간 그가 떨리는 웃음을 터트렸다.

"빌어먹을, 내가 얼마나 유순하고 착실할 수 있는지 보여줄 작정이었는데 이젠 그런 거 다 상관없어졌어."

손을 빼내야만 했다. 그런데도 그녀는 움직일 수 없었다.

"놔주세요."

그의 손에 순간적으로 힘이 들어갔다가 스르르 풀어졌다.

"내가 얼마나 괜찮은 놈인지 알겠지? 네가 하라는 대로 했어."

그가 자리에서 벌떡 일어났다.

"10분이 다 된 것 같군. 약속을 지켜야지."

문으로 향하던 그가 흘깃 돌아보았다.

"하지만 이걸로 끝은 아니야. 너하고 패트릭이 떠날 때까지 나도 카산포르에 남아 있을 거야."

"괜한 시간 낭비 말아요. 내 마음은 변하지 않아요. 게다가 당신은 어서 시니다로 가고 싶을 텐데요?"

"몇 년이나 기다렸는데 조금 더 기다린들 어때. 넌 그럴 가치가 있는 여자야, 제인."

기관차가 푹푹 증기를 뿜어내며 헤드라이트 불을 밝혔을 때쯤, 루엘이 기관실로 껑충 뛰어올랐다.

"카타우크는요?"

제인이 물었다.

"랑푸르 고지에 안전하게 모셔놨어. 대충 비막이를 세워줬는데도 빗속에 서 있어야 한다고 계속 투덜거려서 스코틀랜드에는 우기가 없다고 안심시켜줬지."

루엘이 발산해내는 에너지가 또다시 그녀의 마음을 흔들어 놓았다.

지난밤에 한숨도 못 잔 채 그의 마력을 물리치리라 다짐했었는데…….
그의 모습을 보는 순간 또다시 얼이 빠져버렸다. 루엘은 기관차의 헤
드라이트 불빛보다도 더 반짝거리는 듯했다.

그녀가 재빨리 시선을 돌렸다.

"이안은 15분 전에 도착했어요. 마하라자의 객차에서 눈 좀 붙이겠
대요. 당신은 왜 늦었어요?"

"아브다를 만나러 갔다왔어……. 일찌감치 나린스로 떠났다더군."

루엘이 씨익 웃으며 기관사석에 앉아 있는 리 성을 돌아보았다.

"너의 계획이 성공한 것 같아."

"그거야 두고봐야지. 어디 다른 데 잠복해 있을지 누가 알겠소?"

"그 말도 맞아. 그나저나 이 괴물을 정말로 운전할 수 있는 거야?"

"어렸을 때 아버지한테 배웠소. 솔즈베리에서 화물 운송도 해 봤고."

"이제 출발해야죠."

제인이 입을 열었다.

"루엘, 당신은 불을 지펴주세요. 난 선로에 장애물이 있는지 살필게
요. 패트릭이 어제 점검했다고는 하지만 그 사이에 또 무슨 변동이 생
겼을지 모르죠."

리 성에게 신호를 보내자, 일 분 후 기관차가 역사에서 빠져나가기
시작했다.

시코르 고지에 도착하기까지 두 번 기차가 정지되었다. 한 번은 선
로에 떨어진 나무 때문에, 또 한 번은 한가로이 철로 옆에서 풀을 뜯
어먹는 물소 때문이었다.

시코르 고지에서 잠시 속력을 늦췄다가 강을 건넌 후에 다시 속도
를 올렸다.

"조금만 있으면 랑푸르 고지에 도착해요. 카타우크를 찾아보세요."

"그자가 먼저 알아보고 뛰어나올걸. 지금쯤 안달이 났을 거야."

루엘이 제인의 옆에서 창 밖을 내다보았다. 빗줄기는 여전히 줄기차

게 쏟아져 내렸고, 기관차가 랑푸르 고지로 접어들기 시작했다.

"우리가 속력을 늦추기만 하면……. 이게 무슨 소리야?"

제인도 그 소리를 들었다. 심장이 철렁 내려앉았다.

기관차가 한쪽으로 기울어지며 덜커덩거렸다.

"어떻게 된 거야?"

"뒤쪽 객차 하나가 선로에서 이탈했어요."

기차가 다시 덜커덩거리며 기관실이 격하게 흔들거렸다.

"탈출해! 기관실도 선로에서 이탈했어. 뒤집어질 것 같아."

리 셩이 브레이크를 걸며 소리쳤다.

"빌어먹을!"

루엘이 제인을 붙잡고 선로 옆으로 뛰어내렸다. 다리 바닥에 착지하면서 그들의 몸이 몇 바퀴 데굴데굴 굴렀다.

너무나 순식간에 벌어진 일이었다. 이런 일이 일어날 리 없어. 오, 하나님, 왜 이런 일이…….

"리 셩!"

제인이 소리질렀다.

다음 순간 기관실 문 앞에서 리 셩도 뛰어내렸다.

그의 불편한 다리가 몸 밑으로 접혀들어가면서 몸이 다리 가장자리로 쭈욱 미끄러졌다.

루엘이 본능적으로 몸을 굴려 리 셩의 왼쪽 팔뚝을 움켜잡았다.

"다른 손도 올려."

제인이 즉시 그의 옆으로 다가와 리 셩의 손을 붙잡았다. 그들이 힘을 합하여 리 셩을 다리 위로 끌어올렸다

"강둑으로 뛰어! 난……."

루엘이 벌떡 일어나서 돌아서다가 멈칫했다. 그의 시선이 마하라자의 객차에 고정되었다. 다리 끝에 시소처럼 매달려 흔들리고 있는 마하라자의 객차.

"이안!"

마하라자 객차의 육중한 문이 활짝 열렸다. 이안이 당혹스런 표정으로 문가에 서 있었다. 그의 이마에 피가 흘렀다.

"루엘!"

"이안! 뛰어내려!"

루엘이 그 객차를 향해 달리기 시작했다. 그 순간 다리가 우르르 진동하며, 침목들 몇 개가 떨어져 내렸다.

금속과 금속이 부딪히는 불길한 소리가 계속 이어졌다. 다리가 출렁거리는 순간 제인의 몸이 강둑 땅바닥으로 내동댕이쳐졌다. 그녀의 공포스런 시선이 마하라자의 객차로 날아갔다. 루엘도 객차에 이르지 못한 채 엎드려 있었다. 그 충격으로 이안이 객차 안쪽으로 밀려들어갔고, 그 객차는 이제 두 개의 객차를 연결한 고리에만 의지한 채 깊은 강물 위에 대롱대롱 매달려 있었다.

'제발, 안 돼. 이안, 밖으로 나와요!'

연결장치 하나로 객차의 무게를 견디기에는 역부족이었다.

"안 돼!"

루엘이 비틀비틀 일어나는 사이 세 개의 열차가 천천히 20미터 강물 아래로 굴러떨어지기 시작했다.

"이안!"

공포와 고통에 찬 루엘의 울부짖음이 울려퍼졌다.

마하라자의 객차와 승객용 객차가 강둑에 이어진 평평한 바위로 떨어지며 종잇장처럼 구겨졌다. 기관실은 잠수하는 악어처럼 물 속으로 빠져들어갔다.

"제인을 붙잡아, 리 셩."

루엘이 바위 위에 구겨진 객차를 향해 나무 방둑을 기어내려갔다.

"안 돼요!"

이번엔 제인의 비명소리가 터져나왔다.

루엘이 죽을지도 몰라! 루엘이 죽으면……. 루엘이 죽으면 그녀도 살 수가 없었다.

그녀가 그 뒤를 쫓아가려 했다. 하지만 몇 발짝 가기도 전에 리 성이 그녀의 다리를 걸어 넘어뜨리고 그 위에 걸터앉았다.

"저리 비켜!"

리 성의 가슴을 때리며 그녀가 필사적으로 바둥거렸다.

"루엘이 죽을 거라구. 두 사람 다 죽을 거야……."

"내가 놔주면 너도 죽어."

"그 말이 맞아, 제인. 말 들어."

카타우크가 랜턴을 들고 나타나 그들의 옆으로 무릎 꿇었다.

그녀의 눈꼬리에서 눈물이 흐르기 시작했다. 이안이 죽었고 루엘도 이제 곧 죽을지 모른다.

하지만 이렇게 포기한 채 누워 있을 수는 없다. 이안이 살아 있을지도 모른다. 기적적으로 루엘과 이안이 살아 나올 수 있다면 그들을 도와주어야 한다.

'루엘, 죽으면 안 돼요. 죽으면 안 돼…….'

"비켜, 리 성."

그녀가 카타우크를 돌아보았다.

"밧줄. 밧줄을 찾아봐요."

찌그러진 객차가 반쯤 물에 잠긴 채 바위 위에 위태로이 걸려 있었다. 루엘은 객차의 유일한 입구를 통해 기어들어갔다.

화려했던 객차의 내부는 이제 나무조각과 뒤집어진 가구와 쪼개진 지붕들의 난파선으로 변해버렸다. 도자기 스토브에서 날름날름 솟아오르는 불길이 비에 젖어 조금씩 사그라들고 있었다. 그는 그 폐허 속을 미친 듯이 둘러보았다.

이안이 바닥에 누워 있었다. 몸통 반쪽이 내려앉은 지붕에 깔린 채 뒤틀려 있었다.

　루엘은 앞으로 기어가 필사적으로 그 파편들을 걷어내기 시작했다.

　객차가 강물 속으로 조금 더 미끄러지고, 누런 흙탕물이 꾸역꾸역
밀려들었다.

　이안의 몸 위에서 긴 의자를 들어냈다.

　"그냥 놔 둬……."

　루엘의 시선이 이안의 얼굴로 날아갔다. 고통스레 일그러져 있긴 해
도 분명히 살아 있었다.

　"그럴 순 없어."

　루엘은 의자를 한쪽으로 밀어냈다.

　객차가 옆으로 기울어지며 루엘의 신발까지 흙탕물이 넘실거렸다.

　"너무 늦었어."

　이안이 힘겨운 숨을 몰아쉬며 내뱉었다.

　"너라도 살아……."

　"닥쳐."

　루엘이 재빠르게 이안의 팔과 다리를 만져보았다.

　"부러진 것 같진 않아. 움직일 수 있겠어?"

　이안은 한 번 시도해보다가 낮은 비명을 지르며 움츠러들었다.

　"그럼 내가 끌어줄게. 물 속에서는 잡아줄 수 없으니까 우선 묶어야
겠어."

　루엘은 바닥에 늘어진 커튼에서 끈을 빼낸 다음 우선 자신의 몸에
둘러묶고 나서 이안의 겨드랑이 밑으로 단단히 매듭지었다. 그리고는
이안의 겨드랑이 밑으로 손을 넣어 잡아당겼다.

　이안이 고통스레 비명을 내질렀다.

　그 비명소리에 루엘의 얼굴도 고통스레 일그러졌다. 루엘은 이를 악
물고 다시 한 번 이안을 끌어당겼다.

　"미안해. 하지만 더 이상 객차가 버티지 못할 거야."

"그만해. 못 참겠어."

이안이 신음했다.

루엘은 이안의 옆에 털썩 무릎꿇고 앉아 노려보았다.

"좋아, 그럼 우리 둘 다 여기서 죽자구. 그렇게 되길 바래? 나 혼자는 절대로 안 나갈 거야."

"루엘, 제발……."

이안이 힘없이 눈을 감았다.

"그래, 잡아당겨…….."

이어지는 몇 분은 이안에게 사지가 뒤틀리는 고통과 루엘에게 허리가 휘어지는 노력의 시간이었다.

마침내 입구에 도달했다. 루엘이 숨을 몰아쉬며 멈춰 섰다. 간신히 의식을 붙잡고 있는 이안을 어떻게 객차 밖으로 데리고 나갈 수 있을까? 어떻게 더 이상의 피해 없이 바위 위로 끌어올릴 수 있을까?

객차가 물 속으로 빠져들어가는 지금 더 이상 생각할 겨를은 없다.

다음 순간 루엘은 바위를 향해 몸을 날렸다. 본능적으로 손을 뻗어 되는 대로 움켜잡았다.

손바닥이 찢어지는 듯했다.

'붙잡아야 해. 이안을……. 이안은 어딨지?'

몸에 묶인 끈에서 신호가 왔다. 이안이 몇 미터 뒤쪽으로 떠내려가고 있었다. 그는 바위로 기어올라 그 끈을 잡아당기기 시작했다. 빠른 물살이 이안을 데려가려고, 루엘까지 휩쓸어가려고 몸부림쳤다.

얼마의 시간이 지났을까. 드디어 이안이 가까이 다가왔고, 루엘은 손을 뻗어 이안의 몸을 바위 위로 끌어올렸다.

이안은 이제 의식을 잃어버렸다. 살아 있는지조차 확실치 않았다.

"죽지 마. 빌어먹을. 죽으면 안 돼."

루엘은 이안의 가슴에 귀를 들이댔다. 아무 반응도 찾아지지 않았다. 귀를 좀더 위쪽으로 움직여보자 미약한 심장박동이 느껴졌다. 살아 있어. 오, 하나님 감사합니다. 하지만 얼마나 오래 갈 수 있을까? 그는 끈을 모아 어깨에 들쳐메고 바위 위로 기어오르기 시작했다. 그 뒤로 이안의 몸이 질질 끌려왔다.

1미터. 2미터……. 그의 어깨에서 살갗이 벗겨져 내린 핏물이 흘러내렸다.

루엘은 경사진 비탈을 오르기 시작했다. 발목이 진흙 속으로 푹푹 박혀들어갔다.

5미터 앞으로 나아갔다가 2미터 뒤로 미끄러졌다.

또다시 3미터를 나아갔다가 5미터 미끄러졌다.

그는 욕설을 내뱉으며 다시 위쪽으로 나아갔다.

"그를 우리한테 넘겨."

카타우크의 목소리였다. 앞쪽에 카타우크와 제인이 서 있다는 걸 어렴풋이 알아차렸다.

카타우크가 재빨리 루엘의 등에서 끈을 풀어냈다.

"맙소사. 다 찢어졌어."

"이안을……."

"우리가 데려갈게요."

제인이 들고 있던 밧줄로 이안의 몸을 칭칭 감았다.

"저 강둑 위 나무에 밧줄 끝을 묶어놨어요. 올라가서 끌어올리면 돼요."

루엘은 카타우크와 제인의 뒤를 따라 비틀비틀 강둑으로 올라갔다. 힘겹긴 했지만 혼자 몸이었으므로 불가능하진 않았다. 강둑 위에 이르기까지 10분. 그곳에 리 성이 기다리고 있었다. 그들이 모두 함께 이안을 끌어올렸다.

"살아 있소?"

리 성이 물었다.

"그래. 비를 막아줘야 돼."

잠시 후 그들은 방수포로 덮은 임시 은신처 밑으로 이안을 끌어들였다.

"잘 지키고 있어."

루엘이 몸을 돌려 다리 쪽으로 걸어나갔다.

"어디 가는 거예요?"

제인이 다급하게 소리쳤다.

"카산포르. 의사를⋯⋯."

"제대로 걷지도 못하면서 어떻게 거기까지 가려구요?"

"나밖에 없잖아. 카타우크는 안 되고 리 성도 다쳤고⋯⋯."

"내가 갈게요."

"안 돼."

그가 이글거리는 눈으로 그녀를 돌아보았다.

"내가 돌아올 때까지 이안의 생명이나 붙잡아 놔."

제인은 숨죽인 채, 협곡을 가로지르는 그의 뒷모습을 지켜보았다. 다리가 무너지면 끝장이었다.

루엘이 마침내 건너편 강둑으로 올라섰을 때에야 안도의 한숨이 터져나왔다. 잠시 후 그의 모습이 사라졌다.

'이안의 생명이나 붙잡아 놔.'

어떻게 해야 할까? 제인은 절망적인 심정으로 이안을 내려다보았다. 생명의 막바지에 간신히 매달려 있는 사람처럼 창백했다. 루엘이 사람들을 이끌고 돌아오려면 꽤 오랜 시간이 걸릴 것이다. 이안에게 덮어주었던 담요는 이미 흠뻑 젖어버렸다. 말려줄 방법도 없고 불을 피울 수도 없었다.

순간, 사람들이 오면 카타우크가 발각당하리라는 사실이 그녀의 뇌리를 스치고 지나갔다.

이안을 살릴 능력은 없다 해도, 카타우크를 구할 가능성은 아직 남아 있었다. 그녀가 리 성에게로 시선을 돌렸다.

"카타우크를 나린스로 데려가."

"널 여기 혼자 남겨둘 순 없어."

"내 말대로 해! 카타우크를 아브다에게 넘겨줄 순 없잖아. 나린스에 도착해서 여인숙을 잡아. 도착해서 나한테 연락해."

카타우크가 눈살을 찌푸렸다.

"내 생각엔……."

"아무 생각 말고 내 말대로 해요. 나린스까지 걸어가려면 이틀쯤 걸릴 거예요."

리 성이 카타우크의 팔을 붙잡았다.

"그 말이 맞소. 여기 있어도 아무런 도움이 안 돼. 당신이 발각되면 그녀만 더 위험해질 뿐이오."

"행운을 빌어요."

제인은 멍하니 중얼거리며 다시 이안을 내려다보았다. 지금은 어떤 행운도 바란다는 것이 불가능한 것 같았다. 의식을 잃고 쓰러져 있는 이 남자가 다시 글렌클라렌이나 마거릿을 보게 될지 의심스러웠다. 잠시 후 시선을 들었을 때, 리 성과 카타우크는 사라지고 없었다.

그녀는 다리로 다가가 철로를 쳐다보았다. 그 너머로 강에 빠진 객차의 파편이 눈에 들어왔다. 쓰디쓴 절망감이 목까지 치밀어올랐다. 그녀는 돌아서서 이안에게 걸어갔다.

'이안의 생명을 붙잡아 놔.'

그럴 자신이 없었다. 하지만 단 하나의 지푸라기라도 잡아야 했다. 루엘을 위해서 이안을 구해야 했다. 그녀는 이안의 옆에 누워 자신의 온기를 나눠주며 그를 꼭 끌어안았다.

"안 돼!"

누군가 그녀에게서 이안의 몸을 떼어내고 있었다.

"괜찮아, 제인."

루엘의 목소리였다.

"들것에 실으려는 거야."

그제서야 웅성대는 목소리들, 랜턴의 불빛과 주위의 모든 움직임이 그녀의 의식 속으로 파고들었다. 그녀가 힘겹게 일어나 앉았다.

"아직 살아 있어요?"

"간신히."

루엘이 그녀를 일으켜 세웠다.

"하지만 어서 조치를 취해야 돼. 시코르 고지 쪽에 패트릭이 마차를 대기시켜놨어."

그가 그녀의 얼굴을 살폈다.

"너도 이안만큼이나 창백해 보여. 다리를 건너갈 수 있겠어? 침목들이 많이 떨어져서 널 안고 가는 게 더 위험해."

"걸을 수 있어요."

그녀는 비틀비틀 네 명의 남자 뒤를 따르며, 들것에 실려가는 이안의 모습을 절망적으로 바라보았다.

"내 잘못이에요……."

"누구의 잘못도 아니야. 처음엔 아브다의 짓인 줄 알았어. 하지만 그렇다면 지금쯤 나타났어야 하잖아. 그리고 그자가 왜 기차를 망가뜨리려 하겠어? 사고였을 뿐이야."

다리 건너편에 도착하자마자 그가 그녀를 안아들었다.

"맙소사, 사시나무처럼 떨고 있잖아."

"내 잘못이에요……."

그녀가 나지막이 중얼거렸다.

방갈로의 침실에서 깨어났을 때 루엘이 그녀의 침대 옆에 앉아 있었다. 마른 옷으로 갈아입긴 했지만 여전히 끔찍해 보였다. 눈 밑에 검은 테두리가 생겨났고, 입술 양쪽에 깊은 주름이 패여 있었다.

"이안은 어때요?"

"아직 견뎌주고 있어. 멀리 이동할 수가 없어서 패트릭 방에 눕혀놨어. 지금 의사가 진찰중이야."

그가 머뭇머뭇 말을 이었다.

"형을 도와줘서 고마워. 형이 죽었으면 난 ……. 이제야 깨달았어, 내가 얼마나 형을 사랑하는지. 누구도 사랑하고 싶지 않았는데……."

그가 눈을 질끈 감았다가 다시 떴다.

"이안은 아직 혼수상태야. 의사가 깨어나지 못할지도 모른다고, 이대로 떠나버릴지도……."

그의 눈동자가 거칠게 번들거렸다.

"이안은 안 죽어. 내가 그렇게 내버려두지 않아."

그가 벌떡 일어나 문 쪽으로 성큼성큼 걸어갔다. 그의 뒤로 콰당 문이 닫혔다.

'저 남자를 사랑해.'

루엘이 강둑으로 달려가는 모습을 보았을 때, 그 순간 알아차렸다. 그 깨달음이 가슴을 아프게 했다. 사랑은 달콤한 것이 아니던가? 하지만 지금 그녀는 달콤함이 아니라 피할 수 없다는 감각뿐이었다. 그런 마음을 떨쳐보려고 무던히도 노력했는데, 그 감정이 제멋대로 자라나 마침내 인정하지 않고는 배길 수 없을 정도로 깊어졌다. 루엘 맥클라렌을 사랑하고 싶지 않았다. 그는 냉혹하고 진지함도 없고 이기적이었다. 그녀가 만나본 중에서 가장 다루기 힘든 남자였다.

'루엘은 영웅이라오.'

이안이 했던 말. 오늘밤 루엘은 그 말을 증명해 보였다. 자신의 안전을 생각지 않고 희생과 용기를 보여주었다. 또한 방금 전의 그 남자는 진지함 그 자체였다. 그녀는 더 이상 저항할 힘이 없었다. 루엘의 고통이 마치 자신의 고통처럼 가슴속으로 저며들었다. 무기력을 거부하고 어떤 상황에서도 투쟁하여 맞서는 것이 루엘의 본모습이었다.

루엘이 포기하지 않는다면 그녀도 포기하지 말아야 한다.

그녀는 이불을 걷어내고 일어났다. 온몸이 실컷 두들겨맞은 것처럼 욱신거렸다. 하지만 그녀는 그런 불편함을 무시하고 세면대로 걸음을 옮겼다.

10분 후, 무거운 발걸음으로 방에서 빠져나와 패트릭을 찾아나섰다. 그는 언제나처럼 위스키잔을 들고 베란다의 등나무 의자에 앉아 있었다.

"얘기 좀 해요, 패트릭."

"슬픈 일이야. 그런 일이 벌어지다니……. 사고였어. 운이 나빴어."

"이번 일은 사고가 아니었어요, 패트릭."

술잔을 쥔 그의 손이 굳어졌다.

"또 무슨 잔소리를 하려는 거냐? 나도 지금 골치가 아파서 죽을 지경이야. 마하라자가 미친 듯이 날뛰고 있어."

"마하라자는 상관없어요. 한 남자가, 착실한 한 남자가 죽어가고 있다는 사실이 중요해요."

"그래서 나더러 어쩌란 말이냐? 강물이 그렇게 불어나서 다리까지 흔들릴 줄 누가 알았겠어?"

"철로를 봤어요, 패트릭."

그가 시선을 피하며 위스키를 들이켰다.

"무슨 얘긴지 모르겠구나."

"내가 봤어요. 그 철로는 다른 철로와 똑같은 재질이 아니었어요. 튼튼한 강철이었어야 했다구요. 그래야 버틸 수 있었을 텐데, 그건 쇠였어요. 일반적인 쇠로는 그 압력을 견딜 수 없어요. 기차가 다리로 들어서기 전부터 그 철로들은 약해져 있었어요. 철로에 이미 금이 가 있었다구요. 기차의 무게가 더해지자 더 이상……."

패트릭의 일굴에 주르륵 눈물이 흘러내렸다.

"이런 일이 생길 줄은 몰랐어. 짧은 거리라서 괜찮을 줄 알았다구. 돈을 빌릴 수가 없어서, 그래서 어쩔 수가 없었던 거야."

맙소사, 자신의 짐작이 틀렸기를 바랐는데, 납득할 만한 다른 실명을 듣고 싶었는데…….

"내 실수였어. 하지만 나도 이젠 파산이야, 끝장이라구. 다시는 날 고용해 주는 사람이 없을 거야……. 그리고 무엇보다도 그 남자가 죽으면 나 자신을 용서하지 못할 거야."

이안이 살아난다 해도 그녀는 그를 용서할 수 없을 것 같았다.

"이런 얘기 아무한테도 안 할 거지? 마하라자한테는 강물 때문에 일어난 사고라고 말했어……. 그게 어느 정도는 사실이기도 하고."

그녀의 입이 힘없이 열렸다.

"당신이 작업장 일을 맡겠다고 나섰을 때 이상하다고 생각했었지만 믿고 싶었어요……. 내가 잘못 판단한 거예요. 내 잘못이에요……."

그녀가 본능을 따라 움직이기만 했다면, 이안이 저렇게 사경을 헤매며 누워 있지는 않을 텐데. 그 철로만 살펴봤더라도 진작에 위험을 알아차릴 수 있었을 텐데…….

"그 일을 애기하진 않겠어요. 하지만 더 이상 당신을 보고 싶지 않아요."

"무슨 말이냐?"

그녀의 목소리가 단호해졌다.

"지금부터는 장교 클럽에 가서 지내세요."

"하지만……."

그녀는 더 이상의 말없이 빙글 몸을 돌려 그 자리를 떠났다.

어두움이 사그라들면서, 따뜻하고 편안한 불빛이 이안을 향해 손짓했다.

"눈 좀 떠봐, 이안."

또다시 루엘의 목소리였다. 그 불빛에 다가갈 수 없게 만드는, 쉴새 없이 다그치는 집요한 목소리.

"포기하면 안 돼. 눈을 뜨고 날 쳐다봐."

이안의 눈꺼풀이 천천히 들려올랐다.

루엘의 얼굴이 바로 눈앞에 있었다. 홀쭉하고 야윈 뺨, 파란 눈동자만이 강렬하게 이글거렸다.

"잘 했어. 이제 입 벌려봐. 고개 돌리지 말고. 이걸 다 먹어야 해. 힘을 내야지."

"아파. 너무 아파……."

"알아. 하지만……."

루엘의 손이 그의 손을 덮었다.

"포기하지 말아. 건강하게 글렌클라렌으로 돌아가야 하잖아."

글렌클라렌. 그 푸른 언덕 위에 서 있는 탑들.

"너무…… 멀어."

"그럼 날 생각해 줘. 나한텐 형이 필요해."

루엘은 누구도 필요로 한 적이 없었다.

"아니야."

"정말이야. 그걸 모르겠어?"

루엘의 눈이 활활 타오르며, 그 손에 필사적인 힘이 들어갔다. 이안은 편안한 불빛으로 되돌아가고 싶을 뿐이었다. 하지만 루엘이 자신을 필요로 한다는 말은…… 처음이었다. 루엘이 필요로 한다는데 떠나는 건 옳지 않다. 돌아가야겠어…….

"노력해 볼게. 노력할게……."

이안이 힘없이 중얼거렸다.

"그래, 노력만 해줘."

루엘의 목소리에는 누구도 깨뜨리지 못할 의지가 담겨 있었다.

"나머지는 내가 알아서 할게, 이안."

'모두 무사함. 케데인 여인숙.'

제인은 그 종이를 접어 잘게잘게 찢어 쓰레기통에 버렸다. 리 셩과 카타우크가 안전하다. 적어도 단 한 가지만은 제대로 되었다.

루엘이 병실 밖으로 걸어나왔다.

"방금 리 셩에게 연락이 왔어요. 나린스에 무사히 도착했대요."

"다행이군……. 이안은 잠들었어. 치료 때문에 많이 지쳤어."

그녀 역시 침실에서 터져나오는 비명소리를 들었다. 그리고 그 모습을 지켜보던 루엘의 고통도 느낄 수 있었다. 지난 삼 주 동안 밤이나 낮이나 이안의 곁을 떠나지 않았던 루엘. 그 사이 살도 많이 빠진 듯하다. 하지만 이안을 살려내겠다는 의지력을 불태우는 그의 몸에서 투명한 광채가 뿜어져나오는 듯했다.

"의사가 뭐라고 했어요?"

"고비는 넘겼대."

"다행이에요."

"이안의 생각은 다르더군."

루엘이 씁쓸하게 말을 이었다.

"다시는 걷지 못할지도 몰라. 일어나 앉을 수 있을지도 확실치 않아. 척추에 문제가 생겼대."

"오, 맙소사……. 일시적인 현상일 거예요. 진단이 틀렸을지도 몰라요."

"그렇다면 얼마나 좋겠어."

루엘이 다시 몸을 돌려 힘겹게 병실 안으로 되돌아갔다.

지난 몇 주일 간 이안을 구하기 위해 노력하면서 그녀는 그의 다른 일면들을 알게 되었다. 고통과 좌절을 누구보다 잘 알고 있으며, 강인함 뿐 아니라 부드러움까지도 보여줄 수 있는 남자. 그 고통을 달래주고 그에게 위로를 전하고 싶었다.

"제인."

현관 앞에 패트릭이 어색하게 서 있었다.

"이안이 좀 나아졌다길래, 도와줄 일이 있나 알아보러 왔어."

그녀가 고개를 흔들었다.

패트릭은 여전히 모자를 만지작거리며 머뭇거렸다.

"필요한 거 있으면…… 얘기하라구."

"당신이 뭘 도와줄 수 있다는 거죠? 이안은 다시 걸을 수 없을지도 몰라요."

그녀의 목소리가 떨려나왔다.

"이럴 수는 없어요. 그 사람이 얼마나 선한 남자였는데……."

패트릭이 한걸음에 달려와 그녀를 끌어안고 머리를 쓰다듬었다.

"울지 말거라, 애야. 괜찮아."

뭐가 괜찮다는 말인가? 다시는 이 세상의 어떤 일도 괜찮아지지 않을 것 같았다. 패트릭의 팔은 강하고 다정했다. 이렇게 애정어린 품에 안기고 싶었던 적이 몇 번이었던가?

그녀는 떨리는 숨을 토해내며 그를 밀어냈다.

"어린애같이 굴어서 미안해요."

"미안한 건 나야. 내가 형편없는 멍청이였어."

패트릭이 억지웃음을 지어보였다.

"그래도 날 용서해 줄 거지, 제인? 우리 사이에 계속 나쁜 감정을 담아둘 수는 없잖니."

그가 잠시 멈칫하다가 말을 이었다.

"… 여길 떠난 다음에 말이다, 미국으로 가서 다시 시작하는 게 어떻겠니? 거기까지 우리 소문이 퍼지지는 않았을 테니까……."

"지금은 이안에 대해서 말고는 생각하고 싶지 않아요."

"그래, 그렇겠구나. 하지만 시간이 지나면 예전처럼 돌아갈 수 있을 거야."

"아뇨."

그의 얼굴에 걱정이 스쳤다.

"왜 그런 말을 하는 거냐? 날 떠나려는 거냐? 나한텐 네가 필요하다, 제인. 우린 가족이잖아."

그것은 패트릭이 한 말 중에서 그녀가 그렇게도 듣고 싶었던 단어와 가장 흡사한 말이었다. 왜 이제서야 그 말을 하는 걸까? 그녀는 아무 대꾸도 하지 않았다.

패트릭이 머뭇머뭇 돌아서다가 다시 그녀를 바라보았다.

"한 가지 알려줄 게 있어. 마하라자가 피커링 대령에게 이번 사건 조사를 시켰는데……."

그녀의 시선이 날카로워졌다.

"어떻게 됐어요?"

"내가 다 알아서 했어."

"어떻게요, 패트릭?"

"그게 말이다, 저기……. 그 철로를 주문한 게 너였다고 했어. 어쩔 수 없었어. 그렇게 말하면 여자를 믿은 멍청이가 되긴 해도 사기꾼은 안 되잖니. 넌 피해 입을 것도 없고……."

"모든 걸 '내 탓'으로 돌렸단 말이에요?"

"그렇게 쳐다보지 마라. 그 철로를 조사했던 기술자가 알아버렸다구……."

믿을 수가 없었다. 패트릭이 상상할 수도 없는 잘못을 저지른 것도 모자라, 이제 모든 책임을 자신에게 뒤집어씌우다니.

"어떻게 그럴 수가 있어요?"

"애야, 조금 있으면 우린 이 도시를 떠날 거야. 잊어버리자."

"사람들한테 진실을 말하세요!"

"그럴 필요가 있겠냐? 그냥……."

"당신이 말하지 않겠다면, 내가 직접 말하겠어요."

"안 돼! 오래 전에 네 입으로 했던 약속을 잊은 거냐?"

그녀가 어이없이 그를 노려보았다.

"그게 무슨 말이에요?"

"난 그 끔찍한 곳에서 널 빼내줬어. 네 엄마같이 되지 않을 수 있는 인생을 줬잖아. 그때 넌 내가 바라는 것은 뭐든지 하겠다고 약속했다."

"그 빚은 다 갚은 줄로 아는데요."

그의 얼굴이 발개졌다.

"그래도 네가 약속했잖니."

그녀의 눈에서 눈물이 터지려 했다. 사라져 버린 희망, 사라져 버린 믿음. 지금 다그치면 이 남자는 자기가 아버지라고 인정하리라, 자기 자신을 위해서 무슨 말이든 닥치는 대로 다 인정하리라.

하지만 그녀는 그 말을 요구하지 않았다.

"좋아요, 약속을 지키겠어요."

그의 얼굴에 안도감이 나타났다.

"아무한테도 말 안 할 거지? 아무한테도?"

그의 말 한 마디 한 마디가 송곳처럼 그녀의 가슴을 후벼팠다.

"내가 뒤집어쓰겠어요. 누가 물어오면 당신이 말한 대로 대답하겠어요. 하지만 이걸로 우리 빚은 다 청산되는 거예요, 패트릭. 난 더 이상 당신에게 빚진 거 없어요. 그리고 다시는 당신을 보고 싶지 않아요."

그녀는 빙글 돌아서서 방으로 향했다. 침실에 들어설 때까지 온 힘을 다해 눈물을 참아냈다. 꿈은 다 사라졌다. 어차피 어리석은 꿈이었어. 아버지 따윈 필요 없었어. 힘들 때마다 리 셩이 옆에 있어줬잖아.

그런데도, 빌어먹을…… 가슴이 너무 아팠다.

"들어와."

아브다의 대답이 들리자 자브리는 천천히 접견실로 들어섰다.

아브다와 파찰을 쳐다보면서 자브리가 다급하게 입을 열었다.

"제 잘못이 아니에요. 리 성이 거짓말을 했어요. 전 그게 거짓말인 줄 몰랐구요."

"그래, 네가 감히 날 속이려 들었겠느냐? 하지만 나의 친구 파찰은 대단히 의심스러워하더구나."

아브다가 미소지으며 대꾸했다.

그녀는 악랄하게 파찰을 노려보고 나서 아브다 앞에 털썩 무릎 꿇었다.

"전 몰랐어요. 그게 거짓말인 줄 알았으면 절대로 말씀드리지 않았을 거예요."

그녀가 애써 미소지었다.

"전하께서 허락해 주시기만 한다면, 제가 이 일을 얼마나 후회하고 있는지 보여 드리겠어요. 기억에 남을 밤을 만들어 드릴게요."

아브다의 미소가 환해졌다.

"그래? 전에 너의 솜씨가 즐겁긴 했지."

그녀는 승리감과 경멸이 드러나지 않도록 시선을 내리깔았다. 마하라자든 거지든, 남자들은 모두 똑같았다. 적당히 욕망을 채워주기만 하면 무엇이든 용서하는 족속들이었다.

"그건 시작일 뿐이었어요. 제가……."

"난 말보다 행동에 더 관심이 많아. 너는 아주 특별해……. 처음 봤을 때부터 널 가져야겠다고 생각했었지."

그녀는 지극히 만족스러웠다. 생각했던 것보다 훨씬 쉬웠다.

"그럼 허락해 주시겠습니까, 전하?"

"내가 어찌 거절할 수 있겠느냐?"

그의 손가락이 부드럽게 그녀의 뺨을 매만졌다.

"네 말대로, 아주 기억할 만한 밤이 될 것 같구나."

9

제인은 걱정스레 손도 대지 않은 식사 쟁반을 내려다보았다.

"먹어야 해요, 이안. 먹지 않고 어떻게 기운을 차리겠어요?"

"신경 쓰이게 해서 미안하오."

이안이 포크를 들고 몇 번 집어먹었다.

"이제 다 먹었소."

"더 드세요."

"누워만 있는 남자한테는 이 정도면 충분하오. 기운 쓸 일도 없는 걸."

"건강을 되찾아서 글렌클라렌으로 돌아가셔야 하잖아요."

"그 점을 생각해 봤는데…… 돌아가지 않는 게 나을 것 같소."

그녀가 놀라며 그를 쳐다보았다.

"무슨 말씀이에요?"

"여긴 하인 부리는 값도 싸고 난 간호를 받아야 하니…… 한동안 은."

그는 죽음으로 이 굴레에서 벗어나길 기원하고 있었다. 고통스런 연민이 치밀어 올랐다.

듬성듬성해진 검은 머리, 삐쩍 말라버린 몸, 하지만 가장 큰 문제는 이 삶에서 벗어나고 싶다는 그 마음이었다.

"글렌클라렌을 사랑하시잖아요."

그의 입술이 일그러졌다.

"그래서 돌아가지 않겠다는 거요. 난 더 이상 글렌클라렌에 쓸모가 없소."

"당신을 기다리고 있을 마거릿은 어쩌구요?"

"그건 그녀에게 또 한 명의 병자를 맡기는 것뿐이라오. 차라리 죽었어야 했어. 난 그날 밤 죽을 운명이었소. 루엘이 살려내지 말았어야 했던 거요."

"나한테 운명을 거스를 힘이 있다는 거야?"

문가에서 루엘의 목소리가 들려왔다. 그의 창백한 얼굴에 억지웃음이 떠올라 있었다.

"내 능력을 너무 과신하지 말라구."

그가 방 안으로 걸어들어왔다.

"점심을 안 먹었군. 더 먹지 그래?"

"루엘……."

그가 루엘의 시선을 마주보다가 한숨을 내쉰 다음 다시 포크를 집어들었다.

제인은 떨리는 팔로 가슴을 부둥켜안은 채 그 방에서 나와버렸다. 루엘의 상처를 보는 것은 이안의 불행과 고통을 지켜보는 것만큼이나 견디기 힘들었다.

10분 후에 루엘이 빈 접시를 들고 병실에서 빠져나왔다.

"다 먹던가요?"

"그래. 이안은 항상 내가 바라는 대로 잘 따라줘. 그래서 이런 일도 생겼던 거지만."

"당신 탓이 아니에요."

그가 격하게 대꾸했다.

"내가 그런 입장이었다면 난 이안을 죽도록 저주했을 거야."

"당신은 그의 생명을 구했어요. 그보다 더 값진 선물은 없어요."

"이안은 있다고 생각해."

죽음. 그녀는 부르르 몸을 떨며 서둘러 주제를 바꿨다.

"이안이 카산포르에 남고 싶대요."

"나한테도 그렇게 말했어. 하지만 여기 남아 있으면 시들시들 말라 죽을 거야. 글렌클라렌에 가야 살아날 기회라도 있어."

"자신이 글렌클라렌에 쓸모 없는 존재가 됐다고 걱정하는 것 같았어요."

"그 말은 맞아. 거기선 온전한 사람들도 뼈빠지게 일해야 돼. 그렇게 해도 먹고살기가 빠듯하지…… 5년, 5년만 기다려 주면 형한테 필요한 걸 내가 다 사줄 수 있어. 으리으리한 궁궐도 지어줄 수 있어."

"어쩔 셈이에요?"

그가 힘없이 고개를 흔들었다.

"매기한테 편지를 보냈어. 삼 주일 후에 떠나는 배편도 알아놨고."

"당신도 같이 갈 거예요?"

"난 시니다로 갈 거야……. 그런 식으로 쳐다보지 마. 지금으로선 내가 해줄 수 있는 일이 하나도 없어. 시니다로 가면 적어도 형이 바라는 걸 줄 수 있는 기회가 있지. 돈만 있으면 형한테 편안한 인생을 마련해 줄 수 있다구."

그가 어깨를 쭉 펴며 돌아섰다.

"피커링 대령한테 나린스까지 가는 배편을 구해달라고 할 거야. 육로보다는 배를 타는 게 더 편할 테니까. 내가 없는 동안 형 좀 보살펴 줄래?"

그녀의 몸이 순간적으로 경직되었다.

루엘은 아직 대령의 조사건에 대해서 알지 못한다. 만일 그 사실을 알게 된다면…….

"왜 그래?"

패트릭에게 그 말을 들은 것이 삼 주일 전이었다. 시간이 많이 흘렀으니, 어쩌면 피커링 대령이 그 얘기를 지나쳐 버릴지도 모른다. 루엘이 알게 된다면……. 그땐 무슨 일이 생기든 직면해야 하리라. 그녀는 애써 미소지어 보였다.

"아니에요. 이안에 대해서는 걱정 말아요. 당연히 내가 지켜봐야죠."

처음으로 그의 얼굴에 조롱기나 씁쓸함이 아닌 다정한 미소가 떠올랐다.

"이런 일에 '당연히'란 없어, 제인. 고맙다는 말 한마디 못 들으면서도, 넌 힘든 기색 한 번 없이 우릴 보살펴 줬어."

"그런 말 들으려고 하는 게 아니에요."

그가 물끄러미 그녀를 바라보았다.

"절대 잊지 않을게. 꼭 보답할게."

그녀가 떨리는 웃음을 터트렸다.

"나한테도 궁궐을 지어줄 거예요?"

그가 부드럽게 그녀의 뺨을 어루만졌다.

"어쩌면. 하지만 네가 그런 생활은 불편할 거라고 했으니까 다른 방법을 생각해 봐야겠지."

그의 손길은 가슴이 미어질 정도로 다정했다.

"그런 말까지 기억해요?"

"난…… 중요한 일은 안 잊어버려."

그가 몸을 돌려 방갈로를 떠났다.

두려움이 그녀의 몸으로 번져나갔다. 운명의 여신이 그녀에게 미소를 보내준다면, 어쩌면 루엘이 모르고 지나갈 수도 있으리라. 피커링이 말하지 않을지도 모른다.

부디 그렇게 될 수만 있다면…….

"27일에 나린스로 가는 군용선이 있소. 그때까지 이안의 상태가 나아지겠나?"

"어떻게든 해봐야죠."

"그럼 그 배에 탈 수 있도록 조치해 놓겠네."

피커링의 대답을 들은 후에 루엘이 자리에서 일어났다.

"신경 써 주셔서 감사합니다."

"우리 모두 이안의 일을 안타깝게 생각한다네. 자, 앉아서 술이나 한잔하세. 한잔 마셔야 할 것 같은 얼굴이야."

"어서 가봐야 합니다."

"어허, 앉으라니까."

루엘이 다시 의자에 앉자, 피커링 대령이 급사에게 술을 가져오라고 손짓했다.

"제대로 쉬지 않으면, 자네까지 들것에 실려가게 생겼어. 전쟁이라도 치른 사람처럼 수척하군."

"전 괜찮습니다. 아픈 사람은 이안이죠."

루엘이 위스키잔을 집어들었다.

"그런데 왜 그렇게 손이 떨리는 건가?"

루엘은 놀라며 자신의 손을 내려다보았다. 정말로 부들거리고 있었다.

"아브다와 겨루려면 몸을 잘 챙겨야 해. 아브다가 자네의 시니다에 관심이 많은 모양이더군. 파찰이 시니다에 대해 이것저것 캐묻고 갔어. 나야 아는 바가 없으니 모른다고 했지. 하지만 그자의 관심이 사라진 것 같지는 않아. 자네도 어서 카산포르를 떠나는 게 낫겠어."

"캘커타의 판사에게 매각 영수증을 제출하셨습니까?"

"다 처리됐어. 시니다는 자네 거야. 마하라자가 살아 있는 한은 아브다가 함부로 건드리지 못할 거네."

"그건 두고 봐야겠죠."

"또 한 가지. 파찰이 랑푸르 고지 주위를 배회한다더군. 그자가 왜 그 조사에 관심을 갖는지 혹시 알겠나?"

카타우크. 아마도 카타우크의 흔적을 찾는 것이리라. 순간, 피커링이 말했던 단어 하나가 그의 뇌리를 스치고 지나갔다.

"조사라니요? 무슨 조사 말씀입니까?"

피커링이 놀란 눈으로 쳐다보았다.

"자넨 모르나? 마하라자가 사고의 원인을 규명하라고 지시했다네. 유쾌한 일은 아니었어. 패트릭 레일리가 돈을 한 푼도 못 받게 돼버렸으니."

"패트릭은 수압이 너무 세서 철로가 깨진 거라고 하던데요."

피커링이 유감스레 고개를 저었다.

"우리 기술자가 알아본 바로는, 그 철로에 문제가 있었어. 제대로 된 재질을 썼으면 부러지지 않았을 거라네."

루엘은 강한 주먹으로 한 대 얻어맞은 기분이었다.

"이안이 다치지 않을 수도 있었단 말입니까?"

"이상하군. 패트릭이 바너비 양에게 그 얘기를 했을 텐데."

루엘이 천천히 자리에서 일어났다.

"그럼 그녀가 저에게 말하지 않은 거로군요. 패트릭 레일리한테 몇 가지 질문을 해 봐야겠습니다."

"제대로 대답을 들을 수 있을까? 그자는 요즘 아침부터 취해 있다네. 차라리 바너비 양에게 물어보는 게 낫지. 철로를 주문한 게 그녀라더군. 상인들의 증언도 있었고 패트릭도 인정했어. 그런 일에 여자를 믿은 게 잘못이었어."

'그 문 때문에 돈이 너무 많이 들었어요.'

'내 잘못이에요.'

루엘은 허둥지둥 인사말을 중얼거리며 클럽 밖으로 뛰쳐나갔다.

루엘이 방갈로로 들어서는 소리를 듣는 순간, 제인은 의자 팔걸이를 바짝 움켜잡았다. 피커링이 아무 말 안 했을지도 몰라. 그저 곧바로 이안의 방으로 들어갈지도 몰라…….

"제인?"

루엘이 그녀의 이름을 불렀다.

"베란다에 있어요. 피커링 대령하고 얘기가 잘 안 됐나요?"

그의 실루엣이 베란다 문 앞에 나타났다.

"왜 그렇게 생각하지?"

부드러운 목소리, 하지만 스프링처럼 금방이라도 튕겨나갈 듯한 이상한 기운이 담겨 있었다.

"너무 늦게 돌아왔잖아요. 벌써 10시가 넘었어요."

"이안을 돌보는 게 지겹던가?"

"그런 게 아니라……. 이안은 지금 수면제를 먹고 잠들었어요."

"수면제 따위는 아무 소용도 없어. 처음엔 비명을 지르면서 깨어나곤 했어, 하지만 이젠 누워서 흐느껴 울기만 해."

그의 어조가 거칠어졌다.

"남자한테 이런 게 어떤 의미인 줄 알아? 난 밤새도록 잠든 척 누워 있어야 하지, 내가 깨어 있는 걸 알면 약해져서 미안하다고 나한테 빌어. 젠장할, 약해져서 미안하다고 한다구!"

올 것이 왔다. 그가 알아버렸다.

그녀가 벌떡 의자에서 일어났다.

"난 이만 자러 가야겠어요."

"아직은 안 돼. 물어볼 게 있어, 철로에 대해서."

이런 순간이 오리라 예상했으면서도 어떻게든 피하고 싶었다.

"루엘, 난······."

"피커링과 헤어지고 나서 랑푸르 고지까지 걸어갔다 왔어. 내 눈으로 철로를 봐야 했어. 그걸 보면서 이안을 생각했지······."

그가 그녀의 눈을 똑바로 바라보았다. 그의 고통과 분노가 그녀의 영혼까지 불태워 버릴 듯했다.

"패트릭 레일리를 죽여버릴 거야."

"안 돼요!"

"왜 안 돼? 그런 놈은 살 자격이 없어. 네가 한 짓이 아니라면."

그녀는 말없이 무기력하게 그를 바라보았다.

"무슨 말이든 해봐. 제기랄, 피커링의 말이 틀렸다고 말해."

"그 사람이 뭐라고 하던가요?"

"그 철로를 주문한 게 너였다고 했어. 그게 사실이야?"

"네. 사실이에요."

그녀가 나지막이 속삭였다.

"빌어먹을!"

그가 갑자기 달려들어 그녀의 목을 감아쥐었다.

"믿고 싶지 않았어. 믿지 않으려고 했어. 난······."

그의 손아귀가 잔인하게 그녀의 목을 죄어왔다.

그녀는 숨을 들이쉬기 위해 필사적으로 노력했다. 그의 손을 붙잡고 풀어내려 했지만 그의 손힘은 점점 더 강해졌다.

"루엘······."

신음처럼 한마디가 흘러나왔다. 그의 표정이 처절하게 일그러지며, 천천히 손이 떨어져 나갔다.

"왜 널 죽일 수가 없을까? 넌 죽어 마땅한 여잔데. 살 자격도 없는······."

그가 홱 돌아서서 이안의 침실로 성큼성큼 걸어갔다.

그녀는 떨리는 손으로 아픈 목을 매만졌다. 죽음의 문턱까지 갔다가 간신히 되돌아왔다. 루엘이 마지막 순간에 마음을 바꾸지 않았더라면, 과연 패트릭의 죄를 계속 덮어줄 수 있었을까?

하지만 그녀 역시 처벌받아야 할 장본인 중 하나였다. 패트릭의 어리석음만큼이나 현실을 제대로 바라보지 못한 그녀의 책임 또한 컸으니까. 루엘과 행복하게 살 자격이 그녀에겐 없었다.

그녀는 천천히 돌아서서 자신의 침실을 향해 발길을 돌렸다.

루엘을 사랑하면 안 돼. 그녀에게 상처만 남을 것이다. 자신을 보호하려면 이 사랑을 멈춰야 한다. 그래. 이 사랑을 그만두어야 한다.

도저히 잠들 수 없을 것 같았는데 어느샌가 잠이 들었던 모양이었다. 한밤중에 그녀는 퍼뜩 잠에서 깨어났다. 침대 옆에 서 있는 루엘을 알아차리며 순간 그녀의 몸이 경직되었다.

그의 얼굴에 쓰디쓴 미소가 나타났다.

"죽이진 않을 테니까 걱정 마. 이안이 매일 밤 죽게 해달라고 기도하는 동안에 너만 편안히 죽어버리면 불공평하잖아."

이 순간에는 정말로 죽는 편이 차라리 더 편안할 것 같았다. 루엘의 증오를 받으며 살아야 하는 인생은…… 너무나 고통스러우리라.

"그 대신 다른 방법을 찾기로 했어. 이안이 아파하는 것만큼 너도 아파야 돼. 널 편안하게 풀어줄 수는 없어, 절대로."

"그런 건 기대하지도 않았어요."

그가 싸늘하게 웃었다.

"이안에게 이 집을 제공하고 나한테 달콤한 미소만 보내주면, 그걸로 충분한 보상이 될 줄 알았나? 그 정도로는 안 돼. 너도 이안이 당하는 만큼 똑같이 고통받아야 돼. 글렌클라렌에 가서 밤낮으로 그의 비명소리를 들으면서 그 고통이 다 너의 잘못 때문이라는 걸 기억해야 돼."

그녀의 눈이 커졌다.

"내가 이안과 같이 가길 바라나요?"

"네가 진 빚을 갚아. 내 말대로 하지 않으면, 너의 패트릭을 이안만 큼 괴롭혀 준 다음 죽여버릴 거야."

"위협할 필요 없어요. 난 기꺼이 글렌클라렌으로 갈 거예요."

"겨우 몇 년 묶여 있는 것쯤으로 너의 죗값이 다 사라지는 건 아니 야. 그건 시작일 뿐이야."

"당신 마음대로 하세요. 어쨌든 난 이안을 돕기 위해 최선을 다할 거예요."

그녀는 아픈 관자놀이를 문질렀다. 오늘밤은 세상이 온통 고통으로 가득 차 버린 듯했다.

"리 성과 카타우크도 같이 가게 해주세요. 그들을 여기 남겨 두는 건 너무 위험해요."

"너의 떼거리를 다 데리고 가. 이안에겐 어떤 도움이라도 다 필요 해."

"패트릭도요."

어째서 그런 말이 튀어나와 버렸을까. 그에 대한 혐오감과 원망도 수년 간의 습관을 깨뜨리기에는 역부족인 것일까.

그의 눈이 가늘어졌다.

"내가 그자를 죽여버릴까봐 걱정되나? 사실, 시니다로 데려가서 죽 도록 부려먹을까도 생각해 봤어. 하지만 그런 인질 따위 필요 없어. 매 기한테 너의 행적을 빠짐없이 점검할 생각이거든."

루엘은 차가운 시선으로 그녀를 노려본 다음 그 방을 빠져나갔다.

삼 주일 후, 제인과 이안, 리 성, 패트릭, 카타우크는 보니 레이디호 에 올라 나린스항을 출발했다.

리 성이 부두에 남아 있는 루엘을 흘깃 쳐다보았다.

"루엘이 널 쳐다보고 있어."

"그래?"

그녀도 그 시선을 잘 알고 있었다. 하지만 돌아보지 않았다. 이미 한 번 그의 시선을 바라보는 실수를 저질렀었다. 그의 눈동자는 이 이별이 일시적일 뿐 영원히 그의 분노에서 도망치지 못하리라는 걸 분명하게 알려주었다.

그녀는 서둘러 난간에서 몸을 떼어냈다.

"이안에게 가봐야겠어."

리 성이 고개를 흔들었다.

"카타우크가 거기 있어. 아마 이안을 즐겁게 해주고 있을걸."

여인숙에서 이틀 간을 함께 보내는 동안 카타우크의 능력은 이미 증명되었다. 이안의 기운을 북돋아 줄 수 있는 사람은 카타우크뿐이었다.

"패트릭은 어디 있어?"

"언제나처럼 술에 취하려고 애쓰는 중이겠지. 사고가 일어난 후로 더 심해졌어."

"맞아."

"웬일로 그를 변명해 주지 않는 거야?"

"자신의 짐은 자신밖에 질 사람이 없어. 패트릭에 대해서 더 이상 걱정 않기로 했어."

"그러면서도 글렌클라렌으로 데려가잖아."

"아니. 에든버러에 남겨놓을 거야. 거기서 혼자 살도록 할 거야."

"네 도움 없이?"

"그래, 내 도움 없이."

리 성이 흐릿하게 미소지었다.

"무슨 계기로 너의 눈이 뜨였는지 모르겠군."

루엘이 여전히 부두에 남아 그녀를 노려보고 있었다. 왜 돌아가지 않는 걸까? 이안을 죽음의 문턱에서 되돌려 놓은 그 집념이 이젠 그녀에게로 방향을 바꾸었다. 너무나 고통스러웠다. 호랑이한테 붙잡힌 염소처럼 이대로 서 있을 수는 없었다. 그녀가 서둘러 갑판 위로 종종걸음쳤다.

"화물칸에 가서 샘과 베델리아가 잘 있는지 봐야겠어."

그녀는 루엘의 위협 때문에 글렌클라렌으로 향하는 것이 아니다. 이안에게 최선을 다하고 싶기 때문에, 그것이 자신의 결심이었기 때문에 이 배에 올라 있는 것이다.

제인이 이안의 차가운 손을 부여잡았다.

"아름답군요. 당신이 왜 글렌클라렌을 사랑하는지 알겠어요."

이안은 멀리 보이는 탑들을 홀린 듯이 바라보았다.

"여기가 내 고향이라오."

그녀는 그의 몸 위로 담요를 더 높이 끌어 올려주었다. 이틀 전에 든버러 부두에 도착했을 때보다 훨씬 창백해졌다. 덜컹거리는 마차 여행이 아무래도 무리였던 모양이었다.

"다 잘 될 거예요."

"그 말이 믿어질 지경이라오. 그래서 여기까지 와버렸는지도…….'

10분 후에 마차는 나무 도개교를 건너 자갈 박힌 안뜰로 접어들었다. 뜰 한가운데에 낡은 물탱크가 버티고 선 채, 자갈 사이사이로 비쩍 마른 잡초들이 무성하게 솟아 있었다. 어디를 보나 오랫동안 돌보지 않은 흔적들이 가득했다.

"언제나 이런 건 아니라오. 관리해 줄 사람이 없었던 탓이오."

"차라리 부숴버리고 다시 짓는 게 낫겠어."

카타우크가 혼잣말처럼 중얼거렸다.

제인이 매섭게 그를 쏘아본 다음, 이안에게 대꾸했다.

"우리가 조금만 손보면 될 거예요, 이안."

이 성에서 루엘이 자랐다니, 참으로 이상한 느낌이었다. 이 무너질 듯 퇴색한 성과 루엘은 전혀 어울리지 않았다.

갑자기 현관문이 활짝 열리며 젊은 여자 하나가 씩씩하게 계단을 내려왔다.

"이안, 드디어 오셨군요!"

"마거릿?"

이안이 당황스레 팔꿈치를 기대어 몸을 일으켰다.

"여기서 뭐하는 거요?"

"루엘의 편지를 받고 나서 아버지와 같이 이리로 이사왔어요. 당신의 건강이 회복될 때까지, 가까이 있는 게 더 실용적이잖아요."

마거릿 맥도널드를 보는 순간 제인은 얼이 빠져버렸다. 보드라운 손과 예쁜 옷차림이라는 묘사는 단연코 그녀에게 어울리지 않았다. 그녀의 옷차림은 하도 입어서 헤어진 검푸른 드레스였다. 크고 날렵한 몸매로 씩씩하게 움직였으며, 밀빛의 머리카락은 하나로 질끈 동여맸다. 네모진 턱과 커다란 입술은 너무 강해 보여서 아름답다고 말해 줄 수 없었다. 하지만 그녀의 회색 눈동자만큼은 놀라우리만큼 사랑스러웠다.

마거릿이 마차에 올라 이안의 옆에 무릎 꿇었다.

"형편없군요."

그녀가 퉁명스레 내뱉은 다음 그의 뺨에 살짝 키스했다.

"하지만 상관없어요. 내가 원상태로 되돌려 놓을 테니까."

"마거릿……."

이안이 손을 뻗어 그녀의 뺨을 어루만졌다.

"여전히 예쁘군."

"팔다리만이 아니라 시력에도 문제가 생겼나요? 난 예쁘지 않아요."

그녀가 제인에게 시선을 돌렸다.

"당신은 누구죠?"

"제인 바너비."

제인이 마차 앞좌석의 두 남자를 가리켰다.

"이쪽은 리 성과 존 카타우크예요."

"여긴 왜 왔어요?"

"루엘이 보내서……"

"됐어요. 그 정도면 충분해요. 루엘이 특이한 사람들하고 어울렸나 보군요."

그녀가 평가하듯이 리 성을 살펴본 다음 카타우크에게 시선을 고정시켰다.

"힘 좀 쓰시는 편인가요?"

카타우크의 표정이 멍해졌다.

"황소처럼 튼튼하고, 헤라클레스처럼 힘이 좋소."

"그런 허풍이야 4분의 3쯤 깎아서 듣죠. 하지만 그 정도로도 충분해요."

그녀가 건물 쪽으로 소리쳤다.

"저크!"

빨간 머리의 작은 남자가 계단을 달려내려왔다.

그녀가 카타우크에게 지시를 내렸다.

"저크와 같이 이안을 방으로 옮겨주세요."

마차에서 깡총 뛰어내리며 그녀가 제인을 돌아보았다.

"당신은 나하고 같이 조리실로 가요. 이 넓은 곳에 하인은 세 명뿐이에요. 이젠 먹여야 할 입도 넷이나 더 늘었으니……"

제인이 재빨리 그 말을 가로막았다.

"당신의 짐이 되진 않을 거예요."

"너야 그렇겠지만,"

이안의 들것 한 쪽을 붙잡은 채로 카타우크가 입을 열었다.

"예술가는 항상 소중히 대접해야 할 짐이야. 예술가를 먹여 살리고 보살피는 건 아무에게나 주어지는 특권이 아니라구."

"당신, 붓으로 장난치는 걸 좋아하나요?"

마거릿이 물었다.

"장난치는 게 아니라, 위대한 예술품을 창조하는 거요. 난 위대한 금세공장인이라오."

"이안을 떨어뜨리지나 말아요."

그녀가 리 성을 돌아보았다.

"마차를 마구간에 들여놓으세요. 그 다음에 조리실로 오면 할 일을 정해줄게요."

"그분들은 우리 손님이오, 마거릿. 하인처럼 부리지 마시오."

이안이 기운 없는 목소리로 반대했다.

"글렌클라렌에는 손님을 맞을 여유가 없어요."

그녀가 그의 머리를 부드럽게 쓸어주었다.

"이런 일은 나한테 맡기고 당신은 푹 쉬세요. 금방 따라 올라갈게요."

그녀가 힘차게 안뜰을 가로지르다가 문득 제인의 뒤로 따라붙는 샘을 바라보았다.

"잠깐, 저 개 당신 거예요?"

"말썽 안 부릴 거예요."

마거릿의 시선이 마구간으로 들어가는 베델리아에게 옮겨졌다.

"저 말도?"

"카산포르에 남겨둘 수 없었어요."

"둘 다 없애세요. 우린 짐승까지 먹여살릴 여유가 없어요."

제인은 심호흡을 하고 나서 분명하게 대꾸했다.

"그건 안 돼요."

마거릿이 놀란 듯 눈을 껌벅였다.

"안 된다구요?"

"저 애들은 내가 보살펴요."

마거릿의 얼굴에 감탄의 기색이 스쳐 지나갔다.

"그럼 두고보기로 하죠."

마거릿이 이끌어간 조리실이란 곳은 안뜰이나 다를 바 없이 휑한 데다가 어수선하기가 이를 데 없는 곳이었다.

마거릿은 제인의 비판적인 시선을 알아차렸다.

"나도 이틀 전에야 도착했어요. 나 혼자 모든 걸 다 할 수는 없잖아요. 마음에 들지 않으면 당신이 직접 청소하세요."

그녀가 커다란 벽난로 옆에서 감자를 깎고 있는 은발 여자를 가리켰다.

"이쪽은 메리 로즈예요. 메리, 여긴 제인 바너비. 이안과 같이 왔어요."

"입이 또 하나 늘었군요."

여자가 시큰둥하게 중얼거렸다.

"다들 자기 밥벌이를 할 테니까 걱정 말아요. 여기 일은 나한테 맡기고, 가서 침실 세 곳을 준비해 줘요."

"세 개요?"

"그래요, 세 개."

메리가 투덜거리며 자리에서 일어났다.

마거릿이 털썩 의자로 내려앉아 남은 감자들을 깎기 시작했다.

"루엘의 편지로 알고 있었지만 이안이 이 정도로 심할 줄은……. 다시 걸을 수 있는 희망은 없는 건가요?"

"의사 말로는 그래요."

제인이 부드럽게 대답했다.

"의사들은 다 멍청이예요. 내가 최선을 다해 볼 거예요."

그녀가 짐을 털어내듯 어깨를 으쓱인 다음 제인의 모습을 훑어보았다.

"왜 바지를 입고 있죠? 이상해 보여요."

제인의 몸이 굳어졌다. 보드라운 손이나 예쁜 옷차림은 아니라 해도, 이 여자 또한 다른 여자들과 똑같은 것일까.

"내 옷들은 다 이래요. 당신 마음에 들지 않는다면 유감이군요."

마거릿이 인상을 찌푸렸다.

"여자는 여자다운 옷을 입어야 해요. 남자들을 흉내내서 괜히 그들의 자만심을 높여 줄 필요는 없어요."

제인이 놀란 눈으로 쳐다보다가 웃음을 터트렸다.

"남자를 흉내내려는 게 아니에요. 철로 작업을 하려면 이런 옷이 더 실용적이기 때문에 입는 것뿐이에요."

"철로 일을 한다구요? 난 일하는 여자를 좋아하죠. 하지만 어떻게 그런 일을……."

마거릿이 고개를 흔들었다.

"그런 얘긴 나중에 해야겠군요. 지금 중요한 건 그게 아니니까. 여기서 얼마나 머물 생각인가요?"

"이안에게 더 이상 도움이 필요 없어질 때까지요."

마거릿의 얼굴이 어두워졌다.

"그게 언제일지 누가 알겠어요. 이안에게는 아주 많은 도움이 필요할 거예요. 글렌클라렌에도 사람의 손길이 있어야 하구요."

"루엘도 그렇게 말하더군요."

"놀랍군요. 루엘한테는 글렌클라렌이 잿더미가 된다 해도 상관없을 텐데."

"사람은 누구나 자기가 자란 곳을 소중히 여기잖아요."

마거릿이 눈을 치켜들며 고개 저었다.

"루엘은 여기서 자라지 않았어요. 애니와 함께 골짜기 옆 작은 오두막에서 살았는 걸요."

"애니가 누구예요?"

"애니 캐머런, 루엘의 어머니예요. 루엘이 사생아라는 거 몰랐어요?"

제인의 눈이 휘둥그래졌다.

"하지만 이안은 항상 그를 형제처럼 대하던데요……."

"이안이야 그렇죠. 족장님이 루엘을 아들 취급도 안 하고 무시해 버린 것에 대해서 늘 죄책감을 갖고 있었거든요. 사실 애니는 정숙한 여자가 아니었어요. 족장님은 한동안 그 여자한테 거의 혼이 빠져 버렸죠. 모두들 그 여자의 마술에 걸린 거라고 수군거렸어요. 지금의 루엘처럼 잘생긴 여자였다더군요."

"그 여자분, 아직 살아 있나요?"

"루엘이 열두 살 되던 해에 이곳을 떠났어요. 나중에 병으로 죽었다는 얘길 들었어요."

"아들을 남겨놓고 떠났단 말이에요?"

"열두 살이면 제 몸 하나쯤 간수할 수 있을 나이죠."

마거릿이 성마르게 어깨를 들썩였다.

"루엘 얘기는 그만해요."

그녀가 벌떡 일어나 벽난로 위에 끓고 있는 냄비 속으로 감자를 쏟아부었다.

"이제 그 중국인과 거만한 허풍쟁이에 대해서나 설명해 봐요."

두 시간 후 마거릿이 이안의 방으로 들어섰다.

"불편한 거 없으세요?"

침대 옆에 앉아 있는 카타우크에게 그녀의 시선이 움직였다.

"당신은 나가서 빈둥거릴 장소나 물색해 보세요. 제인 말로는 작업실인가 뭔가 그런 게 필요하다면서요."

카타우크의 얼굴이 잔뜩 찌푸려졌다.

"아까는 장난친다고 하더니 이젠 빈둥거린다는 표현까지 서슴지 않는군. 당신은 위대한 예술품에 대해서 대단히 무식한 것 같소."

"하지만 내 일에 대해서는 아주 유식하죠. 어서 나가서 장소나 고르라구요."

"이렇게 야만적인 나라에서 무얼 기대할 수 있겠어."

카타우크가 투덜거리며 방을 떠났다.

마거릿이 이안의 옆으로 내려앉았다.

"삼 일 후에 우리 결혼식을 위해 목사님이 오실 거예요. 그때까지 푹 쉬어두세요."

"난 결혼할 수 없소."

그녀가 부드럽게 그의 이마로 흩어진 머리카락을 쓸어넘겼다.

"당신이 이렇게 바보 같을 줄은 짐작했답니다. 처음엔 루엘을 구하겠다더니 이젠 나까지 구하기로 결심한 건가요?"

"당신에게 또 하나의 짐을 더할 순 없소. 당신 아버지도……."

"그분은 기력이 많이 쇠하셨어요. 얼마 살지 못하실 거예요."

그의 시선이 그녀의 얼굴로 날아갔다.

"나한테 편지하지 그랬소? 그럼 내가 당신의 슬픔을 같이 나눴을 텐데."

그녀의 인상이 찌푸려졌다.

"슬픔이라도 느낄 수 있으면 좋겠는데, 당신도 알다시피 아버지가 그리 사랑스런 분은 아니시잖아요. 하도 꾀병을 부리셔서 하나님께서 진짜 병을 내리신 것 같다구요. 나 이러다가 벼락이라도 맞는 건 아닐까요?"

"어느 누구도 당신보다 더 성실하고 상냥하게 굴 수는 없었을 거요, 마거릿."

"내 아버지니까 그렇죠."

그녀가 어깨를 으쓱이며 주제를 바꿨다.

"루엘은 어때요?"

"똑같기도 하고, 좀 달라지기도 했소."

"그래도 책임감은 좀 생긴 모양이에요. 어제 2천파운드짜리 어음이 도착했어요. 기회 닿는 대로 나중에 더 보내겠다고 써 놨더군요."

이안이 즉시 고개를 흔들었다.

"그럼 루엘에게는 천 파운드밖에 안 남는데…… 당장 돌려보내시오."

"그런 짓은 안 할래요. 글렌클라렌에도 당신에게도 이 돈이 필요해요. 다른 사람을 생각하는 경험도 루엘에게 이로울 테구요."

"루엘이 내 목숨을 구했단 말이오."

"아, 그것도 아주 이로운 경험이었겠군요. 루엘에게 희생적인 면이 부족했던 게 사실이잖아요."

이안이 웃음을 터트렸다.

"이런 당신이 정말이지 그리웠소, 마거릿."

그의 미소가 다시금 사그라들었다.

"하지만 당신을 불구자와 결혼하게 할 수는 없소. 이미 당신 아버지 때문에 얼마나 고생을 했는데."

"당신이 평생 불구자로 남을 거라고 누가 그래요? 게다가 튼튼한 몸도 중요하지만 강한 마음과 정신이 더 중요한 거라구요."

"난 당신에게 아이를 줄 수도 없소. 당신은 아이들을 좋아하잖소."

"의사한테 방법이 있는지 물어보겠어요. 또 자식 없이 사는 부부도 많아요. 건강한 사람들도 하나님이 허락하지 않으시면 아이를 낳지 못한답니다."

"안 되오, 마거릿."

"좋아요, 그럼 기다릴게요…… 당신이 결혼식장에서 일어나 앉을 수 있을 때까지. 그때쯤이면 이렇게 고집부리지도 않겠지요."

그녀가 자리를 털고 일어났다.

"저크한테 목욕시중 들어드리라고 할게요. 나한테 맡기기에는 당신의 자존심이 허락지 않겠죠?"

그의 표정을 보면서 그녀가 고개를 끄덕였다.

"그럴 줄 알았어요. 하나님께서 왜 분별력 부족한 남자들에게 여자들보다 강한 힘을 주셨는지 난 이해할 수가 없어요."

문을 닫고 방에서 나서자마자 마거릿은 질끈 눈을 감아버렸다. 지금껏 누구에게도 보이지 않았던 분노와 슬픔과 절망이 한꺼번에 밀려들었다.

불쌍한 이안. 가엾은 이안. 그리고 가엾은 마거릿……. 어째서 이 새로운 시련까지 견뎌야 한단 말인가? 하나님이 정말로 공평하신 분이라면 지금쯤 행복을 주실 때도 되지 않았는가…….

"흥미로운 표정이군. 두상을 만들어 보고 싶어."

그녀가 번쩍 눈을 뜨고 몇 걸음 앞에 서 있는 카타우크를 쳐다보았다. 약한 모습을 들켜버렸다는 것이 수치스러웠다.

"작업실을 찾아보라고 했을 텐데요."

그의 시선이 여전히 그녀의 얼굴에 고정되어 있었다.

"찾았소. 조리실이 적당할 것 같더군."

"조리실요? 거긴 안 돼요……."

"안 될 이유가 뭐요? 거긴 이미 벽난로가 있으니 용광로를 따로 만들 필요도 없지."

그가 한 걸음 다가와 손끝으로 그녀의 턱을 들어올렸다.

"처음에는 특별할 것 없는 얼굴이라고 생각했소. 하지만 이 턱선도 참아 줄 만하고 뺨도……."

그녀가 짜증스레 그 손을 밀쳐냈다.

"날 모델로 쓸 생각은 말아요."

"그게 얼마나 큰 영광인지 알고나 하는 말이오? 난 빅토리아 여왕까지 거절했다구."

그녀의 눈이 커다래졌다.

"여왕님이 당신한테……."

"아니, 내가 그럴 기회를 주지 않았지. 왕실을 모욕해봤자 이득될 게 없거든."

그가 돌아서서 복도를 걸어가기 시작했다.

"난 이만 조리실로 가서 냄비들을 싸그리 없애야겠소."

그녀가 황급히 그 뒤로 따라붙었다.

"그런 짓은 절대 안 돼요!"

"왜? 내 일에 걸리적거린단 말이오."

"당신 미쳤어요? 음식을 만들어서 먹어야 살 거 아니에요. 조리실은 안 돼요."

"음식보다 예술이 더 가치 있는 거요. 정 그렇다면 저녁 때 요리하는 건 참아 줄 수도……."

그녀가 깊이 숨을 들이쉬며 잇사이로 내뱉었다.

"냄비 하나라도 던져버리면 내일 스튜에 당신을 집어넣을 거예요."

그가 흘깃 돌아보며 낄낄거렸다.

"꽤나 질길 텐데. 난 통통한 토끼가 아니거든."

그가 어깨를 으쓱였다.

"할 수 없지. 마구간에 그런 대로 적당한 장소가 있긴 하더군. 그곳으로 양보하는 대신, 당신이 거길 청소해 주시오. 저크더러 용광로 만드는 것도 도우라고 하시오."

"나나 저크나 당신의 그런 무익한 일에 낭비할 시간은 없어요."

"쯧쯧, 야만적인 나라에 와서 이게 무슨 고생이람."

카타우크가 고개를 절레절레 흔들며 떠나가는 순간, 갑자기 그녀의 뇌리에 한 가지 깨달음이 스쳤다.

"당신 처음부터 조리실을 사용할 생각이 아니었군요."

"그럼 내가 왜 거길 쓰겠다고 말했겠소?"

정말 왜였을까? 그는 그녀의 약한 모습을 보았고, 그 어색한 장면을 대단히 효율적으로 무마시켰다. 어쩌면…… 그녀의 자존심을 지켜주면서 슬픔에서 벗어나게 하려는 시도였을까? 그럴 리 없어. 이 남자는 자신에 대해서 전혀 알지 못하는 이방인이었다.

그녀는 의심스레 괴상한 이방인의 뒷모습을 지켜보았다.

제인과 리 성이 마침내 조리실 청소를 끝냈을 때는 저녁 9시가 훨씬 지나서였다.

그녀가 현관홀 쪽으로 계단을 오르며 아픈 등을 주물럭거렸다.

"휴우, 피곤해. 그 빌어먹을 바닥을 닦느라 무릎도 시퍼렇게 멍들었을 거야."

"푹 쉬어."

리 성이 현관문을 열고 나가려 했다.

"어디 가는 거야?"

"마구간에. 카타우크와 같이 지낼래."

"여기 침실에서 편하게 잘 수 있잖아?"

"여긴 편치가 않아."

그녀도 그의 마음을 이해할 수 있었다. 그들 모두에게 이곳은 낯선 고장이었다. 성에서 살아본 경험도 없고, 보수하고 관리하는 것보다는 새로 세우는 일이 그들에겐 훨씬 더 익숙했다.

"적응해야 돼."

"왜? 이안을 위해서? 이안 돌보는 일은 마거릿 맥도널드가 충분히 잘 할 것 같아."

"그녀가 이안을 돌봐준다면, 난 그의 글렌클라렌을 위해서 열심히 일할 거야…… 하지만 여기 있는 게 싫다면 오빠까지 남아 있을 필요 없어."

"그럼 에든버러에 가서 패트릭하고 술이나 같이 마실까? 그래, 사실 그러고 싶은 적도 여러 번 있었어."

"그런 적이 있었다고?"

"하지만 나 같은 절름발이는 흐느적거리는 것도 힘이 들어."

제인은 절룩이며 걸어가는 리 셩을 바라보며 당혹스러워했다. 진실로 다른 사람을 안다는 게 가능한 일일까? 패트릭을 잘 안다고 생각했는데 그의 잘못을 짐작하지 못했고, 리 셩을 잘 안다고 생각했는데 지금은 그런 확신마저 들지 않았다.

루엘…… 또다시 뜬금 없는 루엘의 생각이 찾아들었다. 그녀는 루엘에 대해서 아는 바가 없었다. 마거릿에게 들은 사실도 그것을 입증하지 않았던가. 전혀 예측할 수 없고 짐작할 수도 없는 남자.

안 돼…… 루엘에 대해서는 생각하지 말자. 루엘을 사랑한다는 건 부인할 수 없었다. 하지만 이렇게 서로 떨어져 세월이 흐르면 이 사랑도 언젠가는 희미해져 가리라. 정신없이 일에만 매달리면 다른 생각을 할 겨를도 없어지리라.

저 멀리 굽이진 언덕들이 흐릿하게 눈에 들어왔다. 카산포르와 너무나 다른 곳, 지금껏 살아온 인생과 전혀 달라질 삶.

하지만 다른 인생에 대해서는 생각할 필요 없었다. 지금 그녀는 이곳에 와 있었다.

이제 그녀에게는 글렌클라렌만이 있을 뿐이었다.

시니다.

작은 고깃배로 그 섬을 향해 다가가면서 루엘은 뱃전을 움켜잡았다. 처음 시니다를 보았을 때와 똑같은 흥분과 경이로움, 미래에 대한 확신이 찾아들었다.

제인도 기차에 대해서 그 비슷한 말을 했었다. 눈동자를 반짝거리며 아주 진지하게…….

빌어먹을, 그 여자에 대해서는 생각지 않으리라.

그 대신 이안을 생각하자. 창백하고 지친 채 끔찍한 고통에 사로잡혀 있었던 이안을.

배가 점점 가까이 다가가고 있었다. 이제 곧 집에 도착하리라.

그는 즉시 그 생각마저 물리쳤다. 시니다는 집이 아니라 황금 광맥일 뿐이었다. 그에게 제인 바너비가 필요치 않은 것처럼 집 또한 필요치 않았다. 이곳에서 황금을 파내기 위해 피땀 흘려 일하는 것만이 중요했다. 다른 것들에 대해서는 생각할 시간이 없었다.

그에겐 이제 시니다뿐이었다.

10

1879년 10월 4일 글렌클라렌

이안의 방에서 나오는 마거릿을 보며 제인이 벽에서 몸을 떼어냈다.

"어때요?"

"고집불통이에요. 스페인으로 가지 않겠대요. 내 힘으로는 어쩔 도리가 없어요."

그 말이 상황의 심각성을 알려주었다. 좀처럼 실패를 인정하지 않는 마거릿이 그런 말을 할 정도라면…….

마거릿이 난간을 움켜쥐며 계단을 걸어내려갔다.

"자신은 글렌클라렌에 있어야 한다는군요. 봄에나 가겠대요. 하지만 기침이 떨어지지 않으면 봄쯤에 난 미망인이 되어 버릴 거라구요. 글렌클라렌의 겨울이 얼마나 혹독한지 당신도 알잖아요."

제인도 지난 삼 년 간 이곳의 혹독한 겨울을 경험했었다.

"이안의 마음이 변할지도 몰라요."

"삼 개월 간 안 변했는 걸요. 이번 겨울에 만들 댐에 대해서만 얘기하고 있어요. 삼 년 동안 글렌클라렌에 그가 필요하다고 말했었는데, 이제 와서 어떻게 따뜻한 곳에 가서 쉬라고 설득할 수 있겠어요?"

"그래서 날 부른 거예요? 방앗간이 잘 돌아간다는 말은 벌써 했는데……. 그래도 다시 한 번 얘기해 볼게요."

"당신 말도 소용없을 걸요. 이럴 줄 알고 내가 조치를 취해놨어요."

"무슨 조치요?"

"루엘."

제인의 발길이 계단 중간에서 멈췄다.

마거릿이 흘깃 그녀를 쳐다보았다.

"얼굴이 창백해졌어요. 그를 생각하는 것만으로도 그렇게 충격적인가요?"

제인이 다시 계단을 내려가기 시작했다.

"아니에요. 내가 왜 그 사람한테 신경을 쓰겠어요?"

"여기 도착했던 날 이후로 한 번도 그의 이름을 언급한 적이 없는 이유하고 똑같은 거겠죠. 내가 상관할 일은 아니겠지만, 당신에게 경고는 해줘야 할 것 같았어요."

마거릿이 문 옆의 옷걸이에 걸린 모직 숄을 걷어내 어깨에 걸쳤다.

"이안이 마드리드에 안 가겠다고 했을 때 이미 루엘에게 편지를 써 보냈어요. 오늘 아침에 에든버러에서 답장이 왔어요. 내일쯤 루엘이 여기 올 거라는군요."

제인의 심장이 철렁 내려앉았다.

"그가 여기 온다구요?"

"이번만은 내 힘으로 안 될 줄 짐작했거든요. 이안도 루엘한테는 당해 내질 못해요."

"하지만 시니다의 일은……."

"루엘의 심성이 꽤나 개선됐나보죠. 황금보다 형의 목숨이 더 중요하다고 생각한 거 아닐까요?"

마거릿이 현관문을 열어젖혔다.

"그러니까 이안을 스페인으로 보낼 때까지만이라도 루엘과 다투지 말아요. 그 후에는 당신 마음대로 들볶아도 상관없어요."

"나하고 만날 일은 별로 없을 거예요. 난 방앗간에서 할 일이 많은 걸요."

"루엘이 그렇게 내버려둘지 의심스럽군요. 편지할 때마다 당신에 대해서 물어보던데."

제인의 눈이 휘둥그래졌다.

"그런 말 나한테 한 적 없잖아요."

"루엘이 보내주는 돈으로 글렌클라렌을 유지하고 있는데, 그 정도는 말해 줘야 하지 않겠어요?"

그녀가 깔끔해진 안뜰과 보수와 재건설이 끝난 별채들을 둘러보았다.

"그 돈으로 글렌클라렌이 살아났어요. 그건 곧 이안을 살렸다는 의미이기도 하죠."

그녀가 제인에게 시선을 돌렸다.

"이제 방앗간으로 돌아갈 건가요?"

"다른 일이 없으면요."

"그래요. 당신이 이 성을 싫어한다는 건 이미 알고 있었죠. 방앗간 옆의 그 오두막으로 이사했을 때도 전혀 놀랍지 않았어요."

"당신에게 도움이 필요했다면 떠나지 않았을 거예요."

"도움은 필요치 않아요. 하지만…… 당신이 그립긴 해요. 왜 그렇게 놀란 표정이죠? 우린 친구잖아요?"

"맞아요."

마거릿은 한 번도 그런 말을 한 적이 없었다. 이안과 글렌클라렌을 위해 노력하면서 강한 유대감이 형성되긴 했어도, 그들은 서로에게 일정한 거리를 유지했다. 어쩌면 이 성에 남아 마거릿과 더 친해지려 노력했어야 했는지도 모른다. 하지만 때로는 이렇게 강한 여자에게 해결하지 못할 어려움은 없을 듯싶었다. 2년 전에는 결혼식까지 치러내고, 이안을 간호하고 쉼없이 몰아쳐서 드물게나마 앉을 수 있게까지 만들어 놓지 않았던가.

"당신이 바란다면 다시 성으로 돌아올게요."

"바보 같은 소리 말아요. 당신은 당신대로, 난 나대로 할 일이 있어요."

마거릿이 안뜰을 가로질러 걷기 시작했다.

"어디 가는 거예요."

"카타우크한테."

마거릿의 입술이 험악하게 굳어졌다.

"이안의 황소고집도 다루기 힘들어 죽겠는데, 이젠 저 발정난 황소한테 재갈을 물려야 한다구요."

제인이 피식 웃음을 흘렸다.

"또요?"

"엘렌 맥타비시가 어제 아침에 찾아와서 울고불고 난리를 부렸어요. 카타우크한테 순결을 빼앗겼다나요. 물론 거짓말이죠. 아무 남자한테나 다리를 벌리는 여자니까. 하지만 벌써 두 달 동안 세 번째잖아요. 그 호색한한테 몇 마디 해줄 때가 됐어요."

마구간을 향해 그녀가 성큼성큼 사라져갔다.

제인의 얼굴에서 웃음기가 사라지고, 베델리아의 고삐를 잡은 손이 떨리고 있었다.

잠시 후, 그녀는 애니 캐머런의 오두막 폐허가 내려다보이는 언덕에 서 있었다. 처음 마거릿에게 루엘에 대한 얘기를 들었을 때 와 보았던 곳. 이 폐허를 보면, 그곳에서 뱀에 물린 채 혼자 누워 있었을 어린 소년과 그녀가 아는 루엘이 전혀 다르다는 것을 깨달을 수 있었다. 그 소년의 모습으로 루엘을 잊을 수 있을 것 같았다. 하지만 그녀의 목표는 성공하지 못했다.

오늘 여기에 온 이유도 어쩌면 그것이었는지 모른다. 그 어린애한테는 두려움이 생기지 않았다. 카산포르에서의 루엘처럼 거칠지 않은, 연약했던 어린 소년. 루엘도 자신과 똑같은 인간이라는 걸, 전혀 두려워할 게 없다는 것을 되새겨 자신을 안심시키고 싶었다.

아니, 두려운 것은 아니야. 단지 루엘이 이제 곧 도착하리라는 소식에 충격받았을 뿐. 이제 더 이상 그를 사랑하는 것도 아니다. 예전에 그에게서 느꼈던 정열의 불씨가 한 점도 남지 않을 만큼 열심히 일해왔다. 단지 삼 년 전 부두에서의 그 위협적인 시선 때문에 조금 불안해서…… 그래, 아주 조금 불안한 것뿐이리라.

그가 아직도 자신에게 원한을 간직하고 있을까? 오랜 세월이 그들을 이방인으로 만들었다. 그가 좀더 부드럽게 변했을지도 모른다. 또한 그는 하루 빨리 시니다로 돌아가고 싶어하리라. 게다가 글렌클라렌에서 머무는 동안 그녀와 만날 기회조차 없을지도 모른다. 어쩌면 그녀를 찾지 않을지도…….

그녀는 눈을 감고 간절하게 기도했다.

하나님, 그가 찾아오지 않도록 해주세요. 그 사람하고 만나지 않도록 해주세요.

"어휴, 고약한 냄새."

마거릿이 작업실로 들어서며 코를 찡그렸다.

"차라리 똥냄새가 당신 용광로에서 나는 냄새보다 훨씬 향기롭겠어요."

카타우크가 흘깃 뒤돌아보며 미소지었다.

"여기에 기본적으로 그게 배합돼 있어서 그럴 거요. 값싼 연료거든."

그가 용광로의 문을 열고 진흙반죽이 올려진 쟁반을 들이밀었다.

그녀가 그의 앞으로 성큼성큼 다가섰다.

"얘기 좀 해요. 빨리 끝내고 난 나가야겠어요."

"지금은 귀 기울여 들을 수가 없겠는데."

그가 방 건너편의 높다란 간이의자 쪽으로 고갯짓했다.

"앉으시오."

"하지만 난 그럴 시간이……."

작업할 때면 으레 그렇듯이 그는 그녀의 말에 아무런 관심도 기울이지 않았다. 그녀는 할 수 없이 간이의자에 걸터앉았다.

"하루쯤 시간 내서 적당한 가구라도 만드는 게 어때요?"

"그런 거 필요 없소."

"당신은 건초더미 위의 담요 한 장으로도 충분하겠죠. 하지만 리 성은 어떻겠어요?"

"낮에는 방앗간에서 일하고 밤에만 자러 오는걸. 불평하는 사람은 당신뿐이오. 편한 의자가 필요하면 당신이 하나 가져다 놓으시오."

"다 망가뜨려 놓으려구요?"

"난 중요한 건 아주 조심스럽게 다룬다오."

그 점에는 반박할 수 없었다. 그는 작업과 관련된 물건들에 대해서는 지나치리만큼 정성스럽고 꼼꼼했다.

"당신이 그런 장난감 말고 다른 일에 더 신경 써 준다면 우리 모두에게 훨씬 유익할 거예요."

"나한테 잔소리하러 온 거요? 내가 또 무슨 잘못을 저질렀지?"

"당신이 잠깐만 관심을 가져준다면 얘기할게요."

"금방 끝날 거요. 그 동안에 커피나 한 잔 드시오."

카타우크가 기다리게 할 생각이라면 그녀로서는 기다리는 수밖에 선택의 여지가 없었다. 그녀는 스토브로 다가가 커피 한 잔을 따랐다. 금이 가긴 했어도 얼룩 하나 없이 깨끗한 커피잔이었다. 이것도 카타우크의 괴팍한 특성 중 하나였다. 그가 만지거나 사용하는 것들은 모두 반짝반짝 윤기가 흘렀다. 그녀는 용광로 옆의 작업대에 있는 진흙 흉상으로 시선을 돌렸다. 아직 처음 단계라서 분별할 수 없는 모양새였다.

"이번에는 뭘 만들어요?"

"리 성이라오. 오늘 아침에 시작했소."

"이전에 만든 적이 없었던가요?"

"리 성이 보는 동안에는 만들 수가 없었소. 그에게는 고통이 너무 많거든. 자기 고통이 드러나지 않을 걸로 생각할 텐데 누군가 그걸 꿰뚫어본다는 걸 알면 자존심이 상할 거요."

그가 흘깃 그녀를 돌아보았다.

"가끔은 아는 것도 모르는 척하는 게 최선일 때가 있지."

그의 눈에는 지혜와 냉소 그리고 이해가 담겨 있었다. 너무 많은 이해……. 그녀는 시선을 돌려버렸다.

"여자들에게 그런 감수성을 발휘하신다면 얼마나 좋을까요."

그의 몸이 굳어졌다.

"당신이 그런 걸 바라는지는 몰랐소. 전에는 그런 요구를 한 적 없잖소."

"나에 대해서 말구요."

그의 몸에서 긴장이 풀려나갔다.

"다행이군. 내가 당신을 잘못 생각한 줄 알았소. 그런 건 엄청나게 수치스런 일이거든."

"엘렌 맥타비시."

그가 미소지었다.

"아, 그 튼튼한 하녀. 나에게 큰 즐거움을 주었지."

"그 여자가 순결을 빼앗겼다면서 하소연해 왔어요."

"난 그런 일에 경험 없는 여자를 범하지 않소. 저크가 걱정 말라고……."

"저크요? 이안의 하인에게 여자까지 알선 받는 거예요?"

"남자에게는 채워야 할 욕망이 있는 거요."

카타우크가 작업대 앞의 간이의자에 내려앉았다.

"오늘의 잔소리 주제가 엘렌 맥타비시요?"

"데어드르 캐머런과 마사 벨머."

"맙소사, 스코트 여자들은 입이 싸군. 그들 모두 당신을 찾아갔었소?"

"난 족장의 아내예요. 문제가 생겼을 때 성으로 찾아오는 게 이곳의 관례라구요."

"난 그들에게 문제를 일으킨 게 아니라, 즐거움을 주었소. 결혼을 약속한 적도 없고."

마거릿이 짜증스레 눈살을 찌푸렸다.

"다들 당신이 다시 찾아와 주지 않는다고 고양이처럼 울어대더군요."

카타우크의 웃음소리가 크게 울려퍼졌다.

"미안한 일이긴 해. 신성한 불길에 한 번 맞고 나면 다른 남자에게 만족하기가 힘들 테니."

"맙소사, 당신은 정말 오만한 허풍쟁이로군요. 내가 왜 여기 앉아 그걸 참아 주고 있는지 알 수가 없어요."

"날 필요로 하니까."

"필요? 난 누구도 필요치 않아요. 특히나 여자들을 침대에 끌어들이거나 장난감 모델로 삼는 것 외에 아무 쓸모도 없는 거만한 사람은 더더욱 그렇죠."

"모델이 되어 주지도 않고 나에게 즐거움을 주지도 않는 당신을 이렇게 참아주고 있잖소……."

"참아준다구요."

그녀가 벌떡 자리에서 일어났다.

"참아주는 건 바로 나예요. 말과 가죽에게 내줘야 할 곳에 들어앉아서 빈둥거리기만 하는 당신을……."

"당신 말이 옳소."

"뭐라구요?"

그가 부드럽게 미소지었다.

"난 당신에게 문젯거리만 일으키는 이기적인 건달이오."

그녀가 의심스레 그를 노려보았다.

"왜 그렇게 순순히 동의하는 거죠?"

"외로움에 지쳐서 당신이 떠나는 걸 바라지 않기 때문일지도 모르지. 앉아서 커피 마저 드시오."

"당신이 외로워요? 그건 절대 아닐 걸요."

그녀가 천천히 간이의자로 내려앉았다.

"당신이 어떻게 알지? 남자에게도 몸만으로 해결할 수 없는 욕망이 있는 법이라오."

그가 커피 한 잔을 따라들고 다시 자리잡았다.

"그 여자들에게 은혜를 베풀면 당신이 내게 올 거라는 걸 알았기 때문인지도 모르오."

"말도 안 되는 소리군요."

그가 고개 젖혀 웃어댔다.

"맞았소. 나같이 위대한 남자가 왜 바라는 것을 직접적으로 요구하지 못하겠소, 안 그렇소?"

"그래요, 엘렌 맥타비시에게는 아주 직접적으로 요구했겠죠."

그가 어깨를 으쓱였다.

"어떤 욕구는 다른 것보다 충족시키기가 더 간편하다오. 하지만 엘렌이 찾아온 게 어제 아침이었을 텐데 오늘에서야 날 다그치는 이유가 뭔지 궁금하군."

"어젠 바빴어요. 하찮은 일에 신경 쓸 겨를이 없었어요. 설마 내가 그 일을 핑계삼아 이곳을 찾아온 걸로 생각하는 건 아니겠죠?"

"나조차도 그렇게 자만심이 강하진 않소. 하지만 당신이 오늘 약간 긴장돼 보이긴 하오."

"엘렌 맥타비시 때문에……."

"그런 일쯤에는 눈 하나 깜박하지 않을 텐데. 틀림없이 좀더 정숙하게 굴라고 훈계해서 돌려보냈을 거요. 이안 때문이오?"

그녀의 몸으로 안도감이 흘러내렸다. 그가 다 짐작한 이상 이젠 말할 수 있었다. 카타우크는 언제나 그녀의 느낌을 알아차리고, 그녀의 짐이 가벼워질 때까지 집요하게 파고들었다. 그들 사이의 이런 이상한 유대감은 아버지의 장례식을 치르고 난 오후부터 시작되었다. 지금까지도 그날 왜 이 남자에게 모든 걸 다 털어놓았는지 이해할 수 없었다. 이안에게조차 내비치지 않았던 감정들, 아버지에 대한 사랑과 실망감…… 그리고 비통함. 그는 무표정하게 모든 이야기를 끝까지 듣고 난 후, 그녀의 고백을 듣지도 않은 것처럼 털어버렸다. 그녀를 자유롭게 해방시킨 채 자신의 작업실로 돌아가 버렸다.

"이안이 스페인으로 가지 않겠대요."

"삼 개월 전부터 그래 왔잖소."

"어제 밤새도록 기침이 심했어요. 그런데도 글렌클라렌에 자신이 있어야 한다는 말뿐이에요. 나한테 자신이 중요한 사람이라는 건 생각해주지도 않아요."

"그런 말을 해봤소?"

"그 사람한테 죄책감까지 더 해줄 순 없잖아요."

"그렇겠군. 하지만 난 당신에게 중요한 사람도 아니고 어떤 짐이라도 털어낼 수 있는 튼튼한 어깨를 지녔소. 나에게 말하시오."

그의 시선이 강렬하게 그녀의 얼굴에 고정되었다. 그의 강한 의지력이 그녀를 감싸고 돌았다.

"풀어놓으라구……. 어젯밤 이안이 기침했을 때부터 시작하면 되겠군."

그녀가 깊은 숨을 들이쉰 다음 털어놓기 시작했다.

그녀의 입에서 홍수처럼 말이 터져나오는 동안, 그는 능숙하게 진흙을 주무르며 그녀의 이야기에 귀를 기울였다. 시간이 얼마나 흘렀는지 알 수 없었다. 어느 때인가 카타우크가 작업대 옆의 램프를 켠 것만 알아차렸을 뿐이었다.

마침내 그녀의 말이 멈추고 그들 사이에 침묵이 내려앉았다. 평화로운 침묵…….

갑자기 카타우크가 주무르던 진흙더미를 힘껏 뭉개버렸다.

그녀가 화들짝 그의 얼굴을 쳐다보았다.

"왜 그래요? 오후 내내 작업했던 거잖아요."

"제대로 나오질 않았소."

그가 수건으로 손을 닦았다.

"평범에서 위대함을 끌어내려 애쓰는 것보다는 차라리 부숴버리는 게 낫지."

그가 씨익 웃었다.

"나같이 위대한 예술가가 평범한 것에 만족할 수는 없잖소."

불편함은 사라지고 그녀의 얼굴에 미소가 떠올랐다.

"오만하군요."

"맞았소."

그가 나른하게 기지개를 켰다.

"이젠 이안에게 돌아가야 하지 않나? 벌써 날이 어두워졌소."

그녀가 의자에서 일어나 잠시 머뭇거렸다.

"오늘 저녁 식사 후에 이안과 체스 두실래요?"

"오늘밤은 안 되겠소. 할 일이 있소."

그가 인상을 찌푸리며 뭉개진 진흙더미를 내려다보았다.

그녀가 문으로 향하는 동안, 그는 다시 한 번 진흙을 주무르기 시작했다. 그는 이미 그녀의 존재와 그녀에게 들은 말 모두를 잊어버린 듯했다. 그걸 원했던 게 아니던가? 마음의 평화를 얻은 다음 구질구질하게 어색한 장면을 연출할 필요도 없고. 그런데도 오늘은 왠지 그의 무관심이 맘에 걸렸다.

그녀가 문득 문 앞에서 멈춰 섰다.

"내 걸 만든 적은 없겠죠?"

"뭐라고?"

"리 성 모르게 그의 흉상을 만들고 있잖아요. 혹시 내 것도 그렇게 만들었는지 어떻게 알겠어요?"

"내가 비밀스럽게 당신 모습을 만들어 놓았을까봐 그러는 거요? 절대로 그럴 리 없다오."

"웬일이죠? 당신 손끝에서는 누구도 예외가 되지 않을 텐데요."

"맞는 말이오. 하지만 당신 흉상은 만든 적은 없소."

"왜요?"

"감히 만들지 못했소."

한순간 그의 강렬한 시선에 그녀는 숨이 막히고 불안해지는 기분이었다.

그가 시선을 내리며 다시 진흙을 주물럭거렸다.

"족장 부인한테 밉보이면 큰일이잖소."

아주 복잡한 감정들이 그녀의 마음속으로 휘몰아쳤다. 안도감과 실망……. 잠깐 동안 카타우크의 중대하고 신비스런 진실을 알아낸 것 같았는데 곧바로 사기를 당해버린 것처럼. 이 남자에 대해서 과연 무얼 알고 있을까? 그는 자신의 과거에 대해 말한 적이 없었다. 작업과 관련된 일이 아닌 한 도움을 청한 적도 없었고, 대담하게 우쭐거리는 외면밖에 드러내지 않았었다. 지난 몇 년 동안 그녀는 그에게 많은 것을 받으면서도 아무것도 해준 것이 없었다. 그녀가 머뭇머뭇 중얼거렸다.

"당신이 글렌클라렌을 떠나면 그리워질 거예요."

그의 손길이 정지되었지만 그녀를 쳐다보지는 않았다.

그녀가 입술을 축인 다음 어색하게 말을 이었다.

"당신은 겉으로 보이는 것보다 더 친절한 사람 같아요."

그가 시선을 들어올리며 씨익 미소지었다.

"내가 무식하고 잔인한 이교도라는 걸 잊은 거요?"

"그 점이야 잊을 리 있겠어요?"

"이젠 무정한 바람둥이라는 것도 분명해졌겠지."

이 불한당이 그녀를 놀려대고 있었다. 그의 감정에 대해서 왜 잠깐이나마 걱정했을까?

"그거야 틀림없는 사실이죠. 지금부터는 당신의 신성한 불길을 내릴 때 자신까지 타 버리지 않도록 조심하라구요."

그의 껄껄대는 웃음소리를 뒤로 한 채 그녀는 성마르게 마구간 밖으로 빠져나갔다.

리 성이 제인의 오두막 문을 두드렸다.

그녀의 얼굴을 보자마자 리 성은 그녀의 불안감을 즉각적으로 감지해냈다.

"무슨 일 있어? 이안 때문이야?"

"아니, 아무 일 없어."

그녀가 그의 손에 들려 있는 봉투로 시선을 옮겼다.

"나한테 온 거야?"

"네가 당장 보고 싶어할 것 같아서 가져왔어. 랭커셔에서 온 거야."

그녀는 희망에 부풀어 다급하게 편지 봉투를 뜯어냈다. 제발, 좋다는 대답이어야 할 텐데. 오늘은 정말이지 좋은 소식이 하나라도 필요했다. 하지만 짧은 내용을 훑어보면서 그녀는 금세 실망감에 젖어들었다.

"또 거절이야?"

"응."

그녀는 힘없이 편지를 접어 봉투 안으로 밀어넣었다.

"랭커셔 철로 작업에 내 도움이 필요 없대. 나더러 이런 남성적인 일 말고 좀더 얌전한 일을 찾아보래."

"멍청이들."

"그런 멍청이가 세상에 잔뜩 깔린 모양이야. 6개월 간 벌써 다섯 번째 거절이잖아."

"우리 미국으로 돌아갈까? 그곳 사람들은 영국인들보다 개방적일 거야."

"거긴 너무 멀어. 이안이 도움을 필요로 할 때 곁에 있어야 한다구."

리 성이 고개를 흔들었다.

"이안한테 왜 그렇게 죄책감을 느끼는지 알 수가 없군. 대체 왜 그래? 그 사고는 누구의 잘못도 아니었잖아."

그의 말이 사실이라면 얼마나 좋을까, 이 죄책감에서 해방될 수 있다면 얼마나 좋을까. 하지만 그녀가 패트릭의 결점을 제대로 보기만 했더라도 이안은 지금까지 힘차고 건강했을 터였다. 그 짐이 견디기 힘들 만큼 무겁다 해도, 이안을 볼 때마다 그 비극적인 현실을 기억해야 했다.

"그냥 이안을 좋아하니까 도와주고 싶어서 그래."

"언제까지 여기서 살 생각이야?"

"이안에게 도움이 필요 없어질 때까지."

리 성이 고개를 흔들었다.

"우린 이미 이안이 바라는 글렌클라렌을 만들어 줬어. 마거릿이 있는 이상 우리가 더 도울 일도 없고."

"여기서 사는 게 불행해?"

"어느 곳이나 나한테는 다 똑같아. 다만 나도 너처럼, 더 이상 도전

거리가 없는 게 지루해진 모양이야."

리 셩이 떠나간 후, 그녀는 초록과 까만색의 격자무늬 타탄 숄을 여미고 언덕으로 달려올라갔다. 태양이 거의 저물고 가을 바람이 차갑게 뺨에 와 닿았다. 새벽부터 일어나 쉴새없이 움직였는데도 피곤하지 않았다. 최근에는 육신의 피로보다 단조로운 일상이 더 참기 힘들었다. 어제, 오늘 그리고 내일, 모두 똑같은 날들의 연속…….

아니, 내일은 다르리라. 루엘이 올 테니까.

루엘에 대해서는 생각지 말자. 그녀는 재빨리 리 셩이 한 말을 떠올렸다. 리 셩이 감지해낸 것처럼 점점 이곳의 생활이 불만족스러워지는 것은 사실이었다. 그녀의 책임감을 이유로 리 셩을 묶어두는 것도 공평한 일이 아니었다. 하지만 이곳을 떠난다면 어디로 갈 수 있을까? 그들이 아는 인생은 철로 작업뿐인데, 절름발이와 여자를 고용해 줄 사람이 누가 있을까.

"맥클라렌의 타탄을 입고 있군."

그녀의 몸이 충격적으로 얼어붙었다.

조롱 섞인 루엘의 목소리가 이어졌다.

"너한테 전혀 어울리지 않아."

그녀는 천천히 돌아서서 좁은 길로 걸어오는 루엘의 모습을 바라보았다. 애니의 오두막을 보면서 간절히 기도했던 그런 연약함은 찾아볼 수 없었다. 더 거칠고 야위었을 뿐 하나도 변하지 않았다.

기절할 것 같았다. 숨을 쉴 수도 없었다. 카산포르를 떠나오던 그날처럼 사슬에 얽매여버린 느낌이었다. 절망적이고 슬프고, 규명하기 힘든 다른 감정들까지……. 그녀는 빠르게 고동치는 심장을 진정시키려 필사적으로 노력했다.

"내일 오는 줄 알았는데요."

"뻔한 행동은 재미가 없어. 적이 준비를 갖추기 전에 공격하는 게 현명하지."

"여기엔 당신 적이 없어요."

"그럴까? 그런데 왜 너만 생각하면 이렇게 심란해질까? 너도 내 생각 많이 했겠지?"

"아뇨. 정신없이 바빴어요."

바람이 그의 머리카락을 나부껴 잘생긴 윤곽을 드러냈다. 그녀는 또 다시 처음 보았던 순간처럼 그의 모습에 홀려버렸다.

그가 그녀의 옆으로 다가서서 아래쪽 방앗간을 내려다보았다.

"그래, 성을 보수하고 새 방앗간을 만드느라 바빴겠지. 이안이 아주 행복해 했겠어."

"당신이 바라던 게 그거였잖아요?"

"전적으로 그렇진 않아. 난 네가 고통받길 원했어. 그런데 넌 편한 길로 도망쳐 버렸어."

"난 힘들게 일했어요. 절대 편하지 않았답니다."

"하지만 그 일을 하면서 네가 불행해 한 건 아니잖아. 이제 내가 그 점을 고쳐 놔야겠어."

"내가 여기 온 건 내 결정이었어요. 당신 때문이 아니었어요. 그러니까 내가 마음만 먹으면 언제라도 떠날 수 있어요."

"여길 떠날 생각인가? 그래, 짐작은 했어. 삼 년이란 짧은 기간이 아니니까. 지금쯤 점점 초조해지고 있을 거야."

어떻게 이 남자는 언제나 그녀의 생각을 알아차리는 것일까.

지금도 그녀의 생각을 읽어내면서 그가 고개를 끄덕였다.

"그래, 난 널 알아. 전에도 그랬지만, 지금도 널 아주 잘 알고 있어. 널 생각하고 싶진 않았어, 하지만 잠자리에 누울 때마다 네가 있었지. 처음엔 물론 화가 났어. 그러다가 점점 너의 침입에 익숙해지더군. 넌 내 인생의 일부가 됐어. 나의 일부가 됐어."

그녀의 몸이 부르르 떨렸다.

"날 증오하는군요."

"더 이상 너에 대한 감정이 어떤 건지 모르겠어. 내 마음에서 널 없애버려야겠다는 생각뿐이야. 너의 죄를 적절히 처벌하기 전까지는 그렇게 되지 않을 테고."

"난 지금껏 죗값을 치러왔어요. 이안을 볼 때마다 고통스러워요."

"하지만 너의 안락한 오두막에서 지내는 지금, 좀처럼 그의 고통을 볼 기회가 없잖아."

어떤 말을 해도 이 남자가 믿어주지 않을 터이니 변명하려 애써 봐야 소용없으리라.

그가 씨익 웃었다.

"이젠 성으로 가봐야겠어. 너에게 도망치지 말라는 경고를 전하러 들렀을 뿐이야."

"내가 떠나기로 결심한다면, 당신은 날 막지 못해요."

"하지만 널 찾아내는 건 식은 죽 먹기야. 리 성이나 패트릭을 찾기만 하면 되거든. 에든버러에서 패트릭을 만났어. 그자가 여전히 술에 쩔어 사는 거 알고 있겠지?"

그녀는 대답하지 않았다.

"그의 사장한테 들었어. 네가 정기적으로 돈을 보내준다더군. 난 필요하면 패트릭이라도 이용할 수 있어."

그가 불쑥 그녀의 숄을 여며주었다.

"이제 그만 오두막으로 돌아가. 감기 걸리겠어."

그 뜻밖의 행동에 그녀는 당혹스레 그를 바라보았다.

"내가 얼어죽든 말든 당신하고 상관없을 텐데요."

"틀렸어. 난 말이야, 무엇이든 누구든 널 건드리는 게 싫어. 나만이 너를 건드리는 유일한 사람이길 바라지."

그의 손이 애무하듯이 그녀의 목덜미를 매만졌다. 그 열기에 놀란 그녀가 화들짝 움츠러들었다.

"내일 다시 올게. 우선 이안과 매기에게 제안할 게 있어."

"이안을 스페인으로 보낼 생각이겠죠?"

"아니, 시디나로 데려갈 거야."

그녀의 눈이 휘둥그래졌다.

"절대 가지 않으려 할 거예요."

"이안은 나하고 같이 갈 거야. 너도 마찬가지야, 제인."

그녀가 숨을 멈춘 채 중얼거렸다.

"싫어요."

"하여튼 내일 아침엔 방앗간에 나가지 마. 너의 귀가 번쩍 뜨일 만한 제안이 있을 테니까."

그가 돌아서서 언덕을 내려가기 시작했다.

"그리고 그 숄 걸치지 마. 마음에 안 들어."

그녀에게 자기 부족의 타탄을 입을 자격이 없다는 걸까. 이 사소한 말 한마디가 다른 어떤 공격보다도 왠지 더 쓰라렸다.

"이건 당신과 상관없이 매기가 나한테 준 거예요. 입든 말든 내 마음이에요."

"오해한 모양이군. 가문의 명예 어쩌구 할 생각은 없어. 그런 건 애초에 나하고 상관없는 일이니까. 다만 그 타탄은 소유자의 낙인 같은 거라구. 글렌클라렌이 널 소유하는 것 같아서 싫은 거야."

사라져가는 그의 뒷모습을 지켜보면서 그녀는 두려움에 사로잡혔다. 그를 만난 지 몇 분만에 그녀의 인생은 다시금 혼란스런 소용돌이로 빠져들었다. 시니다로 따라가지는 않으리라. 저 남자가 그녀의 감정을 농락하고 자기 뜻대로 끌고 나가던 때는 이미 다 지났다. 아직까지 그에게 끌리는 느낌이 남아 있는 건 단지 육체적인 반응일 뿐이었다. 그런 느낌에는 저항할 수 있었다. 이건 분명 사랑이 아니었다. 그녀는 지난 삼 년 간 예전의 그 광기에서 벗어나 또렷한 이성을 되찾았다.

이건 사랑이 아니었다……

11

"이안은 절대 안 갈 거예요."

마거릿이 단호하게 대꾸했다.

"스페인에도 가지 않겠다는 사람이, 세상의 반을 돌아 시니다까지 갈 것 같은가요?"

"스페인은 글렌클라렌에서 너무 가까워. 도착하자마자 다음 배로 돌아오려 들 거요."

"그 말이 맞을지도 모르죠."

마거릿이 눈살을 찌푸렸다.

"하지만 거긴 태양이 이글거리는 이교도의 땅이라던데……. 아무래도 스페인이 훨씬 나아요. 당신이 우리와 같이 가서 이안을 그곳에 붙잡아두세요."

"빌어먹을, 난 다음 배로 시니다에 돌아가야 하오. 지금 거기 상황이……. 미묘하거든."

"이안의 상황도 미묘해요."

"시니다는 바닷바람이 있어서 그리 뜨겁지 않소. 내가 이안의 건강에 해가 될 만한 짓을 할 것 같소?"

마거릿이 유심히 루엘을 살펴보고 나서 대답했다.

"하지만 확신이 필요해요."

"무엇이든 물어보시오. 시니다의 날씨는 괜찮다고 이미 말했고, 하인들도 많아서 서로들 이안을 보살피겠다고 나설 거요."

"그건 장점이 아니라 단점일 수도 있어요. 지난 삼 년 간 내가 이안의 자부심을 길러주기 위해 얼마나 애썼는지 알아요? 살 집은 어떻죠?"

"궁궐이오. 사빗사 왕조가 오래 전에 세워둔 곳인데, 내가 다시 말끔하게 고쳐놨소. 숙식에는 전혀 불편함이 없을 거요, 매기."

"그건 두고봐야죠."

그녀가 짜증스레 고개를 흔들었다.

"이런 얘길 우리가 왜 하는 거죠? 어차피 이안은 가지 않겠다고 할 텐데."

"글렌클라렌을 믿고 맡길 사람만 있으면 이안을 설득할 수 있소. 누구 마땅한 사람이 있을까?"

"제인이라면 아마……."

"제인은 우리와 같이 갈 거요. 리 성도. 다른 사람을 생각해 보시오."

"그건 쉬운 일이 아니에요."

"오늘밤 결정할 필요는 없소. 며칠 시간이 있으니까."

"지금 이안을 만날 건가요?"

"오늘밤은 푹 쉬게 놔두고 내일부터 공격에 들어갈 생각이오."

"그럼 메리한테 침실 준비하라고 할게요."

그가 고개 저었다.

"내가 이 신성한 집에서 얼쩡거리는 걸 알면 아버지가 무덤에서 튀어나오실 거요. 여기서 묵을 마음 없소. 내일 아침에 이안을 만나러 다시 오겠소."

"싫다는 말만 들을 뿐이겠죠."

"처음엔 그렇겠지만 결국에는 동의할 거요. 당신이 글렌클라렌을 운영할 사람만 제대로 찾아낸다면."

그녀가 인상을 찡그렸다.

"카타우크는 안 될 테고……. 이안이 그를 믿지 못할 거예요. 작업에 빠져 이 성이 잿더미로 변해도 모를 걸요, 아마."

"카타우크도 같이 갈 거요. 나한테 필요하거든."

"그런 사람도 쓸모가 있는 모양이죠? 그리 유연한 성격은 아니던데."

그녀가 살짝 시선을 돌리며 말을 이었다.

"그래도 이안을 즐겁게 해주긴 했어요."

"당신도 즐겁게 해주던가, 매기?"

그녀가 화들짝 그의 얼굴을 쳐다보았다.

"그게 무슨 뜻이에요?"

"별 뜻 아니오. 하도 오랜만이라 당신이 얼마나 정숙한 여자인지 잊어버렸군."

"그럼 내가……."

그녀의 눈동자가 충격으로 커다래졌다.

"난 남편을 사랑해요, 루엘. 감히 나한테……."

"제기랄, 미안하오. 다음부터는 입조심하겠소."

"그 불결한 생각부터 조심하라구요."

그녀가 홱 돌아서 문으로 향했다.

"그리고 내 이름은 마거릿이에요. 다시 한 번 그런 식으로 부르면 가만 두지 않겠어요."

"이상하군. 왜 그렇게 화를 내는지 모르겠어."

그녀가 있는 힘껏 서재문을 닫고 성큼성큼 계단으로 걸어갔다.

형편없는 자식. 겨우 몇 시간 만에 불쾌하기 그지없는 입과 그보다 더 불쾌한 생각으로 그녀의 화를 돋궈냈다. 따귀라도 때릴 수 있다면…….

하지만 왜지? 왜 이렇게 쉽사리 이성을 잃어버렸을까?

충분히 화낼 만한 이유는 있었다. 루엘이 자신을 모욕했으니까.

하지만 그녀는 사소한 말 한마디로 흔들리는 타입이 아니었다.

루엘은 언덕 위에 올라, 오두막을 물끄러미 쳐다보았다.

그가 글렌클라렌을 떠난 뒤로 버려져 있었을 오두막. 아마도 쥐와 바퀴벌레들의 소굴이 되었으리라. 그 집에 대한 감상 따위는 없었다. 집보다는 언덕에서 담요를 두르고 밤을 보낸 적이 훨씬 더 많았으니까. 족장에게 버림받은 후, 어머니는 뭇 남자들과 즐기는 동안 아들을 집에 들이지 않았었다.

어쩌면 이곳에서 도망친 것이 얼마나 행운인지 되새기고 싶어서 찾아왔는지도 모른다. 수치와 눈물만이 존재했던 이곳. 눈물이라구? 제기랄, 일곱 살 때 이후로 그는 울어본 적이 없었다. 그 바보 같은 꼬마를 회상하다니 웬 어울리지도 않는 감상이란 말인가.

대체 왜 이곳에 왔을까?

제인.

그 빌어먹을 맥클라렌 타탄을 걸치고 반항적으로 쳐다보던 제인이 그의 기억을 되살려 이곳까지 오게 만들었다. 준비가 되었다고 생각했는데, 그녀를 본 순간……. 그게 무슨 느낌이었을까? 씁쓸함, 그리고 갈망……. 소유욕. 복수를 끝내고 나면 이 씁쓸함도 사라지리라. 계획대로만 되어간다면 결국에는 갈망도 채워지리라. 하지만 소유하기 위해서는 소유당해야 하는 법. 그 감정만은 필사적으로 지워버리려 했는데, 삼 년의 세월을 보내면서 이젠 집착이 되어버렸다.

그렇지만 이런 감정적인 혼란도 곧 끝이 나리라. 일단 쓸쓸함과 갈망을 털어버리면, 더 이상 그 여자는 그에게 중요한 존재가 되지 못할 것이다. 이 오두막을 잊었넌 것처럼, 그 안에서 살았던 소년을 잊었던 것처럼, 글렌클라렌을 잊었던 것처럼, 제인 바너비도 잊을 수 있으리라.

"화려하진 않지만, 그런 대로 쾌적해 보이는군."

루엘의 시선이 제인의 머리 너머로 초라한 오두막 안을 둘러보았다.

"들어가도 될까?"

"안 돼요."

"그렇게 대답할 줄 알았어. 그럼 나와서 잠시 걷자구."

"난 당신하고 할 얘기 없어요."

"얘기할 사람은 나 하나로 족해. 넌 좋다는 대답만 하면 돼. 네가 나오든지 아니면 내가 들어가든지, 둘 중 하나만 선택해."

그녀는 잠시 망설이다가, 일부러 맥클라렌 숄을 집어들고 밖으로 걸어나갔다.

루엘이 문을 닫고 언덕을 향해 그녀의 옆으로 어슬렁 따라붙었다.

"난 시니다에 안 가요. 이안도 똑같을 테구요. 이안과 얘기해 봤나요?"

"오늘 아침에. 물론 거절하더군. 하지만 오늘 저녁에 다시 말해 볼 거야. 좋다는 대답이 나올 때까지 몇 번이고 얘기할 거야."

이안이 다친 후로 수백 번 들었던 그 집념에 찬 목소리였다. 그 당시에도 루엘에게 버텨내지 못했던 이안이 과연 버텨낼 수 있을까.

"난 안 가요."

그녀가 필사적으로 중얼거렸다.

"당신이 괴롭힐 줄 뻔히 알면서도 내가 따라갈 것 같은가요?"

"너하고 너의 떼거리에게 유익이 된다는 걸 알면 마음이 달라질지도 모르지. 널 내 그물에 끌어들일 방법을 오랫동안 생각했어. 물론 넌 도망치려고 하겠지. 하지만 내가 제안하는 당근은 아마 거절할 수 없을 만큼 유혹적일 거야."

"그게 뭐죠?"

"철로."

그녀의 눈이 휘둥그래졌다.

"철로만이 아니라, 너에게 독립을 안겨 줄 수 있는 돈. 언제 관심이 생기나?"

"아뇨."

"관심은 있는데, 나한테 속을까봐 불안한 거겠지. 속임수는 없어. 난 카드를 다 열어보였어. 그 보상과 처벌이 무얼지 네가 정확히 알 거라는 뜻이야."

"이런 얘기해 봤자 소용없어요."

"시니다의 산에서 숲으로, 그 다음엔 항구의 제련소까지 협곡을 올라갈 철로가 필요해. 노새들이 다닐 만한 길은 만들어 놨지만, 기차로 실어나를 수 있는 양에 비하면 10분의 1도 안 되지. 난 황금이 필요해, 하루라도 빨리."

"갖고 싶은 거예요, 필요한 거예요?"

"둘 다. 날 부자로 만들어 줄 테니까 갖고 싶은 거고, 하루빨리 황금을 캐내지 못하면 아브다를 막지 못할 테니까 필요한 거야."

"아브다라뇨?"

"그놈이 시니다에 지대한 흥미를 보이고 있어. 일 년 전에 파찰이 섬을 살피러 왔었어. 내가 선적하던 황금에 대해서 흥미로운 보고가 전달됐을 거야."

"그게 무슨 상관이죠? 시니다는 당신 소유예요. 아브다가 건드릴 수 없어요."

"지금으로선 그래. 하지만 마하라자가 결핵에 걸려서 열 달 이상 견디지 못한다더군. 그건 곧 아브다가 권력을 물려받는다는 거고, 시니다를 사수해야 한다는 뜻이지. 아브다가 마음만 먹으면 계약서 따위는 휴지 조각에 불과해."

"그래서 철로가 필요한 거로군요?"

"그걸 건설할 사람도 필요하고. 바로 너 말이야, 제인."

그녀가 고개를 저었다.

"까다로운 작업이겠지만 불가능하진 않아. 제임스 메드퍼드가 지형 조사를 한 후에 내린 결론이야. 피커링이 추천한 기술자인데, 너도 알고 있겠지?"

"대단히 유능한 사람이죠. 그 사람한테 맡기면 되겠군요."

"메드퍼드한테는 이미 협곡에서 제련소까지의 선로를 맡겼어. 협곡 작업은 널 위해 남겨뒀고 말이야."

"고맙군요. 날 그렇게 믿어주다니 놀랍기도 하구요."

그녀가 냉소적으로 대꾸했다.

"너의 능력은 이미 알고 있어. 이번에는 감히 재료를 바꿔치기 하지도 못할 테고……. 하여튼 넌 시작한 날로부터 8주 내로 엘러펀트 크로싱의 선로를 끝내야 돼. 시작한 날로부터 7개월 후에 매드포드의 선로와 연결시켜야 하고. 엘러펀트 크로싱의 마감시간을 지키지 못하면 계약한 금액에서 50퍼센트, 7개월 내로 완성하지 못하면 30퍼센트가 삭감될 거야. 만약 철로가 제 시간 내에 완성되면, 네가 건설회사를 차려서 일 년 동안 운영할 수 있는 돈을 주겠어."

그녀의 눈이 왕방울처럼 커다래졌다.

"설마 진심은 아니겠죠?"

"계약서에 다 들어가 있는 내용이야. 철로만 건설되면 그 정도 돈은 나한테 아무것도 아니야. 하지만 너에게는 큰 의미가 있을 거야, 그렇지?"

마음껏 일할 수 있는 자유, 철로를 세울 수 있는 자유. 그야말로 기적 같은 일이었다. 하지만 감미로운 미끼를 걸어놓은 덫이기도 했다.

"네가 회사를 차리면 리 성에게 높은 자리를 내줄 수도 있어. 안정적으로 사회에 유입될 수 있는 위치. 패트릭을 먹여살릴 돈도 충분해질 테고."

자유. 리 성. 철로……

"더 이상 듣고 싶지 않아요."

그녀가 서둘러 왔던 길을 되돌아가기 시작했다.

그가 당장 그녀의 옆으로 보조를 맞췄다.

"내 말 아직 안 끝났어."

그녀의 마음속에는 이미 경고의 종소리가 울려대고 있었다. 그 일을 하고 싶어서 미칠 지경이었다. 하지만 받아들일 수는 없었다.

"당신은 할 말을 다 했고, 난 싫다고 했어요. 그럼 다 끝난 거잖아요."

"넌 이 일을 하고 싶어해. 나도 마찬가지야."

"날 데려가는 게 그 정도 돈의 가치가 있다고 생각하나요?"

"물론이야. 널 시니다로 데려가서 처벌할 방법을 찾아낼 거니까. 글렌클라렌에서처럼 도망치지 못하게 해야지."

예상했던 대답이었다. 그런데 왜 이렇게 상처가 되는 걸까. 그녀가 허탈하게 웃었다.

"그럼 내가 왜 거기까지 따라가는 바보가 돼야 하죠?"

"이유는 말했을 텐데. 넌 철로 일을 하고 싶어해. 친구들의 안전과 행복을 바래. 그리고 한 가지 더, 카산포르에서 우리가 했던 일을 다시 하고 싶을 거야."

"아니에요!"

"그때는 맛보기였어. 그걸로 충분치 않아. 우리 둘 다 거기서 풀려나지 못했어. 너도 나한테 해방되고 싶겠지, 제인? 침대에 누웠을 때마다 내가 그곳에 있었을 거야. 너도 나처럼 밤새 뒤척이며 날 저주했겠지?"

빌어먹을 인간. 그가 모든 것을 아는 것처럼 미소짓고 있었다. 마치 그를 머리 속에서 쫓아내려 애쓰며 뒤척인 밤들을 지켜보았던 것처럼.

이 남자에게 도망쳐야 했다! 그녀는 언덕을 달려내려갔다. 차가운 바람을 맞으며 오두막에 도착할 때까지 쉬지 않고 달려갔다. 그리고는 문을 쾅 닫아 빗장을 걸어버렸다. 걷잡을 수 없을 만큼 몸이 떨리고 있었다.

"제인."

그녀는 잠겨진 문을 뚫어져라 노려보았다.

"내일 다시 올게. 여기 계약서와 메드퍼드의 보고서를 놓고 갈 테니까 잘 읽어보라구."

접혀진 두 개의 서류가 뱀처럼 문틈으로 기어들었다.

그가 떠나가고 있었다. 하지만 당연히 느껴져야 할 안도감은 찾아오지 않았다. 마치 그가 이 오두막 안에서 그녀를 지켜보며 어루만지는 것처럼 여전히 혼란스럽고 어지러웠다.

'아직 끝나지 않았어.'

자신에게 어떤 거짓말을 한다 해도, 루엘에 대한 이 느낌은 부르다만 노래처럼 언제나 그녀의 기억 뒤편에 도사리고 있었다.

끝나지 않은 채로 그냥 내버려둬. 다시 시작하고 싶지 않아. 삼 년 동안이나 루엘에 대한 사랑을 포기하려 몸부림쳤는데. 상처만 줄 남자를 사랑하는 것보다 더 끔찍한 일이 어디 있을까…… 너무나, 너무나 두려웠다.

하지만 그녀의 시선은 마룻바닥에 놓인 두 개의 서류에서 떨어지질 않았다.

마구간 돌벽에 기댄 채 지그시 눈을 감은 카타우크의 모습이 보였다.

루엘이 안뜰을 가로질러 그에게 다가갔다.

"어쩐 일로 이렇게 느긋하신가."

"용광로에서 꺼낸 작품이 식길 기다리는 중이었소."

카타우크의 눈이 열렸다.

"마거릿이 나도 시니다에 가게 될 거라고 하더군. 나까지 초대하다니 친절하시군."

"당신이 필요하오, 카타우크."

"세상 전체가 날 필요로 하지."

"그들은 당신 작품을 원하는 거지만, 난 아브다에 대한 당신의 지식을 필요로 하오. 조만간 그놈이 나타나게 생겼거든."

"아브다를 피하려고 삼 년이나 썩어지냈는데 이제 와서 날 그놈 앞에 들이밀 셈인가?"

"아브다에게 영원히 해방되고 싶지 않은가?"

"영원히? 그런 위치의 실력자를 어떻게 영원히 제거할 수 있겠소?"

"시니다는 내 거요. 내가 시니다의 마하라자요. 아브다가 내 걸 빼앗으려 한다면, 침입자에게 마땅한 처벌을 내려야 하지 않겠나? 두 번 다시 욕심내지 못하도록."

"그럼 당신이 수고하는 동안 난 여기서 일이나 하고 있으면 되겠군."

"하지만 그 야수의 속성을 아는 동지가 생기면 그놈을 더 빠르고 확실하게 처리할 수 있소."

"야수라는 말로는 부족해…… 그놈은 괴물이오. 내가 그곳에 가는 건 현명하지 않아."

"지금까지 청동과 나무로만 작업해 왔겠지?"

카타우크의 시선이 가늘어졌다.

"나한테 뇌물을 먹이려는 거요?"

"거부할 수 없는 뇌물. 당신이 작업하고 싶은 만큼의 황금을 주겠소.

물론 아브다로부터 보호해 주겠다는 약속과 함께."

"당신이 살아 있을 수만 있다면 말이지."

"난 아브다보다 더 오래 살아남기로 결심했다오."

카타우크가 한참 동안 그를 살펴보았다.

"도박이로군."

"그렇소."

"내가 원하는 만큼의 황금을 주겠다고?"

루엘의 대답이 조심스러워졌다.

"이성적인 한도 내에서. 황금문 정도는 가능하지만, 객차 전체를 만들겠다고 나선다면 저지할지도 모르오."

카타우크의 얼굴에 장난기가 떠올랐다.

"객차 전체는 아니라도 승무원실 하나 정도는."

그가 자리에서 일어나 마구간으로 되돌아가려 했다.

"이제 일할 시간이오."

"가겠소?"

"내가 어떻게 거절할 수 있겠소? 운명의 힘이 나를 유혹하는걸. 아브다의 머리와 황금 승무원실이라……."

"싫다고 했잖니, 루엘."

이안이 단호한 어조를 유지하려 애썼다.

"몇 번이나 말해야 하는 거냐? 난 글렌클라렌을 떠나지 않아."

"6개월 동안이야. 누가 영원히 형을 시니다에 붙잡아 두겠대? 형의 기침이 낫기만 하면 당장 글렌클라렌으로 보내줄게."

이안은 여전히 고개를 흔들었다.

"너무 이기적인 거 아냐? 마거릿은 어쩔 거야? 그녀를 과부로 만들 셈이야?"

"어쩔 땐 그게 그녀에게 줄 수 있는 가장 큰 선물인 것 같기도 해."

"무슨 헛소리야. 마거릿은 형을 사랑해. 형이 살아 주길 바란다구."

"난 그녀에게 자식도 낳아줄 수 없는 무능력자야."

"의사가 그래?"

"의사는 가능하다고 했어. 하지만 벌써 2년이나 지났어."

"2년쯤은 긴 시간도 아니야."

"나한테는 한평생 같았어……. 가끔은 하나님께서 왜 날 살려두셨는지 도무지 알 수가 없어. 하나님은 실수하지 않으셔. 그렇다면 내가 너한테 이런 짐이 된 데에도 무슨 뜻이 있을 텐데, 그게 뭔지는 아직도 모르겠다. 기력이 살아나기 시작했을 때는 그게 마거릿에게 아기를 낳게 해줄 운명인 줄 알았어. 그런데 점점 아니라는 게 분명해지고 있어."

"이번 겨울에 많이 아팠잖아. 다시 건강해지면……."

"어쩌면 글렌클라렌이 나의 유일한 자식일지도 몰라. 그러니까 날 내 아이에게서 떼어놓지 말아 줘, 루엘."

"그건 다 핑계야. 형이 글렌클라렌을 핑계로 도망치고 있다는 생각은 안 해 봤어?"

이안이 시선을 회피했다.

"이번 겨울에 여기 남아 있으면 형은 죽을 거야. 자기 목숨을 버리는 건 죄악이라구, 이안."

그의 상처받은 시선이 루엘의 얼굴로 옮겨졌다.

"내가…… 정말 그런 걸까?"

"제기랄, 내가 어떻게 알아? 형이 알겠지."

"넌 많은 걸 아는 것 같구나. 언제나처럼……. 차라리 네가 여기 오지 않았더라면 좋았을 텐데."

"형이 환영해 줄 거라는 생각은 안 했어."

"널 사랑하지 않아서가 아니야. 단지……."

"형하고 형이 바라는 것 사이에 내가 장벽으로 끼어 있는 거겠지."

루엘이 나지막이 중얼거렸다.

"형을 객차에서 끌어낸 순간부터 그랬다는 거 알아. 제발, 시니다로 가서 태양 아래서 기운을 되찾으라구. 우리 함께 노력해 보자구."

"넌 이미 나와 글렌클라렌을 위해 많은 일을 해줬어. 그 점에는 깊이 감사하고 있다."

"그런 말 필요 없어. 시니다로 같이 가기만 하면 돼."

이안은 아주 오랫동안 대답하지 않았다.

"생각해 볼게."

"됐어."

루엘이 벌떡 일어나 문으로 걸어갔다.

"푹 쉬어. 저녁 식사 들여보낼게."

"먹고 싶지……."

하지만 그 말이 끝나기도 전에 문은 닫혀 버렸고, 이안은 힘없이 베개에 등을 기댔다. 영리한 자식…… 루엘은 그가 인정하려 들지 않았던 것까지 다 짐작했다. 낯선 땅이 아닌 바로 이곳, 글렌클라렌에서 편안한 빛을 맞아들이고 싶었는데……. 이제 그 빛은 언제나 그의 곁을 맴돌았다. 가끔은 꿈속까지 찾아들어와 깨어나기가 싫어지곤 했다.

사랑스럽고 강인하고 다정한 마거릿. 그녀조차도 그 빛의 유혹에 밀려 점점 멀어지고 있었다.

하지만 루엘의 말이 옳았다. 모두들 그가 그 빛으로 다가가지 못하도록 열심히 노력하고 있는데, 그들을 실망시키는 건 너무 이기적인 짓이었다.

시니다. 그 이름조차 얼마나 이국적이란 말인가. 그의 사랑하는 글렌클라렌에서 아주아주 멀리 떨어진 곳…….

루엘은 서재에서 마거릿을 찾아냈다.

"누그러들었소. 이젠 당신이 들어가서 좀더 확신을 심어 줘야 할 거요."

"성공할 줄은 몰랐어요."

"아직 완전한 승리는 아니오. 글렌클라렌을 맡아줄 만한 사람 알아 봤소?"

"티모시 드러먼드, 목사님의 아들이에요. 최근 에든버러에서 돌아왔 는데, 영리하고 착실해요. 창조력이 좀 떨어지긴 하지만 내가 돌아올 때까지 무리 없이 관리할 수 있을 거예요."

"그럼 그 얘길 이안에게 하시오. 그는 마치 글렌클라렌을 보살피고 양육해야 할 자식처럼 여기더군……. 그리고 당신에게 몹시도 아이를 주고 싶어했소."

"내가 그걸 모르는 줄 알아요?"

그녀가 격하게 대꾸했다.

"하지만 그런 일은 일어나지 않을 거예요. 의사한테 내가 거짓말해 달라고 부탁했어요. 그래야만 그가 나하고 결혼할 테니까."

"전혀 가능성이 없소?"

"없어요. 때때로 하나님께서 기적을 행하시긴 하지만, 거기 매달릴 수는 없어요."

"슬픈 일이군."

"슬픈 정도가 아니에요. 아이만 생기면 이안이 나한테 죄책감을 느 끼지도 않을 테고, 다시 살아나갈 목적의식도 가졌겠죠."

"유감이오, 매……. 마거릿."

"슬픔은 이안에게 아무 도움도 안 돼요. 우리가 도와줘야 해요."

그녀가 어깨를 쪽 펴고 일어났다.

"이안에게 가봐야겠어요."

리 성. 철로…….

그 단어들이 제인의 뇌리에 하염없이 맴을 돌았다. 왜 루엘이 던진 도전장을 받아들지 못한 채 침대에 웅크리고 있는 걸까? 루엘도 다른 사람들처럼 똑같은 인간이었다. 아니, 다른 사람들과 똑같다고 할 수는 없지만 어쨌든 그 역시 결점을 지닌 인간이었다.

철로.

하지만 너무나 두려웠다. 루엘이 복수를 위해 얼마나 잔인해질 수 있는지 잘 알고 있으니까.

철로.

왜 루엘과 맞서 싸울 힘이 없다고 단정내리는 거지? 지난 삼 년 간 저항할 힘을 키워오지 않았던가. 그녀는 더 이상 카산포르에서의 그 어린애가 아니었다. 그녀가 그를 이길 수 없다고 누가 장담할 수 있는가?

자정이 한참 지났을 때, 그녀는 천천히 침대에서 일어나 방을 가로질러갔다. 바닥에 놓인 꾸러미를 집어들고 책상에 앉아 그 보고서를 펼쳐들었다.

"이 일, 내가 맡을게요."

다음날 아침 루엘의 노크소리가 들리자마자 그녀는 문을 열고 계약서를 내밀었다.

"이 빌어먹을 서류에 사인했어요. 보고서는 더 검토해 봐야 하니까 내가 갖고 있겠어요. 내일까지 필요한 장비와 물품 목록을 알려드릴게요. 언제쯤 그곳에 도착하면 되죠?"

"빠르면 빠를수록 좋아. 난 다음 배로 먼저 출발할 거고, 이안은 이번 달 내로 출발하겠다고 약속했어. 너도 그때 같이 와."

"이 보고서의 내용은 틀림없는 건가요?"

"메드퍼드가 최대한 정확하게 기록했겠지만, 완벽한 건 없는 법이지."

"처벌 조항이 너무 가혹해요. 일이 잘못되면 난 한푼도 건지지 못할 거예요. 첫 번째 조항을 20퍼센트로, 두 번째 조항을 10퍼센트로 낮춰주세요."

그가 고개를 흔들었다.

"처벌이 약해지면 그만큼 열의도 줄어들 거야. 게다가 난 네가 마감 시한을 맞추기 위해 아주 힘들여서 일하길 바라거든."

"날 노예처럼 부려먹은 다음에 무일푼으로 만들고 싶은 거겠죠."

"그것도 널 처벌하는 한 가지 방법일 거야. 어때, 이 계약서를 찢어 버리고 싶은가?"

어차피 계약 조건이 더 나아지리라 희망하지도 않았었다.

"시간 내에 완성하겠어요."

"그럼 더 이상 할 얘기가 없겠군. 시니다에서 보자구."

그가 정중하게 고개를 숙여보이고는 자신만만한 걸음걸이로 사라져 갔다.

그녀는 그 뒷모습을 말없이 노려보았다.

호락호락하게 당하진 않아.

저 인간에게 철로를 만들어 주고 리 성과 나의 독립적인 인생을 거머쥐는 거야. 그 어느 때보다도 더 열심히 일할 거야. 이번에는 절대 지지 않아.

12

"진짜 궁궐이네."

언덕 위의 웅장한 건물을 응시하며 리 셩이 중얼거렸다.

가로수길이 이어진 안뜰 한가운데 커다란 대리석 연못이 자리잡고, 궁궐의 중앙은 완벽한 좌우대칭의 돔형 건축물이었다. 건물 전체에 펼쳐진 베란다가 8개의 아치형 기둥 사이사이에 박혀 있었으며, 하얀 대리석 난간들이 오후 햇살을 받아 다이아몬드처럼 반짝거렸다. 모든 것이 이국적인 아름다움과…… 힘을 말해 주었다.

루엘의 힘. 이곳이 루엘의 왕국이라는 걸 되새길 필요조차 없었다.

리 셩의 눈이 가느다랗게 햇살 너머 베란다를 바라보았다.

"저기 서 있는 사람이 루엘인 것 같아. 어서 가자."

흐릿한 형상일 뿐이었지만, 제인 역시 그 남자가 루엘이라는 걸 알 수 있었다. 그녀는 본능적으로 피어오르는 긴장감을 풀어내려 노력했다.

"먼저 가. 난 마차를 기다렸다가 같이 갈게."

그들의 뒤로 카타우크와 마거릿, 이안을 태운 커다란 마차가 언덕을 굴러오고 있었다.

리 성이 그녀에게 슬쩍 시선을 던졌다.

"앞으로 7개월 간은 그를 피할 수 없어."

"하지만 서둘러 만날 필요도 없어. 오빠야말로 여기 오는 거 내켜 하지 않았잖아. 그런데 왜 갑자기 열성이 생겼어?"

"글쎄, 여기 온 후로 왠지 기분이 나아졌어. 그냥 이 섬을 보는 순간…… 모르겠어, 배에서 내려 단단한 땅을 밟아서일까? 물 위에 떠 있는 게 불편했거든."

그가 말을 달려나가기 시작했다.

"나 먼저 간다."

그녀는 물끄러미 그의 뒷모습을 지켜보았다. 루엘처럼, 리 성도 이 섬의 마력에 끌려버린 걸까? 안개 덮인 산에서부터 항구에 자리잡은 고풍스런 마을까지, 시니다가 아름다운 섬이라는 것은 부인할 수 없었다. 하지만 리 성이나 루엘은 단순한 아름다움에 이끌린 것이 아니었다. 어쩌면 이 섬의 신비로운 분위기 때문인지도 모른다. 이곳의 공기는 가볍고 상쾌했다. 게다가 무엇인지 알 수 없는 미묘한 향기들이 숨을 들이쉴 때마다 콧속으로 스며들었다.

그녀마저도 그 묘한 느낌들에 사로잡혀가는 듯했다.

'어리석은 환상이야.'

시니다도 다른 곳과 똑같은 장소일 뿐이었다. 루엘이 자신의 목표에 끼워맞췄듯 그녀도 자신의 필요에 따라 이곳을 끼워맞추면 그만이었다.

마차가 궁궐 입구에 멈춰 서자 두 명의 하얀 옷을 입은 하인들이 달려나왔다. 곧 이어 네 명의 원주민들이 가마를 메고 나타났다. 궁궐만큼이나 당당하고 우아한 모습으로 루엘이 앞으로 나서서 제인을 말에서 내려주었다.

"시니다에 온 걸 환영해."

"고마워요."

그녀는 땅에 내려서자마자 그의 손아귀에서 빠져나갔다. 너무 재빠른 반응이어서일까. 루엘이 살짝 눈썹을 들어올렸고, 그녀는 그 당황스런 순간을 모면하기 위해 서둘러 입을 열었다.

"여기까지 오는 동안 선로의 흔적이 보이질 않더군요."

그가 서쪽을 고갯짓했다.

"메드퍼드의 캠프는 저기 비의 숲 너머에 있어. 저녁 식사 때 그를 만나게 될 거야."

카타우크가 마차 밖으로 나서며 주위로 밀려드는 하인들을 물리치고 직접 이안을 안아들었다. 그를 가마에 편안히 앉힌 다음 그 무릎에 비단모포를 둘러주었다.

루엘이 이안의 얼굴을 살펴보았다.

"여행은 어땠어?"

그때 마거릿이 하인의 도움을 받아 마차에서 빠져나왔다.

"하인들을 보내는 대신 당신이 직접 항구로 마중 나오는 게 예의가 아닌가요? 우린 당신 고집 때문에 여기 온 거라구요."

"실례를 용서하시오. 하지만 한 시간 전에 산에서 내려왔다오. 내가 지저분한 악취를 풍기며 나타났더라면 더 불쾌했을 거요."

"그럼 더 서둘렀어야죠. 그래도 마차가 꽤 편안하긴 하더군요. 하인들도 열심이었구요."

"다행이군."

그가 키가 큰 구릿빛 살결의 남자를 가리켜 보였다.

"이쪽은 타마르 알카나, 앞으로 이안의 시중을 들어줄 거요."

다른 하인들과 마찬가지로, 타마르 알카나도 허리까지 오는 하얀 코트와 종아리까지 내려덮은 화려한 천과 샌들 차림이었다. 양쪽 손목에

넓다란 황동팔찌들이 번쩍거렸다. 그가 부드럽게 미소지으며 마거릿과 이안에게 절을 올렸다.

"만나 뵙게 되어 영광입니다. 어떤 분부라도 내리십시오."

마거릿이 우아하게 고개를 끄덕이고 나서 가마를 멘 하인들에게 손 짓했다.

"들어가자구요. 조심해요, 쌀자루를 옮기는 게 아니니까."

타마르가 변발을 휘날리며 서둘러 커다란 문을 향해 달려올라갔다. 잠시 후 카타우크와 마거릿과 이안 일행이 궁궐 안으로 사라졌다.

루엘이 제인에게 시선을 돌렸다.

"잠시 후에 타마르가 너와 리 성의 숙소를 안내해 줄 거야. 뒤쪽 테 라스에 가서 기다리기로 하지. 거기선 이 섬이 한눈에 보이거든."

그가 대답을 기다리지도 않고, 하늘색과 초록색의 모자이크 타일이 깔린 테라스로 제인과 리 성을 이끌어갔다. 정교한 분수의 물줄기가 테라스와 테라스로 이어져 기하학적인 형태의 웅덩이들 속으로 흘러 들었다. 화려한 정원을 지나고 맑은 웅덩이 몇 개를 거쳐, 또 다른 테 라스로 연결된 계단 세 개를 올랐다.

"협곡의 풍경이 매우 장엄하고……. 위협적이지."

마침내 루엘이 섬세하게 조각된 돌난간 앞에 멈춰 섰다.

그들은 깎아지른 절벽 가장자리에 서 있었다. 수십 미터 아래로 계 곡이 패이고 동쪽과 서쪽으로 푸른 융단처럼 정글이 펼쳐졌다. 북쪽으 로는 날카롭게 솟은 산이 우뚝 자리잡았다.

"보고서에서는 협곡에서 산까지 백 킬로미터 이상의 거리라던데, 보 기에는 그리 멀 것 같지 않네요."

제인이 입을 열었다.

"정글을 헤치면서 가다보면 훨씬 멀게 느껴질 거야."

"저 산을 뭐라고 부르죠?"

"이름 같은 건 없어. 저 산에 이름을 붙이는 게 오히려 인간의 만용이겠지."

그의 목소리에는 따뜻한 애정이 담겨있었다. 자신에게 기회를 제공한 대상을 향해, 힘겹게 그 기회를 성공으로 이끈 사람만이 지닐 수 있는 자부심과도 같았다.

"내가 요구한 물품들은 준비됐어요?"

"메드퍼드의 일꾼들에게 산 밑의 캠프에 가져다놓으라고 했어."

"내일 아침에 산으로 출발할게요. 지도 하나 마련해 주세요."

"지도보다 내가 훨씬 나아. 내가 안내해 줄게."

그녀의 몸이 굳어졌다.

"그럴 필요 없어요. 당신에게 폐를 끼치고 싶지 않아요."

"나도 어차피 캠프로 돌아가야 돼. 이안을 맞으러 잠깐 나왔던 거야."

그가 씨익 미소지었다.

"작업이 시작되면 전혀 도와주지 않을 생각이니까, 이 정도 도움쯤은 받아두라구."

"그런 거 기대하지도 않았어요."

"일꾼들을 부리려면 통역할 사람이 필요할 거야. 타마르의 사촌, 딜람이 캠프에 가 있어. 다른 일꾼들한테 평판도 좋고 코끼리에 대해서도 잘 알아. 여기 정글은 수 백년 동안 코끼리들의 세상이었기 때문에 그놈들에 대한 지식도 아주 중요해."

"보고서에는 코끼리를 별로 문제삼지 않았던데요. 하지만 딜람이라는 사람이 유능하다면 기꺼이 받아들이겠어요."

"아주 유능해."

그가 리 셩에게 시선을 돌려 목소리를 높였다.

"여기 시니다인들은 변발을 좋아하는 취향이더군, 리 셩. 마음에 들던가?"

뚫어져라 시니다의 모습에 빠져 있던 리 셩이 화들짝 시선을 돌렸다.

"아, 마을에서 오는 동안 봤소. 그게 바로 탁월한 종족이라는 증거지. 인도인하고 비슷하게 생기진 않았던데, 혼혈 종족이오?"

루엘이 고개를 저었다.

"폴리네시아 섬에서 흘러들어와 정착한 거라더군. 아브다의 증조 할아버지가 여길 점령할 때 아주 잔인했던가봐. 그래서 그때 협곡의 정글로 이주했다오. 험한 협곡이 사빗사의 접근을 막아줘서 지금껏 아무런 방해도 받지 않고 살았소."

"현명하군."

리 성이 무언가를 발견한 듯 고개를 쑥 내밀었다.

"저긴 누구 집이오?"

테라스에서 얼마 떨어지지 않은 곳에 파란 슬레이트 지붕을 얹은 탑모양의 오두막이 자리잡고 있었다.

"여름 별장이오. 궁궐에 있기 싫을 때 사용하려고 만들어 뒀소."

그가 제인에게 미소를 보냈다.

"아직 사용한 적은 없지만, 곧 기회가 생길 거야."

그녀가 대꾸하기도 전에 그는 시선을 돌렸다.

"아, 저기 타마르가 오는군. 난 이만 실례해야겠소. 저녁 식사 때 보자구."

그가 멀어져가자 제인은 자신도 모르게 안도의 한숨을 내쉬었다. 그가 비록 손님을 맞이하는 주인처럼 정중하게 굴긴 했지만, 그런 행동이 계속 지속될 리 없다. 그녀는 잠시나마 한숨 돌리게 된 것이 진심으로 다행스러웠다.

"코끼리에 대해서 아는 거 있어?"

타마르를 따라 궁궐로 들어서며 그녀가 리 성에게 물었다.

"코끼리는 왜?"

"루엘이 하던 말 못 들었어? 코끼리 때문에 문제가 생길지도 모른대.”

“내가 아는 건 코끼리를 싫어한다는 것뿐이야. 그 어마어마하게 큰 발바닥에 깔리고 싶지 않아. 나 같은 절름발이는 민첩하게 피하기 힘들다구.”

그녀가 키득거렸다.

“그럼 마주치지 않는 게 최선이겠네.”

“내가 바라는 게 바로 그거야.”

“이렇게 말해서 미안하지만 당신은 정말 멍청한 것 같소, 루엘.”

제임스 메드퍼드가 무뚝뚝하게 내뱉었다.

“바너비 양이 못마땅한 모양이군. 그래도 충고나 정보제공에 있어서는 기꺼이 협조해 주길 바라오.”

“그건 돈 한 푼 못 받고 그 빌어먹을 선로를 나 혼자 건설해야 한다는 뜻이군.”

“그 여자를 만나보면 그렇게 될 리 없다는 걸 알게 될 거요.”

“카산포르의 선로를 망친 게 그 여자잖소?”

루엘의 몸이 굳어졌다.

“그걸 어떻게 알았지?”

“피커링에게 들었소. 얘기해 봤자 당신이 나한테 철로 전체를 넘길 것도 아니라서 가만 있었을 뿐이오.”

“욕심이 많군.”

루엘이 천천히 위스키잔을 입으로 올렸다.

“하긴 나도 최근에 그 비슷한 비난을 들었으니 비판할 입장은 아니지만.”

“시니다의 위대한 마하라자에게 누가 감히 그런 비난을 한단 말이오?”

“제인 바너비.”

"최소한 그녀가 당신한테 아양을 떨어 이 일을 맡은 건 아닌 모양이군."

"그녀는 아양이란 단어 자체를 모른다오."

"그럼 도대체……."

문득 그의 시선이 문 쪽으로 옮겨갔다.

"저 여자가 우리의 바너비 양이오?"

그 시선을 따라가던 루엘의 눈이 커다래졌다. 제인은 수수한 흰색 드레스를 입고 있었다. 그러나 얇은 망사 같은 천이 팔과 어깨를 드러내며 그녀의 잘록한 허리와 풍만한 가슴을 강조했다. 루엘로서는 처음 보는, 여성스럽고 육감적인 모습의 제인이었다.

"왜 지 여자한테 일을 맡겼는지 알겠군."

메드퍼드가 나지막이 중얼거리며 루엘의 아랫부분을 흘깃 쳐다보았다.

빌어먹을, 바라보기만 했을 뿐인데도 발정난 종마처럼 돼 버리다니.

넓은 살롱을 가로지르면서 루엘은 그녀에게 시선을 떼지 못했다. 부드럽게 반짝이는 저 피부를 만지고 싶었다. 어깨를 매만지며 옷 속으로 손을 들이밀어 젖가슴까지 애무하고 싶었다. 안 될 이유가 뭐란 말인가? 이 시니다에서는 그가 왕이었다. 그녀를 침실로 끌고 가 땋은 머리를 풀어내고 저 가운을 벗겨 내고…….

그가 그녀의 앞에 멈춰 섰다.

"이런 모습으로 나타날 줄은 몰랐어. 꽤…… 특이해 보여."

"그래서 화나셨나요?"

정말로 그는 화가 났다. 오늘밤 그녀를 갖지 못하리라는 사실 때문에……. 하지만 강압적으로 이 빌어먹을 집착을 제거하지는 않을 것이다. 그녀가 스스로 굴복하여 찾아와야 했다. 그는 애써 미소지었다.

"조금 놀란 건 사실이야."

그녀가 어깨를 으쓱였다.

"마거릿이 줬어요. 성에서 저녁 식사할 때마다 격식을 차려입으라고 고집했거든요."

어깨를 으쓱이자 보디스가 약간 더 흘러내려 젖가슴의 동그란 윗부분을 감질나게 드러냈다. 그의 사타구니가 고통스럽게 꿈틀거렸다.

"마음에 안 들어."

그녀에게 여자다운 옷을 입혀준 것이 자신이 아닌 마거릿이라는 사실이 마음에 안 들었다. 그리고 화가 났다.

그녀가 뺨을 붉히며 성마르게 입을 열었다.

"그런 거 상관없어요. 난 메드퍼드를 만나러 온 거예요. 저기 문 옆에 서 있는 남자가 그 사람인가요?"

"그래. 불행히도 그쪽은 널 별로 만나고 싶지 않아 하더군."

"왜요?"

"네가 내 애인이라고 생각하거든."

그녀의 입술이 딱딱하게 굳어졌다.

"난 철로를 건설하러 온 거예요."

"하지만 내 애인도 될 거야. 주인의 뜻에 따라 무엇이든 굴종하는 그런 애인."

그녀의 얼굴에 분노가 너울거렸지만, 목소리만은 침착하게 흘러나왔다.

"난 걱정 안 해요. 그런 일은 일어나지도 않을 테니까. 메드퍼드에게 소개나 시켜주세요. 아니면 내가 직접 가서 인사할까요?"

"아, 소개는 시켜 줘야지."

그가 이중문이 있는 쪽으로 그녀를 이끌어갔다.

"메드퍼드에게 잘 협조해 주라고 말해 뒀어. 하지만 너 혼자 힘으로 싸워야 할 일들이 꽤 많을 거야."

그녀는 의외로 침착하고 태연한 표정을 유지하고 있었다. 그것이 그를 더 짜증스럽게 했다.

"아까 여름 별장 봤지? 널 위해 만든 거야. 널 독차지할 만한 장소가 필요했거든."

그녀는 아무 대꾸도 하지 않았다. 뺨이 빨갛게 달아오르고 가슴이 미약하게 들먹거렸을 뿐이었다. 그걸로는 충분치가 않았다, 더 흔들어 주고 싶었다.

"너에게 황금 비단으로 짠 옷을 입힐 거야. 가슴과 팔다리가 다 드러나는 그런 옷."

"그만하세요."

"너의 젖꼭지가 내 혀에 얼마나 단단하게 닿았는지 기억나. 아주 오똑하고 뜨거웠어. 그날이 어서 왔으면 좋겠군."

마침내 그들이 메드퍼드의 앞에 도착했다. 루엘이 예의바르게 미소지었다.

"제임스, 이 분이 제인 바너비 양이오."

저녁 식사를 끝내고 살롱을 떠나면서 리 셩이 입을 열었다.

"메드퍼드하고 한참 얘기하던데, 어땠어?"

"똑똑한 사람 같았어. 하지만 날 멍청이로 여기는 것 같더라구. 그게 문제가 될지도 모르겠어."

"그런 오해쯤이야 금방 풀어지겠지. 도움이 될 만한 정보라도 들었어?"

"시니다인들은 코끼리를 신성하게 여긴대. 코끼리를 다치게 하면 골치 아플 거라고 했어."

"그럼 멍청하게 서서 그 거대한 발에 밟히라는 거야?"

"지금부터 걱정할 필요는 없어. 메드퍼드가 조사할 때는 별로 못 봤대."

그녀가 손으로 하품을 가렸다.

"오늘은 그냥 잠이나 푹 잘래."

루엘의 곁에 있을 때마다 항상 긴장되긴 했지만, 오늘밤에는 견디기 힘들 정도였다. 호화로운 분위기 하나하나에서 루엘의 힘이 풍겨나오는 듯한 데다가, 저녁 식사 내내 그는 폭발할 듯한 분노를 억누르고 있었다. 그 이유는 짐작할 수 없었지만 두렵고 힘겨운 느낌이었다. 어서 작업이 시작되어 루엘과 마주칠 일이 없기만 바랄 뿐이었다.

"메드퍼드가 그러는데, 베이스 캠프까지 가려면 삼 일 정도 걸린대. 엘러펀트 크로싱에서 하룻밤을 묵어야 할 거라던대."

"엘러펀트 크로싱……. 그거 계약서에 나왔던 이름이잖아."

"맞아. 8주 이내에 거기까지 선로를 이어 놔야 돼."

"기한을 못 맞추면 받을 금액에서 몇 퍼센트 삭감이랬지?"

"50퍼센트."

리 성이 기가 막힌 듯 입을 오므렸다.

"우린 해낼 거야, 리 성. 반드시 해낼 거야."

그녀가 단호하게 중얼거리며 침실로 들어갔다.

13

루엘이 노새에서 내려와 배낭을 풀어내기 시작했다.

제인은 공터 주변을 둘러보았다. 썩은 고목 몇 개가 바닥에 쓰러져 있는 것을 제외하면 초목마저 자라지 않은 넓은 개척지였다.

"왜 이곳을 엘러펀트 크로싱이라고 부르는 건가요?"

"보통 코끼리들은 섬의 동쪽에 머무르는데 가끔씩 한두 마리나 한 떼거리가 서쪽으로 이동할 때 여길 거쳐간다더군."

"그런데 왜 이 통로에 길을 만들었어요?"

"시간이 단축되니까. 아직까지는 코끼리가 이곳에 온 적 없었어."

그녀가 눈살을 찌푸렸다.

"그래도 코끼리떼가 다니는 곳에 선로를 놓을 수는 없어요. 다른 길을 만들어야 해요."

"그럼 시간이 더 걸릴 텐데."

"코끼리들이 왜 이쪽으로 다니는 거요?"

리 셩이 불쑥 물었다.

"그건 모르겠는걸. 시니다인들은 코끼리들 일에 간섭하지 않거든."

리 성이 고통스레 말에서 내려섰다.

"이놈의 노새에 타는 게 말 타는 것보다 훨씬 힘들군. 난 주위나 둘러봐야겠소. 길을 틀 만한 데가 있는지 찾아봐야지."

리 성이 뻣뻣한 걸음걸이로 공터를 가로질러 가자, 제인도 그 뒤를 따라나섰다.

어둠이 내린 뒤 그들은 베이컨 굽는 냄새와 모닥불에 이끌려 캠프로 되돌아왔다. 루엘이 콩과 비스킷이 담긴 세 개의 접시에 베이컨을 담으며 홀긋 시선을 들었다.

"새로운 통로를 찾아냈나?"

"북쪽이 괜찮은 것 같긴 하던데, 금방 어두워져서 다 둘러보진 못했소."

리 성이 접시를 받아들며 내려앉았고, 제인도 자리잡고 식사하기 시작했다.

"괜찮아. 나중에 둘러봐도 돼. 내가 산에서 선로작업을 시작할 테니까 오빠가 여기 팀을 맡아."

"저게 무슨 소리지?"

갑자기 리 성이 고개를 쳐들며 귀 기울였다.

제인도 멀리서 희미하게 들리는 소리를 알아차렸다.

"코끼리 울음소리로군. 저런 소리를 자주 듣게 될 거요."

루엘이 대답했다.

"왠지…… 슬프고 상심한 소리처럼 들리네요."

제인이 중얼거리자 리 성이 엄격한 표정으로 그녀를 쳐다보았다.

"저 녀석들까지 네가 구출해 줄 필요는 없어."

제인이 미소지었다.

"아참, 오빠 코끼리를 싫어한댔지?"

"싫은 게 아니라, 무서워. 부럽기도 하고."

"뭐가 부러워?"

"힘. 세상의 어떤 동물보다 더 막강하잖아. 나같이 힘없는 놈한테는 부러움의 대상일 수밖에 없어. 난 당신도 부럽소, 루엘. 이제 힘을 손에 넣었잖소."

그가 흘긋 루엘을 쳐다보았다.

"힘이란 잘 간수하지 않으면 언제든 빼앗길 수 있소."

"하지만 난 평생 그런 느낌조차 알 수 없을 거요."

제인이 서둘러 반박했다.

"아니야. 일단 이 철로만 완성되면, 오빠도⋯⋯."

"그건 네가 부여하는 힘일 뿐, 내 힘으로 쟁취한 게 아니잖아."

그가 접시를 내려놓았다.

"난 이만 자야겠소. 뒤처리는 당신이 맡으시오, 루엘."

"막강한 힘을 얻었다고 칭찬하더니, 뒤처리나 시키는 건가?"

"약한 사람을 돌보는 게 힘있는 자들의 책임이라오."

리 성이 침낭에 들어가 돌아누웠다.

루엘의 시선이 제인에게 옮겨졌다. 그녀는 그 눈 속의 불길을 알아차리며 황급히 접시를 내려놓고 리 성의 옆으로 침낭을 깔고 누웠다.

"나도 자야겠어요."

루엘이 나지막이 웃음을 터트렸다.

"괴상한 논리이긴 하지만, 반박하진 않겠어."

잠시 후 루엘이 자리에 눕는 소리가 들렸다. 그리고는 사방이 고요해졌다. 정글에서 들려오는 밤소리들, 장작 타는 소리⋯⋯ 그리고 코끼리의 울음소리. 왠지 그 소리가 그녀에게는 여전히 슬픔으로 채워진 것만 같았다.

루엘의 광산 캠프는 궁궐과 전혀 다른, 텐트로 세워진 도시였다. 빼곡이 자리잡은 텐트들 모양새가 그녀의 어린 시절을 기억케 했다. 제인은 자신도 모르게 고삐를 움켜잡았다.

루엘의 시선이 즉각 그 움직임을 알아차렸다.

"왜 그래? 궁궐만큼은 아니더라도 그리 고약하진 않다구."

"여긴 달라, 제인. 쓰레기 하나 없이 깨끗하잖아. 정돈도 잘 돼 있고."

"어디랑 다르다는 거지?"

루엘의 질문에 그녀가 조심스레 대답했다.

"어렸을 때 이런 텐트 도시에서 살았거든요. 이렇게 깨끗하진 않았지만요. 당신이 지시해 놓은 거예요?"

그가 고개를 저었다.

"시니다인들은 아주 까다로워. 내가 일꾼을 쓰겠다고 했을 때 공동목욕탕, 벨림 텐트, 그리고 하루 두 시간씩 벨림에서 보낼 수 있는 시간이 그들 조건이었어. 그 조건을 받아들이지 않았으면, 아무리 큰돈을 주겠다고 해도 나서지 않았을 거야. 여기 사람들은 돈을 필수요소로 생각하지 않거든."

그의 어조에는 전혀 악의가 담기지 않았다. 오히려 산에 대해서 말했을 때와 똑같은 애정이 깃들어 있는 듯했다.

"그럼 그들이 필수요소로 생각하는 건 뭐요?"

리 성이 물었다.

"아이들, 쾌적한 환경, 교육받을 수 있는 시간, 그리고 벨림."

"벨림이라니?"

"게임이지. 시니다인들은 게임을 아주 좋아해. 그러니까 어떤 일이든 게임으로 만들어줘야 돼. 서로 경쟁하게 해서, 저녁마다 우승자를 뽑고 상을 줘야 하지."

"주로 어떤 상이오?"

"하루 쉬게 해준다든지, 장신구나 돈을 준다든지……. 2주일에 한 번씩 위원회에서 상품을 결정해."

"당신도 위원회에 소속되어 있소?"

리 성이 묻자, 그는 고개를 가로저었다.

"거긴 시니다인밖에 못 들어가. 내가 여기 온 지 삼 년이나 됐는데도 아직이라구. 하지만 딜람이 그러는데, 지금처럼 잘만 하면 일이 년 안에 참석할 수 있을지도 모른다더군."

"딜람이 위원회 사람인가요?"

"위원회의 수장이야. 아주 특별한 사람이지."

루엘이 저물어가는 태양을 흘깃 쳐다보았다.

"벨림 텐트로 데려다줄게. 지금쯤 저녁 식사 전에 다들 모여서 주사위나 카드놀이를 하고 있을 거야."

캠프 한가운데 위치한 커다란 텐트에서 떠들썩한 웃음소리와 환호성들이 터져나왔다.

텐트 안으로 들어섰을 때는 귀가 멍멍해질 지경이었다. 땅바닥에 색색의 러그들을 깔아놓은 것 말고는 치장이랄 것도 없는 소박한 장소였다. 몇몇 램프의 불빛이 무리지어 상기되어 있는 남녀들의 얼굴들을 비춰주었다.

그들이 들어서자 몇몇 남자들이 친근하게 루엘의 이름을 불렀다. 루엘도 똑같이 편안한 태도로 아는 체하며 텐트 안을 둘러보았다.

"아하, 주사위 게임이로군…… . 그럴 줄 알았어. 딜람은 주사위를 좋아하지."

그가 사람들을 헤치며 무릎 꿇고 앉아 주사위놀이하는 무리들 쪽으로 나아갔다.

"딜람, 얘기 좀 할 수 있을까?"

루엘이 소리쳤다.

검은 갈기 같은 머리 하나가 삐쭉 들려올랐다.

"잠깐 기다려요, 사미르 루엘."

제인의 표정이 충격으로 멍해졌다. 딜람은 남자가 아니라, 여자였다.

딜람이 주사위를 굴렸다. 환호소리와 함께 다른 편에서는 신음소리가 터져나왔다. 그녀가 씨익 웃으며 루엘에게 외쳤다.

"신들에게 명석한 두뇌를 선물 받은 사람은 운도 따르는 법이죠. 밖에서 기다리세요. 금방 나갈게요."

그녀가 판돈을 거둬들이기 시작했다.

루엘은 고개를 끄덕이고 나서 리 셩과 제인을 밖으로 이끌어나갔다.

"여자잖소?"

리 셩이 놀라운 듯 물었다.

"위원회에 영리한 원주민을 보내달라고 했더니, 딜람을 추천하더군. 시니다에서는 위원회의 결정에 반대할 수 없소."

"영어를 잘 하던데."

"불과 4개월만에 배운 거라오. 내가 말했잖아, 특별한 사람이라고."

일 분 후 딜람이 씩씩한 걸음걸이로 그들을 향해 다가왔다. 중간 정도의 키, 떡 벌어진 어깨, 강인하고 유연한 몸매에 짙은 초록색 튜닉과 헐렁한 검은 바지, 갈색 샌들 차림이었다.

"당신이 제인 바너비예요?"

그녀가 활짝 웃어보였다.

"반가워요. 난 딜람 칸쿨라예요. 그냥 딜람이라고 부르세요."

어두운 텐트 안에서는 반짝이는 검은 눈과 환한 미소만을 스치듯이 보았을 뿐이었다. 하지만 지금은 삼십대의 나이와 네모 낳게 각진 얼굴과 모양 좋은 입매, 그리고 지적이고 호인다운 표정을 알아볼 수 있었다.

"당신이 여자인 줄은 몰랐어요."

"그래도 여자라서 더 반갑죠? 우리 서로 조화롭게 일할 수 있을 거예요. 사미르 메드퍼드에게 한 것처럼 당신한테 내 가치를 일일이 일깨워 줄 필요도 없을 테구요."

"일꾼들 중에 여자들도 있나요?"

"오, 그럼요. 하지만 많진 않아요. 육체적인 노동에는 남자들이 적격이죠. 인내력이나 이성적인 능력에 있어서는 여자가 더 낫지만 육체적인 힘은 남자가 더 나아요. 남자들이 잘 하는 일은 그들에게 맡기고 나머지는 우리가 알아서 하자구요."

"실례하겠소."

리 셩의 목소리에는 날카로움이 담겨있었다.

딜람의 시선이 리 셩에게 날아갔다.

"당신이 리 셩인가요? 제인 뒤에 서 계셔서 미처 못 봤어요."

"내가 비록 힘이나 써야 하는 비천한 남자지만, 여자 그늘에 가려 있지는 않소."

"내 말에 기분이 상하셨나보군요. 하지만 그게 사실인 걸요."

그녀가 흥미롭게 리 셩의 모습을 훑어보았다.

"시니다는 모계 사회라오."

루엘이 즐겁게 눈을 반짝이며 딜람과 성난 리 셩을 번갈아 쳐다보았다.

"우리 한 번 잘 해봐요."

딜람의 말에 이어 리 셩이 냉소적으로 대꾸했다.

"날 힘만 쓸 줄 아는 짐승처럼 다루지 않는다면."

"어머나, 그런 뜻으로 한 말이 아니에요. 오해하셨군요. 난 남자들을 매우 멋진 생명체라고 생각한답니다."

"생명체? 노새나 코끼리처럼 말이오?"

"둘을 한꺼번에 묶지 말아요. 코끼리가 노새보다 훨씬 영리한 걸요."

"그 짐승 계급에서 남자는 어느 정도 위치요?"

딜람이 어깨를 으쓱였다.

"나하고 싸우고 싶은가요? 남자들은 훌륭한 사냥꾼이자 전사죠. 솜씨 좋은 장인이기도 하구요."

"하지만 통치할 능력은 안 된다는 거겠지?"

"그래요. 남자들은 성질이 과격해요. 여자가 통치하기 전에는 부족들간에 싸움이 너무 잦았어요. 우리 여자들은 전쟁에 대해서 더 신중한 편이죠."

리 성이 다시 대꾸하려 하자 그녀가 한 손을 들어올렸다.

"그만하자구요. 당신은 좀 다른 것 같아요, 어떤 면에서."

리 성의 짜증이 더욱 치솟는 듯 하자, 제인이 재빨리 앞으로 나섰다.

"내가 묵게 될 숙소로 안내해 주실래요, 딜람? 거기 가서 상의할 문제도……."

딜람이 고개를 흔들었다.

"당신 숙소에는 사미르 루엘이 데려다 줄 거예요."

그녀가 미소지으며 리 성을 가리켰다.

"난 당신을 맡을래요."

"그럴 필요 없소."

리 성이 싸늘하게 대꾸했다.

"나한테 화가 난 것 같은데 상황을 바로잡아야죠. 식사 전에 네슬링을 해봐도 괜찮겠어요."

그 순간 루엘이 쿡쿡 웃음을 터트렸다.

"네슬링이 뭐요?"

리 성이 눈살을 찌푸리며 루엘에게 시선을 던졌다.

"성교라는 뜻이지."

"그게 남자들이 잘 하는 또 한 가지죠. 네슬링."

딜람이 다시 한 번 환하게 미소지었다.

리 성이 격분하며 몸을 떨었다.

"고맙지만 사양하겠소."

"어머나, 내가 마음에 안 들어요?"

"두말하면 잔소리요."

"난 당신이 아주 마음에 드는데……."

그의 험악한 표정을 알아차리고 그녀가 인상을 찌푸렸다.

"나중엔 날 좋아하게 될 거예요."

"그렇게 될지는 대단히 의심스럽소."

"다시 한 번 생각해 보지 않을래요? 난 네슬링 솜씨가 아주 좋아요."

리 성이 거칠게 루엘 쪽으로 돌아섰다.

"내 텐트가 어디요?"

"내가 데려다 주겠소."

루엘이 간신히 웃음을 참아내며 딜람에게 말했다.

"당신은 제인과의 대화로 만족해야겠는걸. 한 시간 후에 칸드마르로 데려오시오."

"시작이 좋질 않네."

딜람은 그들의 뒷모습을 지켜보다가 문득 새로운 사실을 알아차렸다.

"다리를 저는군요."

"어렸을 때 사고를 당했어요. 그래도 어느 누구보다 더 열심히 일하는 사람이에요."

"저 다리가 많은 걸 설명하는군요. 좀더 쉬운 과제였더라면 좋았을걸."

"그게 무슨 뜻이에요?"

딜람은 아무 대답 없이 리 성의 모습을 물끄러미 지켜보았다.

"칸드마르가 뭐하는 곳인가요?"

딜람의 시선이 제인에게로 돌아왔다.

"아, 먹는 장소라는 뜻이에요. 우린 캠프 한가운데서 다 같이 먹거든요."

그녀가 맞은편 방향으로 걸음을 옮기기 시작했다.

"일단 숙소를 알아두고 나서, 식사 전에 주사위 놀이나 하자구요."

"난 지도도 살펴봐야 하고 앞으로의 문제도……."

딜람이 단호하게 그 말을 가로막았다.

"지치고 낙심될 때는 게임이 기운을 북돋워 줘요. 마음이 편안해지고 머리도 더 또렷해진답니다. 당신도 즐기는 법을 배워야 해요. 너무 심각해 보이거든요."

"7개월 안에 철로를 건설해야 하는 걸요. 그건 아주 심각한 일이에요."

"리 성도 너무 심각해요. 그 사람하고 네슬링해 봤어요?"

"내가요? 우린 남매 같은 사이라구요."

"아, 잘 됐군요. 그럼 우리 친구하기로 해요. 사미르 루엘하고는 네슬링하는 사이인가요?"

"아뇨……. 당신은요?"

딜람이 고개를 흔들며 이상한 듯 그녀를 바라보았다.

"그게 당신하고 상관 있는 일인가요?"

"전혀 상관없어요. 그냥 궁금했을 뿐이에요."

"거짓말이군요, 얼굴에 써 있어요."

딜람의 말이 맞았다. 딜람과 루엘을 함께 생각하는 것만으로도 고통스러웠다. 스스로 두려워질 만큼……. 그녀는 재빨리 주제를 바꿨다.

"여기 사람들은 사빗사 왕조와 친하지 않았다던데, 정말인가요?"

"그들은 우릴 노예처럼 부리려 했어요. 싸울 무기가 없었으니 도망칠 수밖에 없었구요. 다시는 그런 일이 생기지 말아야 돼요. 어차피 침입자를 피할 수 없는 거라면 사미르 루엘이 낫죠. 그래서 그를 받아들였어요."

"루엘이 다른 침입자보다 낫다는 건가요?"

"그래요. 사미르 루엘은 공정해요. 우리처럼 열심히 일하고, 실수했을 때 웃을 줄도 알죠."

"그래도 위원회에 들어가진 못 했잖아요."

"때가 되면 그도 시니다 사람이 될 거예요. 우선 단련을 좀 시켜야죠."

딜람이 작은 텐트 앞에 멈춰 섰다.

"여기가 당신 텐트예요. 내 텐트는 저 아래 두 번째 거구요. 15분 후에 데리러 올게요. 아니, 30분 후에. 처리할 일이 하나 있어요."

제인은 딜람이 씩씩하게 사라져 가는 것을 보며 미소지었다. 그녀가 마음에 들었다. 너무 솔직해서 좀 불편하긴 해도, 호탕하고 원기왕성한 면이 신선했다. 리 셩의 격분한 얼굴이 떠오르자 웃음이 새어나왔다. 딜람이 있음으로 해서 그들의 작업이 훨씬 재미있어질 것 같았다.

루엘이 칸드마르에 도착했을 때 리 셩만이 식사하고 있을 뿐 딜람과 제인의 모습은 보이지 않았다.

"제인은 어딨지?"

"모르겠는걸. 여기 안 왔소."

딜람과 제인 둘 다 없는 것을 보면 어디에 있을지 충분히 짐작하고도 남았다. 벨림 텐트에서 새어나오는 소리들이 아직까지도 떠들썩했다.

텐트로 들어서자마자 루엘은 파작이라는 시니다인들이 좋아하는 카드 게임에 골몰해 있는 딜람의 모습을 찾아냈다.

"제인은 어딨소?"

딜람이 주사위 게임 쪽을 손짓했다.

"저쪽에. 하지만 방해하지 말라구요. 지금 한참 따고 있거든요."

주사위 게임 주변에 몰려 있는 사람들 때문에 제인의 모습은 눈에 띄지 않았다.

"지금은 식사 시간이오. 노는 것보다 먹는 게 더 중요해."

"당신도 판돈을 긁어모을 때는 그런 소리 못 할 걸요."

딜람이 카드를 내려놓고 일어났다.

"제인은 여기 놔두고 나랑 같이 식사하러 가요. 그녀는 지금 즐기는 법을 배워가는 중이에요."

순간, 웃음소리가 들렸다. 제인의 웃음소리. 홍에 겨워 텐트 전체에 울려퍼질 만큼 자유로운 웃음소리……

그는 충격적인 느낌으로 발길을 멈췄다. 제인의 그런 웃음소리를 한 번도 들은 적이 없었다. 카산포르에서도, 글렌클라렌에서도.

또다시 제인이 웃어댔다. 하지만 사람들 때문에 그 모습이 보이질 않았다.

주사위 게임 주위의 사람들이 이동하면서, 드디어 주사위를 든 채 상기되어 있는 제인의 모습이 보였다. 그녀의 얼굴이 환하게 반짝이고 있었다. 자유롭게 기쁨으로 빛나는 얼굴이었다.

"봤죠? 그녀에겐 이런 시간이 필요해요."

딜람이 나지막이 중얼거렸다.

루엘도 그런 시간을 주고 싶었다. 그녀를 계속 웃게 만들어 주고 싶었다. 남은 평생 동안 이런 모습을……

한순간 그녀가 그의 존재를 알아차렸다.

그녀의 웃음이 사그라들고 입술이 조심스럽게 굳어졌다. 마치 칙칙한 망토가 드리워져 그녀의 모든 밝음과 천진함을 가려버린 듯이……

그는 소중한 무언가를 빼앗긴 기분이었다. 자신도 모르게 날카로운 소리가 터져나왔다.

"식사할 시간이오."

"금방 갈게요."

그녀가 조용히 대답했다.

그는 홱 몸을 돌려 텐트에서 빠져나왔다. 빌어먹을, 사고가 일어나기 전 한때나마 어떤 여자에게도 느껴보지 못한 부드러움을 그녀에게 허락했었다. 하지만 그때는 이미 다 지나갔다. 그는 그녀의 즐겁지 못했던 어린 시절을 보상해 주기 위해 그녀를 이곳에 데려온 것이 아니라 그녀에게 고통스런 처벌을 가하기 위해서 데려온 것이다. 그녀는 이안의 인생을 망쳐버린 바로 그 여자였다.

저녁 식사하는 동안 리 성은 불쾌함이 여전히 풀리지 않은 듯 말 한마디 없이 입을 다문 채였다.

"딜람 때문에 그래?"

제인의 그 한마디로도 그의 성질을 폭발시키기에는 충분했다.

"아주 밉살스런 여자야. 다른 사람을 쓰면 안 되는 거니?"

그가 딜람 쪽을 노려보며 이를 갈았다.

"그렇게 하면 시니다인들은 모욕으로 받아들일 거야. 게다가 난 그녀가 마음에 드는걸. 딜람도 오빠를 마음에 들어하는 것 같았어."

"날 마치 길들여야 할 짐승처럼 다루잖아. 아까 내 텐트에 와서 뭐랬는 줄 알아? 자기 가치를 몰라보는 나의 우매함을 용서하고, 인내심을 갖고 기다려 주겠대."

제인의 입에서 피식 웃음이 새어나왔다.

"남자를 여왕벌한테 매달리는 수펄처럼 여긴다구."

제인도 그의 시선을 따라 딜람을 쳐다보았다. 루엘과 얘기하는 그녀는 손짓을 섞어가며 활기차게 무언가를 설명하고 있었다.

"매력적이잖아?"

"끔찍해."

리 성을 설득하기란 쉽지 않을 것 같았다. 더군다나 지금처럼 피곤한 상태로는 그런 노력을 할 기운도 나지 않았다. 그녀가 자리에서 일어났다.

"난 가서 잘래. 내일 아침에 일찌감치 출발하자."

리 성은 험악하게 고개만 끄덕거렸다.

그녀가 몇 걸음 옮기기도 전에 루엘이 그녀의 옆에 나타났다.

"아까 벨림 텐트에서는 대단히 즐거워하는 것 같더군."

그가 옆에 있을 때마다 나타나는 현상…… 그녀의 몸이 긴장되었다.

"많이 땄나?"

"모르겠어요. 시니다 돈을 계산할 줄 모르니까."

"시니다인들이 마음에 드나?"

"착하고 영리한 사람들이에요. 이 정도로 인생을 즐겁게 살아가는 사람들도 처음 봤구요. 당신도 이 사람들과 이곳을 좋아하죠?"

"그래."

그의 솔직한 대답이 다소 놀라웠다.

"처음에는 부자가 될 생각으로 일만 했어. 그런데 어느 순간 고개를 들고 주위를 둘러보니, 함정에 걸어들어와 버렸다는 걸 알겠더군."

"함정이라뇨?"

"이안이 집이라고 부르는 그거 말이야. 난 그런 단어가 편하지 않아."

"이런 얘길 왜 나한테 하는 거예요?"

그의 입술 꼬리가 한쪽으로 올라갔다.

"우리 이제 서로에 알 때가 됐잖아?"

"난 당신에 대해서 알고 싶지 않아요."

"너무하군. 난 너에 대한 모든 걸 알고 싶은데. 다 알아낼 결심이기도 하고."

그가 그녀의 눈을 똑바로 바라보았다. 손끝 하나 닿질 않았는데도 그녀의 심장은 격하게 방망이질치며 숨결도 점점 가빠졌다. 그런 맹목적인 반응이 섬뜩할 정도였다.

그는 그녀의 목덜미에서 고동치는 맥박을 지켜보았다.

"너도 날 알고 싶어해."

한 가지만은 맞았다. 그녀의 몸은 그를 알고 싶어했다. 맙소사, 삼 년이란 공백도 아무 소용이 없었다. 그녀는 재빨리 텐트 안으로 들어가 입구를 닫아버렸다.

"내일 보자구."

루엘이 소리쳤다.

그녀는 침착한 목소리를 내려 안간힘썼다.

"내일부터 작업을 시작할 거예요. 당신도 금광 때문에 바쁠 텐데요."

"네가 잘 하는지 검사해야지. 그 철로는 어차피 내 거잖아."

그의 말소리가 점점 멀어져갔다.

산에 도착하기만 하면 루엘을 보지 않아도 될 줄 알았는데……. 아직 그에게 해방될 수 없는 모양이었다. 그 사실이 자신의 신체적인 반응만큼이나 공포스러웠다. 두려워하지 말자. 아마 몇 번쯤 작업장에 들르겠다는 뜻일 거야.

그는 한달 동안 매일같이 작업장에 찾아왔다. 가끔은 5분 정도, 또 가끔은 한 시간 정도씩 머물다 떠나갔다. 리 성과 딜람에게, 혹은 일꾼들에게 농담을 던지기도 하고, 말에 올라앉아 그녀의 일하는 모습을 지켜보기도 했다.

그녀는 매일 아침 그가 오리라는 사실을 두려워하며 잠에서 깨어나 그가 있는 순간순간 그의 존재를 또렷하고 고통스럽게 의식해야 했다. 객차에서의 일이 있기 전, 카산포르와 마찬가지로……. 아니, 이번이 더 지독했다. 이젠 그가 몸을 원할 뿐만 아니라 상처입히려는 것을 알기 때문에.

불꽃에 뛰어드는 나방처럼 그녀는 시간이 갈수록 점점 더 그 불길에 가까이 날아들고픈 유혹에 사로잡혔다.

선로를 점검하던 그녀의 몸 위로 그림자 하나가 겹쳐졌다. 굳이 시선을 들지 않아도 루엘이라는 걸 알 수 있었다. 그녀의 감각들이 너무나 정확하게 반응하고 있었다. 그의 그림자조차도 그녀의 감각을 뒤흔들어 놓았다.

"작업 끝났잖아. 왜 아직도 여기 있어?"

그녀는 계속해서 철로들 간의 거리를 확인해 나갔다.

"당신이야 내가 더 오래 일하는 걸 바랄 텐데요."

"그 점은 반대할 리 없지. 뭐가 잘못됐나 궁금했을 뿐이야."

"오늘 작업 진도가 좀 느렸어요. 내일 보충할 수 있어요. 내일부터는 협곡 작업을 시작할 거예요."

"알아. 리 셍에게 들었어."

그녀가 벌떡 일어나 선로를 따라 몇 미터 앞으로 나아가 다시 무릎을 꿇고 점검하기 시작했다.

"알고 싶은 거 다 알았으면 이만 가주세요. 난 바빠요."

"네가 일하는 모습을 보고 싶어. 보기 좋은 풍경이거든."

그녀가 조심스레 그를 쳐다보았다. 다리를 약간 벌린 채, 까만 부츠와 까만 바지, 까만 셔츠까지 온통 검은색 일색이었다. 암흑의 왕자처럼 아름답고도 위험스러워 보였다.

"무릎 꿇고 앉아서 그런 표정으로 날 쳐다보는 장면도 가끔 생각했었지. 하지만 그 상상에선 너의 풀어진 머리 속에 내 손이 들어가 있었어. 우리 둘 다 벌거벗은 채 말이야."

잡은 자와 잡힌 자. 주인과 노예…… 그녀는 마치 그의 손길에 사로잡혀 있는 듯한 느낌이었다. 죄수처럼 무기력하게…… 그러면서도 에로틱한 흥분이 몸 속으로 치달아갔다.

안 돼! 이 남자가 일으키는 열기를 몰아내야 한다.

그녀는 벌떡 일어나서 반항적으로 그의 눈을 노려보았다.

"부디 여기서 꺼져주시겠어요?"

그가 흐릿하게 미소지었다.

"이제부터는 자주 찾아오지 않을 생각이야. 너에게 강한 기억을 남겨 두고 싶었을 뿐이거든."

그 말 한마디에 폭포수처럼 안도감이 흘러내렸다. 이제부터는 매일 그를 보지 않아도 되리라. 이 고통에서 벗어날 수 있으리라.

"이제 당신은 당신 할 일을 하고, 난 내 할 일을 할 수 있겠군요."

"하지만 넌 절대로 날 잊지 못할 거야."

그는 천천히 돌아서서 말이 있는 쪽으로 걸어나갔다. 빌어먹게 자신만만한 그 태도가 그녀에게 분노의 불길을 일으켰다.

"당신이 무슨 자격으로 이러는 거죠? 나한테 돌을 던질 수 있을 만큼 그렇게 완벽하게 살아왔나요?"

그가 흘깃 돌아보았다.

"아니. 하지만 난 아무 죄 없는 사람을 다치게 하진 않았어. 죄지은 사람은 자기 죗값을 치르는 거, 그게 법칙이야, 제인."

"내 죗값을 당신에게 치러야 한다는 건가요?"

그녀가 냉소적으로 되물었다.

"맞았어. 정의를 행사하고 싶으면 내가 직접 나서서 처벌해야 해. 세상은 공평하지 않거든. 운명이나 신이 널 처벌하지 않고 비켜가 버리면 어떡하겠어. 그러니 내가 직접 해야 하지."

그녀는 마음을 진정시키려 애썼다. 저 남자에게 휘둘리면 안 돼. 다시 무릎을 꿇고 선로를 점검해 나갔다. 그가 떠나간 이상 그를 잊으리라. 그가 의도했던 대로 머리 속에 그를 남겨둬서는 안 된다.

그녀는 눈앞의 철로를 힘껏 부여잡았다. 단단한 강철.

그 강한 힘이 부드러운 위로를 전해 주었다. 그녀는 약하지 않았다. 이 철로처럼 그녀의 안에도 힘이 있었다. 결코 무너지거나 꺾이지 않을 것이다.

암흑의 왕자!

제인은 숨을 헐떡이며 화들짝 깨어났다.

꿈이었다. 그냥 꿈이었어.

루엘을 마지막으로 보았던 날부터 매일 밤 꾸는 꿈이었다. 매번 똑같이 신체적인 증거를 남겨놓는 꿈. 이불에 닿는 젖꼭지가 민감해지고 허벅지 사이의 통증이 남아 있었다.

아니, 완벽하게 똑같진 않았다.

그녀의 몸이 땀으로 흠뻑 젖어 있었다.

더워서 견딜 수가 없었다.

그녀는 세면대로 가서 차가운 물로 얼굴을 적셨다. 여전히 몸이 불타는 것처럼 입안이 바짝바짝 말랐다. 전에도 이런 적이 있었다. 그녀가 익히 잘 알고 있는 증상들…….

열병에 걸려버린 것이다.

그 사실이 오히려 다행스러웠다. 병이 났던 거야. 그 동안 시달려 왔던 에로틱한 꿈은 다름 아닌 이 병 때문이었어.

그래, 루엘 때문이 아닌 열병 때문이었다.

14

"철로?"

아브다가 의자 팔걸이 안으로 손톱을 박아넣었다.

"얼마나 오래 됐어?"

"메드퍼드의 작업은 거의 완성됐고, 산에 만드는 철로는 아직 7주밖에 안 됐어요. 선로가 결합되려면 최소한 4개월 정도 더 걸릴 거라더군요."

"4개월! 그게 완성되자마자 그 스코트놈이 황금을 빼낼 거 아니야. 내 황금을!"

그가 벌떡 일어나 가장 최근에 만든 황금 마스크 쪽으로 걸어갔다.

"그 황금은 내 거야."

"다른 소식도 있습니다. 카타우크가 그곳에 있더군요."

아브다가 파찰에게로 돌아섰다.

"뭐야? 확실해? 그놈이 살아 있어?"

"제 눈으로 직접 봤어요. 숨어다니지도 않고, 마음대로 돌아다니더라구요."

"안전하다고 생각하는 거겠지. 내가 쳐들어가지 못할 거라고…….
현실이 그렇긴 해. 내가 마하라자로 오르기 전까지는 아무것도 할 수
가 없어."

"폐하의 상태는 아직도 여전하십니까?"

아브다가 고개를 끄덕였다.

"이런 식으로 가다간 여름까지도 버티게 생겼어."

"그때쯤이면 스코트놈이 방어태세를 갖출 텐데요."

"알아, 알아. 그러니까 시간을 주지 말아야 돼."

그가 칼리의 조각상 쪽으로 천천히 움직여갔다.

"날 얼마나 사랑하지, 파찰? 날 위해 작은 일 하나 해주지 않을래?"

파찰이 즉각적으로 긴장하며 조심스레 입을 열었다.

"제가 어떻게 하길 바라시나요?"

"그 늙은이는 병들었어. 어차피 오래 못 가."

"그래도 마하라자십니다. 그런 짓을 한 게 드러나면 전 산채로 불태
워질 거예요."

"병든 늙은이가 조금 빨리 죽는다고 해서 의심할 사람은 없어."

"너무 위험해요."

"칼을 사용하라는 게 아니야. 더 은근한 방법으로……. 일이 주 후
에 효과가 나타나는 독 같은 거."

그가 파찰에게 씨익 미소지었다.

"넌 독을 다루는 재주가 있잖아. 날 사랑한다면 이 일을 맡아 줘."

그의 손가락이 칼리의 황금 단검을 쓰다듬었다.

"칼리에게 바칠 금이 필요해."

"… 생각해 볼게요."

"넌 한 번도 날 실망시킨 적이 없었어. 앞으로도 그럴 거라고 믿어."

파찰이 허둥지둥 접견실을 빠져나갔다.

아브다는 그의 두려움을 알아차렸다. 그를 설득하려면 좀더 노력을 기울여야 하리라. 하지만 결국 파찰이 자신의 요구에 응하리라는 것은 의심치 않았다.

영원한 승리자 칼리. 칼리의 뒤를 따르는 자 또한 영원한 승리자가 되어야 하지 않겠는가.

리 셩이 몇 백 미터 떨어진 텐트 쪽을 슬쩍 고갯짓했다.

"루엘이 왔어."

"또?"

"정글 작업을 시작한 후로 겨우 다섯 번째잖아. 자신의 투자를 점검하는 건 당연한 일이야."

"우린 계획보다 앞서 나가고 있어. 실망이 클걸, 아마."

맙소사, 생각 없이 말해버리고 말았다. 리 셩이 그 부주의한 한마디를 놓칠 리 없다.

"일이 잘 진행되는데 루엘이 왜 실망하겠어?"

"우리가 기한을 맞추면 큰돈을 내줘야 하잖아."

"루엘에게 돈은 그리 중요하지 않아."

그녀의 짜증이 갑자기 폭발했다.

"무슨 헛소리야. 돈 때문이 아니면 왜 자기 왕국을 갖고 싶어하겠어? 그 인간한테는 돈, 황금……. 뭐하는 거야?"

그의 손이 그녀의 이마에 닿아 있었다.

"또 열이 나는구나. 어쩐지 안 좋아 보인다 생각했어."

그녀가 뒤로 물러섰다.

"심하지 않아."

"얼마나 오래 된 거야?"

그녀는 대답하지 않았다.

"벌써 한참 됐어? 맙소사, 이런 식으로 얼마나 오래 끌려고 그랬어?"

"이 빌어먹을 철로가 완성될 때까지."

그가 의심스레 고개를 흔들었다.

"루엘한테 말해. 병이 났다고 하면 기한을 더 늘려 줄 거야."

"싫어!"

루엘에게 약한 모습을 보이진 않을 것이다.

"난 괜찮아. 말하지 마. 아무한테도 말하지 마."

그녀가 텐트 쪽으로 걸음을 옮겼다.

텐트로 들어서자, 루엘이 지도에서 시선을 들어올렸다.

"엘러펀트 크로싱까지 6킬로미터 남았군. 잘 하고 있어."

"하루에 3킬로미터씩 전진하니까 내일 모레쯤이면 거기 도착할 거예요. 길을 다시 만들지만 않았더라면 시간을 더 단축할 수 있었겠죠."

"크로싱을 거치지 않기로 결정한 건 너였어."

"그것 때문에 삼 일을 손해봤어요."

그녀가 테이블로 다가가 지도 위의 한 지점을 가리켰다.

"여기. 마감시한 이틀 전에 우린 이곳을 지나갈 거예요."

루엘이 미소지었다.

"그건 두고봐야지. 너의 행운이 지금처럼 계속되리라는 보장은 없거든. 코끼리들이 말썽을 부리지는 않던가?"

"지금까지 한 마리도 못 봤어요. 딜람이 걱정할 거 없다고 했어요. 습관적인 동물이라 크로싱으로만 다닐 거래요."

"삼 개월 전보다 그놈들 소리가 더 가까워졌던데……. 그건 그렇고, 아까 딜람과 리 성이 얘기하는 거 봤어. 그 사이에 좀더 친해진 건가?"

"별 문제 없어요. 딜람이 다그치지만 않으면……."

"리 성과 네슬링하겠다는 목표는 포기한 모양이지?"

그녀가 어깨를 으쓱였다.

"누가 알겠어요? 하여튼 그녀는 그런 얘길 꺼내지 않았고, 리 성도 이 작업이 얼마나 중요한지 잘 알고 있으니까 다른 데 신경 쓸 겨를이 없어요. 나도 마찬가지구요."

"내가 올 때마다 항상 도망친 게 그 핑계였지."

"할 일이 있었어요. 이렇게 얘기할 시간도 없다구요."

"나도 할 일이 있어. 하지만 널 위해서는 시간을 내. 널 위해서는 언제든 시간을 낼 거야, 제인."

언제나……. 그 단어가 피할 수 없는 무자비함처럼 그녀의 숨을 조였다. 이 남자는 그녀가 철저하게 고통당할 때까지 결코 포기하지도, 그녀를 내버려두지도 않을 것이다. 그 모든 것들이 너무나 피곤했다.

"얘기 다 끝났나요? 이제 일하러 가야겠어요."

"그래, 알고 싶은 건 다 알았어. 난 마을 제련소에 갔다가 궁궐에도 들러야 돼. 닷새 후에 다시 올게."

"헛수고 마세요. 닷새 후면 크로싱을 지나서 협곡작업을 진행중일 거예요."

그가 씨익 미소지었다.

"그럴지도 모르지. 한 가지 알려줄까? 사실 나도 마음 한구석으로는 네가 잘 해내길 바래."

그녀는 멍하니 아무런 말도 못한 채 그를 바라보았다. 왜 계속 냉정한 채로 남아 있지 않는 걸까?

방어막을 다 쌓았다고 생각할 무렵이면 그는 갑자기 부드럽게 돌변하여 카산포르에서 알았던 또 다른 루엘의 모습을 상기시켰다. 제발 떠나달라고 애원하고 싶었다. 이 남자는 그녀의 힘을 빼앗아가는 고질병과도 같았다.

"이만 가봐야겠군. 닷새 후에 보자구."

그가 몸을 돌려 떠난 뒤, 그녀는 지도를 내려다보았다.

닷새…….

불안해 할 필요 없다. 열병쯤은 견딜 수 있었다. 작업도 계획대로 착

착 진행되고 있었다. 무슨 문제가 생길 수 있겠는가?

이안은 쾌감어린 표정으로 미약하게 숨을 헐떡이며 베개에 머리를 기댔다.

"마거릿……."

그녀가 그의 벌거벗은 어깨에 찰싹 안겨들었다.

"아직 말할 기운이 남았어요? 내가 제대로 못 했나요?"

"황홀했어……. 당신은 언제나 황홀해."

그의 손이 부드럽게 그녀의 머리를 쓰다듬었다.

"당신도 좋았소?"

"네."

평소처럼 그 거짓말이 목에 걸렸다. 하지만 그 행위 후에 남자에게 힘과 자신감을 느끼게 해주는 것이 중요하다고 하지 않았던가.

"당신은 언제나 날 즐겁게 해준답니다."

"이렇게 나무토막처럼 누워 있기만 하는걸……."

"아직도 모르겠어요? 난 리드하는 걸 좋아한다구요. 온순하게 가만히 있으라고 한다면 하나도 즐겁지 않을 거예요."

그녀는 그의 팔뚝에 뺨을 기댔다. 그가 나른하게 지쳐 있음을 알 수 있었다.

"당신, 여기 와서 많이 건강해졌어요."

"그런가? 그럼 이제 집으로 돌아갈 수 있겠군."

"아직은 안 돼요."

사실 그는 전혀 나아지지 않았다. 기침이 잦아지긴 했지만, 몸무게는 날이 갈수록 줄어들었다.

"글렌클라렌에는 내가 있어야 한다구."

"목사님께 편지 받았는데, 아무 이상 없이 잘 돌아간대요."

그의 몸으로 흐르는 떨림을 느끼며 그녀는 즉시 자신이 실수했음을 알아차렸다. 균형을 지키는 게 왜 이리 어려운 것일까.

"맞아. 난 필요한 존재가 아니오. 당신에게도, 글렌클라렌에게도."

"바보 같은 말 말아요. 우리 둘 다 당신이 필요해요. 언제나 당신이 있어 줘야 해요."

그가 묵묵히 고개를 저었다.

그녀는 눈물이 터지려는 걸 꾹꾹 눌러참았다. 그에게 약한 모습을 보이지 말아야 한다. 하지만 이 싸움에 점점 지쳐가는 자신을 어쩔 수 없었다.

"내 사랑을 의심하는 거예요?"

"아니오, 하지만 사랑과 필요는 다른 거라오. 난 당신에게 고통만 줄 뿐이야. 나만 없었으면, 당신이 튼튼하고 온전한 남자를 만나서 기쁨도…… 아이도 얻을 수 있었을 텐데."

아이. 언제나 대화의 마지막은 아이에 대한 것이었다. 그녀는 가벼운 어조로 말하려 노력했다.

"오늘밤에 그 아이가 생겼을지도 모르잖아요."

그는 대답하지 않았다. 그것이 더욱 그녀를 공포로 몰아넣었다. 전에는 약간의 희망이라도 불러일으킬 수 있었는데, 이젠 그 희망조차 나타나지 않았다.

"이안, 아이는 꼭 생길 거예요."

그녀가 필사적으로 속삭였다. 그를 붙잡기 위해서 거짓말 하나가 더해진들 무슨 잘못이란 말인가?

"당신 건강이 점점 좋아지고 있으니까……."

"쉬이……."

그가 그녀의 관자놀이에 입술을 부볐다.

"내 사랑, 나의 어여쁜 사랑. 난 너무 지쳤다오. 이제 그만 놓아주지 않겠소?"

그녀의 손이 그의 팔뚝을 부여잡았다. 가슴이 터지려 했다. 몸 속의 내장들이 갈기갈기 찢겨져 나가는 듯했다.

"안 돼요."

"내가 행복하길 바라잖소. 그래야 내가 더 행복할 것 같다오."

"너무해요. 나한테⋯⋯."

그녀의 말은 더 이상 이어지지 못했다.

"우는 거요, 마거릿? 이럴 생각은 아니었는데⋯⋯. 내가 당신에게 상처를 주고 말았구려."

"울지 않아요. 내가 왜 울어요? 사랑하는 남자와 같이 이렇게⋯⋯."

"포기하지 않으려 하는군⋯⋯. 나의 상냥한 마거릿⋯⋯."

그녀는 지금 상냥한 상태가 아니었다. 비명을 지르며 발길질하고 싶었다. 이안에게 이런 짓을 한 운명에게 주먹을 휘두르고 싶었다.

"당신도 포기하지 말아줘요, 날 위해서."

"요샌 매일 밤 그 꿈을 꿔. 어릴 적 언덕에 앉아 있었던 때 기억나오?"

"네."

"그 비슷한 느낌이라오. 평화와 빛과 행복으로 가득한 곳, 그곳이 날 기다리고 있소."

"그럼 50년 더 기다리라고 해요. 당신은 하루하루 더 건강해져서 글렌클라렌을 위해 아이도 낳아야 하고⋯⋯."

그가 고개를 흔들고 있었다.

"꼭 그렇게 될 거예요. 내가 그렇게 만들 거예요."

그녀는 그의 가슴에 얼굴을 묻으며 정신없이 중얼거렸다. 하지만 그는 그녀를 위해 싸워보겠다는 약속을 하지 않았다.

그가 잠으로 빠져든 후에도, 그녀는 절망과 두려움으로 그를 부둥켜안은 채 어둠 속을 뚫어져라 노려보았다.

"일 그만하고 나와 얘기 좀 해요."

마거릿이 카타우크의 작업실로 들어서서 문을 닫았다.

카타우크가 고분고분하게 수건에 손을 문질렀다.

"시니다에 온 후로 날 찾아온 적이 없었는데, 오늘은 아주 중요한 일인 모양이오."

"그래요."

그녀는 치맛자락을 펼치며 푹신한 부채꼴 의자에 내려앉았다. 반짝거리는 하얀 모자이크 바닥과 햇살을 한껏 받아들이는 창문들, 단순하면서도 고급스럽게 조각한 가구들을 둘러보았다. 예전에 작업실로 사용했던 마구간과는 천지차이였다.

"방이 꽤 쾌적하군요. 글렌클라렌의 작업실처럼 정신없을 줄 알았는데."

"아직 두 달밖에 안 됐잖소. 나조차도 그 정도의 황홀한 무질서를 창조하려면 긴 시간이 걸린다오."

"용광로는 어딨어요?"

카타우크가 베란다로 이어진 문 쪽을 가리켰다.

"루엘이 별채를 만들어 줬소. 자기 궁궐이 무너지거나 불타는 걸 방지하고 싶다더군."

그녀는 소맷자락의 레이스를 만지작거렸다.

"금으로 장난치는 게 즐거우신가요? 다른 사람들이 보기엔 너무 사치스런 취향인 것 같지만……."

"여기 온 이유가 뭐요, 마담?"

그녀가 눈살을 찌푸렸다.

"이제 말할 거예요."

"이안 때문이오?"

"부분적으로는 그래요."

그녀는 카타우크의 발치에 드러누워 있는 개에게 시선을 돌렸다.

"샘이 왜 여기 있어요?"

"제인이 맡아달라고 했소. 영리한 녀석이 아니라, 다람쥐라도 쫓다가 절벽으로 떨어질 것 같다고."

"그럴 수도 있겠군요."

그녀는 관자놀이의 머리카락을 매만졌다.

"커피라는 그 고약한 액체 한 잔 권하는 게 어때요?"

"안 되겠는걸. 그렇게 떨리는 손으로는 컵을 깨뜨릴 것 같다오."

그녀는 재빨리 두 손을 모아쥐었다.

"지금 만드는 건 뭐예요?"

"내 '장난감'에 대해서 말하러 온 게 아니잖소. 이안의 상태가 악화된 거요?"

"아뇨, 하지만……."

그녀는 잠시 자신의 손을 내려다보다가 다시 말을 이었다.

"아기를 낳아야 돼요."

그의 몸이 굳어졌다.

"의사가 가능성이 없다고 했잖소."

"그래요."

그녀는 얼굴이 달아오르는 것과, 그 짜증스러울 만큼 예민한 눈동자가 언제나처럼 그녀의 불편함을 알아차린 것도 느꼈다.

"하지만 아이를 꼭 낳아야 돼요. 당신이 도와주세요."

그가 나지막이 욕설을 중얼거리고는 냉소적으로 말했다.

"내가 어떻게 도울 수 있겠소? 당신에게 남자를 흥분시킬 수 있는 방법을 가르쳐 줄 수는 있지. 하지만 마술사도 아닌데, 주문을 외워 당신을……."

"조용히 좀 해요. 그런 헛소리 대신 내 말을 끝까지 들어보면 알 거 아니에요."

그가 간이의자에 앉아 그녀를 바라보았다.

"어디 들어봅시다."

"이안이…… 나로서는……."

그녀가 깊이 숨을 들이쉬었다.

"이안에게 살아갈 목적을 주지 않으면 그는 죽을 거예요. 그에게는 아이가 필요해요. 하지만 하나님께서 우리에게 그런 은혜를 허락지 않으시기 때문에, 내 손으로 감당하겠다고 결정했어요."

그녀는 똑바로 앞만 쳐다보며 빠르게 말을 이었다.

"나하고 같이 자주실래요, 카타우크?"

그의 몸이 얼어붙었다.

"지금 뭐라고 했소?"

"임신할 때까지만이에요. 그 후에는 귀찮게 굴지 않을게요."

침묵만이 흘렀다. 왜 무슨 말이든 하지 않는 걸까?

그가 천천히 입을 열었다.

"나더러 당신 남편에게 넘길 아이의 씨를 달라는 거요?"

그녀가 고개를 끄덕였다.

"암말에 올라탈 씨종마 역할에 왜 날 선택했는지 말해 주겠소?"

"천박한 말은 자제해 주세요."

그녀가 입술을 축였다.

"당신이 이안을 아낀다는 거 알아요. 튼튼한 아이를 낳을 수 있는 육체적인 힘도 있구요."

"다른 이유는?"

"당신에겐 별로 어려운 일이 아닐 것 같았어요. 엘렌 맥타비시와 다른 여자들의 일만 봐도 호색적인 성격이라는 걸……."

"날 보시오."

"다른 방법이 있었다면 이렇게까지 하지 않았을 거예요. 아이를 낳아야만 하기 때문에……."

"날 보시오, 마담."

그녀가 머뭇머뭇 시선을 돌렸다.

분노……. 지금껏 한 번도 본 적이 없는 분노가 그의 얼굴에 드러나 있었다.

"날 이용하지 마시오, 마담."

"그렇게 끔찍한……. 당신밖에 없어요. 루엘에게 말할까도 생각해 봤지만……."

"루엘이라고!"

"루엘도 호색적인 남자이니 이안을 구하기 위해서 그 일을 받아들일 가능성도 있어요. 하지만 간통의 짐을 지우고 싶지 않았어요. 그런 죄악은 하나님께서 용서하지 않으실 거예요."

그의 입술이 비틀어졌다.

"나 같은 이교도인은 죄를 지어도 상관없다는 거요?"

"당신 입장에서는 자비를 베푸는 거예요. 하나님도 당신 죄가 아니라는 걸 알아주실 거예요."

"맙소사, 당신과 자는 게 자비로운 행동이라고! 완전히 미쳤군."

"나도 처음 그런 생각이 들었을 때는 미쳤다고 생각했어요. 하지만 곰곰이 생각해 본 결과 다른 방법이 없다는 걸 알았어요. 당신에게 이런 부탁을 하는 게 나라고 편한 줄 알아요?"

"부탁이 아니라 명령처럼 들리던데."

"무례하게 굴려던 건 아니에요. 내 성격이 워낙 직선적이잖아요."

갑자기 그의 표정이 부드러워졌다.

"그건 알고 있소. 직선적이고 매섭고, 남한테 퍼주길 좋아하지. 그래도 이 일은 안 되오, 마담."

"왜요? 이렇게라도 하지 않으면 이안이 망가진단 말이에요."

"그 일을 하면 당신이 망가질 거요. 당신의 그 똑바른 도덕관념 때문에 스스로 부서져 버릴 거라오."

그가 그녀에게 다가왔다.

"난 파괴하는 취향이 아니오. 그래서 아브다한테서 도망쳤던 거요.

당신을 도와줄 수 없소."

"이건 내가 결정한 일이에요, 카타우크."

"내 협조가 없으면 안 되는 일이기도 하지. 안 되오, 마담."

그가 너무나 가까이 있었다. 그에게서 진흙 냄새와 커피향, 비누향이 풍겨나왔다. 그의 강인한 목에서 고동치는 맥박과 팔뚝 위로 불룩하게 튀어나온 힘줄들을 볼 수 있었으며, 그의 커다란 체격과 넓은 어깨와 활력 넘치는 에너지가 또렷하게 감각 속으로 파고들었다. 이 남자를 삼 년 동안이나 알아왔으면서 왜 이러는 걸까. 자신이 제안했던 그 일 때문에 당황스러운 탓이리라.

"당신을 택한 이유가 하나 더 있어요. 당신을 친구로 생각했기 때문이에요. 내가 잘못 생각한 게 아니길 바래요."

"빌어먹을!"

그는 그녀의 어깨를 잡아 흔들어 주고 싶은 것처럼 두 손을 뻗었다.

"이 일은 나에게 가장 힘겨운 과제예요. 당신이 함께 해준다면 위로가 될 거예요."

"나가주시오, 마담."

"내 제안이 정숙하지 못하다는 거 알아요. 하지만 왠지 옳은 일이라는 생각이 들어요. 아이가 생기면 이안이 살아날 거예요. 한 생명을 구하는 게 그렇게 나쁜 일인가요?"

"제발 나가시오."

"내가 그런 행위를 좋아하는 건 아니지만, 이안은 만족해 하는 것 같았어요. 당신이 불쾌해 하지 않도록 가르쳐 주는 대로 잘 할게요."

그가 그녀를 일으켜 세워 문 쪽으로 떠밀었다.

"내가 엘렌 맥타비시처럼 예쁘지는 않지만, 그래도 노력하면……."

"친애하는 마담, 당신은 예쁘지도 않고 엘렌 맥타비시와 비슷하지도 않소."

가슴이 따끔하게 아파왔다. 하지만 그녀는 단호하게 그를 바라보았다.

"그래도 당신한테 손해날 거 없잖아요. 지금 당장 시작하자는 건 아니에요. 나도 적응할 시간이…… 우리가 서로를 잘 이해하게 되면 더 편안해지겠지요. 우선 날 마거릿이라고 부르는 것부터 시작하기로 해요."

그녀가 복도 쪽으로 돌아섰다.

"내일 다시 올게요. 안녕히 계세요, 카타우크."

"안녕히 가시오, 마담. 다시는 오지 마시오."

그녀의 뒤로 쾅당 문이 닫혔다.

카타우크가 차갑게 그녀를 쳐다보았다.

"다시 오지 말라고 했을 텐데. 그런 헛소리나 듣고 있을 시간 없소."

"귀찮게 굴지 않을게요."

마거릿이 문을 닫고 작업실로 들어섰다.

"당신한테는 작업이 우선일 테니까, 일단 나도 도울게요."

그녀가 소맷자락을 말아올렸다.

"이안이 목욕하고 낮잠 자는 동안 여유가 있어요. 매일 여기 와서 당신이 장난감 만드는 거 도와드릴게요."

"내 견습생이 되겠다는 거요?"

"그럴 수도 있겠죠. 뭐부터 해야 하죠?"

"나가시오."

"그 가죽 앞치마는 왜 두르는 건가요? 나도 걸쳐야 하나요?"

"견습생 따윈 필요치 않소."

"어떤 장인들이건 사소한 일을 처리해 주는 조수가 있어야 돼요. 청소도 하고 물건도 들어주고…… 당신 장난감에 피해가지 않도록 조심할게요."

"마담, 이런 게 무슨 소용이란 말이오? 우린 지난 삼 년 간 알아왔으니 더 이상 알 것도 없잖소."

"당신은 날 알겠죠, 하지만 난 당신에 대해서 모르는 게 많아요. 언제나 얘기한 쪽은 나였고 당신은 묻기만 했잖아요."

그녀가 생각에 잠겨 덧붙였다.

"과거에 당신은 나에게 참으로 친절했어요. 지금도 그렇게 해주면 안 되나요?"

"난 지금 친절을 베푸는 거요, 당신이 아는 것보다 훨씬 더."

그가 한참 동안 그녀를 응시했다.

"못 말리는 고집이로군. 정말 포기하지 않을 셈이오?"

"그래요."

그가 두 손을 들어올렸다.

"할 수 없군."

그녀의 눈이 휘둥그래졌다.

"그럼……."

"아니, 제기랄, 당신을 견습생으로 쓰겠다는 뜻이오. 정신없이 몰아대면, 마냥 앉아서 쓸데없는 잡담으로 날 괴롭힐 수도 없겠지."

지금까지 자신이 고백했던 것들이 그에게는 모두 잡담으로 들렸던 걸까. 그녀는 상처받은 느낌을 애써 밀어내며 과장스럽게 입을 열었다.

"내가 쓸데없는 잡담으로 당신을 괴롭혔던 모양이군요. 미안해요."

"당신이 억지로 끌어다 앉혀놓고 들으라고 한 게 아니오. 내가 들은 거요. 당신에겐 그게 필요했소. 고해성사 신부처럼 내가 당신에게 피난처와 죄사함을 주었소. 당신이 요구하는 그 일이 일어나면 더 이상 그런 피난처가 없어질 거요. 그런 생각은 안 해봤소?"

그 피난처가 없어진다면 그녀는 많이 외로워질 것이다.

"이안을 살리는 게 더 중요해요."

"당신은 어리석은 여자요. 핏줄이라는 이유만으로 이기적인 아버지에게 몇 년을 희생하더니, 이젠 또 이안을 위해 희생하려 드는군. 그건 모두 당신의 사랑이 충분치 않다는 죄책감 때문이오."

그녀가 놀란 눈을 치켜올렸다.

"난 그들을 사랑했어요."

"사랑이란 서로 주고받아야 하는 거요. 하지만 당신 아버지는 아무 것도 돌려주지 않았소."

"하지만 이안은……."

"그건 소꿉친구로서의 사랑이었소. 그 관계가 변할 수도 있었겠지만, 사고 때문에 이안도 당신의 아이가 돼버렸소. 지금 그는 당신이 보호해 줘야 할 어린애일 뿐이오."

"아니에요. 난 남편을 진심으로 사랑해요."

"온 마음을 바칠 정도는 아닐걸. 그래서 자신을 망가뜨리는 식으로 그걸 보상하려는 거요."

"그렇지 않아요. 그런 식으로 말하지 말라구요."

그가 차갑게 미소지었다.

"다른 사람에게는 정직하면서 자기 자신한테는 정직하지 못한 게 바로 당신의 문제요."

"그럼 왜 전에는 그런 얘길 하지 않았죠?"

"당신이 매우 특별하고 괜찮은 여자였기 때문에 상처 주고 싶지 않았소. 하지만 이런 식으로 고집 부리면, 다시는 숨을 곳을 제공하지 않을 거요. 벽을 쌓아도 내가 무너뜨릴 거요. 반토막의 진실만 말할 때에도 내가 전체를 다 뒤집어서 드러낼 거요. 더 이상의 위로도, 더 이상의 피난처도 없소."

그녀는 평생에 가장 두렵고 연약해진 느낌이었다. 하지만 애써 미소지어 보였다.

"똑바로 마주 봐야 하는 게 인생이죠. 피난처는 필요치 않아요."

그녀가 테이블로 가까이 다가갔다.

"이제 이 장난감에 쓰인 표시가 무슨 의미인지 말해 주세요."

그는 곧바로 대답하지 않다가 그녀가 시선을 들어올리자 흐릿하게 미소지었다.

"더 이상 내 작품을 '장난감'으로 부르지 마시오, 마담."

"마거릿이라고 부르세요. 그리고 내 눈에 작품처럼 보이면 그렇게 부를게요."

"지금부터는 진실만을 말해야 할 거요. 당신은 아름다움을 보는 안목이 있소. 내가 아는 누구보다 더 뛰어날지도 모르오."

"내가 그 아름다움을 알면서도 감탄하지 않는 척한다는 건가요? 내가 왜 그래야 하죠?"

"아름다움이 기쁨과 동시에 아픔까지 주기 때문일지도 모르지. 그런 부드러움이 당신의 신성한 책임감에 방해가 될까봐."

그녀는 또다시 무기력하고 불안한 느낌에 빠져들었다.

"피난처는 없소, 마담. 자비도 없을 거요."

그가 부드럽게 중얼거렸다.

"그런 거 상관없어요."

그녀는 힘없이 시선을 돌렸다.

"무슨 일부터 할까요? 나도 가죽 앞치마를 입어야 할까요?"

그는 슬픔이 깃든 미소를 지으며, 그녀에게 앞치마 하나를 건넸다.

"당신 옷을 더럽혀서는 안 되겠지. 그러고도 남을 충동적인 성격이니."

괴성……. 천둥소리…….

제인은 퍼뜩 잠에서 깨어났다.

괴성이 다시 이어지고 곧이어 천둥소리가 뒤따랐다.

"나와봐, 어서! 선로가……."

소총을 든 리 성이 그녀의 텐트로 뛰어들었다.

그녀는 이불을 밀쳐내고 재빠르게 부츠를 신었다.

"무슨 일이야?"

"코끼리."

분노한 듯한 괴성이 또다시 거칠게 울려퍼졌다.

그녀가 벌떡 일어나 텐트 입구로 달려갔다.

횃불을 들고 일꾼들을 깨우러 다니는 딜람의 모습이 보였다.

"여긴 놔두고 우리와 같이 가요."

딜람이 고개를 끄덕이며 그녀의 옆으로 따라붙었다. 그들은 괴성이 들리는 선로 쪽을 향해 정신없이 내달렸다.

"갑자기 웬 코끼리죠?"

"무리에서 추방당했나봐요. 외로워서 미쳐버린 거죠. 아주 위험해요."

또다시 울려퍼지는 울음소리. 가까이에 접근했다.

다음 순간 그 격분한 울부짖음보다 우그러지는 금속성이 그녀를 더욱 공포로 몰아넣었다.

"빌어먹을 놈이 내 선로를 부수고 있어!"

굽이진 곳을 돌아나가자 거대한 코끼리 한 마리가 한눈에 들어왔다. 길다란 코로 철로 하나를 집어들어 날려버리고, 또 다른 철로로 코를 뻗었다.

"막아야 돼!"

코끼리가 고개를 처들고 충혈된 눈으로 그들을 노려보았다.

리 성이 욕설을 퍼부으며 선로 옆으로 움직여 소총을 들어올렸다.

"안 돼요!"

딜람이 고함치면서 총구를 내리쳤다.

"저 녀석, 다노예요."

코끼리가 엄니를 바짝 내려뜨린 채 리 성을 향해 돌진했다.

제인이 리 성을 옆으로 밀어내며 함께 땅으로 굴러 간신히 그 공격을 피해냈다.

딜람이 땅에 떨어진 총을 움켜잡았다.

"가만히 누워 있어요."

"저 괴물한테 깔려 죽으라는 거요? 그럴 순 없어. 그 총을 이리 주시오."

딜람이 총을 들어 코끼리의 머리 위쪽으로 발사했다.

코끼리가 코를 앞뒤로 흔들어대며 멈춰 섰다.

두 번의 총성이 더 울려퍼졌다.

"뭐하는 거예요? 그 정도로 코끼리가 물러가겠어요? 쏴야죠."

제인이 성마르게 소리쳤지만 딜람은 하늘 쪽으로 세 발의 총을 더 발사했다.

코끼리가 쿵쿵 발을 옮기며 엄니를 치켜들었다. 그리고는 갑자기 돌아서서 정글 속으로 사라져갔다.

제인은 격하게 고동치는 심장을 진정시키려 애쓰며 작은 한숨을 토해냈다.

"다시 올까요?"

"오늘밤에는 안 올 거예요."

딜람이 리 성에게 총을 돌려주며 살짝 고개 숙였다.

"당신 총을 빼앗아서 미안해요. 하지만 그 녀석은 다노였어요. 아주 특별한 코끼리예요."

"그놈이 날 노렸어."

리 성이 험악한 표정으로 일어났다.

"나한테 달려들었어. 날 절름발이라고 얕봤던 거야. 그 생각이 틀렸다는 걸 보여주겠어. 놈을 쫓아갈 거야."

"말도 안 돼. 코끼리가 무슨 생각을 해? 그냥 미친 코끼리였다구. 게다가 지금은 그럴 시간 없어."

제인이 선로를 살펴보기 시작했다.

"맙소사!"

그녀는 눈앞의 현장을 공포스레 노려보았다. 철로가 뽑혀나가고 침목들이 부러져 있었다. 그녀는 딜람의 손에서 횃불을 빼앗아들고 선로 앞으로 전진해 나갔다. 재앙과 재앙의 연속이었다.

"심각하네."

딜람이 중얼거렸다.

이건 심각한 것 이상이었다. 3킬로미터 이상이 파괴되어 그걸 복구하려면 하루를 완전히 날려야 할 판이었다.

"그 코끼리가 얼마나 특별하든 상관없어요. 다시는 이런 일이 없어야 돼요."

"다시 안 올지도 몰라요."

"흉악한 코끼리가 무슨 짓인들 못하겠어요?"

"하지만 다노는 아주 특별하다구요. 사람을 이해하는 능력이 있어요."

"철로 망가뜨리는 방법을 안다는 뜻이겠죠."

제인이 흐트러진 머리를 쓸어올렸다.

"코끼리 한 마리가 어떻게 이 많은 걸 다 해치운 거지? 15분 전까지만 해도 아무 소리도 안 들렸는데."

"다노가 들리지 않도록 했기 때문이죠."

"그게 무슨 말이에요?"

"할 일을 거의 끝낸 뒤, 이유는 모르겠지만 우리 관심을 끌려고 일부러 소리를 냈던 거예요."

제인이 어이없다는 듯 그녀를 쳐다보았다.

"코끼리가 계획적으로 이런 짓을 했단 말이에요?"

"그건 나도 몰라요. 하지만 다노가 일반 코끼리와 다른 건 틀림없어요."

"일반 코끼리와 다르든 말든, 다시는 이런 일이 일어나지 말아야 한다구요."

딜람은 심란한 듯이 머뭇거렸다.

"다시 올 가능성이 없는 건 아니에요. 그 녀석은 방해받는 걸 아주 싫어하거든요. 내일 저녁부터 보초를 세워 놓을게요."

"선로 전체에 보초를 세워 놓을 수도 없잖소. 그놈을 쫓아가서 쏴버리는 게 최선이오."

리 셩이 거칠게 중얼거리자, 딜람의 표정이 단번에 딱딱해졌다.

"그런 일은 도와드릴 수 없어요."

"그놈이 해놓은 짓을 봤잖아요. 왜 도와줄 수 없다는 거예요?"

제인이 성마르게 다그쳤다.

"다노가 내 아이의 생명을 구해줬어요. 은혜를 저버릴 수는 없어요."

"나 혼자서라도 쫓아갈 거야."

리 셩이 중얼거렸다.

"정글에 대해서 아무것도 모르잖아. 길을 잃어버릴 거야."

"하지만 그놈이 아주 싫어. 게다가 그 정도 덩치라면 나라도 충분히 쏴맞출 수 있어."

"총알이 그 껍질을 관통할지도 확신할 수 없어. 너무 위험해. 오늘 밤에도 거의 죽을 뻔했잖아."

"그놈은 날 싫어해. 우린 서로를 싫어해. 놈을 쫓아가서 죽일 거야."

제인이 고개를 흔들었다.

"지금은 이러지 말아 줘, 리 셩."

그녀가 딜람에게 시선을 돌렸다.

"보초들을 무장시켜야 해요. 알겠죠?"

"알았어요."

하지만 코끼리에게 총을 쏘도록 하겠다는 약속은 하지 않았다.

제인은 돌아서서 캠프로 향했다.

리 셩이 그녀의 옆으로 따라붙었다.

"마감시한 때문에 걱정하는 거야?"

"그래."

"아직 하루 정도 여유가 있잖아."

"그 망할 놈의 코끼리가 다시 와서 부수지만 않는다면."

"그런 일이 생기면 내가 기필코 죽여 버릴 거야."

그의 말은 진심이었다. 무슨 이유에선지 리 셩은 그 코끼리의 공격을 원수의 공격처럼 받아들이고 있었다. 이젠 마감시한뿐만 아니라, 코끼리를 쫓아 헤매다니는 리 셩까지 걱정해야 한단 말인가. 갑자기 절망감과 피곤함이 밀려들었다. 그래도 아직 이틀 남았어. 이틀 안에 피해를 복구하고 공터를 청소할 수 있으리라.

미친 코끼리가 이 철로를 부숴버리겠다는 미친 생각에 빠지지 않기만을 기도해야 했다.

15

리 셩이 딜람의 담요 옆에 앉아 그녀의 어깨를 흔들었다.

"일어나시오."

딜람이 졸린 눈꺼풀을 힘겹게 들어올렸다.

"네슬링하고 싶어요?"

"아니오."

딜람이 하품을 하며 다시 눈을 감았다.

"그럼 그냥 잘래요. 방금 잠들었다구요. 내일 얘기해요."

"난 도저히 이 상태로 잠잘 수 없소. 당신 대답을 들어야겠소. 코끼리에 대해서 말해 주시오."

딜람이 눈을 뜨고서 한쪽 팔꿈치로 몸을 일으켰다.

"뭘 알고 싶어요?"

"뭐든지 다."

"다노를 쫓아가고 싶어서 그래요?"

"그렇소."

"왜 그렇게 화가 난 건가요?"

정말 왜 이렇게 화가 났을까. 그는 자신의 감정이 전적으로 비이성적이라는 걸 알고 있었다. 하지만 그 너덜너덜해진 귀의 괴물을 보는 순간, 그의 내부에 있던 무언가가 폭발해 버린 느낌이었다.

"그놈이 날 죽이려 했소. 그걸로 충분한 이유 아닌가?"

"하지만……."

딜람이 그의 얼굴을 살펴보았다.

"내 생각에는 당신이 마콜을 들은 것 같아요."

"마콜이라니?"

"부름이죠. 가끔씩 코끼리가 사람을 끌어들여 남은 평생을 한 몸처럼 살아간다고 해요. 그건 아주 드문 일인데……. 이상하네요."

리 셩이 냉소적으로 반박했다.

"장담하건대 난 그런 부름을 들은 적이 없고 어떤 코끼리와도 하나가 될 생각 없소."

"하여튼 좋아요. 코끼리에 대해서 아는 걸 말해드리죠."

딜람이 미소지으며 일어나 앉아 담요를 어깨에 둘렀다.

"그들은 우리와 아주 비슷해요. 아주 오래 살아요. 60년 이상씩 살기 때문에 십대를 지나기 전까지는 어른이라고 할 수 없어요. 여덟 마리나 열 마리씩 무리지어 다니고 가끔은 더 큰 무리와 합치기도 해요. 다노의 무리는 백 마리도 넘어요. 보통은 그 중에서 가장 덩치 큰 놈이 대장이에요."

"또 다른 마하라자로군."

"게다가 아주 영리해요. 대장 자리를 지키려면 특별히 더 영리하고 힘이 세야 하죠. 다른 코끼리한테 도전을 받아서 지게 되는 경우에는, 그 무리를 떠나서 혼자 지내야 해요. 그런 절망감이 녀석을 난폭하게 만들기도 하구요."

"다노처럼?"

"그럴지도 모르죠."

그녀가 어깨를 으쓱였다.

"그들은 하루에 450킬로그램씩 먹어치우죠. 제일 좋아하는 먹이는 나무 꼭대기에 달린 가지예요. 그게 아주 부드럽거든요. 그 가지에 닿지 않으면 나무를 쓰러뜨리기도 해요. 코끼리가 이동한 곳에 쓰러진 나무들이 있는 것도 그 때문이에요. 줄기차게 먹어대야 그 덩치를 유지할 수 있어요. 엄니는 숫놈들만 지니고 있어요. 그걸로 큰 피해를 가할 수 있죠."

"나도 당할 뻔했어."

"다노가 당신을 밟으려고 했는지는 확실치 않아요. 당신이 옆으로 피했을 때 쫓아갈 수도 있었는 걸요."

"그놈은 날 죽일 작정이었소."

그녀가 인상을 찌푸리며 말을 이었다.

"코끼리들은 물을 아주 좋아해요. 강을 건널 때는 물 속에 푹 잠겨서 헤엄을 치죠."

"그런 건 알 필요 없소. 난 수영할 줄 모르니까 단단한 땅에서만 그놈을 만날 생각이오."

"내 말 가로막지 말아요. 당신이 뭐든 다 알고 싶다고 했잖아요."

리 성은 반박하려다가 이내 입을 다물었다. 지난 몇 개월 간 딜람이 얼마나 고집스러운지 파악했던 데다가 이런 얘기를 들어둬서 손해날 것도 없었다. 그녀가 만족스레 고개를 끄덕이고는 그 후로 20분 간이나 설명을 계속한 후에야 끝을 맺었다.

"내가 아는 건 다 얘기했어요."

리 성이 이제 자신의 잠자리로 돌아가야 한다는 건 분명했다. 알고 싶은 것도 다 알았다. 그런데 왠지 마음에 걸리는 것이 있었다.

"왜 안 가요?"

"당신에게 자식이 있는 줄은 몰랐소."

"아, 아들이 둘 있어요. 메도르는 아홉 살이고 칼마르는 네 살이에요. 내가 여기 일을 감당하는 동안 위원회 여자들이 잘 보살펴 주고 있어요."

"아들만 둘이라고? 당신네 지배와 영광의 전통을 이어받을 딸이 아니라서 대단히 유감스럽겠군."

그녀가 한숨을 내쉬었다.

"우린 지배하는 게 아니에요, 단지…… 남자도 마음만 먹으면 위원이 될 수 있어요. 아주 힘든 시험을 거쳐 자신의 가치를 증명하기만 하면 돼요. 하지만 우리 부족 남자들은 즐겁고 편한 인생을 더 좋아하죠."

"당신 남편도 편한 인생을 더 좋아하나?"

그녀의 표정이 경직되었다.

"세나트가 살아 있었을 때는 사냥을 아주 좋아했죠. 자신이 하는 일은 무엇이든 즐거워했어요."

"다노가 구해 주었다는 아들은 어느 쪽이오?"

"메도르. 그 당시 5살이었어요. 그 얘기를 듣고 싶은가요?"

그가 고개를 끄덕였다.

그녀는 잠시 망설이다가 마음을 다지는 듯 어깨를 들썩였다.

"우리 가족은 자주 마을 근처의 강가로 놀러가곤 했어요. 매도가 코끼리들이 물장난치는 모습을 보는 것을 좋아했거든요. 어느 날 저녁, 여느 때와 같이 아무 걱정 없이 웃고 있었는데…… 갑자기 호랑이 한 마리가 우리한테 덤벼들었어요. 세나트가 날 밀어내고 호랑이와 맞붙었죠……. 온통 피범벅이었어요. 그가 피투성이가 된 채, 땅에 쓰러졌어요. 난 세나트의 창을 들고 호랑이 쪽으로 달려갔어요. 그런데 그놈이 날 무시하고 메도르에게 방향을 틀었어요. 그때 코끼리 한 마리가 강둑으로 내려왔죠. 다노였어요……. 다노가 메도르를 코로 들어올렸을 때 호랑이가 다노의 귀를 물어뜯었어요."

딜람의 얼굴이 창백해지고 입술도 고통스레 일그러졌다. 처음 이 얘기를 듣고자 했을 때 리 성은 이 정도 비극으로 얼룩진 참사일 줄 예상치도 못했었다.

"괜한 걸 물었군. 더 이상 말할 필요 없소."

"이미 다 했는 걸요. 다노가 뒷발로 호랑이를 밟아 죽였어요."

그녀는 부르르 몸을 떨며 담요를 바짝 감아쥐었다.

"나와 메도르는 살았고, 세나트는 죽었어요. 그 후로 나에겐 인생의 기쁨이 사라졌죠. 그런데 뱃속에서 아이가 자라는 걸 알았을 때 그 기쁨이 되돌아왔어요. 세나트가 내 슬픔을 위로하려고 보내준 선물 같았죠. 마치 아직 살 만한 인생이라는 걸 나에게 가르쳐 주려는 듯……. 놀랍지 않아요?"

"아주 놀랍소."

이 순간 그에게 그녀 또한 놀라워 보였다. 단순하고 토속적인…… 아름다움. 그가 조용히 입을 열었다.

"그래도 내가 다노를 괴물로 여기는 건 변함이 없소."

"알아요."

그녀가 인상을 찡그렸다.

"마콜에 저항하는 중일 테니 똑바르게 생각할 수도 없겠죠. 이성이 부족한 게 남자들의 공통점이니까요."

그녀가 다시 드러누워 눈을 감았다.

"이젠 자야겠어요. 나가세요."

"피해가 어느 정도지?"

부서진 철로와 재목들이 치워지는 과정을 지켜보며 루엘이 물었다.

"보이는 것처럼 심각하진 않아요. 마감시한까지 맞출 수 있어요."

제인이 애써 태연하게 대답했다.

"이게 다 코끼리 한 마리의 솜씨야?"

"딜람이 말하기로는 특별한 코끼리라고 하더군요."

그녀가 씁쓸하게 웃었다.

"하지만 이제부터는 보초를 세우기로 했어요. 다시는 이런 일 없을 거예요."

"과연 그럴까?"

"그래요."

그녀가 리 성이 있는 쪽으로 걸어나갔다.

"이럴 시간 없어요. 난 일하러 가야 돼요. 당신은 금광에 가서 금이나 파내세요."

루엘은 그 자리에 선 채 나지막이 중얼거렸다.

"아니, 상황을 지켜봐야겠어. 뜻밖의 동지가 생긴 것 같거든."

맙소사, 열이 펄펄 끓었다.

그녀는 세면대로 달려가 차가운 물로 얼굴을 적셨다. 그리고는 밤바람을 찾아 텐트 입구를 열어젖혔다. 그녀의 시선이 몇 미터 떨어진 모닥불 쪽으로 흘러갔다.

루엘이 사람들을 재미나게 해주는 모양이었다. 생생하게 살아 있는 얼굴, 불빛에 반짝이는 푸른 눈동자. 그가 뿜어내는 마술적인 분위기에 또다시 빨려들어갈 것 같았다.

아니, 열이 나서 이러는 것뿐이야.

퀸카오를 몇 방울 먹고 나면 열이 떨어질 거야. 그녀는 돌아서서 침대 옆의 배낭을 찾아 무겁게 걸음을 옮겼다.

약을 먹은 후 잠자리에 누워서 긴장을 풀어내려 여러 번 심호흡을 해 보았다. 쉬어야만 한다. 지난 몇 달 간의 피로와 긴장이 수정처럼 몸 속에 응집되어 가장 미약한 타격으로도 부서져버릴 지경이었다. 그런 일은 일어나지 말아야 한다……. 철로에 대해서 생각하자. 이제 곧 눈앞에 펼쳐질 자유로운 인생만을 생각하자.

조금씩 긴장이 풀어져갔다. 이제 열이 떨어지면 기분도 나아질 것이다. 잠시 후면 잠 속으로 빠져들어 루엘이라는 남자에 대해서도 잊을 수 있으리라…….

리 성의 표정을 보는 순간 그녀는 즉시 상황을 알아차렸다. 그녀가 벌떡 일어나 앉았다.

"코끼리야?"

리 성이 심각하게 고개를 끄덕였다.

"방금 보고가 들어왔어."

그녀가 이불을 걷어 냈다.

"금방 나갈게."

"서둘 거 없어. 벌써 그놈은 사라져 버렸어. 난 루엘을 깨우러 갈 거야."

루엘……. 맞아, 루엘이 이곳에 있었다. 두렵고 화가 났다. 이건 공평치 않아. 그렇게 힘들게 노력했는데, 왜 아무 희망도 없이 허물어져야 한단 말인가? 하지만 이번에는 그리 심각하지 않을지도 모른다. 아침 해가 떠오른 시간까지 코끼리 소리를 듣지 못했다면……. 걱정할 만한 상황은 아닐지도 모른다.

그렇다 해도 눈으로 직접 확인해야 한다. 그녀가 서둘러 일어났다. 아찔한 현기증에 텐트 기둥을 움켜잡았다.

5분 후에 그녀는 텐트 밖으로 나섰다. 리 성, 딜람, 루엘이 이미 말에 올라 있었다. 입을 꽉 다문 채 그들과 함께 선로 쪽으로 출발했다.

'이럴 순 없어.'

제인은 눈앞의 폐허를 응시하며 멍하니 생각했다.

"얼마나 부서졌소?"

리 성이 딜람에게 물었다.

"9킬로미터가 사라졌어요."

"보초들은 다 눈 뜬 장님들이었나?"

"이렇게 멀리까지 올 줄은 몰랐어요. 지난번 나타난 지점에서 25킬로미터나 떨어져 있는 걸요."

"9킬로미터"

제인이 무감각하게 중얼거렸다. 하루 사이에 복구할 가능성은……
전혀 없었다.

그녀는 루엘의 시선이 와닿는 것을 느끼며, 충격과 공포를 드러내지 않으려 애썼다. 고소해 하는 그의 표정을 바라보지 않기 위해 그녀는 끔찍한 피해현장만을 뚫어져라 노려보았다.

"이런 식으로는 안 돼. 더 이상은 안 돼요, 딜람."

딜람이 홱 돌아서서 말이 있는 쪽으로 걸어갔다.

"크로싱으로 가서 일꾼들을 불러올게요."

그 미친 코끼리가 선로를 몽땅 망가뜨릴 수도 있는 이때에, 딜람은 그를 막을 노력조차 하지 않고 있었다.

"제인."

루엘의 목소리를 듣는 순간, 그녀는 더 이상 감당할 수가 없어졌다.
가슴속의 무언가가 터져 버린 것처럼, 절망이 격렬한 분노로 바뀌었다.

"대단히 행복하겠군요. 당신이 이겼어요."

"그래, 내가 이겼어."

그의 묘한 어조가 그녀의 시선을 잡아끌었다.

그의 표정에는 조롱이나 만족스러워하는 기색 하나 없이, 무슨 생각을 하는지조차 가늠할 수 없었다. 하지만 그 남자가 무슨 생각을 하든 상관없었다. 그녀의 가슴에서 폭발해 버린 분노가 다른 모든 것들을 흐릿하게 만들었다.

"하지만 이 정도로 충분치 않겠죠? 당신이 바라는 건 더 있어요. 내가 철저하게 무릎 꿇기를 바라겠죠. 아직도 날 처벌하고 싶겠죠. 좋아요, 당신이 바라는 걸 주겠어요."

그녀의 말이 격렬한 물줄기처럼 터져나왔다.

"그래요, 날 충분히 상처 입힐 때까지 당신은 만족스럽지 않겠죠. 당신이 가하는 어떤 벌이든 받아들이겠어요. 빌어먹을 여름 별장에 가서 날 기다리세요."

"뭐라고?"

"내 말 못 들었어요? 여름 별장으로 가서 당신이 바라는 대로 해주겠다구요. 원하는 게 그거였잖아요, 그렇죠? 날 처벌하고 싶은 거였잖아요. 그래서 내가 여기 와 있는 거잖아요."

"그걸 부인한 적은 없어."

"오, 그럼요. 항상 솔직했었죠. 시니다로 오면 세상을 주겠다고 했던가요?"

"너에게 이길 기회를 주겠다고 했었지."

"하지만 난 첫 번째 싸움에서 졌어요. 다시는 지지 않을 거구요. 시간 내에 이 선로를 끝마칠 거예요. 다시는 당신한테 방해받지 않아요. 당신 목소리든 얼굴이든 다 내 눈앞에서 사라지게 할 거예요. 작업 끝날 때까지 내 앞에서 얼쩡거리지 말아요."

그녀의 목소리가 찢어질 듯이 높아졌지만 도저히 추스를 수 없었다.

"복수가 끝날 때까지 당신이 그렇게 해줄 리는 없겠죠. 그러니까 당신이 바라는 복수의 기회를 주겠어요."

"충격 때문에 자신이 무슨 말을 하는지도 모르는 것 같군."

"당신이 독수리처럼 내 머리 위에서 날아다니는 게 지긋지긋해졌다는 것만은 알아요. 이걸 끝내고 싶다는 것도 알아요."

그는 그녀의 새빨개진 얼굴과 번들거리는 눈동자를 한참 동안 쳐다보았다.

"빌어먹을, 나도 마찬가지야!"

그가 말의 방향을 홱 돌렸다.

"내일 저녁에 여름 별장으로 와. 말은 마구간에 묶어놓고 걸어서 와. 다른 사람한테 알려지는 건 싫으니까."

그가 남쪽을 향해 말을 달려갔다.

"이제 어떻게 할 거야?"

리 성이 절룩이며 그녀에게로 다가오고 있었다. 그녀는 동요된 감정을 숨기려 숨을 깊이 들이쉬었다.

"이놈의 코끼리를 그냥 놔둘 셈이야?"

"그렇게는 안 돼. 무슨 방법이든 취해야만 해. 하지만 우선 피해를 복구해야지."

"또?"

"그래, 또. 달리 무슨 방법이 있어?"

그녀가 격앙된 목소리로 되받아쳤다.

"내가 코끼리를 쫓아갈게."

"안 돼! 여기 일을 감독할 사람이 필요해. 난 내일 아침에 궁궐로 가서 루엘과 협상을 해야 한다구."

"여기 일은 딜람이 맡을 수 있어."

"딜람은 코끼리가 철로 전체를 부숴뜨려도 보고만 있을 거야."

"그놈이 단단히 작정을 한 것 같아."

리 성의 시선이 정글로 사라진 코끼리의 흔적들을 노려보았다.

"이번에도 서쪽이야. 이유가 뭘까?"

그 코끼리에 대한 이상한 집착이 다른 일들을 모조리 망각시켜 버린 듯했다. 적어도 리 성에게 간섭받을 일은 없으리라, 그녀는 그의 뒷모습을 응시하며 힘없이 생각했다.

아까의 분노가 서서히 사그라들며 그 자리에 걱정이 자리잡았다. 하지만 잘 한 짓이었다. 루엘 때문에 생겨난 이 감정적인 혼란들, 끊어질 듯한 긴장감을 더 이상 견딜 수 없었다. 어떻게 해서든 끝을 내야만

했다.

"코끼리로군요."

마거릿이 작업대 위의 작은 돌을 유심히 관찰했다. 소리치는 듯 코를 들어올린 코끼리가 놀라우리만큼 섬세하게 새겨져 있었다.

"어제까지만 해도 못 봤는데 언제 만들었어요?"

"어젯밤에. 잠이 안 와서 루엘에게 인장을 하나 만들어 주기로 결심했소."

카타우크가 그 돌 바닥의 작은 글씨를 가리켜 보였다.

"루엘이 마음에 들어할 것 같소?"

"이런 거 없어도 루엘은 충분히 자만심 덩어리예요."

"그래도 궁궐 예술가로서 난 후원자의 환심을 사야 할 입장이라오."

"당신이 만들고 싶어서 만든 거겠죠."

그가 고개 젖혀 웃음을 터트렸다.

"나에 대해서 잘 알아가기 시작했군. 남자에겐 약간의 자기 기만도 필요하다오."

"왜 하필 코끼리예요?"

"코끼리 장난감으로 이 섬을 사들일 수 있었으니까."

그는 작은 단지로 손을 넣어 살짝 굳은 밀랍을 듬뿍 퍼냈다. 그 커다란 손이 능숙하고 민첩하게 그 돌에 돋을새김을 만들어 냈다.

그녀는 아무 형체도 없던 재료에서 아름다움이 살아나는 모습을 홀린 듯이 지켜보았다. 그의 손이 관능적이고 애무하는 듯 돌과 밀랍을 다루고 있었다.

"나도 코끼리를 좋아하오."

그가 불쑥 입을 열었다.

"궁궐에 있을 때 코끼리 조각을 수십 개나 만들었지."

"지겹지 않았어요?"

"그래도 노력한 만큼의 가치는 있었소. 궁궐의 방마다 한 마리씩 들어갔거든. 게다가 아브다가 그걸 아주 싫어했소."

"왜요?"

"어렸을 때 코끼리 등에서 떨어져 팔을 밟힌 적이 있었소. 불행히도 완전히 끝장나기 전에 구출되었지만."

그가 붓을 올리브 기름에 담갔다가 밀랍 돋을새김에 살짝살짝 발랐다.

"그 얘기를 들은 후로 코끼리가 더 좋아지더군."

"유쾌한 생각은 아니로군요."

"아브다 자체가 유쾌한 놈이 아니라오."

그가 인장 주위에 깨끗한 진흙벽을 만들어내기 시작했다.

"그 아브다가 여길 노리고 있다던데, 당신은 왜 이곳으로 온 건가요?"

"여러 이유가 있었소."

"무슨 이유요?"

그가 자리에서 일어나 작은 냄비가 끓고 있는 스토브로 걸어갔다.

"그런 거 대답할 시간 없소. 솔이 긴 붓이나 갖다 주시오, 견습생."

"나한테는 질문도 잘 하면서 왜 대답 안 해줘요?"

"당신에겐 숨길 비밀이 없잖소. 모든 게 물처럼 투명하지."

"내가 그 정도로 얄팍하단 거예요?"

그는 조심스레 밀랍 위로 안료 반죽을 쏟아 붓고 틈 사이사이로 흘려보냈다.

"얄팍한 게 아니라, 맑고 깨끗하다는 거요."

"당신한테 파고드는 재주가 있으니까요."

그가 고개를 들어 부드럽게 그녀를 쳐다보았다.

"난 시험만 해봤을 뿐이오. 아직 깊이까지 파고들지도 않았다오."

그녀는 묘한 열기에 당황하며 황급히 시선을 내렸다.

"다음 단계는 뭐예요?"

그는 대답하지 않았다. 시선을 들었을 때, 그의 얼굴에는 강렬함과 힘. 그리고 그 외에 규명할 수 없는 무언가가 엿보였다.

이윽고 그가 다시 간이의자에 내려앉았다.

"반죽이 굳으면 밀랍을 떼어낼 거요. 칼로 잘 긁어내고 나서 광을 내야 하오."

"그 다음엔 주조를 만드는 거예요?"

"맞았소. 열두 시간 동안 굳힌 후에 오늘밤 용광로에다 구울 거요. 당신도 인장을 만들어 보고 싶소, 견습생?"

"아니에요. 난 그 정도로 자만심이 크지 않답니다."

그녀가 다른 곳으로 주제를 바꿨다.

"당신은 이런 일을 누구에게 배웠어요?"

"아버지에게. 그분은 이스탄불 최고의 금세공장인이었소. 나에게 많은 것을 가르쳐 주셨지. 하지만 열세 살 때 나더러 떠나라고 하더군."

"왜요?"

"질투심 때문이었지. 어렸을 때조차 나의 재능이 빛을 발했으니까. 술탄까지도 내 작품을 눈여겨보았소."

"그렇게 사소한 이유 때문에 아들을 쫓아낸단 말이에요?"

"그분에겐 사소한 이유가 아니었소. 나도 언젠가 그런 일이 일어날 줄 알고 있었고. 그분은 훌륭한 장인이었지만, 난 천재였거든. 아버지를 원망하진 않소. 자신에게 없는 재능을 지닌 천재와 같이 산다는 게 쉬운 일은 아니지. 나 역시 똑같은 입장이었다면 견디기 힘들었을 거요."

"하지만 당신은 그런 이유로 아들을 쫓아내지 않을 거예요."

그가 미소지었다.

"당신이 어떻게 알지?"

"그냥 알아요."

그녀는 지난 몇 주 간 카타우크에 대해서 많은 것을 알게 되었다. 그의 오만함은 허영이 아니었다. 자신의 예술가적 능력에 대한 자부심이 대단하긴 했어도, 다른 능력에 대한 자랑은 그저 겉치레에 불과했다. 그녀의 서툰 솜씨에도 놀랄 만큼의 인내심과 친절을 보여주었다. 그를 알고 있기 때문에 더더욱 그 조롱 섞인 외면 속으로 상냥함을 숨길 수밖에 없도록 첫 번째 상처를 준 그의 아버지에게 화가 났다.

"당신 아버지가 잘못하신 거예요."

"원망하지 않는다고 했을 텐데."

하지만 분명 상처를 입었으리라.

"당신 어머니는 어떠셨어요?"

그가 어깨를 으쓱였다.

"아버지가 만들어 주는 장신구들을 아주 좋아했소. 사소한 일로 아버지를 화나게 할 만한 입장은 아니었지."

그가 그녀의 표정을 살펴보았다.

"왜 그렇게 화를 내지? 그건 별 일도 아니었소. 난 잘 살아왔고. 술탄에게 가서 궁궐의 작업실 하나를 얻어냈다오."

"그래도 어린아이였잖아요. 부모님이 그립지 않았나요?"

그는 직접적으로 대답하지 않았다.

"열심히 일하면 무슨 일이든 잊을 수 있소."

"잊혀지던가요?"

"그런 건 당신이 더 잘 알고 있을 텐데. 하루 종일 자신을 부려먹고 나면 모든 걸 잊을 수 있을 만큼 피곤하지 않던가?"

"난 잊으려고 노력할 게 없어요. 내 몫에 만족하는 걸요. 물질적으로 바라는 것도 없고 사랑하는 남편도 있어요."

그는 말없이 그녀를 응시하고 있었다. 그 시선에 그녀는 또다시 숨이 가빠졌다.

"그런 식으로 쳐다보지 말아요."

"난 당신을 보는 게 즐겁소."

그가 얌전히 시선을 내렸다.

"앞으로는 여기 오지 않는 게 현명할 거요."

그녀가 문으로 성큼성큼 걸어갔다.

"또 그 소리예요? 난 다시 올 거예요. 당신이 항상 그렇게 이상한 분위기가 아니라서 다행이에요. 내일이면 원래 모습으로 돌아오겠죠."

"지금이 내 모습이오. 그래서 당신에게 경고하는 거요."

"우리 사이좋게 잘 지내왔잖아요. 최근엔 약간 친해지기도 했구요."

"빌어먹을, 그게 바로 위험하다는 걸 모르겠소?"

그의 목소리가 갑작스레 격해졌다.

"그게 무슨 뜻이에요?"

"잘 생각해 보시오. 그리고 내일부터는 오지 마시오, 마거릿."

마거릿. 그가 그녀의 이름을 불러 준 것은 처음이었다. 그 묘한 친밀 감이 충격처럼 다가들었다.

"카타우크……."

그녀가 입술을 축였다. 그에게도 이름이 있지 않은가. 그녀도 그 이름을 불러보고 싶었다.

"존……."

그는 주형만을 내려다본 채 시선을 들지 않았다. 그가 고개 들어 조금 전처럼 바라봐 주길 바라는 자신의 마음이 그녀는 공포스러웠다. 그녀의 감정이 잘못된 방향으로 치달아가고 있었다. 예전처럼, 그가 그녀를 자유롭게 놓아 준 다음 밀어내길 바랐다. 하지만 그는 아무것도 하지 않았다. 작업대에 앉아 인장만을 내려다볼 뿐이었다.

천천히 그의 고개가 들려오르기 시작하자 그녀의 가슴이 철렁 내려앉았다.

"안 돼요!"

그녀는 정신없이 문을 열고 긴 복도를 달려내려갔다. 자신의 침실을 향해, 이안이 있는 곳으로…….

갈망.

하나님 맙소사, 그 남자를 원했다. 이안과는 시늉만 했던 그 짐승 같은 방식으로 그를 원했다. 남편에게만 주어야 할 반응을 카타우크에게 보이고 말았다.

이것은 배신이었다.

불길이 연단 위로 너울거리며, 마침내 비단옷을 입은 마하라자의 시신을 태워 없앴다. 영혼을 해방시키며 그의 육신을 공기와 불과 물, 흙으로 돌려보내는 동안 백단나무의 타는 냄새가 공기중에 묵직하게 퍼져나갔다.

슬픔에 찬 백성들의 곡성 소리가 장작 타는 소리와 불태워지는 첩들의 비명 소리를 먹어삼켰다.

이제 거의 끝나가고 있다. 아브다는 검은 연기 사이로 파찰의 창백한 얼굴을 바라보았다. 괜찮아. 저 정도 반응쯤이야 지금 상황에서 크게 문제될 리 없었다.

그는 파찰에게 고개를 끄덕여보인 다음 돌아섰다. 모든 것이 계획대로 진행되었다. 이젠 끈기 있게 기다리기만 하면 된다.

카산포르의 관습상, 삼 개월의 애도기간이 끝나야 권좌를 물려받을 수 있다.

삼 개월 후에는 시니다로 관심을 돌릴 수 있으리라.

하지만 칼리의 진정한 후계자라면, 관습을 깨고 자신만의 법을 만들 권리도 있지 않을까?

"오늘밤 아주 조용하군……. 피곤하오, 마거릿?"

이안이 찻잔을 들어올리며 물었다.

"조금요. 금방 괜찮아질 거예요."

그녀가 애써 미소지었다.

"요즘 카타우크가 만드는 작품은 뭐요?"

"시니다의 루엘 폐하에게 바칠 인장을 만든데요."

이안이 웃음을 터트렸다.

"루엘이 기분 좋아하겠군. 그런 거라도 있어야지, 그 녀석 요즘 너무 일만 하는 것 같다오."

"좋아서 하는 일인 걸요."

그녀는 벽난로의 불길로 시선을 돌렸다.

"생각해 봤는데요, 카타우크한테 가는 거 그만둘까봐요. 시간을 너무 많이 빼앗겨요."

"안 되오, 내가 허락하지 않겠소."

그녀가 놀라며 시선을 들어올렸다.

"왜요?"

"시간이 부족하면 나와 함께 있는 시간을 줄이시오. 당신의 즐거움을 뺏고 싶지 않다오."

"즐거움이라뇨? 카타우크의 잔심부름이나 해주고 다른 때는 무시만 당하는데 무슨 즐거움이 있을 수 있겠어요?"

"그래도 당신 발걸음이 가벼워지고 미소가 더 밝아졌잖소."

이안의 말이 사실이라면, 이 계획을 포기하려는 결심이 정말로 더 현명할 것 같았다. 지난 몇 주 간 자신에게 그런 변화가 생긴 줄도 몰랐다니.

이안이 기운 없이 미소지었다.

"보기 좋다오. 나에겐 당신 기운을 돋궈 줄 만한 힘이 없으니, 카타우크에게 감사할 뿐이오."

"당신이 내 옆에 있어주는 것만으로 힘이 되는 걸요."

"친절한 거짓말이로군. 하지만 난 당신에게 걱정과 고난만을 안겨주고 있소."

"오, 절대 그렇지 않아요."

그녀가 그의 손을 자신의 뺨으로 끌어당겼다. 너무나 말라버린 이안의 손이 부드럽게 그녀의 머리카락을 쓰다듬었다.

"앞으로도 작업실에 가시오. 내 인장을 하나 만들어 주구려. 글렌클라렌으로 보내는 편지에 내 인장이 찍히면 근사한 기분일 거요."

"싫어요, 난……."

"나에게 신경 쓸 필요 없소. 그걸 모르겠소, 마거릿?"

그것을 알기에 그녀는 더더욱 두려웠다. 그가 날이 갈수록 그녀에게서 멀어지고 있었다.

"날 사랑한다면……."

그녀의 말이 중단되었다. 그에게 지금보다 더 많은 죄책감을 심어줄 수는 없었다. 게다가 지금은 그런 호소조차 소용이 없었다. 그에게 더 강한 삶의 동기를 제공해 주어야 했다.

아이……. 자신에게 간통의 평계를 만드는 것은 아닐지 그것이 의심스러웠다. 처음에는 정말로 순수한 동기였다. 하지만 지금은 확신이 들지 않았다. 카타우크에게 가도록 이끈 것은 그녀의 갈망은 아니었을까.

"날 위해서, 글렌클라렌을 위해서 인장을 만들어 주시오, 마거릿."

그에겐 아이가 필요했다, 살아갈 힘이 되는 아이. 설사 카타우크에게로 이끈 것이 그녀의 갈망이었다 해도, 이안을 구할 수만 있다면 용서받을 수 있지 않을까? 알 수가 없었다. 아무것도 확실치가 않았다.

"그렇게 해줄 거지, 마거릿?"

"알았어요."

그녀는 그의 무릎에 얼굴을 파묻어 버렸다.

"당신 인장을 만들어 드릴게요."

작업실 앞에서 한참을 망설이다가, 마거릿은 활짝 문을 열어젖히며 안으로 들어섰다.

"좋은 아침이에요, 카타우크. 오늘은 어때요? 내가 좀 늦긴 했지만……."

그가 그녀에게 다가오고 있었다. 그 표정이…….

그녀는 서둘러 하얀 모자이크 바닥으로 시선을 내렸다. 그가 그녀의 앞에 멈춰 섰다. 갈색 가죽 샌들이 눈에 들어오고, 안료와 밀랍과 나무의 친근한 냄새가 콧속으로 스며들었다. 그녀는 불안하게 입술을 축였다.

"또 잔소리하려는 거죠? 소용없어요. 이안이 이 일을 계속하랬어요. 나도 곰곰이 생각해 봤는데 굳이……."

"그 이름은 듣고 싶지 않소."

그의 손이 그녀의 머리채를 감싸쥐며 고개를 들어올렸다.

"여기 오지 말았어야 했소."

그의 시선이 조각상을 대할 때처럼 이글거리는 강렬함으로 그녀를 응시하고 있었다.

"이안이……."

그녀가 꿀꺽 침을 삼켰다.

"인장을 갖고 싶대요."

그 순간 그의 입술이 그녀의 입술에 닿았다. 강하고 따뜻하게…….
그리고 노골적인 욕망을 담아.

그가 그녀의 머리채에서 핀들을 뽑아내며 그녀의 뺨과 목으로 뜨거운 입술을 옮겨갔다. 그의 보드라운 턱수염이 그녀의 살갗을 부비며, 그 커다란 손이 그녀의 어깨와 목을 매만졌다, 그리고 봉긋한 가슴으로……. 그것은 애무가 아니라, 철저하게 굶주린 손길이었다. 그가 그녀의 몸을 아랫부분으로 홱 끌어당기자, 단단한 형체가 확연하게 느껴졌다. 충격적이면서도 올바른 느낌. 맙소사, 이 일을 올바르다고 느끼다니 틀림없이 미쳐 버린 모양이다.

그녀의 머리채가 어깨 위로 물결처럼 흘러내렸다. 그 머리를 쓰다듬으며 그가 고개를 들었다.

"당신은 날 원해…… 나를."

지금 이 순간 그보다 더 분명한 건 없을 것 같았다.

"그래요, 카타우크."

그가 그녀를 힘껏 끌어안았다. 욕망, 갈망, 안전함. 이렇게 위태롭게 흔들리면서 어떻게 안전한 느낌일 수 있을까? 이제 곧 그 일이 벌어질 것이다. 준비가 됐다고 생각했었는데, 어쩐 일인지 그녀는 지금 걸음마를 시작한 아이처럼 겁에 질려 떨고 있었다.

"어떻게 해야 하죠? 난 이런 거 잘 몰라요. 당신이 이안에게 하라고 가르쳐 준 대로 그렇게 하면 되나요?"

그의 손이 마비된 듯 움직임을 멈추었다.

"빌어먹을, 그 말을 하지 않았더라면 좋았을걸."

그가 그녀의 몸을 밀쳐냈다.

그녀가 즉시 가까이 다가들려 했다.

"안 되오."

그는 그녀를 제자리에 묶어놓으며 잇사이로 내뱉었다.

"안 되오, 마거릿."

"왜요? 난……."

그가 깊은 숨을 들이쉬며 천천히 그녀의 어깨를 풀어놓고 한 걸음 물러났다.

"밤새도록 이 생각을 했소. 당신이 이 미친 계획을 말했을 때부터 그 생각을 해 왔소."

그가 돌아서서 작업대로 돌아갔다.

"앉으시오."

그녀는 평생의 어느 때보다 더 불안한 느낌으로 그를 바라보았다.

"왜요? 내가 엘렌 맥타비시처럼 예쁘지 않다는 거 알아요. 하지만 나한테 마음이 없는 것도 아니잖아요."

"그거야 의심할 수 없는 사실이오. 그래, 난 당신에게 마음이 있소."

그녀가 그에게 다가서려 했다.

"그럼 이 일을……."

"가까이 오지 마시오. 꼼짝 말고 서 있으라구."

그녀가 멈칫하며 떨리는 웃음을 터트렸다.

"날 싫어하는 게 아니라면, 왜 당신의 신성한 불길을 내려주지 않으려는 건가요?"

"당신이 다른 여자들과 다르니까."

"나한테도 팔다리, 눈, 가슴이 다 있는 걸요."

"따뜻한 가슴과 성인군자의 인내심과 그 차가운 외면 속에 깃털 같은 부드러움도 있지."

그가 고개를 저었다.

"당신을 다치게 할 순 없소. 그런 짓은 하지 않을 거요."

"하지만 날 원하잖아요."

"당신을 사랑하오."

그녀의 눈이 충격으로 휘둥그래졌다.

"놀랐나?"

그의 얼굴에 쓸쓸한 미소가 떠올랐다.

"당신이 안뜰로 나와 명령해댄 순간부터 난 알고 있었다오."

"그럴 리가 없어요. 난 남자를 반하게 할 만한 미인이 아니라구요."

"그런데도 난 반했소. 그 힘과 용기와 다정한 가슴이 순금처럼 반짝거리더군. 지금도 마찬가지요. 지치고 낙심했을 때는 그 광채가 둔탁해지지. 하지만 다른 때는 불꽃처럼……."

"듣기 좋은 말이군요."

그녀가 떨리는 목소리로 중얼거렸다.

"하지만 당신이 듣고 싶은 말은 아니겠지. 내가 그걸 모르는 것 같소?"

그의 커다란 손이 작업대 위에서 천천히 주먹을 틀어쥐었다.

"나에게 욕망은 허락하되, 사랑은 안 된다는 거겠지……. 어제 당신에게 하려던 말이 바로 이거였소. 우린 너무 친밀해졌소. 그 점은 인정하겠지?"

그가 그녀의 눈을 똑바로 쳐다보았다.

"당신을…… 원한다는 건 부인하지 않겠어요."

"그래, 욕망은 안전하지. 당신이 여기 들어왔을 때 그 조건에 합의했다는 건 알았소. 하지만 사랑은 이안에 대한 배신이니, 그걸 인정할 용기는 없는 거겠지?"

"무슨 말을 하는 거예요? 난 이안을 사랑해요."

고통이 점점 더 커져갔다. 그녀는 그 고통을 밀어내려, 그를 막아버리려 눈을 감았다.

"이안을 사랑해요."

"그건 알고 있소. 하지만 당신은 나도 사랑하오."

그녀의 눈이 번쩍 뜨였다.

"아니에요."

그의 얼굴에 분노가 스쳐지나갔다.

"빌어먹을, 인정하라구. 최소한 그 정도는 인정해도 되잖소."

"동시에 두 남자를 사랑할 순 없어요."

"그거야 시인 나부랭이들이 하는 소리고. 사랑에는 여러 종류가 있소. 우린 그 중에서 가장 최고를 같이할 수 있소. 욕망과 즐거움과 이해. 우린 똑같은 종류의 인간이오, 온전한 하나의 반쪽처럼."

"우린 전혀 비슷하지 않아요."

"당신을 묶어놓은 양심이라는 굴레가……."

"이런 얘기 듣고 싶지 않아요."

"믿고 싶지 않은 거겠지. 난 당신에게 최대한의 자비를 베풀었소.

이 불길을 낮추고 삼 년이라는 긴 세월을 견뎠소, 당신을 불태우지 않기 위해……. 방금 전에 내가 당신을 가졌더라면, 당신도 그 느낌이 욕망 이상이라는 걸 깨달았을 거요."

"그런데 왜 그만두었나요?"

"사랑하는 남자와 함께 하면서도 당신 눈에서 간통이라는 죄책감이 나타날까봐. 당신은 강한 여자요, 하지만 그 타격에 살아남을 수 있을 것 같지 않았소."

"난 당신을 사랑하지 않아요, 사랑하지 않아요."

그녀가 필사적으로 중얼거렸다.

"사랑해. 하지만 지금은 이만 하기로 하지."

그가 무거운 짐을 털어버리듯 어깨를 들썩였다.

"이안이 인장을 갖고 싶다고 하던가? 그럼 시작하자구. 당신은 견습생으로서 꽤나 가치가 있더군. 다소 말이 많긴 하지만, 그 정도 결점은 참아 줄 수 있소."

그는 방금 전에 전혀 아무 일도 일어나지 않았던 것처럼 행동하고 있었다.

"이런 식으로는……."

"이안이 바라는 대로 당신 정신을 분산시키는 일이야 내가 해줄 수 있지. 다른 문제에 대해서는…… 당신이 먼저 행동할 때까지 기다리겠소."

"그런 일은 없을 거예요."

"하지만 이안을 위해 아이를 낳아주어야 하는데 어쩌겠소? 가엾은 마거릿, 궁지에 몰려버렸군."

그가 슬프게 미소지었다.

"이젠 달라졌어요. 이젠…… 모르겠어요, 아무 생각도 못 하겠어요."

"생각할 필요 없소. 나로선 당신이 느끼기만 하는 게 훨씬 낫지. 언젠가 당신이 그 걸리적거리는 양심을 무시하고 우리에게 필요한 일을 할 수 있는 날이……."

그녀가 고개를 흔들자, 그는 어깨를 으쓱였다.

"내 입장에서야 전보다 더 나빠진 것도 아니오. 변한 건 아무것도 없소."

어떻게 그런 말을 할 수 있을까? 모든 것이 다 변했다. 그녀의 몸 속에 있는 신경과 근육들이 그의 몸짓 하나하나에 반응을 보이고 있었다.

"여기 오지 말았어야 했어요."

그녀가 떨리는 목소리로 중얼거렸다.

"드디어 내 충고가 먹힌 거요? 너무 늦었군, 마거릿. 나의 위대한 희생적 시기는 끝났소. 이제 가질 수 있는 걸 가질 거요. 당신이 여기 오지 않으면, 내가 매일 저녁 이안에게 찾아가서 두 사람과 매력적인 시간을 보낼 생각이오."

"그러지 말아요."

"어째서? 그렇지 않아도 이안이 자주 찾아오지 않는다고 불평인걸. 당신은 아침마다 이리로 찾아오든지, 아니면 저녁마다 내 생각과 내 느낌을 의식하며 이안의 옆에 앉아 있든지, 둘 중 하나만 선택하면 되오."

"당신…… 잔인하군요."

"난 친절하지도 잔인하지도 않소. 먹을 것이 필요한 굶주린 남자에 지나지 않소. 그것이 부드러운 빵이 아니라 딱딱한 껍질이라 해도."

그가 베란다로 이어진 문을 향해 걸어가기 시작했다.

"약간 심란해 보이는군. 그렇게 떨리는 손으로는 인장을 새길 수 없소. 내일 시작하는 게 낫겠어. 그 인장을 완성한 다음에는…… 당신 조각을 만들 때가 된 것 같소."

16

루엘은 산 뒤로 저물어가는 태양을 조용히 응시했다.

한 시간 후에 제인이 이곳에 오리라.

만족감이 느껴져야 했다······.

지불금액의 50퍼센트 삭감. 그것이 그녀에게 상처를 입혔다. 받지 못할 돈 때문만이 아닌, 패배로 인한······.

그는 코끼리에게 짓밟힌 폐허를 보던 그녀의 마비된 표정을 결코 잊을 수 없었다. 마음속의 무언가가 부서지며······ 손을 뻗어 그녀를 위로해 주고 싶었다.

위로라고? 치열하게 싸웠던 적에게 감탄하는 건 전적으로 자연스런 일이다. 하지만 그것이 적에게 부드러워진다는 뜻은 아니었다. 그녀에게 부드러워질 수는 없었다.

그는 무겁게 발길을 돌려 소파로 향했다. 이제 곧 끝나리라. 엘러펀트 크로싱에서의 실패는 시작일 뿐이었다. 그녀가 여름 별장을 나설 때쯤, 그는 그녀에게 마땅한 처벌이 가해졌다는 만족감에 빠져 있을 것이다. 그것을 원했던 게 아니었던가.

물론 그가 바란 것은 그것이었다. 이 불안정한 감정 따위는 이제 곧 목표에 도달하리라는 초조함일 뿐이었다.

초조함과…… 욕망일 뿐.

여름 별장의 짙푸른 타일 지붕이 달빛을 받아 회색처럼 반짝거렸다. 아치형 창문에서 새어나오는 부채꼴의 불빛이 잔디 위에 드리워졌다. 그가 기다리고 있으리라.

그녀는 마음을 다잡으며 여름 별장으로 이어진 오솔길을 재빠르게 걸어갔다.

이런 일쯤 견뎌낼 수 있었다. 루엘도 그저 인간일 뿐, 그를 두려워할 이유는 전혀 없었다. 그에게 상처입지 않도록 정신만 바짝 차리면 되리라. 그녀는 깊이 심호흡을 한 다음 문을 열었다.

루엘이 대리석 벽난로 앞의 의자에 앉아 있었다. 온통 하얀 옷차림으로, 구릿빛 살결과 햇살에 퇴색한 머리카락만이 우아한 차림새와 대조적으로 날카롭게 번쩍거렸다. 호화로운 유럽풍의 분위기에 더할 나위 없이 편안한 모습. 하지만 루엘은 언제 어느 상황에서도 편안하고 자신만만했다. 폭우 속에서도, 궁궐의 저녁 식탁에서도, 정글 캠프에서 베이컨을 요리할 때에도.

그가 코를 찡그리며 일어났다.

"냄새가 고약하군."

"40킬로미터나 되는 거리를 말로 달려왔으니 당연하겠죠. 마음에 들지 않으면 당장 나갈게요."

"아니. 내가 직접 취향에 맞게 식사 준비를 하면 돼."

그가 연보라빛과 크림색의 커튼 쪽으로 움직여갔다.

"사실 이런 문제가 생길 줄 알고, 뜨거운 물을 준비시켜 놨어."

커튼을 옆으로 밀어내자, 삼면이 거울로 된 작은 공간이 드러났다.

중국산 카펫이 바닥에 깔리고, 모기장이 늘어진 거대한 침대, 그리고 커튼 바로 왼쪽에 모락모락 김이 피어오르는 욕조 하나가 자리잡았다.

"제 시간에 도착해서 다행이야. 물이 아직 식지 않았어."

"그게 무슨 상관이 있을까요? 어차피 당신은 날 지켜볼 생각이었겠죠?"

"그렇긴 하지."

그녀는 욕조 옆의 하얀 의자에 앉아 부츠와 양말을 벗어냈다.

"그럴 줄 알았어요. 당신은 날…… 수치스럽게 만들고 싶으니까."

그녀가 셔츠의 단추도 풀어나갔다.

"눈치가 빠르군. 사실 다른 계획도 생각해 뒀어. 네게 네 엄마처럼 다뤄지는 기쁨을 맛보게 해줄 생각이야."

그녀는 뱃가죽을 발로 걷어차인 느낌이었다. 그녀의 손가락이 두 번째 단추를 움켜잡았다.

"그래요?"

"그보다 더 적당한 복수가 있을까? 누구든 두려워하는 게 하나쯤 있는 법이지. 네가 가장 두려워하는 건…… 너의 엄마처럼 창녀가 되는 거잖아?"

노예, 굴종, 감금…….

루엘은 영리하게도 가장 잔인한 방법까지 알아차렸다.

"도망치고 싶은가?"

한순간 그녀는 필사적으로 도망치고픈 유혹에 사로잡혔다. 하지만 그것은 또 다른 패배일 뿐이었다.

"아뇨."

"그럼 목욕부터 해."

"아직은 안 돼요."

그녀가 그의 눈을 똑바로 마주보았다.

"우선 약속을 받아야겠어요."

"무슨 약속?"

"내가 여기서 나가는 순간, 우린 끝나는 거예요. 꼭 필요한 경우가 아닌 한 작업장에 나타나지 마세요."

그가 잠시 침묵하다가 간단히 대답했다.

"좋아."

"됐어요."

그녀는 그의 시선을 또렷하게 의식하며 남은 옷가지를 벗어내고 욕조로 향했다.

"잠깐, 돌아서 봐."

그녀는 뻣뻣하게 그를 향해 돌아섰다.

그가 벽에 기대어선 채 천천히 그녀의 몸을 훑어보았다.

"전보다 더 말랐군."

"힘들게 일할 때는 살이 빠져요."

"나한테 죄책감을 심으려는 거라면……."

"아뇨, 그건 내가 선택했던 일이었어요. 거의 이길 뻔했구요."

"하지만 졌어, 거의로는 충분치 않지."

그의 시선이 그녀의 아랫부분을 응시했다.

"천천히 돌아봐."

그녀는 온몸이 뜨거워지는 걸 느끼면서도 애써 무표정하게 그의 명령대로 순종했다.

"멋진 엉덩이야. 마하라자의 객차에서 본 그림 기억나나?"

그녀는 경매장에 팔려나온 노예, 프렌치네 텐트의 창녀 같은 기분이었다. 노예, 창녀…… 생각지 말자. 그는 자신에게 이런 느낌을 주입시키려는 것이다.

"아뇨. 이젠 끝났나요?"

"그래. 욕조로 들어가."

그녀는 재빠르게 욕조 속으로 빠져들어갔다. 잠시나마 감미로운 재스민과 레몬향을 음미하며 스펀지로 어깨를 문지르기 시작했다.

어느새 그가 그녀의 뒤로 다가와 땋은 머리를 풀어냈다. 그의 손가락이 그녀의 머리채를 쭉 훑으며 어깨 위로 늘어뜨렸다.

그 부드럽게 닿는 머리결이 그녀를 더욱더 연약한 느낌으로 만들어놓았다. 영리한 루엘.

"실망하게 될 거예요. 나한테 상처입히지 못할 테니까."

"과연 그럴까?"

"며칠쯤 참아낼 수 있어요."

"며칠로 끝날 것 같은가?"

"당신은 며칠만에 싫증이 날 거예요. 당신의 중요한 광산으로 돌아가고 싶어질 걸요."

"이 일도 중요해."

"시니다만큼은 아니겠죠."

"가끔은 그것도 확실치가 않아."

"지루해지기 시작하면 확실해지겠죠. 그럼 난 내 일로 돌아가서 이 철로를 시간 내에 끝낼 거예요."

"망나니 코끼리가 다시 찾아오지만 않는다면."

그녀의 뒤에서 바스락거리는 소리가 들렸다. 그가 욕조 옆의 의자에 내려앉았다.

벌거벗은 채, 다리를 살짝 벌린 자세로……

그녀는 그의 부풀어 있는 아랫부분을 응시하며 숨을 죽였다. 이제 곧 그의 저 일부분이 그녀의 몸 속으로 들어오리라. 이번에는 마하라자의 객차에서처럼 조심스럽지도 않으리라. 두려웠다. 하지만 은밀하게 전해지는 황홀함이……

"그런 일이 생기면 리 성이 연락할 거야."

그녀는 간신히 시선을 돌려 다시 물 속을 내려다보았다.

"그런 문제는 생기지 않을 거예요."

"다노의 행동을 예상할 수는 없는 일이지. 가슴을 올려봐. 물 위로 떠오르는 모습을 보고 싶어."

그녀의 손이 스펀지를 움켜잡았다.

"내가 원하는 건 뭐든지 하겠다고 했잖아. 약속을 지키라구."

그녀는 눈을 질끈 감고 스펀지를 내려놓은 다음 젖가슴을 감싸 물 위로 들어올렸다.

"더 높이."

이제 그의 목소리가 그녀의 바로 옆에서 들려왔다.

"나에게 내밀어봐……."

그의 입술이 젖꼭지를 빨아들였다. 그 민감한 부분을 살짝 깨물었다가 다시 빨아들였다. 그녀의 뱃가죽이 본능적으로 반응하며 오그라들었다. 그의 손이 물 속으로 들어가 헤매다니더니, 허벅지 사이의 작은 결절을 찾아 부드럽게 압박하기 시작했다. 폭발적인 감각이 그녀의 몸 속으로 흘러내렸다. 그의 다른 손이 조금 더 안쪽으로 파고들었다.

"오므리지 마."

견딜 수가 없었다. 그의 손가락이 깊이 파고들었다 빠져나가는…… 빠르고 느린 리듬을 조율하는 동안 그녀는 욕조를 움켜쥐고 신음하지 않으려 입술을 힘껏 깨물어야 했다. 마침내 그의 손이 떨어져 나갔다. 그의 가슴이 격한 호흡으로 들먹거렸다.

그가 벌떡 일어서서 커다란 수건을 집어들었다.

"일어나."

그녀는 일어설 자신이 없었다. 무릎뿐만 아니라 온 몸이 후들거렸다.

루엘이 그녀를 일으켜 세워 수건을 감아주고는 흘깃 침대를 쳐다보았다.

"너무 멀어."

그가 긴 의자로 털썩 내려앉았다.

"기다릴…… 수가 없어."

그녀를 자신의 무릎 위로 올려, 엉덩이를 바짝 움켜쥐고 단번에 그녀의 몸 속으로 파고들었다.

몸 속 깊이 따뜻하고 단단한 것이 침입해 오자 그녀의 입에서 억눌린 신음이 터져나왔다.

그가 격렬하게 움직이고 있었다. 그녀의 엉덩이를 힘껏 끌어당기며 그녀의 모든 감각들을 철저하게 뒤흔들어 놓았다. 단단해진 젖꼭지를 그의 가슴에 부딪히며 그녀의 몸은 본능적으로 그를 죄어들었다. 휘몰아치는 감각이 점점 더 강렬해졌다. 그녀의 배신적인 몸이 그에게 승리를 내주고 있었다.

어느샌가 그녀는 의자에 드러누웠다. 길지 않은 의자 가장자리에 그녀의 머리가 밑으로 젖혀지고, 루엘이 힘차게 밀려들 때마다 머리채가 출렁출렁 바닥을 쓸어갔다. 그녀의 몸 속에서부터 목으로 비명 소리가 차올라 금방이라도 터져 버릴 것 같았다.

"참지 마, 터트리라구."

루엘이 천천히 빠져나갔다가 다시 깊이 돌진해 들어왔다.

그녀는 더 이상 싸울 수가 없었다.

원초적인 비명 소리가 울려퍼지고 그녀의 몸이 절정으로 치달아갔다. 그의 만족스런 신음소리가 들리며 다음 순간 그가 마지막 힘을 가했다.

'졌어.'

그녀는 몽롱하게 생각했다.

그는 그녀의 몸을 조종하여 원하는 것을 받아냈고, 그녀는 남아 있던 단 하나의 승리조차 거머쥐지 못했다.

그가 그녀를 안아 침대로 향했다. 그녀의 몸에는 여전히 느슨하게 수건이 걸쳐져 있었다.

그가 그녀의 옆에 내려앉았다.

"이럴 줄은 몰랐겠지? 우리 몸은 증오나 사랑의 감정과 아무 상관이 없어. 매번 이런 식일 거야. 네가 원하든 원치 않든 이렇게 될 수밖에 없어."

"아니에요!"

"어차피 난 고분고분한 창녀를 좋아하지도 않아. 하지만 네 몸의 반응은 항상 즉각적으로 일어나지. 너한테는 싫증이 나질 않아. 이제부터 시작이라구. 난 삼 년 동안이나 이 날을 계획해 왔거든."

그가 테이블 옆에서 가면 하나를 들어올렸다. 화려한 검은빛 모피와 청록색 깃털이 달린 가면이었다. 그 깃털이 그녀의 젖꼭지를 살짝 건드렸다.

그 나른한 깃털의 감촉에 그녀의 가슴이 민감하게 부풀어올랐다.

그가 가면을 움직여 그녀의 아랫배까지 가볍게 쓸어내렸다.

그녀의 허벅지 사이에서 또다시 뜨거운 열기가 번지기 시작했다.

'안 돼, 제발 진정해. 그에게 더 이상 반응을 보이면 안 돼.'

그녀는 필사적으로 자신에게 중얼거렸다.

"익명성이란 게 묘한 쾌감을 주지. 자신을 드러내지 않고 마음껏 즐기는 거. 이 가면을 써보고 싶지 않나?"

그녀는 대답하지 않았다.

그가 천천히 그녀의 다리를 벌렸다.

"그래, 벌써 준비가 됐군. 그럴 줄 알았어."

그가 그녀의 얼굴에 깃털 가면을 씌우고, 벨벳 끈을 묶었다. 베개 위로 그녀의 머리를 부챗살처럼 펼쳐 놓은 다음, 조용히 그녀를 지켜보았다.

"에로틱해 보여."

그의 목소리가 둔탁하게 쉬어 있었다.

"이번 교육이 끝나면 다른 것도 가르쳐 줄게. 깃털을 사용하는 용도와 장소는 아주 다양하거든."

그가 미치도록 느릿하게 움직이기 시작했다.

"당신 뜻대로 되진 않았어요."

아침해가 뿌옇게 떠오르기 시작하는 창 쪽을 바라보며 제인이 중얼거렸다.

"그래?"

루엘이 그녀의 빨간 머리를 만지작거리며 그녀를 끌어당겼다.

"너의 반응으로는 그 말에 반박하고 싶어지는군."

지난 몇 시간 동안 이미 그는 그녀의 반응들을 철저하게 이끌어냈다. 마치 폭풍우에 붙잡힌 나뭇가지처럼 무기력하게……. 그가 마음만 먹으면 언제든 그녀를 흥분시킬 수 있다는 건 분명했다. 하지만 시간이 지날수록 그녀의 가슴에는 다행스런 안도감이 자리잡았다.

"당신에 대한 두려움이 사라졌어요."

"날 두려워했는 줄은 몰랐는걸."

"알고 있었을 텐데요. 난 감정을 숨길 정도로 교묘하지 못하니까."

그녀는 무심하게 양탄자 위로 쏟아지는 햇살을 응시하며 나지막이 속삭였다.

"하지만 그 이유는 몰랐겠죠. 다시 당신을 사랑하게 될까봐 두려웠어요."

그의 몸이 굳어졌다.

"사랑?"

"그래요, 당신을 사랑했어요. 오래 전에……. 그 감정이 되돌아올까봐 두려웠어요."

"그 가능성이 이젠 없어졌다는 건가?"

"이젠 말끔하게 사라졌어요. 가슴속의 감정이 다 빠져나가 모래만 남아 있는 것처럼."

그녀는 허공으로 붕붕 떠다니는 듯한 기분이었다. 열이 오른 걸까?

퀸카오를 가져왔어야 했는데…….

"대단히 흥미로운 고백이군."

"당신은 나하고 많이 달랐어요, 내가 아는 어떤 사람과도 달랐죠. 당신에게 느끼는 그런 감정을 느껴본 적이 없었어요. 하지만 당신은 날 무기력하게 만들기도 했죠. 당신이 날 엄마처럼 만들어 버릴까봐 겁이 났어요. 하지만 이젠 그렇게 되지 않으리라는 걸 알았어요. 당신은 날 바꿔 놓을 수 없어요. 여기서 나갈 때도 들어올 때와 마찬가지로 똑같은 나일 거예요."

"너무 자신하지 마. 이제 겨우 시작했을 뿐이야."

"너무 늦었어요. 당신이 제대로 했더라면, 예전의 내 기억을 되돌려 놓았더라면, 성공할 수 있었을지도 모르지만."

그녀의 시선이 테이블 위에 버려진 가면으로 옮겨갔다.

"비단 커튼, 향기 나는 방, 깃털 가면……. 이런 건 내 기억하고 달라요, 오랫동안 두려워했던 그런 게 아니었어요."

"내 준비가 부족했던 것 같군. 너의 그 멋진 기억이란 게 뭔지 말해 주겠나?"

"땀과 오물로 더럽혀진 시트, 불결한 냄새, 엄마가 피워대던 빨간 아편단지……."

그녀가 눈을 감았다.

"피곤해요. 이제 자도 되나요?"

"그런 고백을 들은 지금, 내가 그런 환경을 만들어 낼까봐 걱정되지 않나?"

"아뇨."

"어째서?"

"모르겠어요. 당신은……."

너무나 피곤해서 말하는 것도 생각하는 것도 힘이 들었다.

"프렌치가 아니니까."

그는 잠시 침묵하다가 가볍게 입을 열었다.

"사실 나도 그건 마음에 들지 않아. 쾌적한 게 좋거든. 내 목적에 어울릴 만한 다른 방법을 찾아봐야겠군."

"너무 늦었어요. 난 이제 두렵지 않아요. 당신에게 아무 감정도 느끼지 못하니까, 더 이상 상처 입지도 않아요. 난 당신에게 풀려났어요, 루엘."

"확실해?"

"그래요, 이젠 내가 누군지 알아요……."

루엘은 잠든 그녀의 머리카락을 천천히 쓸어내렸다.

그녀가 그려냈던 그 고약한 장면이 계속 마음속에 남아 있었다. 아편단지, 더러운 시트……. 그런 건 무시해 버려야 했다. 동정을 느끼지 말아야 했다. 이 여자에게 가해질 처벌은 이안이 당하는 고통에 비하면 아무것도 아니었다.

그는 자신이 의도했던 대로 그녀에게 상처를 입혔다. 존엄성이나 자존심 하나 없는 욕망의 대상으로, 하잘것없는 창녀나 노예 같은 느낌으로…….

아니, 그녀는 스스로의 약속을 지켜 그가 요구한 것을 주었을 뿐이다. 그게 오히려 당연하지 않을까? 그녀는 지금까지 신뢰를 저버린 적이 없는 여자다.

랑푸르 고지의 건설 건만 제외하고……. 그녀는 강철 대신 쇳덩이를 박아놓았고, 그것으로 인해 이안이 고통받고 있다. 그것이 단 한 번의 실수였다면, 왜 다른 시간, 다른 장소일 수는 없었단 말인가. 이안에게 일어난 일만 아니라면 무엇이든 용서할 수 있었을 텐데…….

용서? 그들 사이에 용서를 말하기에는 이미 너무 늦었다. 그는 복수를 시작했고 그녀가 이곳을 떠날 때까지 계속할 것이다. 그의 행동은 정당했다. 세상의 다른 누구보다도 이안은 고통받아야 할 아무런 이유가 없었다.

'이제 내가 누군지 알아요.'

그녀는 이제 자신을 알았다고 했다. 그럼 그는 자신을 알고 있는 걸까? 오늘밤 일 중에서 얼마만큼이 복수였고 얼마만큼이 욕망이었는지 알고 있는가? 그녀를 가지면 가질수록 더욱 더 갈증이 나고 굶주림은 커져만 갔다. 지난 몇 시간 동안 오히려 자신이 제인보다 더 속박되어 있었던 건 아닐까?

앞으로는 달라지리라. 언제나 첫 번째 자극이 가장 강렬한 법. 그녀가 여름 별장을 떠나갈 때쯤이면, 이 욕망과 복수 모두 해결할 수 있을 것이다.

'이젠 당신을 사랑하지 않아요.'

'난 당신에게 풀려났어요, 루엘.'

그는 무의식적인 소유욕으로 그녀를 바짝 끌어당겼다.

그 후로도 두 시간 동안 그는 잠들지 못했다, 분노와 좌절감 때문에. 그리고 연민……. 아니 연민은 아니었다. 연민일 리는 없다.

작업실문을 열어젖히면서 마거릿이 재빠르게 입을 열었다.

"계속 여기 드나들 생각은 아니에요. 오늘은 그냥……."

카타우크가 성마르게 손을 흔들었다.

"어서 앞치마나 두르시오. 할 일이 있소."

그의 어조에 별다른 낌새가 보이지 않자, 그녀는 진심으로 다행스러웠다. 밤새도록 끙끙거리며 고민할 필요가 없었던 것이다. 아무 일도 없었던 것처럼 행동하면 그만이었다. 그녀가 경쾌하게 작업대 쪽으로 움직여갔다.

"난 모델 같은 거 안 해요."

"지금은 루엘의 인장을 만드는 게 우선이오. 당신 조각에 대해서는 다음에 생각할 거요."

그가 작은 상자 안의 축축한 모래를 가늠하며 무심하게 대꾸했다.

"생각할 필요도 없어요. 어쨌든 난 안 할 거니까요."

그녀가 앞치마를 꺼내 두르면서 이틀 전에 시작했던 모형을 바라보았다.

"이제 뭘 해야 하나요?"

"숯가루를 모형에 뿌리고……."

그가 그 행동을 한 다음, 상자 안으로 모형을 푹 눌렀다. 멋진 손놀림이었다. 능숙하고 우아하고 확고한 손. 하지만 어제 그녀를 만졌을 때는 이렇게 확고하지 않았었다……. 오로지 욕망으로 부들거릴 뿐이었다.

"이 다음에 형태가 나타나는 부분을 말리는 거요. 듣고 있소?"

"그럼요."

그녀가 죄스럽게 그의 손에서 시선을 떼어냈다.

"그리고요?"

"반죽."

그가 단지에서 반죽한 덩어리를 퍼내어 인장과 똑같은 크기와 두께로 만들어냈다. 그리고는 석고로 만든 디자인 위에 그것을 조심스레 올려놓았다.

"이 반죽이 인장의 몸체를 만들지. 상자를 가져와서 모래를 채우시오."

그녀가 상자 안에 축축한 모래를 퍼담았다.

"그리고요?"

"모래가 마른 다음에 첫 번째 상자 위에 그 상자를 올려놓으시오. 두 개의 반쪽으로 온전한 하나를 만드는 거요."

그들에 대해서 말할 때도 그는 그렇게 표현했었다. 온전한 하나의 반쪽.

"모래를 꽉꽉 눌러야지, 옆으로 새고 있잖소……."

그녀의 손이 부들거리고 있었다. 그는 다 잊은 것 같은데, 왜 그녀는 그럴 수 없는 걸까?

"나중에 상자를 분리해서 반죽을 꺼내고 모형에 입구와 두 개의 구멍을 만들어야 하오. 둘 다 마르면, 모형을 양초 연기에 구운 다음 식히시오. 차가운 구멍 속으로 뜨거운 금을 집어넣는 게 가장 최선이오."

"그것만 기억하면 되나요?"

그가 눈썹을 들어올렸다.

"그걸로 충분치 않다는 거요? 더 큰 모험을 하고 싶은가, 견습생?"

"이 정도로 충분해요."

"잘 기억해 두길 바라오. 이안의 인장은 당신이 만들어야 할 테니."

그녀의 눈이 휘둥그래졌다.

"나 혼자서요?"

"재료는 내가 준비해 줄 테니까, 당신은 작업만 하시오."

"하지만 난 아직 그 정도 수준이 못 된다구요. 실수라도 하면 어떡해요?"

"실수를 많이 해 봐야 완벽하게 배울 수 있소."

"내가 실수하면서 시간을 낭비하는 동안 보고만 있을 셈이에요?"

"그러니까 잘 들으라고 했잖소. 잘못되면 다시 한 번 설명해 주겠소. 딱 한 번만."

그녀는 방금 들었던 설명들을 필사적으로 떠올려 보았다.

"그 다음에는 어떻게 하죠?"

"금을 녹여야 하오. 하지만 지금은 이 정도로 충분하오."

"고맙군요."

그녀가 무뚝뚝하게 중얼거렸다.

"더 충고하실 말씀은 없으신가요?"

그는 자리에서 일어나 앞치마를 벗어냈다.

"그렇소. 눈앞의 일에만 전념하시오……. 불길을 낮추고."

'난 이 불길을 낮추며 삼 년이라는 세월을 견뎌왔소.'

카타우크는 그녀의 느낌을 잘 알면서도 모르는 척했던 것이다. 이 낯선 감정의 바다에 빠지지 않도록 그녀에게 할 일을 준 것이다. 그 깨달음이 절망적이었던 그녀의 가슴에 따뜻한 온기를 전해 주었다. 그가 이다지도 친절하고 사려 깊은데 어떻게 마음을 닫아 버릴 수 있을까?

"알았어요.."

그녀가 나지막이 대답했다.

"물론 알았을 거요. 당신은 똑똑한 여자니까, 견습생."

그가 베란다 문 쪽으로 걸어나갔다.

"내가 작업에 쓸 금을 찾아보는 동안 당신은 청소나 좀 해놓으시오."

17

쟂빛의 묵직한 구름이 산허리에 걸려 있었다. 그 풍경을 보는 것만으로도 제인의 몸은 묵지근하게 축축 늘어졌다. 아니, 날씨 때문이 아니었다. 아침에 눈을 떴을 때부터 몸상태가 심상치 않았다.

"오후에 제임스 메드퍼드를 만나러 가야겠어요."

그녀가 루엘을 흘긋 돌아보았다.

"선로 연결할 스케줄을 상의해야 돼요."

"벌써 좀이 쑤시나? 겨우 이틀밖에 안 지났어. 널 좀더 즐겁게 해줘야 할 것 같군."

그는 화가 나 있었다. 하루 종일 우리에 갇힌 사자처럼 별장 안을 배회하고 다녔다.

"당신도 마찬가지 아닌가요? 우리 둘 다 할 일 없이 빈둥거리는 체질이 아니에요."

"여기서도 할 일은 있어."

"이래 봤자 당신 기분만 나빠질 뿐이에요."

"기분 안 나빠."

"나빠 보여요."

"그럼 내 기분을 달래 주는 게 너의 할 일이야."

"마음대로 안 돼서 실망했나요?"

"실망하지 않았어. 난 하고 싶은 대로 다 즐겼어. 순간순간이 만족스러웠지. 너도 똑같은 만족을 느꼈을 텐데."

그녀가 고개를 저었다.

"당신이 날 흥분시킬 때마다 나에겐 그게 상처가 돼요. 자존심도 상하고, 당신이 의도했던 대로 내 가치가 떨어지는 것 같았어요."

"그런 걸 인정하다니 놀랍군."

그녀가 어깨를 으쓱였다.

"여기 들어왔을 때라면 인정하지 않았겠죠. 하지만 이젠 달라요. 당신에게 작은 승리를 내주는 것쯤 괜찮거든요. 나보다는 당신한테 그게 더 필요한 것 같아요. 복수심을 짊어지고 산다는 게 쉬운 일은 아니겠죠."

그의 입술이 굳어졌다.

"복수하려는 날 탓하기 전에, 이안이 당하는 고통을 리 성이 당한다고 생각해 보지 그래?"

그녀가 힘없이 고개를 흔들었다.

"그게 어떤 느낌일지는 모르겠어요. 상상하는 것만으로도 끔찍해요. 하지만 난 당신을 탓하지 않았을 거예요. 지금도 당신을 원망하지 않아요. 다 끝난 게 기쁠 뿐이에요."

그의 얼굴에 복잡한 감정들이 떠올랐다. 그 중에서 그녀는 충격과 좌절감, 분노와 욕망만을 알아차릴 수 있었다.

그가 냉혹하게 미소지었다.

"아직 끝나지 않았어."

그의 시선이 그녀의 몸을 훑어보았다.

"그 몸에 시트 말고 다른 걸 걸쳐봐. 옷장에 있는 황금 가운을 입어."

그녀는 잠시 어리둥절해 하다가 문득 처음 시니다에 도착한 날 그가 했던 말을 떠올렸다.

"그걸 진짜로 만들었어요?"

"물론이지."

그의 눈동자가 무모하게 번들거리고, 그 이면에 폭발할 듯한 과격함도 잠재되어 있었다.

그녀는 어깨를 으쓱이며 옷장으로 움직여갔다.

잠시 후, 벽에 걸린 세 개의 거울들이 도발적인 그녀의 영상을 비춰냈다. 한쪽 어깨에만 끈이 걸리고 다른 쪽은 가슴이 다 드러날 정도로 깊이 패였다. 치맛자락은 허리에서부터 길게 베어져 움직일 때마다 하체가 엿보였다. 실오라기 하나 걸치지 않았을 때보다도 더 벌거벗은 느낌이었다.

루엘이 뒤로 다가와 그녀의 젖가슴을 감아쥐었다.

"상상했던 그대로야."

그녀가 거울 속으로 그의 눈동자를 마주보았다.

"창녀처럼?"

"당연하지 않나?"

그의 엄지와 집게손가락이 그녀의 젖꼭지를 살짝 잡아뜯었다.

그녀의 몸으로 뜨거운 전율이 흘러내렸다.

"그게 신경 쓰이겠지?"

"그래요, 그래서 당신은 만족스러운가요?"

"물론이지. 내가 왜……."

그의 얼굴에 또다시 좌절감과 욕구불만이 스쳐지났다.

"무릎 꿇어, 빌어먹을."

그녀가 어깨를 으쓱이며 꿇어앉았다.

"손을 바닥에 대."

은밀한 흥분, 지배, 그리고 기대감……. 또 시작이었다. 그녀가 입술을 축이며 지시대로 따랐다.

가운이 허리 위로 올라가고 다음 순간 그의 따뜻한 손바닥이 그녀의 엉덩이를 애무했다.

"그 그림하고 똑같이……."

그가 단번에 밀고 들어왔다. 그녀의 몸 속에 파고든 채로 그의 두 손이 젖가슴을 애무했다. 느릿한 움직임이 시작되자, 그녀는 자신도 모르게 그를 죄어갔다.

"그래, 내가 바라는 게 이거야. 날 돌아봐. 네 표정을 봐야겠어."

그녀가 고개를 돌렸다. 그의 눈에 어떤 모습이 비칠지 알고 있었다. 열기, 욕망, 그가 불러일으킨 정열에 저항하지 못한 자신에 대한 분노.

그의 얼굴에도 짜릿한 쾌감이 떠올랐다. 하지만 묘한 고통도 자리잡았다.

"똑같지 않아요."

그녀가 헐떡이며 중얼거렸다.

"당신 표정이 잘못됐어요. 그 남자의 표정처럼 부드럽지 않아요. 남자들은 부드럽지 않아요. 절대로……."

"빌어먹을! 빌어먹을!"

그의 움직임이 미친 듯이 격렬해졌다.

그녀는 그 광기, 그 폭풍우에 휩쓸려들며 양탄자 속으로 손톱을 박아넣었다. 얼마의 시간이 흘렀을까. 한순간 그들의 몸이 동시에 절정으로 치달아 부들거리고, 그녀는 완전히 탈진하여 바닥으로 푹 쓰러졌다. 잠시 후 그가 그녀를 안아들고 침대에 눕혔다.

"괜찮아?"

그가 애써 태연한 척 물어왔다.

하루 종일 그녀를 짓누르던 묵지근함이 이제 그녀를 완전히 압박하여 숨조차 앗아가는 듯했다.

"피곤해요……."

그는 그녀의 턱까지 이불을 올려주고 나서 그녀의 옆에 누워 똑바로 천장만을 노려보았다.

"내가 이성을 잃었어."

아무 대꾸도 없었다.

"다시는 그 가운 입지 않아도 돼."

"상관없어요."

"벗어버려."

"너무 피곤해요."

그가 욕설을 중얼거리며 그녀의 가운을 벗겨내 바닥으로 내동댕이쳤다. 그리고는 다시 이불을 덮어주었다.

'루엘답지 않아……. 오늘 하루 종일 이상하긴 했지만.'

그녀는 몽롱하게 생각하며 눈을 감았다.

"상관없어요……."

"데려가 줘요, 패트릭."

제인의 목소리가 점점 높아졌다.

"나도 같이 갈래요!"

루엘은 퍼뜩 잠에서 깨어나 침대 위로 뒹구는 제인을 알아차렸다.

"제인……."

손에 닿는 그녀의 어깨가 불덩이처럼 뜨거웠다.

"엄마처럼 되기 싫어요. 귀찮게 굴지 않을게요. 제발 데려가 줘요, 패트릭."

그녀의 숨결이 더욱 더 거칠어졌다.

그가 재빨리 램프를 켜고 그녀의 어깨를 다시 잡아 흔들었다.

"왜 그래? 눈 좀 떠봐."

그녀의 눈이 뜨였다. 하지만 아무것도 보지 못하는 듯했다.

"나도 데려가 줘요. 날 버리지 말아요, 패트릭."

그는 그녀를 부둥켜안았다. 너무나 뜨거웠다. 그녀를 진정시키려 애쓰는 그의 심장도 그녀만큼이나 격하게 쿵쾅거렸다.

"괜찮아. 괜찮아, 제인."

"패트릭!"

어떻게 해야 할까? 그녀는 지금 제정신이 아니었다. 타마르가 아침 식사를 가져올 때까지 도와주러 와줄 만한 사람은 아무도 없다.

"제발요, 엄마처럼 되고 싶지 않아요."

그녀가 정신없이 중얼거렸다.

그의 팔이 그녀를 힘껏 끌어안았다. 그녀의 기억이 되살아난 것이다. 깨어 있을 때는 그 악마를 잠재울 수 있었지만, 지금 그녀는 두려움과 고통에 사로잡힌 어린애였다.

그가 일부러 되살려 놓았던 그 고통스런 기억 때문에…….

'이런 한밤중에 누구지?'

누군가 거칠게 문을 두드려대고 있었다.

마거릿은 번쩍 눈을 뜨면서 이안부터 살펴보았다. 곤히 잠들어 있었다. 로브를 걸치고 달려가 문을 열었다.

"루엘! 지금 몇 시인 줄 알아요? 이안에겐 잠이 필요하다구요……."

그제서야 그의 일그러진 얼굴과 번들거리는 눈동자를 알아보았다.

"무슨 일이에요?"

"나하고 같이 가줘야겠소."

"어디로요?"

그녀는 다시 한 번 이안을 돌아보았다. 어젯밤 고통이 심했던 탓에 수면제를 더 먹인 것이 효과를 발휘하는 모양이었다. 그녀가 복도로 나서서 조용히 문을 닫았다.

"여름 별장. 당신이 필요하오."

그가 그녀의 팔꿈치를 잡아 다급하게 이끌었다.

"당신한테 그런 말은 처음 들어보네요. 무슨 일에 내가 필요한 건가요?"

"병에 대해서 잘 알잖소. 제인이 아파."

"제인이 여기 있어요? 어디가 아파요?"

"내가 그걸 알면 당신을 부르러 왔겠소? 열이 나고 헛소리도 해. 날 알아보지 못하오."

"의사 불렀어요?"

"불렀소. 하지만 의사가 올 때까지 어떻게든 손을 써 봐야 돼."

"제인이 여름 별장에서 뭘 하는 거죠?"

그는 똑바로 앞만 쳐다보았다.

"그건 당신이 알 바 아니오."

"당신하고 관련된 일인가요, 루엘?"

그는 대답하지 않았다. 이 특별한 악행에 대해서 그녀에게 고백할 마음이 없는 듯했다.

"내가 도움이 안 될지도 몰라요."

"노력이라도 해주시오."

그가 테라스로 이어진 문을 열어젖혔다.

"부탁이오."

맙소사, 루엘이 부탁을 하다니 완전히 미쳐 버린 모양이었다.

마거릿이 여름 별장 밖으로 빠져나왔다.

"좀 나아졌어요."

루엘의 뺨 근육이 꿈틀거렸다.

"다행이오."

"열이 내렸어요. 의사의 질문에 대답할 정도로 정신을 차렸구요. 몇 시간 있으면 괜찮아질 거예요.”

“도대체 무슨 병이오?”

“말라리아예요. 카산포르에서 한 번 걸렸는데 그 병이 정기적으로 재발한대요.”

그녀가 힘없이 목덜미를 문질렀다.

“난 이안에게 가봐야 해요. 오후에 다시 들를게요.”

“지금부터는 내가 돌보겠소. 제인이 당신을 보면 어색해 할 수도 있소.”

“그녀의 입장을 생각해 주는 거예요? 당신답지 않군요. 하지만 그럴 필요 없어요. 나와 제인은 서로를 잘 이해하거든요. 난 당신의 죄로 인해 그녀를 탓하지도 않아요.”

그녀가 그의 눈을 똑바로 들여다보았다.

“그녀를 궁궐로 데려가야 옳은지도 모르죠.”

“가지 않으려 할 거요. 우린 계약한 게 있거든.”

“그녀는 당신 같은 비양심적인 악당과 계약하지 않을 정도로 영리해요.”

그녀는 갑작스런 피로감에 맥이 빠져버렸다. 자신의 일만으로도 너무나 당황스럽고 감당하기 벅찼다. 게다가 자신도 최근에 똑같은 유혹을 느꼈으면서 무슨 권리로 루엘의 죄악을 탓할 수 있겠는가?

“당신 설마…….”

“빌어먹을, 내가 손 하나 들어올릴 힘도 없는 여자한테 덤벼들 것 같소?”

루엘이 격렬하게 다그쳤다.

이곳에서 무슨 일이 있었든, 제인의 병이 루엘을 뒤흔들어놓은 건 분명한 듯했다. 그녀는 아까 보았던 것처럼 창백하고 동요된 루엘을 본 적이 없었다. 그것이 계속될지 확신할 수는 없다 해도, 한동안은 제인이 안전할 수 있으리라.

그녀는 터벅터벅 오솔길을 따라 궁궐로 되돌아갔다.

'루엘이 너무 창백해 보여.'

제인은 서서히 의식을 회복해갔다. 오늘밤에는 이안을 대신 보살펴야겠어. 루엘이 말을 들으려 하지 않겠지만…….

"좀…… 쉬세요."

루엘의 눈동자가 그녀의 얼굴로 날아왔다.

"뭐라고?"

"좀 쉬어야 한다구요. 당신 얼굴이…….”

그제서야 그녀의 의식이 명료해졌다. 이곳은 이안을 살리기 위해 함께 노력했던 카산포르의 방갈로가 아닌 시니다의 여름 별장이다…….

"쉬어야 할 사람은 너야. 이거 마셔."

루엘이 그녀의 입에 물잔을 대주었다.

그녀가 그 물을 삼켰다.

"내가 아팠어요?"

"열이 났어. 이틀 동안. 의사 말로는 비교적 안전하다고 했지만, 내가 보기엔 전혀 그런 것 같지 않았어."

어렴풋이 의사의 얼굴이 기억났다. 그가 그녀에게 몇 가지 질문을 했었다. 그리고 침대 옆의 누군가와 얘길 했었는데…….

"마거릿도…… 여기 있었나요?"

"그래. 왜 말라리아에 걸렸다고 얘기하지 않았어?"

"그런 얘길 왜 해야 하죠?"

그녀가 눈살을 찌푸렸다.

"이틀이나 허비했군요…… 어서 일하러 가야겠어요."

"리 성에게 며칠 더 여기 있어야 한다고 연락했어."

"왜 그랬어요? 괜히 걱정만 할 텐데."

"누군가 널 걱정할 사람도 있어야 하잖아. 리 성이 진작에 상황을 알아차렸어야 했어."

"내 잘못이에요……. 여기 온 후로 퀸카오 먹는 걸 잊어버렸거든요."

"퀸카오가 뭐지?"

"중국의 허브약이에요. 처음 병이 났을 때 리 성이 줬어요."

"시니다에 온 후로 얼마나 오래 그 약을 먹었어?"

그녀는 대답하지 않았다.

"얼마나 오래 됐어?"

"4주."

"맙소사. 여기 오겠다고 선언했던 날도 그걸 먹었겠군, 그렇지? 제기랄, 제정신이었으면 그런 말도 하지 않았을 거야."

"모르겠어요. 그땐 그 길밖에 없는 것 같았어요. 하지만 이젠 다 나았어요. 금방 일어날 수 있어요. 글렌클라렌에서 아팠을 때도 다음날 방앗간에 나갔는 걸요.."

"그때도 이번만큼 심했었나?"

"아뇨, 그래도……."

그녀가 조심스레 물었다.

"그게 왜 중요하죠?"

"왜냐하면……."

그가 시선을 돌려버렸다.

"철로를 건설해야 하니까."

무언가 전혀 다른 말을 하려던 것 같은데……. 그녀가 당혹스레 눈살을 찌푸렸다.

"스케줄보다 겨우 며칠 늦은 거니까, 서둘러서 일하면 돼요. 내일 크로싱으로 돌아갈게요."

"절대 안 돼."

그의 시선이 재빨리 그녀의 얼굴로 돌아왔다.

"또 쓰러질지도 모르잖아? 일 주일 정도 여기서 쉬어."

"나도 절대 안 돼요. 철로를 기한 내에 끝내야 한다구요. 아픈 건 나중에 아파도 돼요."

"내 말대로 해. 지금은 푹 쉬어야……."

그녀의 고집스런 얼굴을 보며 그가 말을 멈췄다.

"좋아, 4일."

그녀가 고개를 흔들었다.

"그럼 메드퍼드를 여기로 불러들여서 시간을 줄여줄게."

어차피 메드퍼드를 만나야 하긴 했다. 게다가 루엘의 고집이 꺾이지도 않을 듯한데, 원기를 회복하는 데 힘을 사용하는 게 더 낫지 않을까.

"3일."

"좋아."

그가 환하게 미소지었다.

그녀는 놀란 눈으로 그 얼굴을 바라보았다. 따뜻하게 밝아진 얼굴, 사고가 나기 전에나 드물게 볼 수 있었던 진짜 미소다운 미소였다.

"당신…… 뭔가 달라졌어요."

그가 재빨리 시선을 밑으로 내렸다.

"뭐가?"

따뜻한 표정이 사라지고 루엘은 다시 불가사의한 존재가 되어버렸다. 하지만 방금 전 그의 태도에 이상한 점이 있었다는 것만은 분명했다.

"잠이나 자."

그가 벌떡 일어났다.

"난 메드퍼드한테 연락하러 갔다올게. 만족스럽나?"

"… 그런 것 같아요."

그가 머뭇거리며 그녀를 내려다보았다.

"괜찮아질 거야. 내가……."

그가 말을 멈추고는 성마르게 손을 내저었다.

"빌어먹을, 미치겠군!"

그가 빙글 돌아서서 여름 별장 밖으로 뛰어나갔다.

그녀의 멍한 시선이 그 뒤를 따랐다.

정말이지, 무언가 변하긴 변했다.

이불이 들려 올라가며 찬 공기가 기어들었다. 따뜻한 감촉, 가죽냄새. 루엘이 그녀의 옆에 누웠다.

"루엘……."

"어서 자."

그가 그녀의 뒤에서 안아주었다.

"메드퍼드는요?"

"내일 5시에 오기로 했어. 기분은 어때?"

끔찍이도 힘이 없긴 했지만 그의 품에 안긴 지금, 너무나도 편안하고 안전한 기분이었다.

"나아졌어요."

다음 순간 그가 어색하게 중얼거렸다.

"너 혼자 자게 하려다가, 다시 꿈꾸게 되면 내가 있어야 할 것 같아서……."

"꿈이라뇨?"

"기억 안 나?"

"안 나요. 내가 꿈꾸는 걸 어떻게 알았어요?"

"비명을 질러대는데 모를 수가 있었겠나."

무의식중에 자신을 드러내 보인 것 같아 그녀는 몹시도 불안해졌다.

"무슨 소리를 지르던가요?"

그가 한동안 입을 열지 않았다.

"이해할 수 없는 그런 소리였어."

다행이야. 그녀의 몸에서 긴장이 빠져나갔다.

"이제 자. 오늘밤엔 악몽을 꾸지 않을 거야."

그녀는 루엘의 말에 안도감을 느끼면서 눈을 감고 잠의 장막 속으로 빠져들어갔다.

걱정할 건 아무것도 없었다. 루엘이 밤의 악령들을 쫓아줄 테니까…….

메드퍼드가 지도를 돌돌 말며 일어났다.

"상황이 바뀌면 알려주시오. 협곡에는 언제쯤 도달할 수 있겠소?"

"원래 계획했던 날까지 맞출 거예요. 망나니 코끼리가 말썽을 부리긴 하지만, 어떻게든 해봐야죠."

그가 미소지었다.

"해낼 수 있을 거요. 지금까지도 잘 해왔잖소."

그녀가 놀라며 그를 바라보았다.

"정말 그렇게 생각하세요?"

"당신의 노력은 대단히 인상적이었소. 사실 별 기대 안 했었거든."

"그건 알고 있었어요."

그녀가 무뚝뚝하게 한마디했다.

"이런 얘기하면 루엘이 내 혓바닥을 잡아빼려 들겠지만, 당신이 사적인 관계에 휘둘리지 않고……."

루엘이 문 앞에 나타났다.

"이제 떠날 시간이오. 그녀는 쉬어야 돼."

"막 나가려던 참이었소."

메드퍼드가 황급히 고개 숙이며 문으로 향했다.

"쾌유하길 바라겠소, 바너비 양."

"안녕히 가세요."

루엘이 인상을 찌푸리며 메드퍼드의 뒤로 문을 닫았다.

"한 시간만 있으랬는데 벌써 10분이나 지났어. 피곤하지 않아?"

"아뇨."

그가 방을 가로질러와서 그녀의 이마에 손을 갖다 댔다.

"열은 없어?"

그녀가 그의 손길을 피하며 고개 돌렸다.

"당신, 왜 이렇게 나한테 잘 해주는 거예요?"

"내가 잘 해줘서 당황스러운가? 놀랄 일도 아니겠지. 그 동안 별로 상냥하게 굴지 않았으니까."

그가 놀리듯이 미소지었다.

"순전히 이기적인 이유야. 네가 빨리 나아야 내 철로를 건설할 수 있잖아."

"그런…… 것 같지 않은데요."

그가 창 앞의 의자에 털썩 내려앉았다.

"다른 이유가 뭐 있겠어?"

그의 얼굴이 보이지 않았다. 느긋하게 다리를 뻗고 앉아 햇살을 받고 있었지만, 얼굴은 어둠 속에 가리워졌다.

"확신할 수는 없지만, 내가 아팠던 것 때문인 것 같아요."

"내가 동정이라도 한다는 건가?"

"아뇨…… 보호본능이 발동한 것처럼."

"보호본능이 강한 건 바로 너야. 난 아낌없이 퍼주는 성격이 아니라구."

"이안한테는 그랬잖아요."

"이안은 예외야."

"그런가요?"

"지난 며칠 간 충분히 증명됐을 텐데."

그가 자리에서 일어났다.

"이런 얘긴 재미없어. 우리 포커게임이나 할까?"

그녀가 고개를 끄덕였다.

"하지만 미리 경고하는데 난 이런 거 잘 못해요."

"시간이나 때우는 거야."

그가 테이블 서랍에서 카드 한 벌을 꺼내 능숙하게 섞어나갔다.

"너한테 이겨보고 싶기도 하고. 지금은 승리감이 아주 절실하거든."

"나더러 지면서도 즐기라는 거예요?"

"그 대신 내가 재밌는 얘기로 보상해 줄게. 처음 금광을 찾아냈을 때 얘기. 열아홉 살 때 일인데 그땐 사실 비참했었지. 그래도 재밌게 만들어 줄 수 있어."

그가 빼어난 달변으로 그 비참한 상황을 즐겁고 흥미롭게 바꿀 수 있으리라는 건 확실했다. 하지만 어쩌면 지금보다 더 어리고 연약했던 루엘의 모습을 찾아볼 수 있을지도 모른다. 게다가 그녀는 이제 그에게 상처입지 않을 자신이 있었다. 약간의 호기심을 채운다고 해서 무슨 피해가 있겠는가?

"언제?"

루엘이 카드패를 돌린 다음 자신의 카드를 집어들었다.

"당신 말대로 시간이나 때워보자구요."

그녀가 어깨를 으쓱이며 테이블 있는 쪽으로 걸어갔다.

"제인이 여름 별장에 있어요, 루엘과 함께."

마거릿이 카타우크의 손놀림을 지켜보며 입을 열었다.

그는 인장 모형 주위에 모래를 쑤셔넣으며 눈썹을 들어올렸다.

"당신의 엄격한 도덕관념으로는 납득하기 힘들다는 거요?"

"그런 건 아니에요. 제인이 상처받을까봐 걱정이에요."

"내버려두시오. 당신이 세상 전체를 구할 수는 없소, 마거릿."

그녀가 힘없이 고개를 흔들었다.

"하지만 가끔은 무엇이 선이고 무엇이 악인지 잘 모르겠어요."

"제인은 약한 여자가 아니오. 그들은 그들 나름대로의 게임 방식이 있소."

"그래도 루엘이…… 혹시라도 사악하게 굴면 어쩌죠?"

"루엘이? 그는 사악함이라는 뜻도 모르는 사내라오."

"당신은 안다는 거예요?"

"아, 물론이오. 대단한 선생 밑에서 수련했거든."

"아브다 말인가요?"

그가 고개를 끄덕였다.

"끔찍한 괴물이오."

그녀는 문득 호기심이 일었다.

"그럼 왜 그런 괴물과 오랫동안 같이 있었어요?"

"난 마하라자를 위해서 일했소. 아브다와는 별로 마주칠 일이 없었지. 그런데 마하라자가 철로에 관심을 기울이기 시작하면서, 아브다에게 날 넘겼소……. 그리고 6개월 후에 난 더 이상 참을 수가 없어졌소."

"어떤 걸 만들라고 하던가요?"

"그자가 제일 좋아하는 여신 칼리. 파멸의 여신이오. 아브다는 자기가 그 신의 진정한 후계자이며, 자신이 그 신의 뜻을 받들기 위해 세상에 태어났다고 믿었소."

그의 입술이 험악하게 굳어졌다.

"또 자기 힘에 끊임없이 양분을 제공해야 한다고도 믿었소. 그래서 내가 필요했던 거요."

"칼리의 조각을 만들려구요?"

"아니……. 마스크, 황금 마스크."

그가 그녀에게 시선을 돌렸다.

"이 얘기를 정말 듣고 싶소? 아름다운 내용이 아니라오."

"계속해 보세요."

"아브다는 자신의 힘이 주위 사람들의 감정을 먹고 자란다고 생각했소. 그 영이 강해질수록, 더 강한 감정을 먹여줘야 하지. 그런데 감정이란 스쳐가는 것이라 붙잡을 수가 없소. 그래서 언제라도 끌어들일 수 있도록 그 감정을 형상화시켜야 한다고 결심한 거요."

그가 눈썹을 슬쩍 들어올렸다.

"감정을 붙잡아 놓는 방법 중에 죽음보다 더 확실한 게 어딨겠소?"

그녀의 눈이 충격으로 휘둥그레졌다.

"마지막 순간에 폭발하는 감정과 에너지를 붙잡으면, 그걸 자기 것으로 끌어들일 수 있다고 믿었던 거요."

그녀가 멍하니 중얼거렸다.

"데드 마스크로군요. 당신한테 데드 마스크를 만들라고 하던가요?"

"세 개 만들었소. 처음 것은 미라드라는 이름의 애첩이었소. 어느날 아침 파찰이 발작을 일으켜 죽었다며 그녀의 시체를 가져왔소. 아브다가 그녀의 얼굴을 간직하고 싶어한다더군. 가장 순수하고 변하지 않는 황금으로. 난 그 마스크를 만들었소. 사실 훌륭한 작품이 되었지. 아름다운 얼굴인데다 평화롭고 약간은 슬픈 듯한 표정이었소…… 일주일 후, 파찰이 또 다른 시체를 가져왔소. 그것은 훨씬 더 힘들었소. 얼굴 근육이 고통과 공포로 일그러져 있었거든."

"사람이 또 죽었어요? 일 주일만에요?"

"나도 그 점을 이상하게 생각했소. 하지만 감히 의심할 수는 없었소. 내가 세 번째로 받은 시체는, 열한 살 정도밖에 안 되는 어린 소년이었소. 그 얼굴이……."

그의 입술이 가늘어졌다.

"더 이상은 나 자신을 속일 수 없었소. 제정신을 가진 인간이라면 그런 얼굴을 영원히 간직하고 싶어할 리가 없었소. 난 그 마스크를 만들지 않겠다고 거절했지. 한 시간 뒤에 아브다가 직접 찾아와서 명령을 따르지 않으면 내 손을 잘라버리겠다고 하더군."

"그자가 사람들을 죽인 건가요?"

"그렇소, 파찰의 도움으로. 파찰은 아브다가 원하는 효과를 내기 위해 여러 가지 독들을 실험했소. 고통이 가장 커다란 에너지를 불러낸다고 생각했던 거요. 그래서 그에 합당한 독을 사용하도록 지시했고."

그녀는 토할 듯한 느낌이었다.

"정말 괴물이로군요. 그자가 바로 여기에 올 거란 말인가요?"

"그걸 대비해서 루엘이 지금처럼 열심히 일하는 거요. 아브다와 결판을 내고 싶어하거든."

그녀의 시선이 그의 얼굴을 살펴보았다.

"당신이 시니다에 온 이유도 그건가요? 아브다의 죽음을 보려고?"

"그런 놈이 없으면 이 세상이 훨씬 밝아질 거요. 바구니 속에 나의 화려한 광채를 숨기는 것도 지겨워졌고."

그가 그녀의 눈을 들여다보았다.

"하지만 내가 여기에 온 건 그 이유 때문이 아니오."

"그럼 왜……."

그녀가 날카롭게 숨을 들이켰다.

또다시 위태로웠다.

요즘에는 그의 말이나 동작 하나하나에도 벼랑에 선 것처럼 위험스런 상태로 빠져들었다. 서둘러 시선을 떼어내며 그녀가 상자 속의 모형을 내려다보았다.

"황금은 언제 부어요?"

"곧."

그가 느릿하게 말을 이었다.

"기다리기 힘들 때라도 이런 일에는 인내심을 가져야 한다오."

루엘이 제인의 얼굴을 유심히 살펴보고 나서 카드를 펼쳤다.

"허세로군. 난 킹 둘이야."

제인이 짜증스레 자신의 카드를 내던졌다.

"허세인 줄 어떻게 알았어요?"

그가 카드들을 모아들였다.

"겉으로 드러나는 흔적은 없었어. 직감이랄까. 너의 긴장을 직감적으로 감지할 수 있거든."

정말로 그는 그녀의 감정을 분명하게 감지할 수 있는 듯했다. 어제 하루와 오늘 반나절을 게임하면서 그녀가 이긴 적은 단 네 번뿐이었다.

"그럴 리 없어요. 틀림없이 내가 눈썹을 움직였거나 다른 낌새를 보인 거겠죠. 다음 번에는 더 잘 할 수 있어요. 카드 돌려요."

그가 카드를 테이블에 내려놓았다.

"나중에. 이젠 낮잠 잘 시간이야."

"피곤하지 않아요. 돌리라구요."

"나중에. 지금은 쉬어야 돼."

"이젠 다 나았어요. 내일 작업장으로 돌아갈 거예요……."

갑자기 들려오는 노크 소리에 그녀가 화들짝 말을 멈췄다. 식사를 날라오는 타마르를 제외하고는 찾아올 사람이 없는데……. 게다가 지금은 식사 시간이 아니었다.

루엘이 문을 열었을 때 딜람의 모습이 서 있었다.

제인은 가슴이 철렁 내려앉는 심정으로 벌떡 일어났다.

"무슨 일이에요?"

"코끼리가……."

"얼마나 심각해요?"

"모든 게 잘 돼 가고 있었어요. 복구도 끝내고 크로싱 너머 2킬로미터까지 작업했어요. 그 동안에는 한 번도 다노가 찾아오지 않았어요."

"얼마나 심각하냐구요?"

"우린 녀석이 포기한 줄 알았어요. 그런데 어젯밤에……. 5킬로미터를 망쳐놨어요. 리 성이 많이 화났어요."

"나도 마찬가지예요."

제인이 험악하게 중얼거렸다.

"리 성이 코끼리를 쫓아갔어요."

그가 그런 식으로 반응할 줄 짐작했어야 했다. 도대체 왜 그 짐승에게 집착하는 걸까?

"혼자서요?"

"그렇게 될 거예요. 같이 갈 사람을 찾아보라고 광산으로 보내긴 했지만, 나서는 사람이 있을 리 없죠."

"그럼 왜 그리로 보냈어요?"

"당신에게 연락할 시간을 벌기 위해서요."

그녀가 걱정스레 눈살을 찌푸렸다.

"다노가 그를 해칠 것 같진 않지만, 그래도……. 당신이 뒤따라갈 거죠, 그렇죠?"

"물론이에요. 떠난 지 얼마나 됐어요?"

"아마 광산에서 오늘밤이나 내일 아침쯤에 출발할 거예요."

"그 넓은 정글에서 놈을 어떻게 찾겠다는 거야?"

루엘이 중얼거리자, 딜람은 어이없다는 듯한 표정이었다.

"코끼리를 찾는 건 전혀 어렵지 않아요. 길을 다 만들어 놓고 다니는 걸요."

그 말은 맞았다. 다노가 이동한 곳으로 부러진 가지와 뿌리뽑힌 나무들이 늘어져 있지 않았던가.

"15분 후에 마구간에서 만나요."

제인이 문을 닫고 나서 서둘러 옷장으로 향하며 루엘에게 말했다.

"걱정 마세요, 이런 일로 작업이 늦어지진 않을 테니까요. 리 성과 내가 없는 동안 딜람이 일꾼들을 감독할 거예요."

"네가 정글에서 쓰러지지만 않는다면 말이지."

루엘이 험악하게 대꾸했다.

"내가 가야 돼요."

"그래, 널 설득할 수 없다는 거 알아."

루엘이 문을 열어젖혔다.

"떠나기 전에 처리할 일이 있어. 마구간에서 보자구."

"산으로 돌아갈 거예요?"

"아니, 코끼리 사냥하러 갈 거야."

그의 뒤로 문이 쾅당 닫혔다.

루엘이 그녀를 말에서 내려주고 나서 돌아섰다.

"캠프 만들 거니까, 넌 앉아서 좀 쉬어."

"나도 도울게요."

"백짓장처럼 창백한 얼굴로 안장 위에 간신히 버티고 있으면서도 힘이 철철 넘치는 모양이군."

어제 궁궐을 출발하면서부터 루엘은 계속 변덕스럽고 고약한 기분이었다. 그의 날카로운 신경만큼이나 그녀의 신경도 끊어져 버릴 듯한 데다가, 사실 너무나 피곤해서 반박할 힘도 없었다. 그녀가 쓰러진 나무둥치에 앉아 있는 동안, 그는 말의 안장을 풀고 장작거리들을 모아들였다.

식사를 끝내고 루엘이 남은 찌꺼기를 불 속으로 털어낼 때에야 루엘의 입이 열렸다.

"그렇게 안 먹고 어떻게 기운을 차릴 셈이야?"

"먹을 만큼 먹었어요."

그녀가 다른 방향으로 주제를 돌렸다.

"지금쯤 리 성을 따라잡을 때가 되지 않았나요?"

"지름길로 달려왔으니까 이제 곧 찾을 수 있겠지. 내일 아침이나."

그가 모닥불 옆으로 침낭 두 개를 펼쳤다.

"리 성이 완전히 미쳐서 밤에도 정글 속을 헤매다니지만 않는다면."

"리 성은 미치지 않았어요."

"우리 다 미쳤어. 그렇지 않고서야 우리가 왜 빌어먹을 코끼리 한 마리 때문에 이 정글 한복판에 들어와 있겠나?"

"당신은 따라올 필요 없었어요."

"그래?"

"난 괜찮았을 거라구요."

"너 때문이 아니야. 아브다가 들이닥치기 전에 선로를 끝내야 하니까 그렇지."

"그때까지 끝낼게요."

"그러다간 네 시체부터 배에 실어야 할걸."

그녀도 이제 더 이상은 참을 수 없었다.

"그게 무슨 상관이에요? 내가 죽으면 당신도 자유로워질 거 아니에요."

"빌어먹을, 난 너한테 자유로워질 수가 없어."

그가 그녀를 홱 잡아일으켰다.

"그렇게 되고 싶지도 않아. 네가 살아 있길 바래. 네가…… 한평생 내 옆에 있었으면 좋겠어."

그녀가 멍하니 그를 쳐다보았다.

"그런 얼굴로 쳐다보지 마. 나라고 이런 게 마음에 드는 줄 알아? 하지만 어쩔 수가 없다구. 내 힘으로 되는 일이 아니라구."

그녀가 떨리는 웃음을 터트렸다.

"근사한 고백이네요. 걱정 말아요, 그런 감정쯤 금방 사라질 테니까요."

"삼 년 동안이나 사라지지 않았어. 카산포르에서부터 도망칠 수 없다는 걸 알았어."

그의 손이 열망하듯 그녀의 어깨를 주물렀다.

"그리고 가끔은…… 부드러운 감정도 생겨."

"동정이겠죠, 보호본능."

그녀가 한 걸음 뒤로 물러났다.

"그런 건 너한테나 어울리는 말이야. 널 잃는다고 생각했을 때 미치도록 겁이 났어. 널 놓치지 않을 거야, 제인. 절대로."

두려웠다. 이 남자와 싸울 수 있다고 자신했었는데, 이제 그녀는 또다시 약해지고 불안해졌다.

"날 잃는다구요? 당신은 날 가진 적도 없었어요. 앞으로도 마찬가지일 거구요. 우리 사이에 그런 일이 있었는데 내가 또 당신의 접근을 허락할 것 같은가요?"

"우린 이미 가까워졌어. 거의 서로의 일부처럼 가까워졌어. 네가 바다 건너에 있다 해도 우린 진짜로 헤어진 게 아니야."

그의 강렬한 감정이 뻗어나와 그녀의 숨을 조이는 것 같았다.

"아니에요."

그의 손가락이 부드럽게 그녀의 뺨을 어루만졌다.

"우린 서로를 가져야 돼. 함께 할 수밖에 없는 운명이야."

"이안의 일을 잊었나요?"

그의 손길이 멈칫했다.

"그건 해결할 수 있어."

"용서하겠다구요? 잊겠다구요?"

그녀가 슬프게 미소지었다.

"아뇨, 당신은 그렇게 못해요, 루엘."

"할 수 있어. 다른 선택의 여지가 없어."

"하지만 나는 선택의 여지가 있어요."

그녀가 몸을 돌려 침낭 쪽으로 걸어갔다.

"다시 당신에게 상처받지 않을 거예요. 처음 만났을 때부터 당신은 날 조종하고 마음대로 끌고 다녔어요. 하지만 이젠 다 끝났어요. 이 일만 마무리되면, 난 자유롭게 내 인생을 찾을 거예요. 당신은 거기 포함되지 않을 거구요."

"그 마음을 바꾸는 게 나의 과제겠군, 그렇지?"

그의 입술 끝이 냉소적으로 비틀렸다.

"물론 너한테 한 짓이 있으니까 쉬울 거라고 생각진 않아. 그래도 방법을 찾을 거야."

맙소사, 그녀는 루엘이 한 가지 목표를 정했을 때 얼마나 단호하고 집요한지 알고 있었다. 이제 그 집념이 며칠 간의 복수가 아닌 평생 그녀를 붙잡아 두는 것으로 변한 모양이었다. 그 생각만으로도 공포스러웠다. 그녀는 그의 말과 그의 모습 모두를 닫아버리려는 듯 등을 돌리고 누웠다.

"나하고 같이 자는 게 더 편할걸. 이젠 거기에 더 익숙해졌잖아."

그 사실이 그녀를 훨씬 더 두렵게 만들었다. 그들은 서로의 몸, 감촉, 향기, 정열에 너무나 익숙해져 버렸다. 가장 에로틱하고 자극적인 경험들도 함께 했다. 하지만 지난 며칠 간 그의 존재가 부드럽고 편안했던 순간들도 있었다. 더 이상 그녀에게 암흑의 왕자가 아니라 하나의 인간으로 다가왔던 순간들. 그래서 더욱 저항하기가 힘들었다. 그는 그녀가 싸워서 패배하고…… 또 승리했던 투쟁이었다.

"싫어요."

등에 닿는 그의 시선이 느껴졌다. 그에게 풀려났다고 생각했을 때 얼마나 다행스러웠던가. 그가 더 이상 아무 말 못하도록, 더 이상 손대지 못하도록 하는 것이 최선이었다.

잠시 후에 그가 자신의 침낭으로 움직여갔다. 한동안 숨막히는 침묵이 이어지고 나서 그가 나지막이 입을 열었다.

"잘 생각해 봐. 자신에게 솔직해지면 너도 선택의 여지가 없다는 걸 깨달을 거야."

그녀는 갑작스레 눈물이 터져 버릴 것 같았다. 욕망과 욕구, 하지만 그는 사랑에 대해서 말하지 않았다.

그의 사랑을 원하는 것도 아니잖아, 그녀는 재빨리 자신의 생각을 물리쳤다. 지금 그녀에게 그런 감정이 불가능하듯, 그에게도 사랑이란 감정이 불가능하다는 걸 알고 있었다. 이렇게 외로움과 쓸쓸함이 느껴지는 것은 이제 너무나 지쳤기 때문에……. 아마도 열병의 후유증 때문이리라. 하지만 이겨낼 수 있었다. 더 이상 가까이 오지 못하도록 그를 밀어내야 했다.

18

다음날 오후에야 리 셩의 모습이 그들 눈에 들어왔다.

"리 셩!"

루엘의 외침소리에 리 셩이 뻣뻣하게 돌아섰다. 제인이 느꼈던 잠깐 동안의 안도감은 창백하고 험악하게 일그러진 리 셩의 얼굴을 보는 순간 이내 걱정으로 바뀌었다.

"왜 왔어?"

"어디 아파? 얼굴이 왜 그래?"

"아픈 사람은 너야. 난 단지 이 빌어먹을 짐승 위에 오래 앉아 있어서 그런 것뿐이야."

반나절만 말을 타도 리 셩의 몸은 배겨내기 힘들었다. 그런데 삼 일 간이나 무자비할 정도로 몰아쳤으니 오죽할까. 그녀는 연민의 감정을 숨기며 가볍게 입을 열었다.

"내 허락도 없이 혼자서 코끼리를 쫓아온 벌이야."

그가 인상을 찡그렸다.

"넌 너무 마음이 약해서 데려오면 안 된다구. 난 그놈을 쏴죽이려는 거지, 입양하려는 게 아니야."

"그런 걱정은 할 필요 없어. 개도 아니고 고양이도 아니고, 내 선로를 망친 코끼리인걸. 어느 정도 가까이에 있는 것 같아?"

"멀지않아."

"그걸 어떻게 알지? 다른 길로 크로싱까지 되돌아갔을지도 모르잖소."

루엘이 한마디했다.

"확실해. 그놈은 저 앞쪽에 있소."

"나도 직감은 꽤 믿는 편이지. 그놈이 멀지 않은 곳에 있다면, 여기서 밤을 보내는 편이 낫겠군."

"아직 어두워지지도 않았잖소. 계속 전진하면 오늘밤 중으로 놈을 잡을 수 있소."

"설사 그놈을 따라잡는다 해도 죽일 만한 기운이 남아 있지 않을걸."

리 성의 몸이 딱딱하게 굳어졌다.

"난 무기력하지 않소."

"당신 말고, 제인 말이오."

루엘이 제인을 안장에서 내려주면서, 그녀가 반박하려 하자 경고성 눈짓을 보냈다.

"제인이 그 동안 앓아누웠던 거 기억하나? 다른 사람도 생각해 줘야지."

리 성은 잠시 머뭇거린 후 마지못해 고개를 끄덕였다.

"좋소."

말에서 내려서다가, 다리가 꺾이려 하자 그가 서둘러 안장머리를 움켜쥐었다.

제인은 그의 약한 모습을 보지 못한 척 얼른 시선을 피했다.

"장작 주워올게요."

"내가 할 거야."

리 성이 안장에서 손을 떼어내고는 절룩절룩 코끼리가 부러뜨려 놓은 나무들 쪽으로 걸어갔다.

"리 성에게 걱정스러운 기색을 보이지 않은 거 아주 잘 했어요."

그녀가 낮은 목소리로 루엘에게 속삭였다.

"잘 하려고 한 거 아니야. 사실을 말한 것뿐이라구."

그녀가 무슨 말을 하기도 전에 그는 홱 돌아섰다.

"넌 리 성을 여기 묶어둘 궁리나 해. 내가 캠프를 만들고 나서 코끼리를 추적할 테니까."

"혼자서요?"

그녀가 놀라며 반문했다.

"전에 사냥꾼 노릇도 해봤어요?"

"내가 사냥해 본 짐승은 런던 시궁창의 쥐들뿐이야."

"쥐하고 코끼리는 등급이 다르잖아요."

"원리는 똑같아. 적어도 리 성이나 너보다는 내가 훨씬 나을걸."

그가 말의 뱃대끈을 풀어내는 동안, 그녀는 물끄러미 그의 모습을 지켜보았다. 그가 혼자서 미친 코끼리를 쫓아간다는 생각만으로도 끔찍하게 두려워졌다.

"어서 리 성에게 가봐."

그의 재촉을 받고서야, 그녀가 서둘러 리 성에게로 움직여갔다.

"이건 어리석은 짓이야. 다른 해결책을 찾아보자구."

그녀의 말에 리 성은 아무 대꾸도 하지 않았다.

"선로를 망친 것 때문에 이러는 거 아니잖아. 그건 다 핑계지, 그렇지? 그 코끼리를 죽이는데 왜 이렇게 집착하는 거야?"

그는 여전히 입을 열지 않았다.

그 침묵의 벽을 깨뜨리기 위해 그녀는 무슨 말이든 해야 했다.

"루엘이 다노를 쫓아가겠대."

"안 돼!"

리 성이 이글거리는 눈으로 그녀를 쏘아보았다.

"그놈은 내가 죽여!"

그녀는 이 정도로 격렬해진 리 성을 한 번도 본 적이 없었다.

"넌 이 일에 상관하지 마. 크로싱으로 돌아가."

"어떻게 그럴 수 있어? 내가 미친 코끼리 뒤를 쫓아갔더라면 오빠도 따라왔을 거잖아."

그의 얼굴에서 격한 감정이 사그라들었다.

"그랬겠지."

"그러니까 우리랑 같이 행동하자구."

그가 마지못해 고개를 끄덕였다.

말없이 걸음을 옮기다가, 문득 그의 시선이 다노가 만들어 놓은 통로 쪽으로 향했다.

"아니야. 우리가 다노를 쫓아가는 게 아니야. 그놈이 기다리고 있는 거야."

"그게 무슨 말이야?"

"그놈이 날 기다리고 있어."

"그놈을 찾으면 어떻게 할 건가?"

루엘이 모닥불을 휘저으며 물었다.

"쏴죽여야지."

리 성이 대답했다.

"그만한 덩치가 총에 맞아 죽을까?"

"눈을 겨냥할 거요. 딜람이 단번에 죽이는 방법은 그것뿐이라고 했소."

"한 번에 맞추지 못하면 두 번째 기회는 없을지도 몰라."

제인이 쏘아붙였다.

"그건 그때 가서 생각할 거야."

"그렇게 감정적인 상태로 무슨 생각을 할 수 있겠어? 도대체 왜 이러는 거야?"

"그놈이 날 죽이려고 했어."

"코끼리가 계획적으로 그런 것도 아니잖아. 그냥 코끼리일 뿐이라구."

리 셩은 어깨를 으쓱이며 대답하지 않았다.

"맞아. 그놈이 코끼리라서 그런 거로군."

갑자기 루엘이 입을 열었다.

"힘……. 말해 봐, 그놈을 죽인 다음에 심장을 먹을 셈인가?"

"뭐라고?"

"브라질에서는 적의 심장을 먹는다더군. 그렇게 하면 상대의 힘과 용기를 빨아들일 수 있다고."

"내가 그런 미신이나 믿는 멍청이 같소?"

"아닌가?"

"그놈을 죽여 복수하려는 거요. 때로는 그 이유만으로도 충분해."

"복수라……. 그럴 수도 있겠군. 아마 나보다 더 복수심을 잘 이해하는 사람은 없을 거요. 그렇지 않은가, 제인?"

그녀의 가슴이 아파올 정도로 그의 자조적인 목소리에는 고통이 깃들어 있었다. 손을 뻗어 위로해 주고 싶을 만큼…….

그녀는 서둘러 리 셩에게 시선을 돌렸다.

"새벽에 출발하려면 어서 자야 돼."

그때 어둠 속으로 코끼리의 울음소리가 울려퍼졌다.

리 셩이 벌떡 일어나 서쪽으로 나 있는 길을 노려보았다.

"가까이 있어."

다노가 가까이에 있는 것은 틀림없었다. 그런데 철로를 부수던 날

들었던 성난 울부짖음과는 너무나 다른 소리였다. 마치…….

리 성이 총을 집어들었다.

"동이 틀 때까지 기다려."

리 성은 어깨 위로 탄띠를 둘러메고 절룩절룩 걸어나갔다.

"너나 기다려. 난 갈 거야."

"그럴 수야 없지."

루엘이 이미 모닥불을 끄고 있었다.

"최소한 안장을 올릴 때까지는 기다릴 수 있겠지?"

"그럴 필요 없소. 놈이 가까이 있어……."

리 성의 목소리가 정글 안쪽으로 멀어져갔다.

제인이 다급하게 일어나 그 뒤를 쫓아나갔다.

코끼리가 다시 울어댔다. 신호를 보내듯이, 어서 오라는 듯이…….

"리 성, 기다리란 말이야!"

제인이 앞쪽의 어둑한 그림자에게 소리쳐 외쳤다.

"소용없어. 따라가기나 하자구."

루엘이 그녀를 위해 가시덤불을 옆으로 밀쳐주었다.

절름거리는 다리로 어떻게 저리도 빠르게 움직일 수 있을까? 리 성은 마치 달리듯이 정글 속을 헤쳐나가고 있었다.

또다시 울리는 코끼리 소리. 더 가까워졌다.

그녀는 불안하고 놀랍고 또 당황스러웠다. 그 소리가 왠지 마음에 걸렸다.

"리 성!"

그녀의 애원을 들어주기로 결심한 듯, 리 성이 몇 백 미터 앞에서 멈춰 섰다. 그녀가 다행스러워하며 가까이 다가갔을 때, 그가 똑바로 앞만 쳐다본 채 굳어 있는 것을 알아차렸다.

"코끼리가 있어? 조심해……."

수북하게 쌓인 뼈들.

눈앞의 거대한 공터에 쌓여 있는 뼈들이 번들거리고 있었다. 달이 구름 뒤에 숨어 있음에도 불구하고, 그 뼈들은 스스로의 빛으로 광채를 뿜어냈다.

"이게 뭐야?"

"코끼리 무덤이야. 서쪽으로 이동했던 게 이것 때문이었어."

리 셩이 중얼거렸다.

"코끼리들은 죽음을 감지하면 죽을 장소를 찾아가지 여기가 바로 거기야."

제인이 부르르 몸서리쳤다.

"그런데 다노가 왜 여기 왔을까?"

리 셩은 무시무시하게 미소지었다.

"나한테 죽게 되리라는 걸 예감한 거겠지."

또다시 울려퍼지는 울음소리. 제인의 시선이 묘지 건너편으로 날아갔다. 공터 끝부분에 거대한 코끼리의 형체가 자리잡고 있었다.

리 셩이 만족스런 신음을 흘리며 뼈들이 쌓인 공터를 가로지르기 시작했다.

제인과 루엘도 재빨리 그 뒤로 따라붙었다.

코끼리가 그들의 접근을 지켜보고 있었다.

"왜 덤벼들지 않을까?"

크로싱에서 보았던 그 충혈된 눈과 포악한 공격을 떠올리며 제인이 중얼거렸다.

리 셩이 사정 거리 안으로 들어서자마자 총을 들어올렸다.

코끼리는 움직이지 않았다.

구름 뒤에 숨었던 달이 빠져나와 다노의 얼굴과 그 주변을 비춰주었다.

"잠깐만!"

제인이 리 셩의 팔을 움켜잡았다.

"뭐가 있어……."

"이거 놔."

리 셩이 그녀의 손을 털어냈다.

"아직은 안 돼. 뭔가가 있다구……."

그녀가 코끼리와 총 사이를 가로막으며 앞으로 달려나갔다.

"제인!"

루엘의 외침에 이어 리 셩의 험악한 목소리도 들려왔다.

"저리 비켜, 제인."

그녀는 다노의 얼굴을 유심히 살펴보았다. 코끼리의 얼굴에 축축한 물기 같은 것이 번져 있었다.

"이리 와 봐, 리 셩."

"그놈 발에 밟혀죽으라고?"

루엘이 그녀의 옆으로 다가섰다.

"빌어먹을, 죽고 싶어 환장을 했나? 도대체……."

"조용히 해요!"

그녀의 손이 다노의 왼쪽에 있는 어둑한 형체를 가리켰다.

"코끼리잖아."

루엘이 다노에게 조심스런 시선을 고정시킨 채 천천히 앞으로 움직여갔다.

"넌 가만히 있어. 내가 살펴볼게."

다노가 긴 코를 들어올리며 울부짖었다. 이번에는 경고하는 듯이.

루엘의 걸음이 멈칫했다.

"더 이상 접근하면 안 될 것 같아. 저놈이 날 싫어해."

"저놈은 세상 전체를 싫어한다구."

리 셩이 여전히 발사준비를 한 채로 그들에게 다가들었다.

"그 싫은 세상 밖으로 놈을 날려보내 주겠어."

"우릴 해치려는 것 같지 않아. 저것 좀 봐. 다노가 울고 있어, 리성."

제인이 속삭였다.

"웃기지 마."

"제대로 쳐다보란 말이야. 슬퍼하고 있다구."

그녀가 쓰러진 코끼리 쪽을 가리켰다.

"살릴 수 있을지 확인해야 해."

"저놈을 죽인 다음에."

그가 총을 들어올렸다.

"안 된다고 했잖아."

제인이 코끼리 쪽으로 다가서려 했다.

다노가 위협적으로 몸을 흔들어대자 루엘이 그녀의 팔을 움켜잡았다.

"너도 싫어하는 모양이야."

리 성이 짜증스레 욕설을 중얼거리면서 코끼리 앞으로 움직여갔다.

"널 데려오지 말았어야 했어. 이놈이 얼마나 포악한지 봐야 알겠나?"

그가 총을 들어올린 채 점점 더 앞으로 다가갔다.

"덤벼, 나한테 덤벼보라구."

다노는 움직이지 않은 채 서서 리 성을 바라보았다. 다노의 쭈글쭈글한 얼굴에 또 한 방울의 눈물이 흘러내리며 쓰러진 코끼리의 머리에 코를 내리고 잡아당기기 시작했다. 마치 그 짐승을 일으켜 세우려 애쓰는 것처럼.

"그 코끼리 죽었어?"

제인이 소리쳤다.

리 성은 슬쩍 코끼리를 내려다보고 나서, 살짝 손을 댔다.

"아직 따뜻해."

"암놈이야?"

"그래."

"그럼 다노의 짝이었나봐."

리 성이 한껏 인상을 찌푸렸다.

"이놈이 슬픔을 달래려고 철로를 망가뜨렸다 이거야? 벌써 마음이 약해진 거야?"

"그렇진 않아. 하지만 그 암놈이 아직 죽지 않은 거라면 우리가 어떻게……."

슬금슬금 전진하던 그녀의 걸음이 다시 멈췄다. 다노가 머리를 들어 그녀를 노려보았던 것이다.

"아무래도 다노가 오빠만 봐주려는 것 같아. 오빠가 확인해 봐야겠어."

"그게 이놈이 멍청하다는 증거야. 자기 적이 누군지도 모르는 놈."

리 성이 걸음을 옮기며 쓰러진 코끼리를 훑어보았다.

"죽었어. 눈을 뜨고 있긴 한데……."

갑자기 그의 눈과 입이 멍하니 벌어졌다.

"왜 그래?"

제인이 다급하게 소리쳤다.

리 성이 한 걸음 더 다가가, 암놈의 옆에 누운 물체에 시선을 고정시켰다.

"코끼리 새끼가 있어."

"살아 있나?"

루엘이 물었다.

"젖을 빨아대고 있어."

"내가 가서 봐야겠어."

제인이 말했다.

"어련하시겠어. 무기력한 생명을 그냥 두고 볼 수가 없겠지. 하지만 이놈은 길 잃은 강아지가 아니야, 제인."

"내가 봐야겠다구. 다노가 오빠만 받아들이는 것 같으니까, 이리 와서 우리 손을 붙잡고 끌고 가."

"그럼 총을 들 수가 없어."

"총은 내가 들겠소."

루엘이 나섰다.

"제인 말대로 하라구. 어쨌든 가볼 모양이니까."

"그걸 아니까 걱정이지."

리 성이 천천히 그들 쪽으로 다가와 루엘에게 총을 건네주고 그들의 손을 붙잡아 코끼리 쪽으로 이끌었다.

"이제 저 발에 밟혀서 우리 모두 이곳의 뼈다귀처럼 으스러질 거야."

"조용히 좀 해, 리 성."

다노가 물끄러미 그들 셋을 쳐다보고 있었다. 화가 난 건 아니었다. 깊은 슬픔과 체념…… 그리고 승낙.

다음 순간 코끼리가 다시 고개를 내려 죽은 짝을 이리저리 코로 부벼댔다. 어서 일어나라고 재촉하는 듯이.

제인이 암컷의 시체를 돌아나갔다. 네 다리를 쭉 뻗고 누운 새끼 한 마리가 어미의 젖을 헛되이 빨아대고 있었다.

"세상에, 가엾어라."

그녀의 눈에서 눈물이 따끔거렸다.

"이대로 죽게 할 순 없어."

"살릴 수도 없어. 어미가 죽었는데 누가 우유를 먹여주겠어?"

리 성이 날카롭게 대꾸했다.

"무리가 있는 곳까지 데려다주면 보살펴 줄 코끼리가 있을 거야."

"그 무리는 동쪽으로 150킬로미터나 떨어져 있다구."

"그러니까 당장 출발해야지."

"코끼리떼를 어떻게 찾겠다는 거야?"

제인이 다노 쪽을 가리켰다.

"다노가 특별히 영리한 코끼리라잖아. 우리한테 길을 가르쳐 줄 거야. 어쩌면 철로를 부순 이유가 이것 때문인지도 몰라."

"그저 제 맘대로 난동을 부린 것 뿐이야."

그녀가 고개를 흔들었다.

"우리가 따라오길 바랐던 거야. 새끼를 살리고 싶어서. 우리가 도와줘야 돼."

"안 돼."

리 성이 단호하게 대꾸했다.

"안 될 거 없소."

갑작스런 루엘의 목소리에 리 성이 홱 돌아보았다.

"이 미친 짓에 동의하는 거요?"

루엘이 어깨를 으쓱였다.

"제인이 하고 싶다잖소. 그럼 하게 해줘야지."

제인이 멍한 표정으로 바라보자, 그가 씨익 미소지었다.

그녀는 애써 그에게서 시선을 돌렸다.

"리 성, 새끼를 어미한테서 떼어내. 오빠밖에 할 수 있는 사람이 없어. 다른 사람은 다노가 허락하지 않을 테니까."

그녀가 묘지를 가로질러 돌아나갔다.

"난 캠프에 가서 짐을 챙길게. 루엘, 당신은 여기서 리 성을 도와주세요."

"분부대로 따르겠습니다, 마담."

루엘이 순한 양처럼 대답했다.

한 시간 뒤, 리 성과 루엘이 작은 코끼리를 앞으로 몰아대며 캠프로 되돌아왔다. 90센티미터 정도 키의 새끼 코끼리가 불안하게 휘청거리며 걸어왔다. 그 커다랗고 순진한 눈동자가 너무나 사랑스러웠다.

"별 문제 없었어요?"

"다노 녀석, 리 성이 하는 대로 내버려두던걸."

루엘이 인상을 찌푸리며 새끼 코끼리 쪽으로 고갯짓했다.

"하지만 이 녀석을 어미한테 떼어놓는 게 힘들었어. 게다가 70킬로그램이나 되는 녀석을 억지로 끌고 오는 게 쉽지 않았어."

"다노는 어디 있어요?"

"아직도 죽은 짝을 일으키려고 노력중이야."

제인이 시선을 돌리며 부드럽게 새끼의 코를 어루만졌다.

"예뻐라……. 이름을 지어줘야겠어요."

"왜? 죽었을 때 비석이나 세워주려고?"

리 성이 시큰둥하게 말했다.

"죽지 않을 거야."

코끼리가 그녀의 손목에 코를 감았다.

"칼렙이라는 이름 어때? 칼렙이라고 부르자."

리 성은 신음과 코웃음 중간쯤의 소리를 터트렸다.

제인이 걱정스레 눈살을 찌푸렸다.

"제대로 걷지 못하는 것 같아."

"힘이 없어서 그래. 어미가 죽은 지 며칠이나 됐을지 모르잖아."

루엘이 설명했다.

"뭘 먹여야 하는 거야, 리 성?"

"어차피 죽을 거야."

"그건 모르는 일이야. 뭘 먹여야 하는지만 말해."

"물이나 우유. 너무 어려서 다른 건 못 먹을 거야."

칼렙의 다리가 꺾이며 풀썩 바닥으로 쓰러졌다. 이 무기력한 생명을 어떻게 죽게 내버려둘 수 있을까.

그 모습에 리 성도 마음이 흔들린 모양이었다.

"우유는 없으니까 물이라도 먹여야겠어. 내가 가서 떠올게."

그가 수통을 집어들고 절룩절룩 시내 쪽으로 걸어갔다.

그 뒷모습을 응시하며 제인이 중얼거렸다.

"리 성이 왜 저렇게 냉정하게 구는 걸까? 따뜻한 사람인데."

루엘이 입을 열었다.

"속은 기쁠 거야. 격렬한 전투를 예상했는데, 이제 그 원수의 자식을 보살피게 돼버렸잖아. 그걸 받아들이기 힘든 거겠지."

"다노는 그를 적으로 생각지 않던데요."

"그것도 아마 받아들이기 힘들걸."

그가 오솔길 쪽으로 걸어가기 시작했다.

"어디 가는 거예요?"

"이 녀석 걷지도 못할 것 같잖아. 들것처럼 하나 만들어서 말로 끌어가야겠어."

"루엘."

그가 흘깃 돌아보았다.

어린 코끼리의 코를 다정하게 쓰다듬으며 그녀가 속삭였다.

"살아날 수 있겠죠?"

"네가 살리고 싶어하면 살아날 거야."

분명하게 대답해 준 다음 그가 관목 너머로 사라졌다.

그의 한마디가 그녀에게 크나큰 안도감을 전해 주었다. 다른 사람이 아닌 루엘의 말이었다. 이안을 죽음에서 건져냈던 사람이니 이 어린 생명도 살려낼 수 있지 않을까.

루엘이 안장에 밧줄을 묶을 때만 해도 말은 반항하지 않았다. 하지만 뒤쪽의 깔개에 칼렙이 내려앉자마자 발작을 일으키며 요동쳐댔다. 루엘의 말뿐 아니라, 리 성의 말이나 베델리아도 똑같은 반응이었다.

루엘이 욕설을 중얼거렸다.

"빌어먹을, 안 되겠어."

제인이 걱정스레 눈살을 찌푸렸다.

"어떻게 하죠?"

칼렙을 제 발로 걷게 한다는 것은 불가능했다. 얼마 가지 못해 쓰러지고 말 것이다.

"다른 방법이 없잖아."

루엘이 험악하게 중얼거리며 말에 묶인 밧줄을 풀어 자신의 몸에 감기 시작했다.

"내가 끌고 가는 수밖에."

"이 덩치를?"

리 성이 어이없다는 듯이 되물었다.

"끌고 가다 보면 더 무거워지리라는 것도 분명하지."

루엘이 밧줄을 단단하게 매듭지었다.

"출발하자구."

"잠깐만요."

제인이 셔츠 두 개를 꺼내어 밧줄이 묶인 어깨 밑에 덧대주었다.

"이게 도움이 될지는 모르겠지만."

그가 미소지었다.

"고마워."

"칼렙을 끌고 가는 건 당신이잖아요. 쉬고 싶으면 즉시즉시 말해요."

"걱정 말라구."

그가 인상을 찌푸리며 앞으로 움직이기 시작했다.

그들은 두 번의 휴식만으로 밤새 이동하다가 새벽이 되기 직전에야 캠프를 설치했다. 제인이 시냇가의 작은 공터에 말을 멈춰 세우고 땅으로 내려섰다.

"리 성, 난 불을 지필 테니까 칼렙에게 먹일 물 좀 떠와."

리 성이 수통을 들고 뻣뻣하게 시냇가로 향했다.

"이제 코끼리 물이나 날라주는 신세가 됐군."

"나한테는 무슨 분부를 내리겠소, 마담?"

루엘이 물었다.

"우리가 알아서 할 테니까 당신은 앉아서 쉬세요."

그녀가 장작거리를 모아들이며 대꾸했다.

"웬일이지?"

"6시간이나 코끼리를 끌고 온 사람한테 더 이상 바랄 수는 없어요."

"반대할 생각 없어."

그가 밧줄을 풀어내고 칼렙의 옆에 털썩 내려앉았다.

그의 목소리에는 피로가 담겨 있었다. 그녀가 그를 돌아보았지만 너무 어두워 그의 얼굴 표정을 알아볼 수 없었다.

"셔츠가 도움이 됐나요?"

"그래."

그가 주제를 바꿨다.

"깔개를 바꿔야 돼. 벌써 너덜너덜해졌어."

"내 담요를 드릴게요."

그녀가 장작더미에 불을 붙이고 불길이 밝아지자 흘깃 뒤돌아보았다.

"이렇게 오랫동안 견뎌낸 게 오히려 놀랍죠. 정말이지 칼렙 같은 덩치를……."

맙소사, 루엘의 셔츠에 피가 묻어 있었다.

그녀가 벌떡 일어나 그의 옆으로 달려갔다. 그의 얼굴이 창백하고 입술도 일그러져 있었다.

"셔츠가 도움이 됐다고 했잖아요."

그가 어깨를 으쓱였다.

"제 역할은 다했어."

그녀가 그의 셔츠 단추를 풀기 시작했다.

"내일은 두 개씩 대야겠어요. 한쪽 밧줄은 내가 끌게요."

"넌 아직 기력이 약해. 나 혼자 할 수 있어."

"바보 같은 소리 말아요. 난 완전히 건강해졌다구요……."

셔츠를 벌리는 순간 그녀의 눈이 경악스레 커졌다. 밧줄에 쓸려 벗겨진 상처. 그의 오른쪽 어깨에 빨간 자국들이 교차되어 살갗이 갈라지고 쇄골 뼈 위로 피가 흐르고 있었다.

"맙소사, 끔찍하게 아팠겠어요."

"유쾌하진 않더군."

"말을 했어야죠."

"널 위해서 내가 피 흘린 게 감동적이지 않아?"

"지금 농담이 나와요?"

그녀가 떨리는 숨을 진정시키며, 손수건에 물을 적셔 그의 상처를 닦아주었다.

"왜 항상 그런 식이에요?"

"내가 얼마나 용감하고 강한 놈인지 보여주려고. 그렇게 보여야 한다는 걸 알거든."

그녀는 부들거리는 손으로 그의 어깨에 천을 묶어나갔다.

"다른 방법을 찾아야겠어요. 이런 식으로 계속할 순 없어요."

"괜찮아."

"칼렙을 데려가자고 한 건 나였어요. 나 때문에 당신이……."

"내가 할 거야, 제인."

"왜요?"

"그러면 내가 흘리는 피가 누구 때문인지 알 테니까. 네가 내 상처를 돌볼 때마다 나와 더 가까워질 테니까."

"무슨 말이에요?"

"넌 보호본능이 강하잖아. 누군가를 보살필 때면 그 상대를 자기 것으로 여기지. 나도 네 것이 되고 싶어."

그녀의 놀란 표정을 보며 그가 씨익 미소지었다.

"게다가 이 조그만 녀석이 마음에 들어. 너한테 구애할 목적이 아니라 해도 이 일을 했을 거야."

"구애요?"

카산포르에서 그가 그런 식으로 말한 적이 있었다.

"우린 예전으로 돌아갈 수 없어요."

"돌아가길 바라는 게 아니야. 새로 시작하고 싶어."

"그것도 안 돼요."

그녀가 붕대를 다 묶고 나서 왼쪽 어깨를 살펴보았다. 오른쪽만큼 심하진 않지만 그곳 또한 밧줄자국으로 빨갛게 변해 있었다. 랑푸르 고지에서 이안을 끌어왔을 때처럼. 아니, 그때는 그의 어깨가 완전히 피범벅이었다. 그리고 그렇게 만든 책임은…….

"왜 그래?"

루엘이 그녀의 얼굴을 유심히 들여다보았다.

"그 밧줄. 랑푸르 고지가 생각났어요."

그의 얼굴이 불현듯 굳어졌다. 잠시 후 그가 애써 미소지었다.

"그때로 돌아갈 순 없잖아. 그러니까 생각하지도 마."

그녀가 고개를 흔들었다.

"그럴 수 없다는 거 알잖아요."

"불가능한 일은 없어."

그가 칼렙을 쳐다보았다.

"이틀 전만 해도 이 녀석이 살아날 가능성은 없었잖아?"

"그거야 지금도 마찬가지지."

리 성이 수통을 들고 다가오며 루엘의 어깨를 흘깃 쳐다보았다.

"이 녀석이 흠집을 남겼군."

거칠게 말하면서도, 그는 다정하게 새끼 코끼리 옆으로 내려앉아 물을 먹여주었다.

"틀림없이 이놈도 흉악한 놈으로 자랄 거야."

제인은 그 말에 반박할 만한 기력이 나질 않았다. 너무나 피곤했다. 자신이 이 정도라면, 루엘은 얼마나 지쳐 있을까?

"이젠 잠이나 자자구요."

제인이 불 옆의 담요로 움직여갔다.

루엘이 칼렙의 옆에 드러누워 눈을 감았다.

"거기서 자려구요?"

"움직일 기운도 없어. 4시간만 자고……."

그의 말꼬리가 흐릿해지는가 싶더니 이내 조용해졌다. 곯아떨어진 것이다.

리 성도 눕자마자 잠이 들었다. 하지만 그녀는 좀처럼 잠들지 못했다. 루엘의 말과 행동들이 그녀를 감정의 소용돌이로 몰아넣었다.

걱정, 감탄, 그리고 자세히 살피기에는 너무 위험한 감정의 파편들. 그에게 풀려났다고 생각했었는데, 그가 변해버렸다. 연약함을 지닌 남자로…… 사랑스럽다 느껴질 정도의 남자로.

빌어먹을, 잠이나 자야 할 시간에 무슨 생각이람? 그녀는 성마르게 생각들을 밀어내며, 몸을 웅크리고 눈을 감았다. 모닥불의 열기가 따뜻하게 전해지며 장작 타는 소리들만이 평화롭게 이어졌다.

하지만 새벽 공기의 싸늘함도 남아 있었다.

루엘이 불가에서 떨어져 있다.

그녀는 벌떡 일어나 자신의 담요 하나를 집어들고 루엘에게로 걸어 갔다.

루엘에게 담요를 덮어주는 동안, 곤히 잠들어 있는 루엘의 옆에서 칼렙이 눈을 뜨며 코로 그녀의 볼을 부볐다. 그녀는 그 머리를 쓰다듬 어주고 나서 자신의 잠자리로 돌아왔다.

보호본능?

그게 어떻단 말인가? 그녀를 위해 희생한 사람에게 담요 하나쯤 나눠주는 건 당연한 일이다. 그래, 그냥 당연한 일을 한 것뿐이다.

크로싱으로 출발한 지 이틀째 되던 밤. 관목들이 짓이겨지는 소리에 세 사람은 동시에 잠에서 깨어났다.

다노가 숲 가장자리에서 그들을 바라보고 있었다. 다음 순간 커다란 코끼리가 천천히 새끼 있는 곳으로 이동해갔다. 칼렙의 목에 코를 감아보고, 죽은 짝에게 그랬듯이 부드럽게 그 몸을 찔러보았다.

새끼는 이제 기력이 떨어져 일어설 수도 없었지만, 코를 들어올려 다노에게 반응을 보였다.

눈물이 날 만큼 감동적인 장면이었다.

다노가 천천히 코를 풀어내고 뒤로 물러나 정글 속으로 사라져갔다.

리 셩이 짜증스레 입을 열었다.

"우리 잠만 방해하고, 또 새끼를 맡겨 버리는군."

제인은 체념적으로 고개를 절레절레 흔들었다. 리 셩이 왜 저렇게 완고하게 구는 걸까? 정말이지 이해할 수 없었다. 다노가 자신의 새끼를 걱정해서 왔다는 건 분명하지 않은가?

그녀의 시선이 칼렙 쪽으로 향했다. 충분히 걱정해야만 할 상황이었다. 새끼 코끼리는 점점 더 기력을 잃어가고 있었다. 물만 먹은 채 며칠이나 더 버틸 수 있을까?

"살 수 있어."

그녀의 시선이 루엘에게로 향했다.

"그럴까요? 코끼리떼를 찾아낸다 해도, 암컷들이 젖을 나눠주려 하지 않을지도 몰라요."

"그럼 내가 마을로 가서 염소 몇 마리를 끌고 올게."

"칼렙을 먹이려면 수십 마리가 필요할 수도 있어요."

"그럼 수십 마리를 몰고 오지."

그녀가 그의 시선을 마주보았다. 필요하다면 그는 그 말대로 행동할 것이다. 지난 이틀 간 칼렙에게 지극한 인내심과 의지를 보여주지 않았던가.

"잡담 좀 그만해 주겠나?"

리 성이 눈을 감은 채로 중얼거렸다.

"다노의 자식을 떠맡은 것으로도 모자라서, 밤새도록 그 녀석 얘기를 할 참이야?"

"마음에 들어요?"

마거릿이 열성적으로 이안의 표정을 살폈다.

"글렌클라렌 문장은 너무 어려워서, 당신 이름의 첫글자하고 히스 줄기만 새겼어요."

"근사하오."

이안이 집게손가락으로 황금인장을 매만졌다.

"문장으로 했으면 너무 거창할 뻔했소."

그녀가 그의 의자 옆에 내려앉았다.

"두 번이나 만들어야 했어요. 첫 번째 걸 망가뜨렸거든요. 그 괴팍한 카타우크는 내가 실수하는 걸 보면서도 끝까지 내버려뒀어요. 실수하면서 배워야 한다나요."

"카타우크다운 말이오. 그는 나중에 후회하는 한이 있더라도 모든 경험을 깊이 받아들이는 편이지."

"모든 경험은 아니에요."

마거릿의 묘한 목소리에 이안이 시선을 들어올렸다. 놀랍게도 그녀의 뺨이 붉어져 있었다.

"내 말은, 당신이 생각하는 것처럼 그렇게 부주의하진 않다는 거예요."

"그렇소?"

"그는…… 아주 신중해요."

그녀가 벌떡 일어났다.

"저녁 식사 가져올게요."

"아직 배고프지 않소."

"그래도 드셔야 해요."

"마거릿."

그녀가 문 앞에서 멈춰 섰다.

"카타우크에게 저녁 식사 같이하자고 전해 주시오."

그녀의 등줄기가 뻣뻣해졌다.

"왜요?"

두려움. 그녀가 두려워하고 있었다. 무엇 하나 두려워하지 않던 그의 마거릿이.

"체스 한 판 두고 싶군. 만난 지 꽤 오래되기도 했고."

그녀의 몸에서 긴장이 풀어지는 걸 볼 수 있었다.

"바쁜가봐요."

"하룻밤만 시간을 내달라고 하시오."

"말은 해보겠지만 못 올지도 몰라요."

"내가 편지라도 써보낼까?"

"아니에요."

그녀가 그를 돌아보았다.

"정말로 그를 만나고 싶어요?"

"좋은 친구와 만나는 건 기분 좋은 일이라오."

"알았어요. 꼭 오라고 할게요."

그녀가 발길을 돌려 방에서 빠져나갔다.

문이 닫히자마자 그는 두 눈을 감으며 의자에 머리를 기댔다. 가슴이 아파왔다.

하나님, 어째서 자비를 베풀어주시지 않는 겁니까? 마거릿에게 왜 힘겨운 십자가를 더하시는 겁니까?

그의 생각이 틀렸을지도 모른다. 사실이 아닐지도 모른다.

그들이 함께 있는 모습을 보면 알게 되리라.

"타마르, 다른 와인으로 바꿔다 주겠나?"

이안이 인상을 찡그리며 다시 체스판으로 시선을 내렸다.

"이번 와인은 맛이 없어."

"알겠습니다, 사미르 이안."

"내가 먹기엔 괜찮은데요."

카타우크가 한마디하자 대뜸 타마르가 반박하고 나섰다.

"사미르 이안께서 맛없다고 하시면 맛없는 겁니다."

타마르가 부지런히 방을 떠난 후에 카타우크가 웃음을 터트렸다.

"저 친구, 항상 저렇게 순종적이오?"

"항상 그렇다오."

이안이 흐릿하게 미소지었다.

"시니다인들은 건강한 체질이라 아픈 걸 두려워하지. 나 같은 불구자가 된다면 아마 바다에 몸을 던져버릴 거요. 그러니 내가 바라는 건 뭐든지 거절하는 법이 없다오."

마거릿이 눈살을 찌푸렸다.

"당신은 불구자가 아니에요."

이안이 재빨리 주제를 바꾸었다.

"마거릿이 루엘의 인장에 대해서 대단히 칭찬하던데. 사실 난 내 인장이 더 근사할 것 같다오, 카타우크."

이안이 체스판 위로 자신의 나이트를 움직였다.

"견습생 실력이 스승보다 낫다는 거요? 그건 신성모독이라오."

카타우크가 씨익 웃어보였다.

"그럼 내 눈으로 확인한 후에 판단해야겠군. 루엘의 그 멋진 인장을 보여주겠소?"

"지금 말이오?"

이안이 고개를 끄덕였다.

"금방 가져오겠소."

카타우크가 자리에서 일어나려 했다.

"아니. 마거릿, 당신이 대신 가져다주겠소? 당신이 다녀올 동안 내가 이 판을 이겨볼 생각이라오."

"알았어요."

마거릿이 즉시 문으로 걸어갔다.

"하지만 실망하게 될 거예요. 내 건 카타우크의 작품에 비하면 장난감 같다구요."

"당신은 날 실망시킨 적이 없다오, 마거릿."

문이 닫힌 뒤 한동안 방 안에 침묵이 감돌았다.

카타우크가 자신의 여왕을 움직이며 불쑥 입을 열었다.

"마거릿과 타마르를 쫓아낸 이유가 뭐요?"

카타우크의 솔직함과 재빠른 눈치가 이안에게는 다행스러웠다.

"마거릿이 불안해 하는 것 같아서."

"그랬던가?"

"당신도 알잖소."

체스판에 시선을 고정시키고 있으면서도, 그는 카타우크가 긴장하는 걸 느낄 수 있었다.

"그러니 앞으로는 당신을 이리 초대하지 않을 거라오."

"그럼 오늘은 왜 초대했소?"

"알고 싶었소. 확인해 봐야 했소."

"무엇을?"

이안이 잠시 적당한 단어를 찾으며 머뭇거렸다.

"난 괜찮다오. 처음엔 마음이 아프기도 했소. 평생 그녀를 사랑해왔고, 내 여자라고 생각해왔으니까. 열 살 때부터 그녀와 함께 히스언덕을 뛰어다니면서 앞으로도 우리 인생이 변하지 않으리라 믿었소. 행복했었지…….”

이안이 말꼬리를 흐리며 애써 미소지었다.

“하지만 그런 시간은 끝났소. 운명과 나 자신 외에 다른 누구를 탓할 마음은 없다오. 마거릿이 날 떠난 게 아니라, 지난 몇 년 간 내가 그녀를 떠났던 거요.”

카타우크가 조용히 입을 열었다.

“그 말은 부인해야 할 것 같소.”

“거짓말 마시오, 부디 거짓말하지 말아주시오.”

“거짓말이 아니오.”

카타우크가 다시 침묵했다가 머뭇머뭇 말했다.

“그녀를 사랑하고 싶진 않았소, 하지만 그걸 후회하진 않소.”

“당연히 후회하지 말아야 하오. 사랑이란 드물게 찾아오는 선물이라오. 인생을 풍요롭게 만들어 주는 아름다움이오.”

“마거릿은 당신을 배신하지 않았소.”

카타우크가 어깨를 으쓱였다.

“난 당신과 달라서 쾌락을 죄악으로 여기지 않소. 그럴 마음이 있기도 했지만…… 아무 일 없었소.”

“나도 안다오. 그녀가 당신을 사랑할 수는 있다 해도, 내가 죽는 날까지 내 곁을 떠나려 하지 않을 거요.”

이안의 얼굴이 일그러졌다.

“그날이 빨리 오리라고 약속할 수도 없고……. 스스로 목숨을 끊는 것은 죄악이니……. 그렇지만 않았다면 이미 오래 전에 그렇게 했을 거라오.”

“당신이 죽는 걸 바라는 사람은 아무도 없소.”

카타우크가 무뚝뚝하게 대꾸했다.

"나밖에 없겠지."

이안이 슬프게 미소지었다.

"매일 밤 기도를 드려봐도 응답이 없구려. 하지만 그건 상관없소. 중요한 건 마거릿을 행복하게 해주는 일이오."

"내가 시니다에서 떠나길 바라오?"

"절대 아니오. 마거릿을 계속 즐겁게 바쁘게 만들어 주구려. 지금까지 해왔던 것처럼 그녀를 보호하고 사랑해 주길 바라오. 하지만 나와는 만나지 않는 게 좋겠소. 우리가 같이 있는 걸 보면 마거릿이 너무 힘들어하니."

그가 카타우크의 눈을 바라보았다.

"그리고 우리 얘기에 대해서 그녀가 모르길 바라오."

카타우크는 천천히 고개를 끄덕이고는 눈을 빠르게 깜박이며 시선을 내렸다.

"당신은 좋은 사내요, 이안 맥클라렌. 내가 이런 입장이었으면 당신만큼 강하지 못했을 거요."

"강하다고? 난 아무런 힘도 없는걸."

그가 힘없이 베개에 등을 기댔다.

"우리 모두 살기 위해서 해야 할 일을 하려는 것뿐⋯⋯. 마거릿이 더 이상 고통받는 건⋯⋯."

그의 시선이 문으로 날아갔다.

"그녀가 돌아오고 있소."

그가 비숍을 움직이며 방으로 들어서는 마거릿에게 미소를 보냈다.

"빨리 다녀왔구려. 난 아직도 이기질 못했다오. 어디 그 인장 한 번 볼까?"

그녀가 그의 옆으로 다가서며 루엘의 황금인장을 건네주었다.

"내가 만든 것보다 훨씬 훌륭해요."

"굉장하군."

이안이 자신의 인장 옆에 그것을 내려놓았다. 그리고는 그녀의 손을 붙잡아 입을 맞췄다.

"하지만 난 당신이 만들어 준 것이 더 좋소. 히스 줄기가 나의 글렌클라렌을 생각나게 하거든."

19

크로싱 캠프에서 3킬로미터쯤 떨어진 지점에 딜람이 그들을 마중나와 있었다. 제인이 즉시 긴장하며 물었다.

"무슨 일 있어요?"

"아뇨. 그냥 궁금해서……."

딜람이 깔개에 누운 새끼 코끼리 쪽으로 시선을 돌렸다.

"다노의 새끼인가요?"

"그래요. 어미는 죽었구요. 우유를 먹이지 못하면 이 녀석도 곧 그렇게 될 거예요."

"방법이 생길 거랍니다."

그녀가 리 성을 쳐다보았다.

"다노를 미리 보낸 거 아주 잘 했어요."

"난 그 악마 같은 놈을 어디로도 보낸 적 없소."

"미리라뇨?"

제인이 당혹스레 물었다.

"두고보면 알 거예요."

딜람이 말을 돌려 캠프 쪽으로 그들을 이끌었다. 15분 후 크로싱에 도착했을 때, 공터에는 수백 마리의 코끼리들이 있었다.

"세상에."

"새벽에 도착했어요. 우리도 깜짝 놀랐답니다."

루엘이 무리들을 쭉 훑어보았다.

"다노가 안 보이는걸."

"저기 있잖소."

리 성이 짜증스레 손가락질했다.

"어떻게 저놈을 못 찾을 수 있소? 너덜너덜한 귀를 덜렁거리면서, 천사들 한가운데 악마처럼 버티고 있는데."

딜람이 놀란 듯 눈썹을 들어올렸다.

"아직도 마콜과 싸우고 있어요? 생각보다 아주 고집스럽군요."

"마콜이라뇨?"

제인이 묻자, 리 성이 재빨리 입을 열었다.

"쓸데없는 소리야. 코끼리떼가 제발로 찾아왔으니, 이제 저 어린 놈을 떼어버리고 우리 할 일이나 하면 돼."

루엘이 깔개에 묶인 밧줄을 풀어냈다.

"리 성, 이 깔개를 무리 안으로 끌어다 놓고 상황을 지켜보자구."

"우리 둘 다 저 발바닥에 깔리는 상황밖에 더 있겠소? 아니, 나만 깔리겠군. 당신은 나보다 더 빨리 달릴 수 있으니까."

"나랑 같이 해요."

제인이 앞으로 나섰다.

"안 돼! 저놈은 내……."

리 성이 날카롭게 외치고 나서, 자신도 당황스러운 듯 고개를 흔들었다.

"완전히 돌았어."

루엘과 리 성이 깔개의 양쪽 끝을 붙잡고 새끼 코끼리를 무리 한가운데로 이끌어갔다. 덩치 큰 코끼리들 옆에서 두 남자가 한심스러울 만큼 작고 연약해 보였다.

코끼리들이 그들 주위로 몰려들었다!

그들의 모습이 보이지 않게 되자, 제인은 초조하게 주먹을 틀어쥐었다.

"걱정 말아요, 저기 다노 좀 봐요."

딜람이 나지막이 속삭이는 사이, 다노가 다른 코끼리들을 옆으로 밀어내며 리 성과 루엘에게 빠져나갈 통로를 만들어 주었다. 마침내 그들이 완전하게 빠져나온 후에야 제인은 안도의 한숨을 내쉬었다.

"칼렙은요?"

"모르겠어. 젖나오는 암컷이 네 마리 정도 있는 것 같던데, 별로 관심을 보이지 않더라구. 젖을 내줄 마음이 있다 해도, 저 꼬마 녀석이 일어나서 빨 수나 있을까 몰라."

그가 한숨을 내쉬었다.

"아무래도 염소들을 몰아와야 할 모양이야."

제인의 걱정스런 시선이 한데 몰려 있는 코끼리들에게 고정되었다. 다노의 모습도 칼렙의 모습도 보이질 않았다.

다음 순간 커다란 코끼리 한 마리가 나무 쪽으로 이동하면서, 무리 한가운데 있는 자그마한 형체를 살짝 내비쳤다.

칼렙이 젖을 빨고 있었다!

일어서서 작은 회갈색 암코끼리의 젖을 정신없이 빨아먹고 있었다. 다노와 다른 암코끼리가 양쪽 옆에서 그 후들거리는 다리를 받쳐주었다.

"잘 됐어요."

그녀가 활짝 개인 얼굴로 루엘에게 시선을 돌렸다.

"이젠 살았어요."

그가 그 환한 얼굴을 응시하며 미소지었다.

"난 염소를 데려오지 않아도 되고. 다행이야."

"이제 유모노릇은 끝났으니까 우리 일이나 하자구. 해 떨어질 때까지 일을 해야지."

리 성의 선언에 딜람도 고개를 끄덕였다.

"해지기 전에 400미터는 더 작업할 수 있어요."

그녀가 루엘을 돌아보았다.

"타마르가 캠프에 와 있어요. 제임스 메드퍼드의 연락을 전하러 왔대요."

루엘이 눈살을 찌푸렸다.

"왜 진작 말하지 않았나?"

"바쁘셨잖아요. 이 일이 더 중요한 것 같았구요."

"그녀에게는 사람보다 코끼리가 더 중요하다오."

리 성이 빈정거리며 말에 올라탔다.

"그래도 저녁 때쯤이면 이놈의 코끼리들도 다 사라지겠지. 지겨운 놈들."

"뭔가 잘못됐군요."

루엘의 표정을 보자마자 제인이 걱정스레 입을 열었다.

"철로에 문제가 생겼어요?"

"아니. 우리가 다룰 수 있는 것보다 더 큰 문제야. 피커링에게 연락이 왔는데, 마하라자가 죽었대."

"이렇게 빨리요?"

"아브다가 손을 쓴 게 아닌가 의심스럽다는군."

"그럼 당장 여기로 쳐들어올까요?"

루엘이 고개를 저었다.

"왕권을 물려받기 전에 삼 개월 간 애도의 기간을 거쳐야 돼. 그 후에도 아브다가 우리한테 신경 쓰려면 한두 달 더 걸릴지도 모르고. 하지만 확신할 수는 없어."

"삼 개월……. 그때까지 완성하긴 힘들어요."

"두 달 안에 끝내야 돼. 금을 선적하고 부두를 요새화하는 데 한 달이 필요해."

"불가능해요."

"해내야 돼. 메드퍼드의 작업은 거의 끝났으니까, 협곡을 맡으라고 할게. 광산 일꾼들도 철로로 이동시켜야겠어. 그 팀은 내가 감독할 거고……. 그럼 가능하겠나?"

"하지만 앞으로 작업할 정글이 너무 울창해서 개척지를 더 만들어야 된다구요."

"마을에서 사람들을 더 불러모을게."

"그래도 시간이 너무 촉박해요."

"꼭 해내야 돼, 제인. 그렇지 않으면 몇 년간 노력해왔던 게 다 수포로 돌아가."

그가 그녀의 눈을 똑바로 쳐다보았다.

"네 도움이 필요해. 해줄 수 있겠지?"

루엘이 그녀에게 부탁을 하리라고는 상상도 못했었다. 언제나 요구만 했을 뿐, 부탁한 적은 없었다. 그런데 지금 그는 요구하는 것이 아니었다. 가장 강력한 무기인 자신의 매력을 이용하려 들지도 않았다. 그저 솔직하게 말할 뿐이었다.

이 섬을 사랑하는 거야. 그를 바라보면서 그녀는 강렬한 보호본능이 치밀어오르는 느낌이었다.

절대로, 아브다가 그에게 상처입히지 못하게 하리라. 그의 터전을 빼앗기지 않게 하리라.

"해볼게요."

그녀가 빙글 돌아서서 텐트 쪽으로 향했다.

"지도를 연구해 봐야겠어요. 저 앞의 늪지는 원래 돌아나갈 계획이 었어요. 진흙탕에서 단단한 땅을 찾는 게 악몽 같을 테니까. 하지만 곧장 통과하면 11킬로미터 정도 줄일 수 있어요. 그게 도움이 될까요?"

"11킬로미터면 엄청난 차이야."

"그럼 당신은 일꾼들을 데려와서 늪지 너머부터 작업을 시작하세요. 난 리 성과 같이 늪지를 맡을 테니까……."

"제인."

그녀가 그를 쳐다보았다.

"왜요?"

그의 얼굴에 아름다운 미소가 떠올랐다.

"고마워."

그 말 또한 너무나 아름다웠다. 그녀의 가슴이 행복으로 터져 버릴 정도로.

그녀는 텐트 입구를 들어올리며 짐짓 인상을 찌푸렸다.

"늪지 작업을 시작하면 지금처럼 관대한 기분이 아닐 거라구요."

"저놈들 왜 계속 얼쩡거리는 거야?"

리 성이 짜증스레 숲속에 서 있는 코끼리떼를 노려보았다.

"벌써 일 주일이나 지났는데도, 강아지처럼 우리 뒤만 졸졸 따라다니잖아."

제인은 웃음을 간신히 눌러참았다.

"다노가 오빠를 좋아하나봐. 마콜 말이야."

그가 인상을 찌푸렸다.

"딜람이 그런 헛소리까지 늘어놨어?"

"아니면 짝을 그리워하는지도 모르고."

"그럼 날 내버려두고 다른 암컷이나 찾아보라고 해."

"내 생각엔 딜람의 말이 맞는 것 같아. 그렇지 않고서야 다노가 왜 이 근처에 남아 있겠어? 게다가 계속 오빠만 쳐다보고 있다구."

"날 이 늪에 처박아버릴 기회를 노리는지도 몰라."

그가 인상을 찌푸렸다.

"그렇다고 달라질 거야 없지만. 벌써 머리부터 발끝까지 진흙범벅이라구."

"그건 우리 모두 마찬가지야."

제인이 힘없이 이마를 닦아내며 미끈거리는 진흙탕에서 균형을 잡으려 애쓰는 일꾼들을 바라보았다.

"1.5킬로미터만 더 하면 여기서 빠져나갈 수 있어. 오늘 저녁엔 이 진흙을 씻어낼 수 있겠지?"

"아직 5시간 더 있어야 돼."

리 성이 몸을 돌려 조심스레 철로를 따라 움직여갔다.

"지금 같아선 영원히 깨끗해질 수……."

그의 발이 삐끗하는 듯하더니 갑자기 푹 쓰러졌다. 다음 순간 팔다리를 허우적대며 진흙구덩이 속으로 미끄러졌다. 그가 머리부터 발끝까지 진흙을 뒤집어쓴 채 일어나 퉤퉤 침을 뱉었다.

"괜찮아?"

제인이 소리쳤다. 땅이 부드러우니 다쳤을 리는 없다. 하지만 리 성의 모습은 너무나 우스꽝스러웠다.

"낄낄대지 말라구."

리 성이 누런 진흙사이로 검은 눈동자를 번득이며 그녀를 노려보았다. 다른 일꾼들까지 일손을 멈추고 그를 바라보며 미소짓고 있었다.

"웃지 마. 일이나……. 뭐야! 야, 저리가!"

어느새 다노가 나타나 리 성 쪽으로 다가들었다. 그리고는 리 성의 몸에 코를 감고 웅덩이 밖으로 번쩍 들어올렸다.

"이거 놔, 이 개코원숭이 같은 놈아."

리 성이 코끼리의 코를 풀어내려고 몸부림치며 고래고래 소리쳤다.

"딜람!"

"나 여기 있어요."

딜람이 활짝 웃으며 그들 쪽으로 종종걸음쳐 왔다.

"어떻게 좀 해보라구. 이 무지막지한 자식을……."

"당신한테 해를 끼치려는 것 같지는 않은데요."

다노가 쿵쿵 돌아서며 그 커다란 덩치가 진흙에 빠지지 않도록 재빠르게 걸음을 옮기며 늪지에서 빠져나갔다.

"제인!"

리 성이 미친 듯이 고함쳤다.

"이놈을 쏴버려. 당장 쏴버려!"

제인은 배를 부여잡고 웃어대느라 대꾸조차 할 수 없었다.

다노의 뒤로 리 성의 외침이 꼬리를 물고 이어졌다.

"내려놔! 이 멍청한 자식아! 내려놓으라구!"

제인이 깔깔대면서 다노의 뒤로 쫓아갔다.

"금방 내려놓을 것 같으니까 걱정하지 마."

"그 다음엔 내 머리통을 밟아버릴걸."

다노가 강둑에 멈춰 섰다. 그리고 물 속으로 리 성을 집어던졌다.

리 성이 욕설을 내뱉으며 물 위로 떠올랐다. 다노가 물 속으로 첨벙 들어서더니 코에 물을 가득 채워 리 성의 얼굴에 소나기처럼 주룩주룩 뿌렸다.

"이놈이 날 익사시키려고 해."

"아니야."

제인은 이제 눈물까지 흘리며 웃어대고 있었다.

"목욕시켜 주려는 것 같은데."

"멍청한 놈!"

리 성이 두 손으로 물을 퍼올려 코끼리에게 뿌렸다.

다노가 즉시 물을 뿌려 반격을 가했다.

"이놈이⋯⋯."

리 성이 제인을 쳐다보고 나서 다시 코끼리를 노려보았다. 갑자기 이전의 분노가 눈 녹듯이 사라지며 그의 입술이 웃음인 것처럼 일그러지기 시작했다.

"이건 불공평해."

그 웃음이 한꺼번에 터져나왔다.

"나한텐 이런 괴물 같은 코가 없다구."

다노가 리 성의 어깨에 코를 감아 부드럽게 이리저리 문질러 주었다. 정글에서 자신의 새끼를 어루만졌던 것처럼⋯⋯. 사랑스런 애무와도 같았다.

리 성은 묘하게 홀린 듯한 표정으로 무언가에 귀를 기울이는 것처럼 고개를 갸우뚱한 채 서 있었다.

"알았어, 용서해 줄게. 목욕할 필요가 있긴 했어. 이젠 기분이 훨씬 나아졌어."

그가 물가로 걸어나왔다.

제인의 도움을 받아 땅으로 올라서면서 리 성이 다시 코끼리를 돌아보았다. 하지만 다노는 이미 아무런 관심도 없는 듯 자신의 몸에 물을 뿌려대고 있었다.

"이기적인 짐승. 저 혼자 재미보는 것 좀 봐."

그 어조에는 이제껏 늘 다노에 대해서 얘기할 때면 느껴지던 적대감이 사라져 있었다. 물 속에서의 그 순간이 진흙 이상의 것까지 씻어내린 것처럼.

다노가 공터 맞은편의 어두운 숲에 서 있었다.

리 성은 그 코끼리에게 신경 쓰지 않는 척 일부러 옆으로 돌아누워 목까지 담요를 끌어올렸다.

지난 삼 일 동안 그랬듯이 또 밤새 저렇게 서 있을 모양이었다.

리 성은 욕설을 중얼거리며 벌떡 일어났다. 잠든 일꾼들 사이를 누비며 다노에게 성큼성큼 걸어갔다.

"저리 가."

코끼리가 리 성에게 한 걸음 다가섰다.

"날 괴롭히는 것 말고는 할 일이 없냐? 네 새끼를 보살피든지 다른 일이나 하라구."

코끼리가 나지막이 휘어엉 소리를 냈다.

"난 너 같은 놈 필요 없어. 코끼리가 나한테 무슨 소용이냐?"

다노의 코가 그의 뺨을 부드럽게 간지럽혔다.

"그만해!"

리 성이 한 걸음 물러나자, 다노는 다시 한 걸음 다가서서 애무하듯이 리 성의 몸에 코를 부볐다.

일체감, 애정, 평화……. 아까 강물 속에서의 그 느낌들이 되살아나는 걸 느끼며 리 성은 눈을 감았다.

다음 순간 그의 입에서 체념어린 한숨이 터져나왔다.

"내가 아무리 싫다고 해도 소용없는 거냐?"

그가 다노의 코를 쓰다듬었다. 거칠고 울퉁불퉁한 가죽……. 그럼에도 불구하고 어린 시절 집 근처의 나무를 만지는 것처럼 마음이 평온해졌다.

"그래, 우리 친구가 되어보기로 하자. 노력해 보는 것쯤이야……. 안 돼!"

그의 몸이 허공으로 떠오르더니 다음 순간 코끼리의 등으로 내려앉혀졌다.

"이런 건 싫다구. 당장……."

일체감, 결합, 그리고 다른 무엇……. 그것은 힘이었다.

지금처럼 강하고 완벽해진 듯한 느낌은 처음이었다.

다노가 천천히 무리들이 있는 곳으로 걸어가기 시작했다. 말이나 노새에 탔을 때와 같은 불편함은 전혀 없었다. 그의 아픈 다리가 가장 편안한 각도로 자리잡았다. 절름발이가 되기 전처럼 다시 온전해진 기분이었다.

그의 마음속으로 황홀한 환희가 밀려들기 시작했다.

그는 얼굴을 들어올려 뺨에 와 닿는 바람과 영혼까지 건드리는 무언가를 느꼈다. 이런 게 정말 마콜이라는 걸까?

이젠 그것이 헛소리로 여겨지지 않았다. 그들 사이의 끈이 무엇인지는 몰라도, 지금 이 순간처럼 만족스러웠던 적이 한 번도 없었다는 것만은 분명했다.

"제인! 이리 나와봐!"

리 성의 목소리가 어딘지 이상해……. 제인은 잠결에도 그 묘한 느낌을 감지해냈다.

그녀가 화들짝 깨어나 텐트 입구로 달려나갔다.

"무슨 일이야?"

다노의 등에 올라앉아 있는 리 성이 텐트 앞에 있었다.

"세상에!"

"너한테 보여주고 싶었어."

리 성의 얼굴에는 환희와 기쁨과 행복이 넘쳐흐르고 있었다.

"어떻게 된 거야?"

그가 코끼리의 머리를 토닥였다.

"이 녀석의 고집에 당할 수가 없었어."

"그게 마콜이란 거구나."

그녀의 얼굴에 스르르 미소가 떠올랐다.

그의 얼굴에도 환한 미소가 번졌다. 그 순간 그는 아주 오래 전 프렌치네 왔을 때의 소년보다 훨씬 어려보였다.

"마콜."

그가 다노의 왼쪽 귀를 만지자, 코끼리는 방향을 돌려 쿵쿵 걸어나
갔다.

"우린 서로에게 적응하는 법을 배워가고 있어."

문득 그가 인상을 찌푸렸다.

"하지만 밤새도록 이 위에 있어야 할지도 몰라. 아직 내려달라고 하
는 법을 못 알아냈거든……."

그의 목소리가 다노와 함께 점점 멀어졌다.

제인은 오랫동안 그 뒷모습을 응시한 후 텐트 안으로 되돌아왔다.
내일도 힘든 하루가 될 터이니 이제 그만 잠을 자야 했다. 리 성의 행
복이 기뻤다. 그의 그 환희에 찬 표정에 어찌 기쁘지 않을 수 있겠는
가?

달라진 건 아무것도 없다. 그는 좋은 친구로서 그녀에게 자신의 행
복을 알려주려고 왔던 것이다.

그런데도 영원히 무언가를 잃어버린 듯한 이런 기분은 왜일까?

"그건 안 됩니다."

파찰이 단호하게 반대했다.

"돼. 난 이제 마하라자야."

아브다가 미소지었다.

"아직 제위에 오르시지 않았잖아요. 조금 더 기다리셔야 해요."

"기다릴 수 없어. 철로가 거의 완성되어 가고 있다잖아. 맥클라렌이
요새를 쌓기 전에 공격해야 돼."

그는 벽에 걸린 황금 마스크들을 응시하며 중얼거렸다.

"베나레스에게 마스크들을 챙기라고 해."

"이걸 다 가져가실 생각이세요?"

"물론이지. 칼리에게 공양할 다른 놈이 생길지도 모르니까 베나레스
도 데려가야 돼. 맥클라렌을 무너뜨릴 힘이 필요해. 군대도 필요하고."

"군대를 끌고 가려면 우선 제위에 오르셔야 하지 않습니까?"

아브다가 미소지었다.

"해결책은 다 생각해뒀어. 내가 아버지의 죽음으로 얼마나 상심해 있는지 보이지 않느냐? 이 도시를 떠나 평화로운 곳에서 쉴 필요가 있어. 신하들에게는 건강을 회복하기 위해 나린스의 여름 별장으로 간다고 말해두겠다."

"군대는요?"

"여행하려면 당연히 날 보호할 군대도 있어야지. 기습공격에는 몇 개 부대만으로도 충분해."

"하지만 군사들이 명령을 따를까요? 나린스가 아니라 시니다로 가는 걸 알게 되면 반대가 심할 겁니다. 법에 위배되는 일이잖아요."

"그건 문제가 안 돼. 시나다에서 돌아올 때쯤이면 난 적법한 마하라자로 오를 수 있어. 내 말에 따르지 않는 놈들은 처벌밖에 남는 것이 없지."

파찰이 천천히 고개를 끄덕였다.

"성공할 수 있겠군요."

"성공할 거야. 신성하신 칼리가 말씀해 주신 계획이거든. 칼리는 결코 패배하지 않아."

"피커링이 의심하면 어쩌죠?"

"피커링은 칼리가 알아서 해주실 거야."

그가 파찰에게 미소지었다.

"내 친구 파찰의 도움을 받아서."

파찰이 놀란 눈을 치켜들었다.

"영국인을 죽일 순 없습니다."

"죽일 필요는 없어. 몇 주일 정도 내 일에 신경 쓰지 못할 정도의 복통만 일으키면 돼. 그 정도는 가능하겠지?"

파찰이 미소지었다.

"그 정도야 가능하지요."

"왜 이렇게 조용해?"

루엘이 제인의 컵에 커피를 따라준 다음 그 옆에 내려앉았다.

"할 말이 없으니까요."

그녀는 모닥불을 응시하며 커피를 홀짝였다. 주위에서 두런두런 이야기소리가 이어졌지만 그녀에겐 멀리서 들려오는 소리 같았다.

"계속 재잘거려야 하는 건 아니잖아요?"

"너한테 뭔가 신경 쓰이는 일이 있는 것 같아서 그래. 난 그걸 해결해 줄 방법을 모르겠고. 나 때문이야?"

"아니에요."

"내가 뭘 잘못한 건가?"

"아뇨."

그가 그녀의 손 위에 자신의 손을 포갰다. 그 따뜻한 감촉에 그녀가 화들짝 시선을 들어올렸다.

"훨씬 낫군. 이제 날 봤으니까 다 털어놔. 지난 삼 일 동안 나한테 미소 한 번 보여주지 않았잖아."

"미소짓는 것까지 계약조건인 줄은 몰랐군요."

"그런 건 아니야. 그냥 내가 보고 싶어."

그가 그녀의 손을 뒤집어 그 손바닥 위로 나른하게 손가락을 움직였다.

"마음이 따뜻해지거든."

"루엘⋯⋯."

"어디 가서 새끼 코끼리 한 마리를 더 데려와야 너의 웃는 얼굴을 볼 수 있는 건가?"

전에 카산포르의 방갈로에서도 이런 적이 있었다. 그녀의 손바닥을 매만지며 시니다에 대해서 얘기했었다⋯⋯. 마하라자의 객차에 대해서도.

그녀가 어색하게 손을 잡아빼려 하자, 그의 손에 더욱 힘이 들어갔다.

"가만히 있어. 널 만지게 해줘. 너에게 가까이 가고 싶어."

그는 점점 더 가까워지고 있었다. 지난 며칠 간 육체적인 접근 없이 동료이자 협력자로서 행동했었다. 하지만 지금은…….

"다른 방법이 있었다면 이러지 않았을 거야."

그가 애써 미소지었다.

"널 갖고 싶긴 해. 하지만 그것만을 원하는 게 아니거든. 그걸 붙잡으려 하면 네가 도망쳐 버릴까봐 겁이 나."

그의 손가락이 그녀의 손목으로 움직여가며 어루만졌다.

뜨거운 전율이 그녀의 몸으로 흘러내렸다.

"놔줘요, 루엘."

"왜 그래야 하지?"

그는 그녀의 손목에 깃털 같은 손길을 이어가며 모닥불 주위의 일꾼들을 둘러보았다.

"신경 쓰는 사람도 없잖아. 시니다인들은 애정 표현에 적극적이야."

그녀도 그 사실을 이미 알고 있었다. 게다가 그들의 몸 사이에 가려져 루엘의 애무가 보이지도 않을 터였다. 하지만 문제는 그녀의 몸에서 일어나는 반응이었다.

"너도 이걸 좋아하잖아. 오늘밤 너의 텐트로 갈게. 우리……."

그 순간 리 셩이 그들의 옆에 털썩 내려앉았다.

"할 얘기가 있소."

제인은 떨리는 한숨을 내쉬며 그의 손에서 손목을 풀어냈다.

그녀에게 복잡한 시선을 던진 후, 루엘이 커피잔을 들어올리며 리셩을 돌아보았다.

"말해보시오."

리 성이 입을 열었다.

"작업을 더 빨리 진행시킬 방법이 있소."

"어떤 방법?"

"코끼리들을 이용하는 거요. 지금 늦어지는 이유가 개척지를 만드는 것 때문이잖소. 카산포르에서도 가끔 그런 일에 코끼리들을 이용하곤 했소."

"하지만 야생 코끼리는 아니었잖아?"

"물론 몇 년 간 조련사들의 훈련을 받은 코끼리들이었지. 하지만 딜람과 얘길 해봤는데, 내가 다노를 원하는 지점으로 이끌어갈 수 있으면 다른 코끼리들도 따라올 거라더군. 어차피 하루종일 먹어치우는 게 그 녀석들 일이니까 우리는 길만 인도해 주면 되오. 당신과 제인은 작업을 계속하고, 딜람과 난 코끼리들을 철로 놓을 곳으로 앞서 데려가는 거요."

"둘이서 그 녀석들을 다루겠다는 건가?"

"시니다의 코끼리 조련사 세 명을 불러들일 거요. 사람이 너무 많아봤자 위험하기만 하니까."

루엘이 제인에게 시선을 돌렸다.

"어때?"

"시도해 봐도 괜찮겠어요. 하지만 시니다 위원회에서 그 조련사들을 보내줄지가 문제죠."

리 성이 자신만만하게 미소지었다.

"내가 어젯밤에 다 설득해놨어. 내일이면 조련사들이 도착할 거야."

"그들이 웬일로 쉽게 허락을 했지? 자기 부족의 안전에 대해서 꽤나 까다로운데."

"내가 다노를 타고 당당하게 마을로 들어간 게 효과가 있었소. 강한 인상을 받은 모양이더군."

"오빠가 벌써 다 알아서 해뒀구나……"

제인은 애써 미소지었다.

"좋은 생각이야. 잘 될 것 같아."

리 셩이 자리에서 일어났다.

"그럼 딜람에게 허락받았다고 전해야겠어."

루엘이 리 셩의 뒷모습에 미소를 보내며 작은 목소리로 제인에게 속삭였다.

"허락 같은 건 상관도 없었을 것 같군. 리 셩이 변했어. 요즘엔 너의 그늘에 기대지도 않아."

"리 셩은 나한테 기댄 적 없었어요."

"그랬던가?"

그녀의 얼굴이 갑자기 일그러졌다.

"… 정말 내가 그렇게 만들었던 걸까요?"

루엘이 고개를 저었다.

"아니야. 리 셩 자신이 그 그늘에서 빠져나갈 이유를 못 찾았던 거겠지……. 지금까지는."

제인은 딜람에게 다가가는 리 셩을 물끄러미 지켜보았다. 루엘의 말이 맞았다. 지난 2주일 동안 리 셩에게는 많은 변화가 나타났다. 걸음걸이조차 달라졌다. 여전히 절름거리긴 했어도, 의욕에 가득차고 민첩한 동작이었다. 딜람의 옆에 서 있을 때에도, 주의 깊고 빈틈없는 표정으로 당당하게 이야기를 전달하고 있었다. 지금의 리 셩은 누구의 그늘에도 남아 있을 것처럼 보이지 않았다.

그녀는 커피잔으로 시선을 내렸다.

"시니다인들은 아마 코끼리에 올라탄 리 셩을 마법사로 생각했을 거예요."

"그 코끼리가 리 셩에게 힘을 나눠줬어. 하지만 이제 리 셩은 그 힘이 필요 없다는 걸 알았을 거야."

"무슨 뜻이에요?"

"자신의 안에서 힘을 찾아냈으니까. 아무래도 나보다 먼저 위원회 자리에 앉게 되겠는걸."

"그럴지도 모르죠."

제인은 남은 커피를 불 속에 쏟아부으며 벌떡 일어났다.

"이젠 자러 갈래요."

"나한테 도망칠 필요 없어. 오늘밤에 더 이상 시도해봤자 허사라는 거 알아. 네가 시무룩해 있는 이유를 알아내려고 시작했던 것뿐이었어."

갑자기 그녀가 분통을 터트렸다.

"당신 때문에 그런 거 아니에요. 세상 모든 게 당신과 관련된 줄 알아요? 다른……."

그녀가 빙글 돌아섰다.

"잘 자요."

"그럼 다른 일이 뭐지?"

그가 말을 멈췄다가 조용히 고개를 끄덕였다.

"그래, 잘 자."

그녀는 그의 생각에 잠긴 시선을 느끼며 불빛이 닿지 않는 어둠 속으로 걸어들어갔다.

리 셩을 자신의 그늘 속에 남겨 두고 싶었던 적은 한 번도 없었다. 언제나 그에게 행복과 밝음만이 있기를, 그가 원하고 필요로 하는 모든 것이 채워지기를 바랐을 뿐이었다.

하지만 이제 더 이상 그는 그녀에게 아무것도 필요로 하지 않았다. 자신이 원하는 것을 스스로 얻어낼 수 있었다.

이 새로운 리 셩에게 어서 빨리 익숙해져야만 했다.

"믿기지가 않아."

루엘이 중얼거렸다.

"이런 광경은 본 적이 없어. 놀라워……."

다노가 나무에 이마를 대고 밀어젖힌 다음, 그 나무를 뿌리째 뽑아 바닥으로 쓰러뜨리고 있었다. 그리고 또 다른 나무로 이동해갔다.

"저런 식으로 가면 두 달 안에 선로를 완성시킬 수도 있겠어요. 감사할 일이에요."

"진심이야?"

그녀가 화들짝 루엘의 얼굴을 바라보았다.

"진심이 아닌 것 같은가요?"

"아니. 작업에 대해서는 그렇겠지. 하지만 리 셩에 대해서는……. 그는 더 이상 널 필요로 하지 않아."

그녀의 가슴이 고통스레 뒤틀렸다.

"리 셩은 날 필요로 한 적 없었어요. 언제나 독립적이었어요."

"그래도 이 정도까진 아니었겠지. 그 동안에는 너의 이해와 애정에 의지했을 거야."

"우린 아직도 친구예요. 친구란 항상 서로를 필요로 하죠."

"그는 코끼리한테 빠져 있어. 시니다인들에게도 받아들여졌고."

"알아요."

그녀가 힘겹게 침을 삼켰다.

"리 셩이 행복해져서 다행이에요."

"아마 저 코끼리나 이곳 사람들을 떠나려 하지 않을 거야. 네가 시니다를 떠난대도 함께 가려 하지 않을 거라구."

"그래서 기분 좋은가요?"

"그래. 리 셩이 여기 남으면 너도 여기 남을 이유가 생길 테고, 그럼 나도 너와 좀더 가까워질 수 있을 테니까."

그는 지금도 너무나 가까워졌다. 함께 일하고, 함께 밥을 먹고, 함께 목표를 이루기 위해 노력했다. 언제나 그녀의 옆에서 용기를 북돋워 주고 그녀를 도와주었다. 때로는 일심동체가 된 것처럼 느껴지기까지

했다. 그녀는 서둘러 생각의 방향을 다른 곳으로 돌렸다.

"최근에 메드퍼드에게 연락 왔었나요?"

"거의 협곡 밑까지 도달했다더군. 이틀쯤이면 끝날 거야."

그가 그녀의 얼굴을 이리저리 살펴보았다.

"피곤해 보여. 제대로 쉬긴 하는 거야?"

"충분히 쉬고 있어요."

"작업은 우리에게 맡기고 넌 좀 쉬어야겠어."

"하지만 아브다가……."

"그런 걱정은 나 혼자로도 족해."

그녀가 말없이 머리를 흔들었다.

그는 나지막이 욕설을 중얼거리며 그 자리를 떠나버렸다.

그날 오후 루엘은 베델리아를 이끌고 작업장에 나타났다.

"보여줄 게 있어."

그녀는 이마의 땀을 닦아내며 허리를 쭉 폈다.

"지금은 안 돼요. 해가 지려면 아직 몇 시간 더 남았어요."

"여기 일은 딜람에게 부탁해놨어."

"딜람은 코끼리들을 부려야 하잖아요."

"어서 타."

그가 단호한 표정으로 재촉했다.

"지금 당장."

"어디 가는 거예요? 무슨 문제라도 생긴 건가요?"

"따라오기나 해."

그는 그녀가 말에 오르는 것을 확인한 후에 남쪽으로 말을 달려나갔다.

그녀는 그가 캠프로 돌아가려는 것이려니 생각했다. 하지만 그는 동쪽으로 방향을 돌려 정글을 헤쳐 나갔다.

20분이 지나자 숲이 끝나고 탁 트인 호수가 눈앞에 드러났다.

"다 왔어. 내려."

그가 나무 그늘에 말을 멈춰 세우고 내려섰다.

"여기가 어디예요?"

그녀는 멍하니 주위를 둘러보았다. 보이는 곳마다 화려하고 아름다운 색채들의 세상이었다. 호숫가에 진홍빛의 양귀비들이 융단처럼 깔리고, 호수 너머에는 열매를 주렁주렁 늘어뜨린 나무들이 깨끗한 푸른 물 속에 그 아름다운 자태를 비추고 있었다. 그 맞은편으로는 스무 마리 남짓의 코끼리떼가 한가로이 거닐고 있었다.

"도대체 뭘 보여주겠다는 거예요?"

그가 그녀의 허리를 감싸 말에서 내려주었다.

"꽃, 물, 새, 코끼리…… 그리고 나."

그가 잔디 위에 담요를 활짝 펼쳤다.

"풍경이나 감상하라고 날 데려왔어요?"

"쉬게 하려고 데려왔어."

"쉬고 싶지 않아요."

"하여튼 쉬어. 나 때문에 긴장할 필요는 없어. 전에 그랬던 건 달리 방법이 없었기 때문이었으니까."

그녀가 대꾸하기도 전에, 그는 호숫가의 코끼리들을 손짓해 보였다.

"아는 얼굴이 보이지 않나?"

그녀의 짜증스런 시선이 그 손가락을 뒤따라갔다.

"코끼리들은 매일 본다구요. 여기 와서까지……."

문득 그녀의 눈동자가 휘둥그래졌다.

"저기, 칼렙이에요?"

"맞았어."

"캠프에 온 후로 한 번도 못 봤는데."

"암코끼리들끼리 가끔 무리에서 떨어져 나간다더군. 칼렙도 젖 먹여주는 엄마를 따라온 거야."

"많이 컸네요."

그 녀석이 다른 코끼리와 물장난치는 것을 보며 그녀가 웃음을 터트렸다.

"얌전하진 않군요."

"몇 시간이라도 저 녀석을 보고 싶지 않나?"

그가 은근하게 그녀의 마음을 유혹했다.

작업장으로 돌아가야 하지만……. 그녀가 다시 칼렙을 쳐다보았다.

"그럼 잠깐만 앉아 있을게요."

그녀가 담요 위에 내려앉아 무릎 위로 팔을 엮었다.

몸이 닿지 않는 범위 내에서 루엘이 최대한 가까이로 그녀의 옆에 자리잡았다.

천천히 그녀의 몸에서 긴장이 풀어져나갔다. 코끼리떼가 이동하자, 세 마리의 공작새가 묵직하게 날아올랐다가 다시 제자리로 떨어져내렸다. 급할 것도 없고 위협을 가하는 존재도 없는…… 그저 아름답고 평화롭고 사랑스런 풍경이었다. 부드러운 산들바람이 그녀의 뺨을 어루만지며 향긋한 꽃향기가 콧속으로 스며들었다.

"나도 널 즐겁게 해줄 수 있어."

루엘이 조용히 입을 열었다.

"널 보호해 줄 수 있어. 코끼리 때문에 네 곁을 떠나지도 않아."

그 말에 그녀는 황홀한 무아지경에서 빠져나왔다.

"무슨 말이에요?"

"나도 너한테 리 성이나 패트릭이나 칼렙이 되고 싶다는 말이야. 아니, 그보다 더……. 너의 소중한 선로보다 더 큰 의미가 되고 싶어. 널 웃게 만들고 너에게 아이를 낳게 하는 사람이 바로 나이길 바란다는 말이야."

그녀가 놀라며 그를 바라보았다.

"그러니까……."

그의 말이 중단되었다가 어색하게 다시 이어졌다.

"널 사랑한다고 말하는 거야."

그가 격한 한숨을 터트렸다.

"자, 다 말했어. 제기랄, 뭐가 이렇게 힘드는 거야. 이 정도로 만족하라구."

만족하라고? 한때는 그 말을 듣기 위해서라면 무슨 짓이든 했을 터였다. 지금 역시 달콤쌉쌀한 기쁨이 느껴지는 걸 부인할 수는 없었다.

"너무 늦었어요."

그가 눈살을 찌푸렸다.

"내가 제대로 말하지 못했다는 건 알아. 하지만 사실이야."

그의 손가락이 부드럽게 그녀의 뺨을 매만졌다.

"날이 갈수록 그 느낌이 점점 자라나고 커졌어……. 욕망만으로 이러는 게 아니야. 널 아껴주고 싶어. 널 행복하게 해주고 싶어. 내 말 믿어 줄래?"

믿고 싶었다. 하지만 감히 그럴 용기가 나지 않았다.

"아뇨."

한순간 그의 몸이 굳어졌다.

"그런 말 들어도 당연하겠지……. 하지만 날 믿게 될 거야. 다시 날 사랑하게 될 거야. 내가 너한테 느끼는 이런 감정이 아닐지는 몰라, 하지만 너도 나한테 무관심하진 않잖아."

그가 깊이 숨을 들이키고 나서 애써 태연한 척 어깨를 으쓱였다.

"쉬울 거라고 생각진 않았어. 기다릴게."

"소용없어요."

"넌 날 믿지 못하는 것뿐이야. 다시 상처 입을까봐. 하지만 그런 일은 없을 거야. 널 사랑해."

"이안을 다시 보고 나면 그런 말 못 할걸요."

"이안을 사랑하긴 해. 하지만 너에게 느끼는 이 감정과는 비교할 수
도 없어. 날 믿어봐."

그녀가 고개를 저었다.

"난 그 정도로 용기 있는 여자가 아니에요."

그녀가 자리에서 일어나려 했다.

"이제 돌아갈래요."

"앉아. 도망치지 않아도 돼. 고백은 다 끝났어."

그가 담요에 드러누워 눈을 감았다.

그녀는 그곳에 누워 방금 그에게 들은 말들을 떠올리고 싶지 않았
다. 너무나 유혹적이고 달콤한 말들이었다. 햇살을 받아 반짝이는 루
엘의 머리카락과 강하고 우아한 몸, 뺨으로 드리워진 속눈썹……. 그
모습이 그녀의 감각을 어지럽혔다. 그녀가 바라는 모든 것. 하지만 그
녀의 것이 될 수 없는 모든 것.

그를 사랑했다. 그것만은 슬프고도 확실한 사실이었다. 이 사랑을
어떻게 그만둘 수 있다고 생각했을까? 두려웠으니까…… 상처가 너무
깊었기 때문이었다. 위험이 너무 컸기 때문이었다.

"누워."

그가 눈을 감은 채 중얼거렸다.

그를 영원히 가질 수는 없다 해도, 이 순간의 평화와 달콤함은 받아
들여도 되지 않을까? 그녀는 망설이다가 천천히 그의 옆에 누웠다. 시
니다를 떠난 후에도 이 기억만은 남으리라. 이 순간만은 간직할 수 있
으리라. 눈을 감고, 새들의 노래 소리와 옆에서 들려오는 그의 고른 숨
소리에 귀를 기울였다…….

"제인."

루엘이 그녀의 얼굴을 내려다보고 있었다. 그의 뒤에서 내리치는 햇
살이 그의 얼굴을 그늘 속에 가려놓았다.

"루엘……."

그녀가 졸음에 겨운 목소리로 속삭였다.

"이젠 돌아가야 돼. 금방 해가 질 거야."

그녀가 손을 들어올려 그의 머리카락을 매만지며 그의 뺨으로 천천히 흘러내려갔다.

그의 몸이 딱딱하게 굳어졌다.

"정신 차려."

"정신 차렸어요."

문득 그의 얼굴에 걱정이 스쳤다.

"또 열이 오른 거야?"

따뜻하고 몽롱한 기분이긴 하지만, 병이 나서 그런 건 아니었다.

"아뇨."

그녀가 그의 손을 잡아 젖가슴으로 이끌었다. 그의 손을 타고 부르르 떨림이 전해졌다. 아무 생각 없는 본능적인 행동이었지만 후회하진 않았다. 또 하나의 기억을 간직할 수만 있다면…….

"이러지 마. 이럴려고 널 데려온 게 아니야."

그의 손 밑에서 그녀의 가슴이 부풀어오르고 젖꼭지도 단단해졌다. 그녀가 숨가쁘게 입을 열었다.

"지금은 쉴 기분이 아니에요."

그의 손이 천천히 젖가슴을 감아쥐었다.

"정말 괜찮겠어?"

"네."

그가 고르지 못한 숨을 토해냈다.

"다행이야."

그의 손이 그녀의 셔츠 단추를 풀어내기 시작했다.

이전의 어느 때와도 달랐다. 처음엔 자장가처럼 달콤하고 느릿하게 시작됐던 리듬, 하지만 점점 격정적이고 맹목적으로 뜨겁게 불타올랐다. 그럼에도 불구하고 그 폭풍우는 지배욕으로 찾아오지 않았다. 그 결합은 누구의 정복도 누구의 굴종도 아니었다.

짜릿한 절정이 지나가자 그녀는 나른하면서도 숨가쁘게 그를 끌어안았다.

그의 가슴도 격하게 들먹거렸다. 그가 그녀의 어깨에 얼굴을 묻으며 속삭였다.

"왜 그랬어?"

그녀는 아무 생각 없이 진실을 말해버렸다.

"시니다를 떠난 후에도 기억할 게 필요했어요."

강타를 얻어맞은 것처럼 그의 몸이 움찔했다.

그녀의 부주의한 말이 그에게 상처를 입히고 말았다.

"그런 뜻이 아니라, 눈을 떴을 때 당신이 보여서……."

"변명할 필요 없어."

그가 일어서며 그녀를 안아들었다.

"기억만으로 남을 생각은 없지만, 즐거운 추억 하나쯤 만들어서 손해날 것도 없지."

그가 호수 쪽으로 성큼성큼 걸어가기 시작했다.

"뭐하는 거예요? 루엘……."

그가 호수 안으로 첨벙 빠져들었다.

그 차가운 느낌에 그녀가 놀란 숨을 들이켰다.

"이게 즐거운 추억이에요?"

그가 그녀를 물 속으로 세워주며 씨익 미소지었다. 그리고는 그녀의 땋은 머리를 풀어내 손으로 빗어주었다.

"매끄러워……."

그 머리채를 잡아 뒤로 젖히며 그가 그녀의 눈을 들여다보았다.

"널 사랑해."

그녀는 그저 그를 응시한 채로 서 있었다. 자신의 마음을 고백할 수는 없었다. 다시 그의 힘에 빠져들 수는 없었다.

"하지만 넌 내 말을 믿지 못하겠지."

그가 미소지으려 애썼다.

"아직도 차가워?"

"아뇨."

그가 뒤로 물러나며 물을 탁 쳐서 그녀의 얼굴에 튕겨보냈다.

"지금은 어때?"

그녀가 입 속에 들어간 물을 뱉어냈다.

"날 익사시키려는 거예요?"

"칼렙을 흉내낸 거야. 네가 재미있어하는 것 같아서."

그가 다시 물을 날려보냈다.

"루엘……."

그 악동 같은 얼굴을 보는 순간 갑자기 웃음이 터져나왔다. 방금 전까지의 관능적인 남자가 장난스런 아이로 돌변해버리다니. 하지만 그 변화가 마음에 들었다.

"우리 수영이나 해요."

"난 이게 더 재밌어. 네 얼굴이 마치 골난 어린애 같아보인다구."

그 후로 한 시간 동안 그녀는 한 번도 가져보지 못했던 즐거운 어린 시절을 경험했다. 루엘과 물장난을 치고 함께 수영을 하면서 아무 걱정할 것 없는 어린애로 되돌아갔다. 마침내 루엘이 물가로 나가 옷을 입기 시작했을 때는 저물어버린 해가 원망스러울 지경이었다.

그녀도 마지못해 그의 뒤로 따라나갔다. 따뜻한 날씨이긴 했어도 축축한 몸에 닿는 바람이 싸늘하게 느껴졌다. 대충 몸을 닦아낸 다음 옷가지에 손을 뻗치자, 루엘이 대신 그녀의 셔츠를 들어 입혀주었다.

"나 혼자 입을 수 있어요."

"내가 하고 싶어. 앉아봐. 또 하나 하고 싶은 일이 있어."

그는 그녀를 앉힌 다음, 뒤로 돌아가 긴 머리를 땋아내리기 시작했다.

"카타우크를 만나러 갔을 때, 리 성이 이렇게 해주는 걸 봤어. 그때 질투가 나서 미칠 지경이었지. 내가 대신 해주고 싶었거든……."

리 성처럼 능숙한 손놀림은 아니었지만, 그는 정성스레 그녀의 머리를 땋아내렸다. 사랑스런 어린아이를 다루듯, 소중한 보물을 다루듯이.

"다 됐어."

그가 그녀를 일으켜 세웠다.

"감기 걸리기 전에 어서 돌아가자."

그녀를 말에 올려주고 그녀의 손을 잡아 고삐로 이끌어주었다. 그녀의 손을 잡은 채, 그의 표정이 문득 강렬해졌다.

"언제쯤 되야 날 믿어줄 거지? 언제쯤 되야 다시 상처 입을 리 없다는 걸 알아줄 거지?"

그녀도 그를 믿고 싶었다. 가능성이라도 붙잡고 싶었다. 그 유혹이 너무나 강렬해서 저항하기 힘들 정도였다. 하지만 여전히 두려웠다.

"모르겠어요. 모르겠어요!"

그녀는 허둥지둥 말을 재촉하여 캠프로 달려나갔다.

20

"봐야 할 게 있소."

카타우크가 마거릿의 손목을 잡아 현관 입구 쪽으로 끌어당겼다.

"이안에게 가봐야 돼요. 점심 시간이 다 됐는 걸요."

"점심 먹을 시간 없소."

"그게 무슨 말이에요……."

카타우크는 단호하게 그녀를 베란다로 끌어내 항구 쪽으로 나 있는 언덕길을 가리켰다.

"저것 보시오."

불길……

바다와 인접해 있는 부두와 상점들이 화염에 휩싸여 있었다. 하늘 위로 검은 구름이 뭉게뭉게 피어올랐다.

"저게 뭐죠?"

"짐작은 가지만, 타마르에게 확인해 보라고 했소."

카타우크가 재빠르게 문으로 되돌아갔다.

"당신은 하인들을 불러들이고 이안의 의자를 챙기라고 하시오. 난 이안을 준비시킬 테니까."

"무슨 일이에요? 이안을 어디로 데려가려구요?"

마거릿이 그의 뒤로 종종걸음쳤다.

"여기 있는 건 위험해. 쳐들어온 게 아브다라면."

"아브다! 하지만 루엘이 두 달쯤 시간이 있을 거라고 했는데……."

"전통조차 지킬 마음이 없었던가보오. 저크에게 당신 말을 준비시키겠소. 이안의 의자에 충분한 쿠션을 대도록 하시오. 협곡까지 가려면 힘든 여행이 될 거요."

"세상에. 궁궐 근처에 숨을 데는 없을까요?"

카타우크가 고개를 흔들었다.

"그놈들이 찾아낼 거요. 어서 빨리 루엘에게 알려야 돼."

그가 뒤를 돌아보며 버럭 소리쳤다.

"서두르시오!"

다음 순간 그녀는 정신없이 하인들의 숙소 쪽으로 달리기 시작했다.

카타우크는 이안의 방문을 열어젖히고 들어갔다. 이안이 창가의 의자에 앉아 해안가의 검은 구름을 응시하고 있었다.

"떠나야 하오."

카타우크에게 이안의 시선이 옮겨졌다.

"아브다인가?"

"거의 확실하오. 타마르가 곧 돌아올 거요. 시간 여유가 얼마나 될지……."

카타우크가 옷장으로 가 이안의 망토를 꺼냈다.

"이게 필요할 거요."

커다란 가방을 집어내면서 그가 테이블 위의 약병들을 홀긋 쳐다보았다.

"이것들을 넣으려면 손가방도 있어야겠소."

"옷장 바닥에 가죽 가방이 있을 거요."

이안이 몸을 쭉 펴며 고쳐 앉았다.

"그건 나한테 맡기고 당신은 마거릿의 짐이나 챙기시오. 그녀는 어디 있지?"

"의자 옮길 하인들을 데리러 갔소."

"아, 이렇게 긴급한 상황에서도 날 영광스런 의자로 모셔가겠다는 거로군."

그가 조심스레 가죽 가방 안에 약병들을 옮겨담기 시작했다.

"마거릿의 파란 숄도 챙기시오. 그녀에게 아주 잘 어울리는 옷이라오."

카타우크가 그 숄을 집어 가방에 쑤셔넣었다.

"당신, 너무 침착한 것 같소."

"당연하지 않겠나? 날 지켜주려는 당신과 마거릿이 있으니."

그 순간 타마르가 방으로 뛰어들었다. 평소의 침착하던 표정은 온데간데없었다.

"아브다예요! 당장 떠나셔야 합니다!"

"확실한가?"

카타우크의 물음에 그가 고개를 끄덕였다.

"말씀하신 대로 파란색과 하얀색 제복의 군사들이었어요."

"몇 명이나 되지?"

"200명쯤요. 모두 총을 들고 있었어요."

카타우크가 눈살을 찌푸렸다.

"200명……. 왜 그것밖에 안 될까?"

"내 생각엔 그 정도로도 충분할 것 같은데."

이안이 온화하게 미소지었다.

카타우크가 고개를 끄덕이며 타마르를 되돌아보았다.

"시간 여유는 얼마나 있을까?"

"별로 없어요. 마을 외곽에서 아브다의 군대와 마주치는 바람에 다른 길로 돌아왔는 걸요."

"그럼 바로 들이닥치겠군. 내 의자까지 들고 가려면 시간이 지체될 거요."

이안이 카타우크의 눈을 똑바로 바라보았다.

"마거릿을 먼저 보내시오."

이안의 말이 옳았다.

의자를 짊어메고 아브다의 추적을 피해 협곡까지 도착한다는 건 불가능했다.

마거릿과 같이 움직인다면 그녀까지 이안과 함께 뒤처질 것이다. 카타우크가 고개를 끄덕였다.

"알겠소. 타마르, 여기 짐을 챙기고 사미르를 의자로 모셔. 즉시 떠나실 수 있도록 준비해 놓게."

방을 나서자마자 카타우크는 네 명의 하인들을 데리고 이안의 방으로 달려오는 마거릿과 마주쳤다. 그가 그녀의 팔을 붙잡아 억지로 복도 쪽으로 이끌어갔다.

"이안은 내가 맡겠소. 당신 먼저 출발하시오."

"미쳤어요? 난 이안과 같이 갈 거예요."

"메드퍼드와 루엘에게 알릴 사람이 있어야 하잖소. 메드퍼드의 캠프는 협곡 바로 아래쪽이오. 그에게 알린 다음 루엘의 캠프로 곧장 달려가시오. 루엘에게 200명의 무장한 군대가 침입했다고 전하시오. 많은 수가 아니니 서둘러 준비하면 이길 가능성은 있소."

"당신이 가세요. 난 이안 옆에 있어야 돼요."

그것은 이미 예상했던 대답이었다. 황금처럼 강하고 사자처럼 용감한 마거릿.

"당신이 군사와 맞서 그를 보호해 줄 수 있겠나?"

그는 그녀를 현관입구로 몰아갔다. 그녀의 말고삐를 쥔 채 저크가 기다리고 있었다.

"그 반면에 난 골리앗처럼 힘센 사내요."

"하지만 다윗이 이겼어요."

"운이 좋았을 뿐이오. 골리앗이 이겨야 했던 거라구."

그가 씨익 웃어보이며 저크에게 시선을 돌렸다.

"루엘에게 닿을 때까지 쉬지 말고 달려."

저크가 고개를 끄덕였다.

"네."

"이안을 보기 전에는……."

"날 못 믿는 거요? 날 믿지, 마거릿?"

"하지만……."

"우리 모두를 위해 이게 최선이오. 재앙을 피할 유일한 방법이라오. 곧바로 이안을 뒤따라 보내겠소."

그의 얼굴에는 사랑이 넘쳐흘렀다.

"날 믿고 떠나시오, 마거릿."

그가 그녀를 안장 위에 올려준 다음 말 궁둥이를 철썩 내갈겼다.

그리고는 즉시 돌아서서 계단을 올랐다. 그녀의 모습을 지켜보고 싶었다. 등을 곧게 펴고 자랑스럽게 고개를 쳐든 그 뒷모습이 얼마나 사랑스러울까. 마지막으로 한 번만…….

하지만 시간이 없었다.

협곡을 향해 반쯤 달려갔을 때에야 마거릿은 카타우크의 말에 담긴 뜻을 알아차렸다.

"맙소사."

공포스런 전율이 그녀의 몸으로 번져갔다.

'이안을 뒤따라 보내겠소.'

그는 자신에 대해서 말하지 않았다.

　방으로 되돌아갔을 때 이안은 여전히 창가 의자에 앉은 그대로였다. 카타우크가 하인들과 같이 벽 쪽에 서 있는 타마르에게 날카로운 시선을 쏘아보냈다.

"왜 아직 준비하지 않았나?"

"사미르께서 그냥 놔두라고 하셨습니다. 전 나리의 명령에 복종해야 합니다."

"마거릿은 떠났소?"

이안이 물었다.

"간신히 보내긴 했지만 되돌아오지 않게 하려면 얼른 당신도 따라보내야 하오. 내가 의자로 옮겨주겠소."

그가 이안의 의자 쪽으로 걸어갔다.

"조금 기다려 주시오."

이안이 테이블에 놓인 와인잔을 집어들었다.

"이 와인을 다 마신 다음에. 아편을 듬뿍 넣었다오. 앞으로 힘든 여행이 될 테니."

"시간이 별로 없소."

"당신은 나와 같이 가지 않을 셈이군, 그렇지?"

카타우크의 몸이 굳어졌다.

"왜 그런 말을 하는 거요?"

"나를 보낸다고 했잖소. 당신 성격을 모르는 바도 아니고."

"내 성격을 안다면 그 반대로 생각해야 할 거요. 나보다 더 이기적인 사람은 없다오."

"마거릿에 관해서만은 다르지."

이안이 와인을 홀짝였다.

"여기 남아서 아브다의 행보를 지연시킬 생각이오?"

카타우크가 고개를 끄덕였다.

"루엘의 형이 남아 있으면 아브다의 장난감밖에 될 게 없소."

"당신은?"

"난 아브다를 다뤄봤소. 그자를 잘 알아."

"그래도 위험할 텐데."

"와인이나 마저 드시오. 얼른 출발해야 하오."

이안이 고분고분하게 와인을 마저 마셨다.

"여기 앉아 있는 동안 한 가지 깨달은 게 있다오. 하나님의 행동에는 언제나 목적이 있는 법인데, 지금까지는 날 살려두신 이유를 이해하지 못했다오. 하지만 이제 그것이 점점 분명해지고 있소."

"이럴 시간 없소."

카타우크가 성마르게 다가서서 이안을 안아올리려 몸을 기울였다.

이안이 그 너머로 타마르에게 고갯짓했다.

"부디 날 떨어뜨리지 말아주시오. 굉장히 아플 테니까."

"걱정 마시오. 내가 얼마나 힘센……."

그 순간 타마르가 그의 머리 위로 힘껏 꽃병을 내리쳤다. 그가 끄응 신음하며 바닥으로 풀썩 꼬꾸라졌다.

"어쩔 수 없었다오, 친구."

이안이 카타우크의 쓰러진 몸을 바라보고 나서 타마르에게 시선을 돌렸다.

"잘 했어. 이젠 어서 말에 태우게."

타마르가 머뭇거렸다.

"제 생각엔……."

"내 명령에 항상 순종해 주었잖나. 걱정할 거 없어. 이것이 내가 할 수 있는 선한 일이라네."

타마르가 침통하게 그의 눈을 바라본 다음, 하인들에게 카타우크를 안아들도록 신호했다.

"그 의자도 산으로 옮겨가라고 하게. 그 뒤에 카타우크의 말을 묶고."

"빈 의자를요?"

"마거릿이 그 의자를 확인하려 들 거네. 그게 보이지 않으면 되돌아오려고 할 거야."

타마르가 고개를 끄덕이고는 하인들에게 지시사항을 전달했다.

"전 이들을 보낸 다음에 즉시 돌아오겠습니다."

"아니. 정원에 숨어 있어. 그리고 군사들에게 잡히면 저항하지 말길 바라네."

"저라도 여기 있는 게⋯⋯."

이안이 고개를 흔들자, 타마르는 잠시 더 망설이다가 중얼거렸다.

"원하시는 대로 하겠습니다, 사미르 이안."

잠시 후 이안은 홀로 남았다. 만족스러웠다. 다 끝났다. 아니, 완벽하게 끝난 것은 아니라 해도 곧 끝이 나리라. 더 강한 믿음을 지녔어야 했다. 하나님께서 아무 이유 없이 그에게 이런 고통을 주실 분이 아니라는 걸 알았어야 했다. 이 평범한 인생에게 영광스러운 역할을 주시려고, 영웅적인 종말을 주시려고 했던 것이다.

그는 의자에 기대어 앉아 조용히 아브다를 기다렸다.

"저기요. 저기 보여요!"

저크가 산길 끝자락을 가리켰다.

마거릿은 햇살을 손으로 가리며 뚫어져라 그 행렬을 응시했다. 멀리에 차양을 얹은 의자가 보였다. 하지만 그 화려한 의자 뒤에 왜 말 한마리가 따라붙어 오는 것일까?

저크가 재촉했다.

"어서 가셔야죠. 메드퍼드의 캠프가 바로 저 앞이에요."

"그래."

마거릿이 다시 말을 달리기 시작했다. 그래, 두 사람일 수도 있다. 카타우크가 이안과 같이 오는 것일지도 모른다.

오, 하나님, 제발 둘 다 살려주소서.

두려웠다. 두려워지지 않으리라 생각했었는데, 흉측하게 뒤틀린 어둠이 이안의 마음속에 남아 있었다. 어둠은 생각지 말아야 한다. 오직 그 빛만을 생각하자.

그들이 다가오고 있었다.

궁궐 밖에서 외침 소리들이 들리고, 그 후에는 마룻바닥에 닿는 발소리와 복도의 문들이 열렸다 닫히는 소리들이 이어졌다.

그들이 점점 가까워졌다. 그의 방문 바로 앞까지.

문이 활짝 열리며 아브다가 방 안으로 걸어 들어왔다.

"드디어 도착했군. 아무도 없을까봐 걱정했어."

아브다의 얼굴이 평소의 멍한 표정과 달리 짜증스레 일그러져 있었다.

"그래, 내가 아는 놈이로군. 맥클라렌 놈 중의 하나."

이안이 고개를 숙여보였다.

"처음 만나뵈던 때가 기억나는군요, 전하."

"다른 놈들은 어디 있나?"

"누구 말씀입니까?"

"카타우크는 어디 있나?"

이안이 천천히 방 안을 둘러보았다.

"방금 전까지는 여기 있었는데……. 죄송합니다, 아편을 먹었더니 정신이 또렷하지 않군요. 작업실에 있는지…… 여름 별장에 있을지도 모르겠군요. 전하의 왕림을 대단히 불안해 했거든요."

아브다가 뒤에 선 남자에게 지시를 내렸다.

"놈을 찾아서 이리 끌고 와, 파찰."

파찰이 즉시 방에서 빠져나갔다.

아브다의 시선이 이안에게 되돌아왔다.

"너의 아내도 여기 같이 있다던데. 그 여잔 어딨지?"

"도망쳤습니다. 정원 어딘가에 숨어 있겠지요."

"널 혼자 버려두고?"

"어쩔 수 없는 일이지요. 무기력한 불구자를 구하겠다고 자기 생명까지 버릴 수는 없지 않습니까?"

그 대답을 일리 있다고 생각한 듯 아브다가 고개를 끄덕이고는 장교 하나에게 지시했다.

"그 여자도 찾아와."

장교가 떠난 후, 아브다는 이안에게 다가들었다.

"애초에 네가 여기 온 게 잘못이었다. 네 동생이 칼리의 분노를 샀거든."

"칼리의 분노인가요, 당신의 분노인가요?"

"똑같은 거야."

이안이 눈을 감았다.

"죄송합니다만, 더 이상 아편의 효력에 저항하기가 힘들군요."

말없이 시간이 흐르는 동안, 아브다는 초조하게 방 안을 배회하고 다녔다. 그가 불쑥 분노를 터트렸다.

"네 놈은 약에 취한 게 아니야. 지금 날 무시하려는 게냐?"

"아편 때문에……."

"승리는 나의 것이다."

"그럴까요?"

"카타우크가 없습니다."

파찰이 다급하게 방으로 되돌아왔다.

"정원까지 샅샅이 뒤졌는데, 시니다 하인놈 하나뿐이었어요. 나머지는 다 도망쳤어요."

아브다가 욕설을 내뱉으며 이안을 돌아보았다.

"어디로 빼돌렸나?"

"당신의 칼리에게 물어보시지요."

"감히 나한테 반항하는 거냐?"

아브다의 얼굴색이 확 붉어졌다.

"너 같은 병신 자식이 감히 날 경멸하는 거냐?"

"사실 저도 그게 놀랍군요. 한동안은 제대로 하지 못할까봐 두려웠답니다. 이런 일에는 루엘이 저보다 훨씬 낫지요."

그가 아브다의 눈을 쳐다보았다.

"하지만 당신을 경멸하는 건 맞았소, 아브다. 당신뿐 아니라 당신의 이교도적인 파괴의 여신도."

"칼리에게 대적하는 자들은 누구든……."

"그런 신은 존재하지 않소. 진실한 파괴도 없소. 파괴는 또 다른 생성을 낳을 뿐이오."

아브다의 눈이 난폭하게 번들거렸다.

"너에게 칼리의 진정한 힘을 보여주겠다."

그가 파찰을 돌아보았다.

"베나레스는 어디 있나?"

"아직 배에 있습니다."

"거기서 뭐하는 거야?"

아브다의 목소리가 찢어질 듯이 높아졌다.

"카타우크가 있으니 필요치 않다고……."

"하지만 그놈이 도망쳤잖아. 베나레스를 불러와. 내 마스크들을 가져오라고 해."

"모두 다요?"

"모두 다. 놈들을 공격하기 전에 칼리의 힘을 받아야겠다."

"지금 기습공격하는 게 낫지 않을까요?"

"카타우크가 알렸을 테니 이젠 기습공격도 아니야. 그놈을 느긋하게 뭉개주는 거다."

그 통통한 얼굴이 이안을 바라보며 활짝 미소지었다.

"네 놈은 너무 약해빠져서 내 수집품에 낄 가치도 없다. 하지만 네 동생에게 경고해 줄 용도로는 사용할 수 있지."

그가 다시 파찰을 쳐다보았다.

"스코트놈에게 이번 마스크를 보낼 거다. 잘 해내야 한다. 아주 잘. 알겠나?"

"제가 전하를 실망시킨 적이 있었던가요?"

"없었지, 이번에도 그래야 돼."

아브다가 방에서 걸어나갔다.

파찰이 이안을 흘깃 쳐다보며 씨익 웃었다.

"네 놈이 전하의 심기를 불편하게 했으니, 그 벌을 받게 될 것이다. 하지만 우선 아편의 약효가 떨어질 때까지 기다려야겠지. 가장 적당한 반응이 나타나야 하거든."

이안의 가슴속에 열망이 솟아났다. 이제 얼마 남지 않았다. 그 순간이 닥치면 하늘의 법칙에 따라 죽음과 싸워야 하리라. 그 순간이 멀지 않았다.

그 빛이 그의 눈앞에 다가오는 듯했다.

"제 잘못이 아니에요."

베나레스가 공포스레 소리쳤다.

"당신 책임이에요. 당신이 잘못한 거라구요."

"난 실수하지 않았어."

파찰이 격하게 대꾸했다. 어떻게 이런 일이 있을 수 있단 말인가? 믿을 수가 없었다.

"당신이 책임지셔야 해요."

베나레스가 부들거리며 다시 소리쳤다. 파찰에 대한 두려움도 아브다에 대한 두려움 때문에 다 사라져 버린 모양이었다.

파찰도 두려웠다. 마하라자가 죽은 뒤 아브다의 성질은 더욱 거칠고 괴팍해졌다. 아브다의 분노는 베나레스뿐 아니라 자신에게도 미칠 것이다. 그는 아브다의 수집품 중 하나로 벽에 걸리고 싶지 않았다.

"이걸 상자에 싸서 시니다 하인놈에게 들려보내. 아브다의 눈에 띄면 안 돼. 전하께는 맥클라렌에게 즉시 보내라는 줄 알았다고 설명드리겠다."

"그럼 아주 화내실 텐데요."

"이…… 이 괴상한 걸 보면 더 화내실 거다. 당장 보내버려. 그 길만이 우리 둘 다 살 길이야."

"맙소사, 저기 마거릿이!"

루엘이 벌떡 일어나 캠프로 다가오는 말 쪽으로 달려갔다.

제인도 즉시 그 뒤를 따랐다. 마거릿이 여기 왔다는 자체가 끔찍한 재앙을 예고하고 있었다.

그녀의 하얀 옷에 시커먼 먼지가 내려앉았고 금발 머리도 다 풀어헤쳐졌다.

루엘이 그 말을 붙잡아 멈춰 세웠다.

"이안은?"

"뒤에 있어요. 카타우크가 당장 당신에게 알려야 한다고……."

"무슨 일이오?"

"아브다가…… 군사 200명…… 부두가 불탔어요……."

루엘이 욕설을 중얼거렸다.

"빌어먹을, 이렇게 빨리! 시간 여유가 얼마나 되지?"

마거릿이 고개를 흔들었다.

"몰라요. 내가 협곡에 도착했을 때까지는 쫓아오는 거 못 봤어요."

"우선 말에서 내려줘야죠."

제인이 다가서며 다그쳤다.

"미안하오."

루엘이 마거릿을 바닥으로 내려주었다.

"카타우크는?"

마거릿이 말에 기대서며 눈을 감았다.

"모르겠어요. 이안의 의자 뒤에 말이 따라오는 것 같았는데……."

"좀 앉아요."

제인이 마거릿의 허리를 감아 부축하며 모닥불 쪽으로 이끌었다.

"루엘, 커피 좀 가져다주세요."

마거릿이 담요 위에 털썩 내려앉아, 부들거리는 몸을 감싸안았다.

"카타우크가…… 거기 남아 있을지도 몰라요."

"그가 왜 그런 짓을 하겠어요?"

"뭐든 자기밖에 할 사람이 없다고 생각하는 멍청이니까."

마거릿의 두 뺨에 눈물이 흘러내렸다.

"나한테 기회도 안 줬으면서……."

그녀가 손등으로 젖은 뺨을 닦아내며 격하게 중얼거렸다.

"그렇게 멍청하고 고집스런 인간은 차라리 죽는 게……."

그녀의 목소리가 갈라지며 더 이상 말을 잇지 못했다.

"그가 거기 남아 있다 해도, 죽는다는 뜻은 아니오."

루엘이 커피잔을 그녀의 손에 감아주었다.

"영리한 사람이잖소. 아브다는 그를 죽이고 싶어하지 않소."

"그게 얼마나 오래가겠어요? 카타우크는 아브다가 원하는 대로 해주지 않을 거예요. 아브다의 요구를 거절하는 즉시 그는 죽을 거라구요."

"이안과 같이 오는 것 같았다면서요. 거기 남지 않았을 거예요."

제인이 부드럽게 달래주었다.

"맞아요."

마거릿이 깊이 숨을 들이켰다.

"아직 희망은 남아 있어요, 그렇죠? 내가 바보같이 굴었군요."

그녀가 등을 똑바로 펴며 일어나 앉았다.

"아브다의 군대가 총으로 무장한 상태래요. 200명 정도긴 하지만."

"그 정도로도 충분하다고 생각했겠지. 나한테는 군대가 없으니까."

루엘이 벌떡 일어났다.

"하지만 맘대로는 안 될걸, 빌어먹을 자식."

"어떻게 해야 하죠?"

제인이 물었다.

"마거릿과 함께 강 너머 캠프로 이동해. 만일 일이 잘못되어 내가 돌아오지 못하거나 연락을 보내면, 즉시 다리를 끊고 시니다 마을로 들어가. 난 메드퍼드의 캠프로 가서 이안과 카타우크를 확인해 봐야겠어."

"그들이 거기 없으면요?"

마거릿이 불안하게 물었다.

"그럼 구하러 가야지."

"카타우크만 없으면요?"

루엘이 눈살을 찌푸렸다.

"당연히 구하러 가야지. 카타우크를 여기 데려온 건 나였소. 다른 대답이 나올 줄 알았나?"

"아니에요."

그녀가 안도하며 중얼거렸다.

"딜람과 리 성은 어쩌죠?"

제인이 불쑥 물었다.

"그들 캠프에도 들렀나요, 마거릿?"

"아뇨. 보긴 봤는데 그냥 지나쳤어요."

제인이 다시 루엘을 바라보았다.

"딜람이 도와 줄 수 있을 거예요."

"자기 부족들을 다치게 하겠나? 안 될 거야."

"전에 그녀한테 들은 말이 있어요……. 내가 가서 말해볼게요."

"어서 강 너머로 이동해."

"딜람과 얘기해 본 다음에요. 당신은 여기서 쉬고 있어요, 마거릿."

그녀가 자리를 털고 일어났다.

"나도 루엘과 같이 갈래요. 다른 말 하나 구해줘요."

제인은 마거릿의 창백하게 일그러진 얼굴을 응시했다. 이안이 아직 위험에 처해 있는 지금 설득해봤자 소용없으리라. 루엘이 위험한 상황이었다면 그녀도 똑같이 행동했을 것이다. 문득 그 생각이 그녀의 뇌리를 강타했다.

맙소사, 루엘도 위험했다. 아브다한테 곧장 달려갈지도 모르는 일이었다.

그에게 도망치자고, 위험이 사라질 때까지 정글 속에 숨어 있자고 애원하고 싶었다.

"루엘!"

그가 돌아보았다.

하지만 그를 막을 수는 없었다. 이곳은 바로 그의 집이었다. 이곳 사람들은 그의 가족이었다.

"조심하세요."

그녀가 속삭였다.

그가 미소를 보내주었다.

"너도."

그 화사하고 애정어린 미소가 그의 험악한 표정을 씻어냈다. 그녀는 갑자기 몸의 온기가 살아나며 용기가 샘솟는 느낌이었다. 그와 함께 헤쳐나가리라.

"좋아요. 출발하자구요."

"심각하군요."
제인의 말을 다 들은 후에 딜람이 음울하게 중얼거렸다.
"이런 일이 생기지 말았어야 했는데."
그녀가 리 성을 바라보았다.
"우리가 그들을 막아야 돼요. 이 섬에 사빗사 놈들을 들여놓을 수는 없어요."
"나까지 끼워주다니 놀랍군. 이런 일에 비천한 남자들의 도움도 필요한 거요?"
"남자들은 훌륭한 전사라구요. 이젠 당신의 가치를 증명할 때가 됐어요."
"난 당신한테 그런 거 증명할 필요 없소."
"그렇긴 하죠. 난 당신을 잘 아니까."
제인이 다소 어리둥절하게 두 사람을 쳐다보았다. 그들의 말에는 날카로움보다 이해와 농담기가 섞여 있었다. 그 동안 리 성의 마음을 얻어낸 것은 코끼리만이 아니었던 모양이다.
제인이 다시 입을 열었다.
"당신 도움이 필요하긴 하지만, 여기 부족원들이 다칠까봐 걱정이에요. 상대는 총을 갖고 있어요."
"하지만 우리는 이 섬을 잘 알죠. 그것도 하나의 무기가 되요. 아브다가 이 전에 왔던 사빗사보다 훨씬 잔악하다면서요. 그런 인간한테 지배당할 수는 없어요."
"강 건너로 캠프를 이동시켜야 한다고 했지?"
리 성은 제인의 고갯짓으로 대답을 들은 후 딜람에게 시선을 돌렸다.
"그 일은 우리가 맡자구. 이 싸움에 쓸 만한 하찮은 남자 몇 명쯤 불러모을 수 있겠소?"

"아마 몇 명쯤은 찾을 수 있을 걸요."

딜람이 벌떡 일어났다.

"코끼리들은 어쩌죠?"

코끼리에 대해서는 제인도 미처 생각지 못했었다. 생각할 게 너무나 많았다. 위험한 것들이 너무 많았다.

"아브다는 코끼리를 극도로 싫어해요. 안전하게 하려면, 강 너머 동쪽 정글 속으로 몰아넣어야 돼요."

리 성이 고개를 끄덕였다.

"그 일도 우리가 맡을게."

제인도 뒤따라 일어섰다.

"그럼 시작해요."

아이리스 요한슨
The Tiger Prince

21

다음날 정오쯤 루엘이 새로 설치한 캠프에 도착했다. 카누에서 내리는 그를 보자마자, 제인은 나쁜 소식이 있음을 직감했다. 랑푸르 고지에서 기차의 잔해를 내려다보던 그때처럼 핏기 없이 일그러진 얼굴이었다.

"무슨 일이에요?"

"죽었어."

"누가요? 카타우크요?"

"이안."

그는 똑바로 앞만 노려보았다.

"카타우크는 의식을 잃은 채 메드퍼드의 캠프로 실려왔어. 이안이 타마르에게 시킨 거야. 누군가 아브다를 지연시켜야 한다고 결정한 거야. 이안은 그게 자신이어야 한다고 생각한 거고."

"오, 맙소사!"

이건 공평치 않았다. 온화하고 상냥하던 이안이, 누구보다 많은 것을 빼앗겼던 이안이.

"확실해요?"

"아브다가 증거까지 보냈어. 이안의 데드 마스크."

"뭐, 뭐라구요?"

"아브다가 이안의 데드 마스크를 보냈어. 더 이상 저항하지 말라는 경고와 함께."

"당신이 그걸 봤어요?"

숨죽인 채 그녀가 물었다.

루엘은 고개를 흔들었다.

"마거릿이 상자를 열지 못하게 했어. 그 마스크가 어떤 모습일지 안 다더군. 아브다는 누구도 편안히 죽도록 내버려두지 않아."

"속임수일지도 모르잖아요. 아직 살아 있을지도 몰라요."

"빌어먹을, 이안은 죽었어!"

루엘이 격렬하게 폭발했다.

"타마르가 상자에 넣으면서 봤다고 했어. 그 방에서 이안의 시체도 봤고."

마지막 희망이 사라져 버렸다. 그녀는 떨리는 숨을 깊이 들이쉬었다.

"마거릿은 어때요?"

"마비상태야."

그녀의 시선이 그를 살폈다.

"당신은요?"

"난 아니야. 그 개자식을 찢어죽일 거야."

그의 눈동자에 섬뜩한 포악함이 드러났다. 이안의 죽음이 떠오르자, 그녀의 마음에도 똑같은 분노가 치밀어올랐다.

"어떻게요?"

"생각이 있어. 리 셩은 어딨나?"

그녀가 시니다인과 얘기중인 리 셩에게 고개를 돌렸다.

"딜람은 전사들을 데리러 갔어요. 곧 도착할 거예요."

"좋아. 그들이 필요해. 메드퍼드는 아브다의 군대가 움직이는 걸 확인하고 나서 이리 퇴각할 거야. 딜람과 메드퍼드 쪽 사람들이 다 도착하면, 이 다리를 불태워 버려."

그녀가 고개를 끄덕였다.

"시간이 얼마나 남았을까요?"

"몰라. 아브다놈이 왜 즉시 마거릿과 카타우크를 뒤쫓지 않았는지도 모르겠어. 그놈은 정상이 아니야. 그 광기를 이용해야 돼."

"리 셩과 같이 강가에 나무 장벽을 세우는 중이에요. 총알이 여기까지 닿진 않겠지만, 보호막이 필요할 것 같아서요."

"좋은 생각이야."

그가 리 셩을 향해 움직여 갔다. 마치 유리로 만들어진 것처럼, 금방이라도 부서져 가루가 돼 버릴 것처럼, 뻣뻣하고 조심스러운 걸음걸이였다.

그에게 달려가 위로를 전하고 싶었다. 그 고통을 달래주고 싶었다. 그녀의 눈에 눈물이 차올랐다. 하지만 지금은 그를 도와 줄 방법이 없었다. 그들 모두 다급하게 움직여야만 했다. 그녀는 돌아서서 장벽 쪽으로 걸어나갔다.

"너무 위험하오."

리 셩이 말했다.

"그 방법밖에 없어."

루엘은 그의 눈을 똑바로 들여다보았다.

"여기서 당신이 찾아낸 걸 잃어버릴까봐 걱정인가? 아브다가 시니다를 접수하면 어차피 한 달 안에 끝장날걸. 그자는 시니다인이나 코끼리 모두에게 자비를 베풀지 않을 거요."

"그건 알고 있소. 하지만……."

리 성이 고개를 흔들었다.

"그것만이 아니라, 제인과 당신이 걱정이오."

루엘이 코웃음쳤다.

"나에 대해선 걱정할 필요 없소."

"그래도 걱정스럽소. 제인의 꿈이 사라질 수도 있으니……. 당신의 고통도 그렇고."

"아브다를 죽이는 날 내 고통은 다 사라질 거요."

"과연 그럴까?"

"두고보라구. 날 도와주시오."

"생각해 보겠소."

루엘이 몸을 돌렸다.

"우리가 잘 해내면 성공할 수 있소. 성공할 거요."

"딜람이 오고 있어요."

제인이 그들의 옆으로 다가섰다.

"70명쯤의 전사들을 데려와요."

"빨리 결정해야 할 거요. 시간이 많지 않을 테니까."

루엘이 리 성에게 말했다.

"딜람과 상의해 보겠소."

루엘이 반박하려 하자, 리 성이 손을 들어올렸다.

"이 계획이 현명한지 판단하려면 그녀와 상의해야 하오."

어둠이 깔리고 자정이 넘었을 때에도 메드퍼드는 나타나지 않았다. 이윽고 보초 몇 명만 남기고 캠프의 사람들은 잠자리로 찾아들어갔다.

잠자리에 들긴 했지만 잠들지는 못했다. 제인은 너무나 걱정스러워서 의식을 놓아버릴 수가 없었다. 모닥불 너머의 루엘을 바라보았다. 그도 잠들지 못하고 있었다. 딱딱하게 누운 채 어둠만을 노려보고 있었다. 저녁 내내 그는 한마디도 없이 자신의 분노와 슬픔 안으로 움츠러들었다. 그를 혼자 내버려둬야 하리라. 그녀의 위로를 바란다면 그가 청해오리라.

아니, 루엘은 다른 사람에게 도움을 청하는 사람이 아니었다.

그녀가 담요를 밀치고 일어나 모닥불 주위로 움직여갔다.

루엘의 옆에 앉아 그의 담요를 들어올렸다.

"자리 좀 내줘요."

루엘은 그녀를 쳐다보지 않았다.

"싫어."

그녀가 그의 옆으로 누웠다.

"저리 가. 혼자 있고 싶어."

"안됐군요. 난 갈 생각이 없는 걸요."

그가 격하게 내뱉었다.

"또다시 보호본능이 발동한 모양이군. 난 절름발이도 아니고 빌어먹을 새끼 코끼리도 아니야. 나한테 이럴 필요 없어. 난 누구도 필요 없어."

"알아요."

그녀가 그의 뻣뻣하게 굳은 몸에 두 팔을 감았다.

"나한테 당신이 필요해서 그래요. 내일이 두려워서 잠들 수가 없어요."

잠시 침묵이 흘렀다.

"네가?"

"그래요. 당신이 안아주면 괜찮아질 것 같아요. 세상에 나 혼자뿐인 느낌이에요."

그는 한동안 입을 다물고 있다가, 천천히 그녀를 안아주었다.

"넌 혼자가 아니야."

"그건 당신도 마찬가지예요. 당신이 날 원하면 언제나 여기 있을 거예요."

그의 몸이 더욱 딱딱해졌다.

"동정인가?"

"사랑이에요."

"지금 그런 고백을 하는 게 이상하군."

"내 마음을 알고 있었잖아요."

"네가 마음 약한 여자라는 것도 알지."

"그래요. 동정심이 없는 건 아니에요."

그가 나지막이 욕설을 내뱉었다.

"동정받는 게 뭐가 그리 지독하죠?"

"집어치워."

"당신도 내가 아팠을 때 동정했잖아요, 그렇죠? 리 성이 자브리에게 상처 입었을 때도 그를 도와주고 싶어했잖아요."

그녀가 그를 힘껏 끌어안았다.

"이젠 입 닥치고 잠이나 자요."

"잠자고 싶지 않아."

"그럼 우리 얘기나 해요. 이안에 대해서 말해 줘요."

그의 몸으로 떨림이 흘러내렸다.

"할 얘기 없어. 이안은 죽었어."

"죽었다고 그냥 잊어버리면 그만인가요?"

"난 절대로 잊지 않아. 아브다놈을 죽일 거야."

"나는요? 나도 죽일 건가요? 이안이 다치지만 않았으면 이런 일도 없었겠죠. 이안이 자기 힘으로 도망칠 수 있었을 거예요."

"조용히 해. 이건 네 잘못이 아니야."

"한 달 전만 해도 다르게 말했잖아요."

"이런 얘기하기 싫어."

"내 잘못이에요. 그렇게 말하라구요."

"아니야."

그가 갑자기 폭발해버렸다.

"내 잘못이었어."

그녀가 놀란 눈으로 그를 바라보았다.

"그게 무슨 말이에요?"

"다 내 잘못이었어. 널 비난하긴 했지만, 항상 내 책임이라는 걸 알고 있었다구. 나만 아니었으면 이안이 카산포르에 있을 이유도 없었던 거야."

"하지만 이안이 당신을 쫓아왔어요. 당신은 그를 데려올 생각이 아니었구요."

"내가 기차에서 빼낼 때 더 조심했어야 했어."

"당신은 그의 목숨을 구했어요."

"하지만 불구로 만들었어. 난 형의 인생을 망가뜨렸고, 여기까지 와서 죽게 만들었어."

그가 이렇게 큰 죄책감을 짊어지고 있을 줄은 몰랐었다. 루엘에게 중간이란 없다는 것을 알았어야 했다. 그의 감정과 반응은 언제나 다른 누구보다 더 강렬하고 깊었다. 그리고 부분적으로는 그녀의 죄책감까지 없애주려고 그 짐을 자신의 어깨에 짊어진 것이었다. 그녀를 사랑하기 때문에…….

무엇이든 해야만 했다. 하지만 어떻게 해야 할까? 언쟁은 그의 마음만 더 굳어지게 할 뿐이리라.

"그래요, 당신 잘못이에요. 하지만 내 잘못이기도 해요. 당신은 날 용서해 줬구요. 그러니 당신 자신도 용서하세요."

그가 고개를 흔들었다.

"이안은 당신을 사랑했어요. 당신이 행복해지길 바랐어요."

그는 대꾸하지 않았다.

"이안은 당신과 마거릿과 카타우크에게 행복한 인생을 주고 싶어서 죽음을 자청했어요. 그 죽음을 헛되이 만들 셈인가요?"

아주 미약하게나마 고통스럽게 뭉친 그의 근육이 풀어지는 것 같았다. 하지만 확신할 수는 없었다.

"왜 그렇게 고집스러워요? 이안이 바라는 건……."

문득 그녀의 말이 끊어졌다. 그의 얼굴에 따뜻한 물기가 흐르는 걸 느꼈다.

"루엘?"

"사랑해."

그의 팔이 그녀를 힘주어 끌어안았다.

"사랑해, 제인."

이제야 그녀도 눈물을 흘릴 수 있었다. 루엘에 대한 마지막 저항감도 그 눈물과 함께 씻겨내려갔다. 두려움으로 움츠러들기에는 인생이 너무 짧았다. 무섭다고 뿌리치기에는 사랑이 너무나 소중했다.

"당신을 믿어요."

"그래? 믿을 때도 됐지."

한참이 흐른 후, 그의 억눌린 목소리가 들려왔다.

"너무 아파……. 아파서 죽을 것 같아."

"알아요."

그녀는 그의 턱에 입술을 부벼댔다. 이 약한 순간이 오래 가지 않으리라는 걸 알지만, 자신의 생명을 바쳐서라도 이 남자를 보호해 주고 싶었다. 그의 피난처가 되어 그 무엇이라도 막아주고 싶었다.

"우리 함께 나눠요. 곧 괜찮아질 거예요. 괜찮아질 거예요."

"그래, 괜찮아지겠지……. 언젠가는."

다음날 오후가 되어서야 마거릿, 카타우크, 제임스 메드퍼드와 그 일꾼들이 도착했다.

다리를 건너자마자 메드퍼드가 물었다.

"루엘은 어디 있소?"

제인이 남쪽을 가리켰다.

"강 하류에 있어요. 아브다는요?"

"협곡으로 이동하는 걸 목격했소. 여섯 시간 정도 남았어."

메드퍼드가 성큼성큼 하류 쪽을 향해 걸어나갔다.

제인의 시선이 마거릿에게로 움직였다. 전에 캠프에 도착하던 날도 지독해 보였지만, 지금의 모습은 가히 충격적이었다. 언제나 강인하고 활력이 넘쳤던 마거릿이 금방이라도 부서져 버릴 듯이 비참하게 변해 있었다. 그 사랑스럽던 눈동자 밑으로 커다란 검은 테두리가 그려져 있었다.

"마거릿……."

제인은 모닥불 쪽을 손짓했다.

"피곤해 보여요. 앉아서 좀 쉬세요."

"그럴게요."

마거릿이 멍하니 대답하며 걸어갔다.

그 뒤를 따라가기 전에 카타우크가 제인의 옆에 다가섰다.

"위로하려고 들지 마시오."

"어떻게 그럴 수 있어요? 고통스러워하잖아요."

"거기 빠져 있게 해서는 안 되오. 그녀에게 할 일을 주시오. 당신이 그녀를 살아나게 만들어 줘야 하오."

"나한테 기적을 만들라는 거예요?"

제인이 힘없이 고개를 흔들었다.

"난 자신 없어요. 그 방법을 알면 당신이 시도해 보세요."

"내가 메드퍼드 캠프에서 깨어난 후로 그녀는 나한테 한마디도 하지 않았소. 날 쳐다보지도 않소."

카타우크의 입술이 뒤틀렸다.

"내가 그녀의 믿음을 저버렸거든."

그녀가 놀란 시선을 던졌다.

"어떻게요?"

"그녀에게 날 믿으라고 해 놓고, 정작 난 이안을 너무 과소평가했소. 한 남자의 생명이 사라졌으니 이건 쉽게 용서받을 수 있는 실수가 아니오."

"당신이 궁궐에 남아 있을 생각이었잖아요."

"하지만 그렇게 되지 않았잖소. 그래서 상황이 복잡해져 버린 거요."

"마거릿은 당신이 희생되는 것도 바라지 않았어요, 카타우크."

"알고 있소. 하지만 그런 식으로 용서하기에는 그녀의 양심이 허락지 않을 거요."

그는 한참 동안 마거릿을 응시하고 있다가 이윽고 몸을 돌렸다.

"이번에는 내 힘으로 어쩔 수 없소. 당신이 그녀를 도와주시오. 그녀를 바쁘게 만들어 주시오. 생각할 시간도 없을 만큼."

맙소사, 카타우크가 마거릿을 사랑하고 있어. 제인은 그제서야 알아차렸다.

마거릿이 미친 듯이 카타우크의 안전을 걱정했던 순간도 기억이 났다. 그것도 사랑이었을까? 죄책감과 사랑과 슬픔을 구분하는 일이 가능하기나 할까? 너무나 복잡했다. 이 세상엔 왜 쉬운 일이 하나도 없는 것일까?

"알았어요. 어차피 장벽을 만들려면 다들 도와야 해요."

그녀가 강하류 쪽을 가리켰다.

"루엘이 당신과 얘기하고 싶대요. 한 가지 계획이 있는데 그 일에 당신 도움이 필요하대요."

카타우크는 쓸쓸하게 미소지으며 강둑을 따라 발길을 옮겼다.

"다행이군. 나도 정신 없이 바빠질 필요가 있다오."

마지막 남은 카누와 뗏목들이 새로운 캠프로 옮겨진 다음, 강으로 걸쳐진 다리가 잘려 나갔다.

해질녘쯤 나무 장벽까지 완성되고 나자, 그들은 기다리는 것 외에 더 이상 할 일이 없었다.

그리고는 8시쯤 아브다 군대의 횃불들이 협곡을 따라 줄줄이 모습을 드러냈다.

루엘이 리 성을 흘깃 쳐다보았다.

"시간이 다 됐소. 이젠 대답을 하시오."

"다른 일들은 준비됐소?"

"물론."

"딜람이 가능할 거라고 했소. 하지만 성공하려면 놈들의 신경을 분산시켜야 하오."

"아브다는 내가 맡겠소. 신경 쓸 겨를이 없을 거요."

루엘이 험악하게 중얼거렸다.

"그럼 됐소. 해봅시다."

리 성이 결연하게 고개를 끄덕였다.

"준비됐소?"

카타우크가 강 건너 캠프를 응시하며 루엘에게 물었다. 지난 세 시간 동안 그곳에서 아브다 군대의 텐트들이 독버섯처럼 속속들이 피어났다.

루엘이 고개를 끄덕이며 나무 장벽을 돌아 강가로 나아갔다. 그리고는 건너편으로 크게 소리쳤다.

"아브다!"

아무 반응이 없었다.

그가 더 크게 소리질렀다.

"아브다!"

강 너머 횃불들 사이로 파찰이 나타났다.

"포기해라, 맥클라렌. 넌 승산이 없어."

"아브다와 애기하고 싶다."

"전하는 지금 명상중이시다."

"나오라고 해."

"그분을 귀찮게 할 이유가 있겠나? 어서 항복이나 해."

그 순간 아브다가 파찰의 옆으로 모습을 드러냈다.

아브다의 얼굴을 보는 순간 루엘의 가슴에 격렬한 증오가 치밀어올랐다.

자제해야 돼. 느끼지 말고, 머리로 생각을 해야 한다.

"할 애기가 있소. 내가 그곳으로 건너가면 잠시 휴전해 주겠소?"

"내가 왜 그래야 하지? 하루이틀이면 뗏목을 만들어서 널 뭉개줄 텐데."

"당신이 이 게임에서 이길 거라는 건 분명하지만 내가 이 일을 쉽게도 어렵게도 만들 수 있소. 카타우크와 함께 건너갈 테니……."

"카타우크?"

아브다가 즉시 관심을 내비쳤다.

"카타우크도 같이 올 건가?"

"카타우크는 생존의 본능을 지녔소. 협상이 필요하다는 것도 알고 있소."

"나의 자비를 구하고 싶었으면 삼 일 전에 협상을 했어야지."

아브다가 기분 좋게 웃어젖혔다.

"어쨌든 건너오너라. 너의 애원을 들어줄 테니."

파찰이 즉시 반대 의견을 내세웠다.

"속임수일지도 모릅니다. 말려들지 마시고……."

"나의 지혜를 의심하는 거냐?"

아브다가 버럭 소리쳤다.

"도착하는 대로 내 텐트로 데려와."

그가 빙글 돌아서 어둠 속으로 사라져갔다.

"일 단계 작전 성공이오."

카타우크가 중얼거리자 루엘이 침착하게 고개를 끄덕였다.

"앞으로도 계속 성공해야 하오. 그의 마음이 변하기 전에 얼른 출발하자구."

"당신도 간단 말이에요?"

갑작스런 목소리에 두 남자가 돌아섰다. 몇 미터 떨어진 곳에서 마거릿이 믿을 수 없다는 듯 카타우크를 쳐다보고 있었다.

"왜요? 둘 다 갈 필요 없잖아요."

카타우크가 어깨를 으쓱였다.

"아브다가 날 보고 싶어 안달이라오. 게다가 루엘보다 내가 더 영리하거든."

"농담으로 넘기지 말아요. 자살하려던 것만으로도 충분치 않아서, 이젠 직접 목숨을 끊을 참이군요."

그녀가 떨리는 몸에 숄을 감싸쥐었다. 순간 그녀의 눈에 분노가 이글거렸다.

"그래요, 가세요! 당신이 그 괴물한테 죽임을 당하든 말든 나하고는 상관없어요. 어리석은 인간은 죽어 마땅해요……."

그녀가 말을 잇지 못하고 캠프 쪽으로 달려갔다.

카타우크는 묘한 표정으로 그 모습을 지켜보았다.

"그녀는 지금 무슨 말을 하는지도 모르는 거요."

루엘이 조용히 입을 열었다.

"마거릿은 자기가 하는 말을 항상 잘 알고 있다오."

카타우크는 미소짓고 있었다.

"화난 것 같진 않군."

"내가 왜 화를 내겠소? 그녀가 다시 살아나고 있는걸."

카타우크가 몸을 돌렸다.

"갑시다."

카누 옆에서 제인이 기다리고 있었다.
"나도 같이 갈래요."
"안 돼. 우리 둘이서 할 수 있어."
루엘이 단호하게 거절했다.
"내가 가면 도움이 될 거예요. 아브다는 카타우크를 숨겨준 것 때문에 나한테 감정이 있거든요."
"나 하나만으로도 상품 가치는 충분해. 여기 남아 있으라구, 제인."
카타우크가 한마디했다.
그녀는 그 말에 신경 쓰지 않고, 계속 루엘만을 쳐다보았다.
"날 태워 주지 않으면 헤엄쳐서라도 갈 거예요. 둘 중 하나만 선택하세요."
"제기랄, 나더러 어쩌라는 거야? 너마저 잃을 순 없어."
"헤엄쳐서 갈까요?"
"빌어먹을."
그가 그녀의 허리를 안아 배에 올려주었다.
"하지만 아브다는 나한테 맡겨. 내 지시대로 따라야 돼. 알겠나?"
"알았어요."
"순종하겠다는 뜻은 아닌 것 같은데."
카타우크가 중얼거렸다.
루엘은 아무 말 없이 노를 집어들어 물살을 헤쳐나가기 시작했다.
카누가 반대편 강가에 도착하자, 아브다와 파찰이 열 명의 군사들과 함께 그들을 기다리고 있었다.
아브다의 시선이 제인에게 향했다.
"또 하나의 즐거움이 추가됐군. 너까지 올 줄은 몰랐는데."
"왜 셋 다 왔을까요?"

파찰이 천천히 입을 열었다.

"뭔가 수상합니다, 전하. 어째서 세 놈들이 모두 목숨을 걸고 찾아왔을까요?"

"마스크에서 받은 나의 힘이 너무나 위대해서, 저항하지 못했던 거야. 어쩔 수 없이 끌려온 거지."

아브다가 제인에게 미소지었다.

"너도 자진해서 네 발로 따라왔다고 생각하겠지만, 그렇지가 않아. 칼리가 널 불러들였어."

"칼리 같은 건 없어요……."

"조용히 해."

루엘이 거칠게 가로막았다.

"우리 일을 어렵게 만들 셈이야?"

아브다의 시선이 루엘에게 옮겨졌다.

"언제나 네가 조금 영리하긴 했어. 상황이 달랐더라면 칼리께서 너의 공양도 받으실 수 있었을 텐데. 너의 형보다는 훨씬 분별력이 있군."

루엘이 어깨를 으쓱였다.

"그는 멍청이였소."

"그래도 네가 그 멍청이를 삼 년 간이나 애지중지했다던데."

"우리 쪽 신은 그런 행동을 하는 자에게 천국으로 보상해 준다오. 신에 대해서는 당신이 더 잘 알 거라 생각하오."

아브다가 웃음을 터트렸다.

"그래, 신들은 조종하기도 하지만 조종당하기도 하시지."

카타우크가 입을 열었다.

"이 배에서 나가도 되겠소? 아니면 이 불편한 곳에서 애길 다 끝내야 하는 거요?"

아브다의 미소가 사그라들었다.

"무례한 놈. 그 동안 배운 게 전혀 없구나, 카타우크."

"목숨이 소중하다는 건 배웠소. 목숨을 부지하려면 때때로 양보가 필요하다는 것도."

"그래? 그럼 진지하게 얘길 해 봐야겠군. 내 텐트로 오너라."

아브다가 돌아서서 커다란 텐트 쪽으로 걸어갔다.

"무기가 있는지 확인하고 들여보내, 파찰."

"네, 전하."

파찰은 다시 한 번 강 건너를 훑어보았다.

"분명히 뭔가가 이상해……."

루엘이 카누에서 내려 제인을 뭍으로 올려주었다.

"우리가 생명을 협상하러 온 게 이상한가? 이 싸움이 우리한테 승산이 있을 것 같은가?"

"전혀 없지."

파찰의 얼굴이 사악한 미소로 밝아졌다.

"하지만 협상해봤자 소용없을 거다. 전하께서는 널 수집품 목록에 집어넣으실 생각이거든."

그가 제인을 바라보았다.

"너도 우리에게 즐거움을 제공한 후에 거기 포함될 거야."

파찰이 재빨리 그들의 몸을 수색한 다음 장교에게 지시내렸다.

"저쪽의 움직임을 지켜보도록. 아무래도 너무 간단해."

파찰의 뒤를 따라가면서, 루엘이 제인의 손을 붙잡아 주었다. 그 따뜻한 손길이 그녀의 싸늘한 몸을 다소나마 덥혀주었다.

하지만 텐트 안으로 들어섰을 때 그 온기는 여지없이 사라져 버렸다.

황금 촛대에 세워진 하얀 양초들이 어두운 내부를 밝히며 아브다에게 불빛을 집중시켰다. 커다란 쿠션 위에 가부좌를 틀고 앉은 아브다 주위로 수많은 황금 마스크들이 둘러싸고 있었다.

그 마스크들의 공포와 고통에 뒤틀린 모습이란…….

그녀의 입에서 비명이 새어나왔다.

"진정해."

루엘이 그녀의 손을 힘껏 잡아주며 속삭였다.

그녀는 꿀꺽 침을 삼키고 나서 시선을 돌려버렸다.

아브다가 유쾌한 목소리로 그녀에게 물었다.

"어때, 힘이 느껴지지?"

"아뇨."

"거짓말. 틀림없이 느낄 수 있을 거야."

그가 자신의 앞쪽 공간을 가리켰다.

"앉아."

자리를 잡고 앉자 이제 그 마스크들은 그녀의 무릎 바로 앞에 있었다. 불빛 속에서 괴이하게 번득이는 황금 마스크들이…….

"베나레스의 솜씨가 너만 못해, 카타우크. 너라면 이걸 아주 멋지게 만들었을 텐데."

그가 마스크 하나를 집어들었다.

"대단한 생명력을 지닌 여자였거든."

자브리.

맙소사, 아는 인물이 이 중에 섞여 있다는 사실은 훨씬 더 공포스럽고 끔찍했다.

"그는 항상 마지막 단계에서 너무 서둘렀소. 흔히들 하는 실수지."

카타우크가 무덤덤하게 대꾸했다.

"넌 그런 실수가 없었어."

"그거야 내가 특별하기 때문이오."

아브다가 마스크를 내려놓았다.

"그 말은 맞아. 하지만 네가 다시 도망치지 않는다는 걸 어떻게 장담하지? 그게 바로 문제라구. 난 실망하는 걸 좋아하지 않거든."

"이제 우리 협상에 대해서나 말해봅시다."

루엘이 입을 열었다.

"성질이 급하군."

아브다가 교활하게 미소지었다.

"어때, 내가 보낸 마스크는 마음에 들던가? 파찰이 베나레스의 최고 작품이라고 하던데. 내 눈으로 직접 못 본 게 안타까울 뿐이야."

"그걸 왜 못 봤소?"

카타우크가 불쑥 물어보았다. 그의 시선이 파찰에게 향했고, 그 순간 파찰의 태도에 묘한 긴장감이 생겨났다.

"내가 전하의 분부를 잘못 들어서 미리 보내버렸소."

파찰이 딱딱하게 대꾸했다.

"우리들 얘기나 합시다."

루엘이 다시 아브다를 다그쳤다.

"얘기하고 안 하고는 내가 결정해. 넌 나하고 협상할 만한 게 아무것도 없어. 내줄 게 없거든."

"그렇지 않소. 난 시니다인들의 신뢰를 얻고 있소. 이익금의 일 퍼센트만 떼어주면 내가 당신을 위해 광산을 운영하고 시니다인들을 다뤄주겠소."

"까다롭고 비협조적인 여기 놈들은 필요 없어. 카산포르에서 일꾼을 데려다 쓰면 돼."

"하지만 쓸데없이 시간이 지체될 거요."

"저게 무슨 소리죠?"

갑자기 파찰이 고개를 갸우뚱하며 귀를 기울였다.

"무슨 쉭쉭거리는 물소리처럼……. 제가 알아보겠습니다."

그가 텐트 밖으로 뛰어나갔다.

그 순간 괴상한 휘어엉 소리들이 공기중에 가득 들어찼다.

아브다가 벌떡 일어나 입구 쪽으로 달려갔다.

"파찰! 무슨 일이냐?"

"카타우크, 제인을 부탁하오."

루엘이 소리치며 아브다를 뒤쫓아 나갔다.

제인도 텐트 밖으로 나섰다. 이미 예상했던 일이었지만 눈에 보이는 광경은 그야말로 경이로웠다. 어둠의 괴물처럼 젖은 가죽을 번들거리며 코끼리들이 강을 헤엄쳐 오고 있었다. 그 위에 허리 밑에만 작은 천을 두른 사내들이 창을 들고 있었다. 코끼리들이 물 속에 잠길 때마다 호흡용으로 사용하는 갈대 피리가 그들의 입에 물려 있었다.

리 성과 딜람이 이끄는 코끼리떼가 하나씩 둘씩 뭍으로 빠져나와 캠프로 진군했다. 당황한 군사들은 코끼리떼에게 밟히지 않으려고 비명을 내지르며 사방으로 흩어져갔다.

캠프는 이제 아수라장으로 돌변했다. 이리저리 고함치며 뛰어다니는 군사들, 펑펑 울려퍼지는 총소리.

딜람이 코끼리 위에 올라앉은 채로 강가의 횃불 하나를 움켜잡았다. 아브다의 텐트에 불을 지른 다음, 리 성의 뒤를 따르며 닥치는 대로 관목과 텐트에 불을 붙였다.

"루엘이 안 보여요. 어디 있는 거죠?"

제인은 뒤엉킨 코끼리와 군사들 사이를 미친 듯이 둘러보았다.

"이 난장판에서야 안 보이는 게 당연하지."

카타우크가 그녀의 팔을 붙잡고 안전한 곳으로 이끌어갔다.

그녀는 그의 팔을 뿌리쳤다.

"이거 놔요. 루엘을 찾아야 돼요."

캠프는 온통 불바다였다. 짙은 연기 속에서 사람의 형체조차 식별하기 힘들었다. 어디선가 아브다의 날카로운 목소리가 들려왔다. 그녀는 즉시 그쪽으로 내달렸다. 아브다가 있는 곳에 루엘도 있으리라.

까만 연기 사이로 코끼리 한 마리가 나타나자 그녀는 재빨리 몸을 피했다.

군사들의 비명 소리와 코끼리들의 발소리에 묻혀 더 이상 아브다의 목소리를 가려낼 수 없었다.

"이 화냥년!"

파찰의 격분한 얼굴이 연기 사이로 불쑥 튀어나왔다. 그가 손을 들어올리는 순간 날카로운 금속빛이 번득였다…….

단검!

"엎드려!"

카타우크가 그녀의 무릎을 걸어 넘어뜨렸다.

제인에게 돌진하던 파찰이 목표물을 잃은 채 휘청거렸다. 그 기회를 틈타, 카타우크가 그 뒤로 돌아가 우악스런 팔로 파찰의 목을 휘어감았다.

카타우크의 팔이 뒤로 홱 젖혀지자, 목이 부러지는 소리와 함께 파찰의 몸이 스르르 땅으로 무너져내렸다.

카타우크가 파찰의 단검을 집어들었다.

"이놈이 아브다였으면 좋았겠지만, 그자는 루엘이 맡을 거야."

"그걸 어떻게 알아요? 아브다가 뒤에서 습격하면 어떡해요?"

제인이 미친 듯이 중얼거렸다.

카타우크가 그녀의 뒤쪽 어딘가를 쳐다보았다.

"저기 있군."

그녀가 빙글 돌아섰다. 몇 미터 떨어진 곳에 루엘의 모습이 보였다.

아브다가 이상한 각도로 다리가 꺾인 채 피를 흘리며 바닥에 누워 있었고, 루엘은 풀어 헤쳐진 머리카락을 나부끼며 그 위에 우뚝 서 있었다.

증오와 복수심으로 이글거리며, 치명적인 아름다움으로 불타는 호랑이처럼…….

아브다가 일어서려 안간힘 쓰고 있었다.

"루엘!"

카타우크가 그에게 단검을 던져주었다.

하지만 루엘은 받아들지 않았다.

"이건 너무 간단해."

그가 몸부림치는 아브다의 멱살을 잡아 불타는 텐트 근처의 연기 속으로 질질 끌고들어갔다.

"칼리가 널 벌하실 거다. 두고 봐. 넌 파멸할 것이다."

아브다가 고래고래 소리질렀다.

"그 빌어먹을 칼리를 직접 만날 수 있게 해주마."

루엘은 텐트를 지나 강가에다 아브다의 몸뚱이를 툭 던져놓았다.

"리 성!"

"여기 있소!"

연기의 장막을 뚫고 리 성의 대답이 들려왔다.

루엘은 제인과 카타우크가 서 있는 나무들 옆으로 되돌아왔다.

"다 끝났어. 이제 코끼리들을 강 너머로 이동시켜!"

"다행이군. 이 녀석들은 불이나 연기를 안 좋아하거든."

"안 돼!"

그 명령의 의미를 알아차린 아브다가 비명을 내질렀다.

차라리 단검으로 죽는 게 나았으리라. 아브다는 이제 자신이 가장 두려워하던 죽음에 직면해 있었다. 공포스럽고 고통스런 죽음…….

"안 돼……."

코끼리들이 강가로 들이닥치는 것을 보며 아브다가 미친 듯이 소리쳤다.

"이건 칼리의 뜻이 아니야. 이건…….."

코끼리들은 연기와 불을 피해 달아나느라 아브다의 외침에 신경 쓰지 않았다.

정의의 심판이었다.

제인은 차마 볼 수가 없어 눈을 감았다. 하지만 코끼리떼에게 밟힌 아브다의 비명 소리까지 틀어막을 수는 없었다.

이윽고 그 비명 소리가 잠잠해졌다.

그녀는 천천히 눈을 뜨고 루엘을 바라보았다. 루엘이 아브다의 남은 파편들을 이글이글 응시하고 있었다.

활활 타오르는 호랑이처럼…….

"먼저들 가시오."

카타우크는 캠프로 돌아가는 카누에 오르지 않았다.

"난 여기서 할 일이 있소."

"무슨 일?"

루엘이 물었다.

"마스크들. 그게 텐트에 아직 남아 있을 거요."

제인이 몸서리쳤다.

"내버려둬요. 설마 그걸 가져가려는 건 아니겠죠?"

"내버려둘 수 없어. 황금은 영원한 거야. 강물에다 던져 놓고 천년을 기다려보라구. 강은 사라져도 마스크들은 계속 남아 있을걸. 그걸 녹여서 다른 걸로 만드는 게 나아."

"이안의 것도 함께 말인가요?"

"그건 모르겠어."

그가 생각에 잠겨 눈살을 찡그렸다.

"아까 파찰의 태도가 어딘지 미심쩍어."

그가 커다란 텐트 쪽으로 걸음을 옮겨갔다.

"하여튼 먼저들 가라구. 난 마스크들을 긁어모아서 돌아갈 테니까."

22

제인과 루엘이 캠프에 도착했을 때, 그곳은 그야말로 축제 분위기였다. 시니다인들이 저마다 웃고 떠들며 승리를 자축하는 중이었다.

흥분한 전사들과 얘기하느라 몇 번이나 멈춰 서며 리 성이 그들 쪽으로 천천히 다가들었다. 그의 얼굴도 다른 사람들과 똑같이 환희에 젖어 있었다.

"우리 굉장했지?"

"대단했소. 피해는 어느 정도인가?"

루엘이 물었다.

"사망자는 없고 일곱 명이 부상당했소."

그가 캠프 구석을 가리켰다.

"마거릿과 타마르가 부상자들을 보살피고 있소."

"코끼리들은?"

"한 녀석이 총에 맞아서, 딜람이 상처를 소독하는 중이오. 심각하진 않소."

"다행이야. 총소리가 많이 나서 걱정했는데."

제인의 얼굴이 안도감으로 밝아졌다.

"완전히 기겁을 해서 이렇게 커다란 코끼리도 못 맞추더군. 아마 배에 도착할 때까지 뒤도 안 돌아보고 뛰었을 거야."

"잘 해냈소, 리 셩. 당신 덕분이오."

루엘이 말했다.

"맞아. 내가 아주 잘 해냈어. 딜람도 인정해줬소."

리 셩이 힘차게 돌아섰다.

"나중에 보자구. 난 딜람을 도와주러 가야 돼."

사람들 속으로 사라지는 그를 지켜보다가 제인의 표정이 한순간 멍해졌다. 그는 아직까지 팔다리를 다 드러낸 허리 밑의 천조각 차림이었다.

"왜 그래?"

루엘이 물었다.

"리 셩이…… 항상 다리를 감추고 싶어했었는데……."

"이젠 신경 쓰이지 않나봐. 숨길 필요가 없다고 생각했는지도 모르고. 우리 모두 편안해진 것 같아."

제인은 물끄러미 그를 바라보았다. 지난 삼 년 간 그녀의 생각과 감정을 지배했던 남자. 하지만 칼렙을 끌어오느라 어깨가 찢어지기도 했고, 이틀 전에는 그녀의 품에 고통스레 안기기도 했던 그 남자…….

그녀가 천천히 그와 함께 걸음을 옮겼다.

"마거릿에게 아브다의 죽음을 알려야죠?"

그가 그녀의 손을 붙잡았다.

"그래. 그녀에게 하나라도 좋은 소식이 있어야겠지."

카타우크는 그 후로 네 시간이 지나서야 캠프로 되돌아왔다. 그가 카누에서 내려서자마자 마거릿이 그의 앞길을 가로막았다.

"이젠 만족스러운가요? 제인과 루엘은 벌써 돌아왔어요. 그런데 당신은 묘지 도굴꾼처럼 거기서 잿더미를 파헤치느라 바빴군요."

"잔소리하려고 날 기다린 거요, 아니면 궁금해서 기다린 거요?"

"궁금하다니, 뭐가요?"

그가 카누에 실린 꾸리미를 흘깃 바라보았다.

"마스크에 대해서 들었을 거 아니오?"

"내가 설마 그 끔찍한 걸 보려고 기다렸겠어요? 그래요, 당신이란 사람한테 이해심 같은 게 눈곱만치도 있을 리가 없죠."

"그럼 이 축축한 강가에서 왜 나를 기다렸소?"

"이유는 알잖아요."

"당신 입으로 말할 때가 됐다오."

그녀는 매섭게 그를 노려보다가 머뭇머뭇 입을 열었다.

"아까 했던 말…… 진심이 아니었어요. 당신이 죽는 걸 바란 게 아니에요."

"다행이로군."

"알고 있었으면서 꼭 내 설명까지 들어야 했어요?"

그녀가 날카롭게 쏘아붙였다.

"들어야 했소……. 이제 난 메드퍼드한테 가서 이안의 마스크를 가져올 테니까 당신은 여기다 불이나 지펴놓으시오."

그녀가 움찔하며 꾸러미 쪽을 쳐다보았다.

"정말 저 마스크들을 녹일 생각이에요?"

"우리가 같이 녹일 거요, 견습생."

"나까지 낄 필요는……."

"필요하오."

"오늘밤에요?"

"오늘밤."

그가 걸음을 옮기기 시작했다.

"밤새 불을 지펴야 할 테니까 여기서 합시다."

그가 나무 상자를 가지고 돌아왔을 때 불길은 이미 힘차게 타오르고 있었다. 그녀는 그 상자에서 시선을 피하며 커다란 주전자 밑으로 장작을 더 끼워넣었다.

"다른 마스크들은 다 주전자에 넣어놨어요. 보지 않으려고 했지만 어쩔 수 없었어요. 당신 말대로 아브다는 괴물이에요."

"나하고 함께 할걸 그랬군."

그녀가 떨리는 미소를 지어보였다.

"이안의 마스크는 당신이 넣으세요."

"아니."

그가 불쑥 상자를 내밀었다.

"열어보시오."

"싫어요!"

그녀가 무릎을 엮어 불가에 쭈그리고 앉았다.

"보지 않을 거예요."

그가 직접 상자를 열었다.

"그럼 내가 당신 눈앞에 들어 보여야겠소?"

"왜 이러는 거예요?"

그녀는 타오르는 불길을 뚫어져라 들여다보았다.

"나한테 이러지 말아요."

"남은 평생 당신이 괴로워하는 걸 바라지 않기 때문이라오."

그의 목소리가 부드러워졌다.

"나에 대한 믿음이 진정 사라진 거요? 이번에는 당신을 배신하지 않을 거라오, 마거릿."

그녀가 당혹스레 시선을 들어올렸다.

"무슨 말이에요? 당신은 날 배신한 적 없어요."

"진심으로 그렇게 생각하오?"

그가 상자를 내밀었다.

"그럼 증명해 보이시오. 나에 대한 믿음을 보여주시오."

그녀가 꿀꺽 침을 삼키며 그의 눈동자를 바라보았다.

"꼭 이래야 돼요?"

"그렇소, 꼭."

그녀의 시선이 천천히 망설이며 상자 안의 마스크로 내려갔다.

그녀가 부르르 몸을 떨며 날카롭게 숨을 들이켰다.

"오, 하나님."

그녀가 손을 뻗어 그 마스크의 입술을 살며시 어루만졌다.

"이 표정은……."

"기쁨이라오. 그는 아브다에게 승리를 내주지 않았소. 이안이 이긴 거요."

"하지만 그 독이 고통을 준다고 했잖아요."

"그건 분명하오. 하지만 이안이 그 고통을 느낀 것 같진 않소. 흡사 기적을 본 듯한 표정이라오."

"그 빛……."

그녀의 가슴에 단단하게 뭉쳐 있던 슬픔이 녹아내리기 시작했다.

"그 빛에 대해서 잊고 있었어요."

"다시는 그 점을 잊지 마시오……. 이 마스크를 간직하고 싶은가?"

그녀는 마스크를 응시하며 서서히 고개 저었다.

"이안을 기억하는데 아브다의 잔재까지 필요친 않아요."

그녀가 벌떡 일어나 마스크를 주전자 안으로 집어넣었다. 그리고는 눈물을 글썽이며 떨리는 미소를 지어보였다.

"아름다운 걸로 만들어 줘요, 카타우크. 보는 사람들 가슴에 빛을 심어 줄 정도로 아주 아름다운 걸로 만들어 줘요."

"대단한 과제로군."

카타우크가 미소지었다.

"하지만 나같이 유능한 예술가를 찾아낸 게 당신의 행운이오."

그가 주전자 뚜껑을 덮었다.

"금을 녹이려면 밤새도록 온도를 맞춰야 돼."

그가 털썩 내려앉았다.

"당연히 장작을 구해오는 건 견습생이 할 일이오."

"당신은 앉아서 감독만 하구요?"

"물론이오."

그녀가 그의 옆으로 내려앉았다.

"게으름뱅이 이교도한테 내가 뭘 바라겠어요."

그들은 밤새도록 평화로운 침묵을 유지하며 그 불길을 지폈다. 새벽녘이 되어서야 그녀가 머뭇머뭇 입을 열었다.

"할 말이 있어요."

"그럴 줄 알았소."

"이안이 죽었다 해도 난…… 난 당신한테 그런 똑같은 느낌을 갖지 못할 거예요."

"알고 있소."

"모든 게 달라졌어요. 변했어요."

"변하지 않는 건 없소. 계절이 변하고, 아이들이 태어나고 사람들도 죽어가지. 저 마스크들도 새로운 금으로 변했소."

"내가 하고 싶은 말은, 그러니까……."

그가 그녀의 눈을 들여다보았다.

"무슨 말을 하려는지 알고 있소. 언제나 알고 있다오."

그가 다시 불길 속으로 나무토막을 집어넣었다.

"장작이 더 필요하겠군, 견습생."

"그 상자를 배로 옮겨요, 타마르."

제인이 씩씩하게 궁궐을 가로질러 가다가, 현관 옆의 커다란 꽃병을 가리켰다.

"이것도 싸요."

"어디 여행이라도 가는 거야?"

리 성이 문 앞에 서서 분주하게 상자와 가구를 나르는 하인들을 둘러보았다.

"나 말고. 마거릿이 이안의 장례를 글렌클라렌에서 치르고 싶어해. 그 성의 분위기를 밝혀줄 게 있었으면 해서 몇 가지 싸 보내는 거야."

"어울리지 않을걸. 거긴 시니다하고 다르잖아."

"아름다운 건 어디에나 어울려."

제인이 하인들에게 어서 움직이라고 손짓해 보인 다음, 리 성을 테라스로 이끌었다.

"부두 작업은 어떻게 되어 가고 있어?"

"그럭저럭. 가게들이 많이 불탔어. 메드퍼드의 선로도 9킬로미터나 부서졌고……. 아브다가 협곡 선로까지 망가뜨리지 않은 게 다행이야."

"그래. 여기 일 끝내고 나서 한 달 정도면 선로를 완성시킬 수 있을 거야."

그가 고개를 흔들었다.

"두 달."

"왜? 별다른 문제 없잖아."

"아주 큰 문제가 있어. 내가 여기 일을 봐줄 수 없거든. 어딜 좀 다녀와야 해."

"어딜?"

"딜람이 최고 위원회에 같이 참석하자고 했어. 이 모계 사회에 남자 지도자가 생길 때가 됐거든."

리 성이 씨익 웃어보였다.

"나중에 가면 안 돼?"

"이번 싸움으로 사람들이 날 존경하게 됐어. 쇠뿔도 단김에 빼야지. 게다가 딜람의 아이들도 만나봐야 하거든. 그럴 때도 됐어."

제인이 슬며시 미소지었다.

"네슬링할 때가 됐다는 뜻이야?"

"그것보다 더 큰 의미야."

"딜람은 좋은 여자야. 축하해, 리 셩."

그녀는 이제 리 셩의 행복을 아무 거리낌없이 기뻐해 줄 수 있었다. 서로 다른 길을 간다 해도 그들 사이의 끈은 언제나 끊어지지 않을 것이다. 그걸 깨닫지 못했다니 얼마나 어리석었던가.

"그 말하러 온 거야?"

그의 미소가 사라졌다.

"아니, 루엘을 만나러 왔어."

"왜?"

"멍청하다는 얘길 해주려고. 랑푸르 고지의 그 철로를 네가 주문한 걸로 알고 있잖아, 그렇지?"

그녀는 당황스레 그를 바라보았다. 이렇게 오랜 세월이 흐른 후에 리 셩이 어떻게 알았을까…….

메드퍼드. 메드퍼드와 함께 몇 주일 간 작업하면서 그 얘기가 언급되었던 게 틀림없다.

"메드퍼드한테 들었어?"

"나한테 진작 말했어야지. 우린 친구잖아."

"알리고 싶지 않았어."

"그래, 나한테 말하지 않은 이유는 알아. 하지만 루엘한테는 말했어야 하잖아?"

그녀가 힘없이 대꾸했다.

"어쩔 수 없었어."

그는 한동안 그녀를 살펴보다가 천천히 고개를 끄덕였다.

"패트릭하고 약속했어?"

"빚을 갚은 거야."

"난 그런 약속한 적 없으니까, 내가 루엘한테 말할게."

"안 돼! 다 지난 일이라구."

"네가 결백하다는 걸 알려야지."

"아주 결백한 것도 아니야. 내가 멍청하게 굴지만 않았어도……."

그의 턱이 완고하게 굳어지는 걸 보며 그녀가 서둘러 말을 이었다.

"루엘은 이안에 대해서 많은 죄책감을 느끼고 있어. 그 사람의 짐을 나눠 갖고 싶어."

"그런 짐까지 져줄 필요는 없는 거야, 제인."

"아니, 그러고 싶어. 루엘은 그걸 내가 한 짓이라고 생각하면서도 날 사랑해. 그런 장애물을 극복할 정도의 사랑이라구. 내가 받을 수 있는 최고의 선물이야."

"끝까지 말하지 않을 작정이야?"

그녀가 고개를 끄덕였다.

"오빠도 루엘한테 말하지 말아 줘."

"나한테 뭘 말하지 말라는 건가?"

루엘이 계단 위로 올라서고 있었다.

"나쁜 소식이오, 리 성? 작업에는 별 문제가 없는 걸로 아는데."

제인이 긴장하며, 리 성에게 애원하는 시선을 보냈다.

"작업에는 무리가 없소."

리 성이 머뭇거리다가 다시 입을 열었다.

"제인이 직접 당신에게 알려 주고 싶은 모양이오."

"뭘?"

"내가 잠시 떠나야 할 일이 생겼거든. 선로를 끝내려면 좀 기다려야 할 거요."

제인이 안도의 한숨을 내쉬었다.

리 성이 테라스 계단을 내려가기 시작했다.

"난 이만 가봐야겠소. 나머지는 제인에게 들으시오."

루엘의 시선이 제인에게 옮겨졌다.

"무슨 문제 생겼나?"

"별 일 아니에요. 딜람과 함께 최고 위원회에 참여할 전략을 짜는 중이라는군요."

그녀가 루엘의 팔에 팔짱을 꼈다.

"철로 작업이 늦어지는 건 큰 문제잖아."

"그건 조금쯤 미뤄도 돼요."

그가 놀리듯이 미소지었다.

"그건 계약 파기 행위라구."

그는 리 성이 사라진 문 쪽으로 호기심어린 시선을 던졌다.

"그게 다는 아니겠지? 무슨……."

그의 관심을 다른 곳으로 돌려야 했다.

"우리 재협상해요. 결혼한 다음에."

"결혼?"

"구애과정을 거치고 나면 당연히 결혼해야 하는 거잖아요. 설마 나와 결혼하지 않겠다는 건 아니겠죠? 경고하는데, 난 그런 모욕을 가볍게 넘기는 여자가 아니에요."

"나야 결혼하고 싶지. 싫어한 건 너였잖아. 내가 제안하는 인생이 마음에 안 든다면서."

"지금도 그 제안은 똑같은가요?"

"아무래도 시니다에서 살아야 할 거야."

그의 입술이 슬쩍 뒤틀렸다.

"네가 이런 궁궐에서 사는 걸 싫어하면 다 부숴 버려야 하겠지만."

"리 성은 시니다를 천국으로 여기더군요. 천국에서 사는 게 나쁠 리 있겠어요?"

그녀가 웅장하게 이어진 테라스들을 둘러보며 미소지었다.

"게다가 이 궁궐에서 당신이 살구요. 적응할 수 있을 것 같아요."

"너의 일은 어떡하지?"

그녀의 미소가 흐려졌다.

"할 일은 있어야 돼요. 철로를 포기할 순 없어요."

"여기다 만들어. 이 섬 전체에 철로를 깔아 놔도 돼."

"시니다에는 하나 이상 만들 공간이 없어요."

그가 두 손을 들어올렸다.

"좋아, 내 철로를 너한테 줄게. 그럼 넌 막강한 힘을 지니게 된다구. 네가 철로를 막아버리면 난 금을 선적할 수도 없어. 어때, 이 정도면 되겠나?"

그녀가 환하게 미소지었다.

"괜찮은 조건이네요. 당신한테 조금쯤 걱정거리가 생겨도 나쁠 거 없겠죠."

"그보다는 네가 떠나지 않는 게 더 중요해."

그가 그녀의 어깨를 부여잡았다.

"전에 너의 세상이 날 중심으로 도는 게 아니라고 했었지?"

"그랬었나요?"

"그런데 내 세상은 널 중심으로 돌아."

그녀가 웃음을 터트렸다.

"어머나, 시니다 왕국의 위대하신 폐하께서 그런 말씀을 해주시다니 영광이에요."

"농담 아니야. 그때로 돌아가고 싶지 않아."

그가 그녀의 머리에 입술을 부볐다.

"너무…… 외로웠어."

"나도 그랬어요."

그녀의 두 팔이 그를 감싸안았다.

"네가 떠나면, 난 견뎌낼 자신이 없어."

"떠나지 않을게요."

"약속해줘."

그녀가 그의 긴장된 목덜미를 어루만졌다. 그의 어머니도 그를 버리고 떠났고, 그후로 유일하게 사랑했던 이안마저 이젠 이 세상에 없었다. 그의 곁에 그녀가 있어 주어야 했다.

"약속할게요. 절대 영원히 당신 곁을 떠나지 않을 거예요."

"행복하게 해줄게."

그가 그녀를 꼭 끌어안은 다음, 입을 맞추고 나서 사랑스레 그녀를 바라보았다.

"기막히게 멋진 남편이 될 거야, 매기가 감탄할 만큼."

그리고는 그녀의 허리를 감싸안으며 협곡이 내려다보이는 난간으로 이끌어갔다.

저물어 가는 저녁 햇살이 찬란한 주홍빛으로 산허리에 걸려 있었다.

장엄하고 아름다운 파라다이스.

루엘의 왕국이자 이제 그녀의 집이 되어 줄 시니다의 풍경.

하지만 루엘은 그 풍경에 별다른 감흥을 느끼지 못하는 듯했다. 그가 곰곰이 생각에 잠겼다가 불쑥 입을 열었다.

"요하네스버그에 가보는 건 어때?"

그녀가 놀란 눈을 치켜들었다.

"요하네스버그요!"

그가 서둘러 중얼거렸다.

"오랫동안은 아니고…… 어차피 여기 일이 늦어질 테니까, 그래서……."

"거긴 왜 가고 싶어해요?"

"오늘 화물선이 하나 도착했는데, 선장이 거기 북쪽에 커다란 금광이 있을 거랬어."

"또 금광을 찾아다니려구요?"

그가 인상을 찡그렸다.

"그런 데서 사는 생활이 거칠긴 해. 넌 아마 싫겠지? 더 이상 금이 필요한 것도 아니고……. 그냥 한 번 얘기해 봤어."

하지만 이런 모습이 바로 루엘 맥클라렌이었다. 시니다를 집으로 여길 수는 있다 해도, 모험에 대한 갈망을 떨쳐내지 못하는 모습. 그는 이 궁궐에서의 편안한 삶이나 호사스런 인생에 길들여질 남자가 아니었다.

그것은 그녀 또한 마찬가지였다. 그녀의 가슴속으로 현기증나는 안도감이 찾아들었다. 이곳이 루엘의 집이기 때문에 그를 사랑하고 그의 행복을 바라기 때문에 여기서 살겠다고는 했지만, 전적으로 만족스러웠던 것은 아니었다. 파라다이스란 가끔씩 찾아와 쉬어가는 곳일 뿐, 세상 밖에는 아직도 건설하고 정복해야 할 것들이 수없이 남아 있었다.

"거기도 금을 운반하려면 철로가 필요하겠죠?"

그녀의 한마디에 루엘의 얼굴에 화사한 미소가 생겨났다.

"틀림없이 필요할걸."

"그럼 기필코 요하네스버그로 가야겠군요. 여기 금광에서 몇 백 년 정도 파내고 나면, 당신의 후손들에게는 남는 게 없잖아요."

"그렇게 놔둘 수야 없지."

그가 고개를 젖히고 껄껄 웃어댔다. 그리고는 그녀를 번쩍 안아 빙글빙글 돌렸다.

"정말 가고 싶어? 나 때문에 가겠다는 거 아니야?"

"그 역에 내려서 풍경을 감상하는 것도 좋을 것 같아요. 종착역은 시니다가 되겠지만, 나도 아직 정착할 준비가 안 됐답니다."

그가 그녀를 힘껏 끌어안았다.

"오래 걸리지 않을 거야. 약속할게."

요하네스버그로 떠난다 해도, 그들은 아마 또 다른 곳으로 향하게 되리라. 루엘이 변화에 대한 갈망으로 초조해질 때…….

루엘이 아니라면 그녀가 그 변화를 갈망하게 될지도 모르는 일이다. 앞으로의 긴 세월 동안 그들은 서로에게 익숙해지는 법을 배우며 서로에게 적응해갈 것이다. 그것이 바로 사랑이다.

그의 손이 부드럽게 그녀의 머리카락을 쓸어넘겼다.

"아까 리 성이 하려던 말이 뭐였어?"

루엘이 포기하지 않으리라는 걸 알았어야 했는데.

"별 일 아니에요."

"비밀이야? 비밀이란 항상 호기심을 자극하는 재미가 있지."

그가 그녀의 입술에 살짝 입맞췄다.

"내가 조만간 알아낼 수 있어."

아마도 언젠가는 그가 알게 되리라. 하지만 고통이 너무 쓰라리지 않을 즈음에……. 그때까지는 과거가 아닌 미래에 대해서 생각해야 한다.

"내년 이맘때쯤에는 시니다에 돌아왔으면 좋겠어요."

"노력해 보자구."

"꼭 돌아와야 해요."

"뭐가 그렇게 급해? 여기 일은 리 성하고 딜람에게 맡길 수 있는데."

그녀가 고개를 흔들었다.

"요하네스버그에 있는 동안 다른 생산적인 일을 시도해 보려구요."

"무슨 일?"

"일국의 왕에게 아주아주 중요한 일."

"도대체 무슨 말이야?"

"아기 말이에요."

그녀가 그의 품에 안겨들며 속삭였다.

"아기를 갖고 싶어요. 내년에 이 시니다에서 우리 아기를 낳고 싶어요."

이틀 후, 마거릿은 스코틀랜드로 향하는 골든 헤어호에 승선했다.

"내년쯤 우리가 찾아갈게요. 하지만 그 전에라도 무슨 일이 생기면, 즉시 연락하세요."

제인이 그녀의 손을 부여잡았다.

"어떤 일이든 내 힘으로 해결할 수 있어요. 찾아와 주는 건 언제라도 환영이지만요."

그녀가 제인을 안아주고 나서 루엘에게 시선을 돌렸다.

"제인한테 잘 해줘요. 안 그러면 나한테 혼날 줄 알아요."

"겁나는걸."

루엘이 그녀의 뺨에 입을 맞췄다.

"조심해서 가시오."

"걱정할 거 없소. 어떤 폭풍우도 감히 그녀를 건드리진 못할 테니까."

카타우크의 목소리.

마거릿이 긴장하며 건널판으로 건너오는 그를 바라보았다. 금을 녹이던 그날 밤 이후로 스치듯이 지나치기만 했을 뿐이었다. 그가 작별하러 오지 않기를 바랐다. 아니, 그러길 바란다고 생각했었다. 그런데 지금 그의 모습을 보자 슬픔과 기쁨이 동시에 솟아올랐다.

그가 그녀의 앞에 우뚝 멈춰 섰다.

"아무리 위대한 신이라도 마거릿의 의지 앞에서는 고개를 숙일 거요."

"불경스럽군요. 하긴, 당신 같은 이교도한테 더 이상 바랄 수도 없겠지만요."

제인은 두 사람을 번갈아 쳐다보고 나서 재빨리 마거릿을 끌어안았다.

"잘 가요, 마거릿."

그리고는 루엘의 팔을 끌어당겼다.

"우린 이만 가자구요."

루엘이 즐겁게 미소지으며 경례하는 시늉을 했다.

"분부대로 따르겠소, 마담. 이 몸은 그대의 행복만을 위해서 산다오."

건널판으로 내려가는 두 사람을 지켜보며 마거릿이 코웃음쳤다.

"그래 보이진 않는 걸요."

"그의 말에는 진심이 담겨 있다오. 그걸 모르는 게, 당신 판단력이 흐려져 있다는 뜻이오."

카타우크가 그녀에게로 돌아서자, 그녀는 재빨리 시선을 피했다.

"친절하게도 여기까지 나와 주셨군요. 기대하지도 않았는데."

그녀가 장갑 낀 손을 내밀었다.

"안녕히 계세요, 카타우크."

그가 그녀의 손을 붙잡았다.

"당신이 제대로 생각할 수만 있다면 분명 기대했을 거요. 이 장갑이 마음에 안 드는군."

그가 그녀의 검은 장갑을 쑥 빼내고는 커다란 손으로 맨손을 부여잡았다.

"훨씬 낫군. 당신에게 일 년의 애도 기간을 주겠소. 그 후에 내가 찾아갈 거요. 기간이 너무 늘어나버리면 당신이 수녀원으로 들어가거나 의무감만으로 목사 따위랑 결혼할 것 같거든."

그녀의 눈이 휘둥그레졌다.

"우리 사이에는 아무 미래가 없다고 말했을 텐데요."

"그건 당신이 지금 혼란에 빠져 있기 때문이오. 멍청한 여자는 아니니까, 시간을 주면 이안이 당신의 행복을 바란다는 걸 깨닫게 될 거요.

나와 함께 하는 게 바로 당신의 행복이오."

그녀가 머리를 흔들었다.

"난 언제까지나 이안을……."

"물론 그렇겠지. 하지만 그 기억이 아픔으로 남지는 않을 거요."

그녀는 멍하니 그를 바라보았다. 그 순간 출발을 알리며 울려퍼지는 종소리가 진심으로 다행스러웠다. 얼른 이 남자에게서 벗어나 마음속에 샘솟는 희망을 던져버려야 했다.

"이젠 내려가세요."

그가 그녀의 손바닥에 입술을 부볐다.

"일 년이오, 마거릿. 날 기다리시오."

그가 그녀의 손을 풀어주고 나서 돌아섰다.

건널판으로 내려서는 그를 지켜보면서 그녀는 혼란스럽고 필사적인 심정이었다.

"오지 마세요. 반기지도 않을 거예요."

"반가워질 거요."

"여기 일은 어쩌구요?"

"우리가 함께 돌아오면 되오."

"내가 있을 곳은 글렌클라렌이에요."

"그건 결혼한 후에 의논합시다."

"결혼 같은 거 안 해요."

"당연히 해야지. 당신은 죄악에 빠져 살 사람이 아니잖소."

"그런 게 아니라……."

"당신이 꼭 그 추운 나라에서 살고 싶어한다면, 빅토리아 여왕에게 나의 천재성을 보여 주는 것도 한 번 고려해 보겠소. 하지만 두상은 만들지 않을 거요. 그 이중턱을……."

그가 부두에 내려섰다.

건널판이 들려 올라가고 배가 천천히 해안을 떠나기 시작했다. 그는 두 다리를 떡 벌린 채 갈색 머리를 휘날리며 그녀를 응시하고 있었다.

"소용없어요. 여기서 살라구요."

그녀가 난간에 매달려 절망적으로 소리쳤지만, 그는 태연스레 고개를 저었다.

"내가 어떻게 그럴 수 있겠소? 다른 견습생을 쓴다는 건 상상할 수도 없다오. 내 작품들이 괴로워할 테니."

"하여튼 난 거절할 거예요."

"처음엔 그렇겠지. 하지만 결국에는 승낙할 거라오, 나의 마거릿."

그의 얼굴에 자신만만한 미소가 피어났다. 그녀도 그 말이 믿어질 정도로…….

"'좋아요, 카타우크.' 그것만이 당신의 대답이오."

< 끝 >

뉴욕 타임스 베스트셀러 작가
산드라 브라운의 신작!

Riley in the Morning

나의 아침을 함께할 사람!

직장 동료들을 초대한 파티 준비에 정신없이 바쁘던 브린.
벨이 울리자 오기로 한 바텐더인 줄만 알고 문을 열었는데
그곳에 서 있는 사람은 그녀가 일곱 달 전 버리고 떠나온
남편 라일리였다.

잘생긴 외모와 재치로 최고의 자리를 차지한 토크쇼 진행자 라일리.
자신과 번번히 충돌하던 PD 브린과 정열적인 사랑에 빠져 결혼했지만
그녀는 어느 날 갑자기 아무 설명도 없이 그의 곁을 떠나고 만다.
이제 라일리는 아내를, 그리고 자신의 사랑을 되찾으려 하는데…….

로맨틱 타임스가 추천하는 보석 같은 작가
제인 페더의 신작!

The Emerald Swan

사랑은 전혀 예상치 못한 곳에서 찾아온다!

영국의 백작 가레스는 정치적 이익을 노리고
사촌동생인 모드를 프랑스의 권력자에게 시집보내려 한다.
그러던 중 프랑스 왕이 모드에게 관심을 보이자 그녀를 설득하여
왕과 결혼시킬 일에 골머리를 썩이다가
우연히 모드를 꼭 닮은 자유분방한 집시 소녀 미란다를 만나
그녀에게 모드의 대역을 시킨다.
자신의 야심을 위해 미란다를 모드로 속여 왕과 결혼시키려 생각했지만
어느덧 순수하고 발랄한 미란다에게 매혹된 가레스가
과연 그 결심을 실행에 옮길 수 있을까?

로맨틱 타임스, 미국 로맨스 작가 협회가 찬사를 보낸
로레타 체이스의 최고 인기작!

Lord of Scoundrels

그들의 만남에 파리가 술렁인다!

독립적이고 지적인 독신주의자 제시카 트렌트는
방탕한 귀족들과 어울리는 남동생을 데려가기 위해 파리로 건너와
그들의 대표자격인 데인과 대면하게 된다.
이탈리아계 혼혈인 데인은 거구와 섬세하지 않은 용모로
어려서부터 멸시를 받아 사랑과 애정을 박탈당하고
이제 아무에게도 신경 쓰지 않고 자신의 쾌락만을 쫓는 남자가 되었다.
그러나 처음 만난 순간부터 둘 사이에는
심상치 않은 기류가 흐르기 시작한다.
제시카는 이 덩치 큰 난봉꾼에게 끌리기 시작하고,
데인도 평소 알던 여자들과 달리 고상한 숙녀인 그녀에게
매력을 느끼지만…….

언제나 화려하고 격정적인 로맨스를 선사하는
리사 클레이파스의 신작!

Where Passion Leads

낯선 두 타인을 한순간에 휩쓸어 버린 사랑!

연극 관람을 하던 중 극장에 불이 나는 바람에 어머니와 헤어져
런던의 밤거리를 헤매게 된 로잘리.
불량배들 손에 붙잡힌 그녀를 구출한 랜들 버클리 경은
순결한 로잘리를 헤픈 여자로 착각한다.
결국 랜들은 그녀에게 책임감을 느끼고 한동안 돌보아 주기로 결심한다.
프랑스에서 그들은 서로를 점점 더 알아가게 되고,
증오로 시작된 관계는 점차 사랑으로 변해 가지만……
점차 드러나는 로잘리의 출생의 비밀은 그녀를,
그리고 둘의 사랑을 위험에 빠뜨린다.